说不尽的王小毛

滑稽王小毛

葛明铭 编著

故事精选

上海大学出版社

图书在版编目(CIP)数据

滑稽王小毛故事精选/葛明铭编著. —上海：上海大学出版社,2021.8
(说不尽的王小毛)
ISBN 978-7-5671-4296-1

Ⅰ.①滑… Ⅱ.①葛… Ⅲ.①故事—作品集—中国—当代 Ⅳ.①I247.81

中国版本图书馆 CIP 数据核字(2021)第 138270 号

责任编辑　黄晓彦
封面设计　缪炎栩
技术编辑　金　鑫　钱宇坤

说不尽的王小毛
滑稽王小毛故事精选
葛明铭　编著
上海大学出版社出版发行
(上海市上大路 99 号　邮政编码 200444)
(http://www.shupress.cn　发行热线 021-66135112)
出版人：戴骏豪

*

江苏句容排印厂印刷　各地新华书店经销
开本 890×1240　1/32　印张 12　字数 279 000
2021 年 8 月第 1 版　2021 年 8 月第 1 次印刷
ISBN 978-7-5671-4296-1/I·638　定价:48.00 元

版权所有　侵权必究
如发现本书有印装质量问题请与印刷厂质量科联系
联系电话:0511-87871135

"宕"出来的"王小毛"

从横空出世到跃然纸上,从只闻其声到见字如面,《滑稽王小毛故事精选》终于跟大家见面了。

"宕"了三四年,"王小毛故事"总算"宕"出来了。

"王小毛"的故事,我从1987年5月开始讲,实实足足讲了25年,25年里向总共讲了1234只故事。

《滑稽王小毛》的题材贴近老百姓,反映伊拉甜酸苦辣的生活,表达伊拉喜怒哀乐的情感。大家侪觉得故事里向的人物赛过天天碰头,故事里向的事体像煞日日看到,觉得可亲可近。加上《滑稽王小毛》形式生动活泼,语言风趣幽默,吭没大话空话套话,老百姓喜闻乐见。

"王小毛"是一个有独特个性的艺术形象。伊热情善良、耿直诚实,憨厚中不失聪明,机灵时又寓纯朴。伊助人为乐又嫉恶如仇,但"王小毛"也勿是完美无缺的人,伊的缺点搭勿成熟使伊勒辣生活中常常闹出一眼笑话来。也正因为迭能,听众才觉得"王小毛"有血有肉。

不过勒辣25年里向,我是用广播小品的形式来讲述王小毛的故事的。勒辣"王小毛"诞生之前是吭没广播小品辫种讲法的,不过伊也确实采用了旁白解说、音乐音效迭些广播剧的常用手法,仔细听听

滑稽王小毛

伊又跟传统的广播剧勿大一样。老古闲话讲"外甥像娘舅","王小毛"的面孔像啥人呢?倒是跟舞台上的滑稽戏、独脚戏蛮像的,不管剧情铺排、风格色彩,还是方言运用、招笑手法上,伲跟滑稽戏、独脚戏有邪气深厚的血缘关系。所以有人讲《滑稽王小毛》就像袁隆平的杂交水稻一样,产量高,生命力强。

累,勒辣上海闲话里向叫"吃力",也叫"衰痨"。听过《滑稽王小毛》的人侪讲,听到滑稽的地方会哈哈大笑,听到幽默的地方就会心一笑,总之是比较轻松愉悦的。呒没一个人会听"王小毛"听了吃力煞、衰痨煞了,不过假使真的让侬读剧本,恐怕就不是一件邪气轻松愉悦的事体了,作兴侬会觉得读起来蛮吃力、蛮衰痨。因为读剧本毕竟是从事演剧专业人士的"生活"。

现在我拿剧本改写成通俗的口语化的故事,搿能一来,估计侬读"王小毛"就跟听"王小毛"一样轻松愉悦了。

不过要让读者阅读王小毛故事的辰光勿觉得吃力、衰痨,对编著者来讲本身就是一桩蛮吃力搭衰痨的事体,因为剧本写法是通篇人物对话,只有少量的旁白解说,而故事却要以叙述情节为主,人物对话为辅,迭个转换就是改写,甚至重写,蛮吃力、蛮衰痨。迭个就是"王小毛""宕"仔长远的原因之一。

近年来,我也一直勒辣从事上海闲话的保护搭传承工作,所以搿本故事集也力图体现出沪语特色,拿"你我他"转换成"侬吾伊",尽量保持《滑稽王小毛》的原汁原味,让读者一边阅读一边脑子里就赛过勒辣听吴侬软语、方言杂陈的《滑稽王小毛》节目。顺带便也可以起到帮助青年人、小朋友、新上海人学讲上海闲话的作用,为保护传承上海闲话出一份力。想法蛮好,不过真的上手做,倒真的有点吃力、衰痨。有一位朋友看了我一篇改写的电子稿,点评讲:"喔唷,侬掰本书倒是烦花哎!"我以为朋友是表扬我已经达到《繁花》的水平,我谦虚地讲:"过奖过奖,勿敢当。"哈人晓得迭个朋友讲:"侬用上海闲话来写,既烦又花功夫,是掰个'烦花'。"哈哈一笑之余,我并呒没改变初衷,我想假使能够起到体现上海特色搭保护传承上海闲话的作用,迭点"烦花",迭点吃力、衰猪也是值得的。当然迭个也是本书比较"宕"的原因之二。

"宕"的第三个原因,是我有一眼眼忙,虽然早就用勿着每天朝九晚五了,但是作品编创、群文辅导、非遗评审、讲座报告、编剧导演、艺术探讨、沪语传承、微信公号等,杂格拢东、投五投六,总归静勿下心来,猢狲屁股坐勿定,轧勿出整块头的辰光来选稿编稿。

现在常庄有人会对我讲:"我是听着侬的王小毛长大的。""老底子,我每天侪是一边做功课,一边开只半导体听王小毛的。""我现在还常庄拿当年听过,到现在还记牢的王小毛故事讲拨我的小囡听。"

看到介许多的听众、读者对"王小毛"的喜爱、怀念搭期待,促使我提起精神,克服困难,拿掰本书"宕"出来了。

其实"宕"关"宕",慢关慢,但是事体一直吭没停歇过,反倒是"慢工出细活"了。

迭本故事集精选的60篇"王小毛"故事,基本涵盖了25年中勒辣"王小毛"身上发生的故事。从1987年的"初到上海",到反映改革开放题材的"三封电报";从"王小毛"独善其身的"心中有门",到热心社区治理的"关键一票";从"王小毛"不谙世事的"车站受骗",到嫉恶如仇为民除害的"狭路相逢";从路不拾遗的"公园约会",到孝敬长辈的"中奖之谜";从坚持职业操守的"八面来风",到反腐倡廉的"廉尚往来"等,"王小毛"的故事犹如生活万花筒,五彩缤纷,主题搭观念也是与时俱进。

滑稽王小毛

看迭本故事集,不管侬是默读,还是朗读,俉建议侬转换一下阅读思维模式,用上海闲话来看来读,会更加有趣!

迭本故事集还邪气适合作为单位同事、亲戚朋友、父母子女之间勒辣休闲、联欢、旅途、茶余饭后辰光的讲述内容,希望侬看了"王小毛"的故事,拿伊再讲拨别人听,让侬成为受人欢迎的故事大王。

1200多集《滑稽王小毛》现在只不过选了60篇,好白相的故事行情行市,说勿尽讲勿光,阿拉笃悠悠,慢慢道来。

我相信侬一定勿会嫌鄙拣本"宕"出来的"王小毛",希望侬欢喜拣个宕法宕法"宕"出来的"王小毛"。

葛明铭

2021年7月2日

目　　录

1　初到上海 …………………………………………… 1
2　车站受骗 …………………………………………… 6
3　心里有门 …………………………………………… 11
4　车厢疑云 …………………………………………… 20
5　公园约会 …………………………………………… 26
6　摩登东郭 …………………………………………… 33
7　啤酒行动 …………………………………………… 39
8　清凉世界 …………………………………………… 44
9　三副对联 …………………………………………… 49
10　蚊香奇案 ………………………………………… 55
11　外国来信 ………………………………………… 59
12　市轮渡上 ………………………………………… 64
13　青瓷茶壶 ………………………………………… 70
14　狭路相逢 ………………………………………… 77
15　象牙佛珠 ………………………………………… 82
16　一箱珠宝 ………………………………………… 87
17　半仙娘娘 ………………………………………… 93
18　中奖之谜 ………………………………………… 98

19	一块石碑	104
20	树归原主	109
21	乔迁之忧	115
22	密码风波	121
23	千金难买	128
24	借读难题	133
25	垃圾少爷	140
26	鱼塘风波	145
27	保姆风波	152
28	勿做枪手	159
29	代驾红娘	164
30	割麦之旅	169
31	跟踪"追"药	175
32	风雨梅花	181
33	邮票风波	191
34	一"奖"难求	196
35	狗咬碰瓷	201
36	难见尊容	208
37	无处吃饭	215
38	爱心小吃	223
39	百宝小店	231
40	绑票奇案	238
41	勿是虚惊	244
42	翠花饺子	249
43	反装门铃	256

44	公了私了	263
45	公媳博弈	269
46	将计就计	280
47	破墙重生	286
48	"廉"尚往来	293
49	阅报栏前	299
50	柳暗花明	305
51	八面来风	309
52	关键一票	316
53	互助双赢	322
54	谨防庸医	329
55	三封电报	336
56	三个女婿	342
57	三根刀豆	348
58	三难胖墩	354
59	神秘新郎	359
60	树大招财	366

后　记 …… 372

1 初到上海

呜……，汽笛一声长鸣，一艘从苏北到上海的客轮慢慢叫靠上码头，迭天是1987年的5月11日。

船舱里人声鼎沸，挑着担子拎着包的旅客们纷纷涌向船舷。人群当中有一位眉清目秀的小伙子，看到岸边的高楼大厦兴奋得手舞足蹈，推板一点碰翻了别人的行李。这位毛头毛脑的小伙子勿是别人，正是后来名扬上海滩的王小毛，伊姆妈退休了，伊是来上海顶替伊姆妈的工作。

到底是年轻人眼睛尖，还吭没下船就远远叫看到姆妈勒辣码头浪翘首以待，王小毛连忙拎起旅行袋，背起竹篓筐，踉踉跄跄地朝姆妈奔过去。迭个辰光王妈妈也看到了儿子，拨开人群迎了上去："小毛啊，妈妈想死你了，这下可好了，你也成为正宗的阿拉上海人了。"

"妈妈，儿子也想你啊，你辛苦了一辈子，现在也可以享享清福，安度晚年了。"

母子俩码头相见，欢喜万分，有讲勿完的闲话。迭个辰光王妈妈看到儿子手里拎着红白黄三只大旅行袋，就责怪讲："小毛啊，我信中不是跟你说得清清楚楚的吗，衣服、被子、牙刷、肥皂一样都不要带，到了上海，统统买新的。"

王小毛拉开旅行袋的拉链："妈妈，你自己看！"

滑稽王小毛

　　王妈妈一看，哈哈大笑，原来红色旅行袋里装满了油光光的扬州麻油馓子，白的旅行袋里向装满了雪雪白的高邮咸蛋，黄颜色的旅行袋里装满了蜡蜡黄的黄桥烧饼。王小毛讲："这些东西都是妈妈爱吃的，再重再浪扛（体积庞大）我也要带来，这麻油馓子五十扎，高邮咸蛋一百个，黄桥烧饼一百个。"

　　王妈妈笑了："这些东西加起来正好是二百五，不好听，蛮好凑足三百。"

　　"妈妈，麻油馓子本来也是买了一百扎，想不到船上的客饭太贵了，我舍不得吃，就用麻油馓子充饥，吃掉了五十扎，所以才变成二百五的。"

　　王妈妈见儿子辨能节俭，勿免心疼儿子，连忙摸出绢头替王小毛揩汗，发现王小毛的身后还背着一个竹篓筐，就问辨个里向装的是啥物事，王小毛回答讲："我到上海来工作就不回去了，所以把家里养的八个老母鸡都带来了。"

　　王妈妈一听连忙讲："喔唷，城市不准养鸡鸭的！"

　　王小毛呒没想到城里向竟然还有辨能的规矩，先是一愣，转念一想讲："没得关系，那就杀了，给妈妈吃了补补身体，而且天天换花样，星期一做白斩鸡，星期二做红烧鸡，星期三做咖喱鸡，星期四做拖辣鸡，星期五做烘炸鸡……"

　　王妈妈听了大吃一惊："什么？你叫我吃拖拉机、轰炸机？"

　　王小毛急忙解释说："妈妈，我说的拖辣鸡，不是耕田的拖拉机，而是用面粉拖一拖，再放点鲜辣粉，这个拖辣鸡是四川风味；烘炸鸡不是天上飞的那个轰炸机，而是先放在炉子上烘一烘，然后再下油锅炸，味道特别香。"

　　王妈妈一听高兴得不得了："真是一个孝顺儿子，好，我们这就回家去杀鸡。"

母子俩高高兴兴抬着篓筐,拎着旅行袋出了码头,一路浪说说笑笑来到马路浪,只见马路两旁做生意的摊位一个紧挨一个,王小毛自作聪明地讲:"怪不得人家都说上海滩,上海滩,原来就是因为小摊头多啊!"

王妈妈笑得直不起腰来了,讲:"你搞错了,因为上海过去是沙滩,所以叫上海滩,这个滩不是那个摊。"

辣个辰光一辆白色的救护车拉响警笛"呜啊——呜啊——"急驶而过,王小毛从来呒没看见过迭种车辆,十分好奇,王妈妈告诉伊迭个是专门抢救病人的救护车。话音刚落,远处又传来了警笛声,王小毛连忙讲:"喔唷,救护车又来了。"

妈妈笑着讲:"这次不是救护车,是消防车。"

等车开近,果然是一辆红色的消防车,消防车刚开过去一歇歇,远处又响起警笛声,王小毛讲:"我晓得了,这回一定是消防车了。"

王妈妈却说这回是警车,果然一辆警车疾驶而过。

王小毛想上海的车子名堂真多,一样的"呜啊呜啊"叫,里向还有介许多名堂,看来到上海后要学习的东西还真不少咪!

突然一阵鞭炮声,拿王小毛吓了一跳,循声望去,原来是一家饭店举办婚宴,新郎新娘刚刚乘车到达,亲朋好友蜂拥而上,拿正好经过的王小毛和王妈妈轧得晕头转向。王小毛心一急,手一松,竹篓筐打翻勒辣地浪,里向八只老母鸡乘机胜利大逃亡。急得王小毛大叫:"我的鸡,我的鸡。"

迭个辰光马路边浪看闹猛的人顾勿得看新娘子了,俦去捉鸡,急得王小毛双脚跳:"冲家了,冲家了,辛辛苦苦从苏北带到上海给妈妈补身体的,现在要给别人吃了!"

滑稽王小毛

王妈妈连忙讲:"戆大儿子啊,双脚跳有什呢用啊,快抓,抓住一个是一个。"

正勒辣王小毛和王妈妈捉鸡捉得团团转的辰光,刚刚参与捉鸡的过路人侪纷纷捧牢鸡来还拨了王小毛,王小毛一迭声的道谢,心里向暗暗责备自家,刚刚还拿人家当抢鸡的坏人了,呒没想到伊拉个个侪是拾鸡不昧的好人啊!

辩个辰光新郎新娘进了饭店,围观的人也侪渐渐散了,王小毛开始清点竹筐里的鸡,"一、二、三、四、五、六、七、八",勿多勿少正好八只,王妈妈怕小毛粗枝大叶数勿清爽,也来数"八、七、六、五、四、三、二、一",确实是八只,不过奇怪的是其中有一只是鸭子,倒真应了一句闲话,叫"眼睛一眨,老母鸡变鸭"。明明从苏北带到上海来的是八只鸡,哪能会少了一只鸡,多了一只鸭呢?迭桩事体要是碰到别人,讲勿定会想,一只鸡调一只鸭,反正也差大勿多,拿回去再说。但是偏偏王小毛母子俩侪是忠厚老实的人,不是自己的物事决勿肯拿的,于是王小毛捧牢迭只鸭子大声喊:"拉个的鸭子?失鸭招领。"正勒辣喊,马路对面一家烤鸭店里奔过来一位胖胖的中年妇女,讲迭只鸭子是伊拉店里向的,刚刚人家结婚一放炮仗,鸭子勿晓得是受了惊吓,还是想来轧闹猛,居然从笼子里钻出来,跑到马路浪来了。王小毛和王妈妈看到能够鸭归原主,心里交关开心,迭位中年妇女连连道谢后,拎着鸭子回去了。王小毛高兴之余又勿免遗憾:"唉,人家是鸭归原主了,可我们现在是鸡会难得,白白少了一只鸡。"

迭个八只鸡侪是王小毛拿鸡蛋让老母鸡孵出小鸡,又从小鸡喂养成大鸡,吃脱的粮食勿要讲了,花脱的精力也真的勿少,王小毛拿伊拉当自家的小囡一样,还拨了每一只鸡起了好听的名字:迭只一身黄毛的叫"黄玫瑰";毛色发红的叫"红牡丹";一身白毛的叫"白娘子";浑身墨黑的叫"包青天";孬只洋种鸡叫"叶塞尼亚";特别好斗的迭个叫"孙二娘";一天到晚"咯咯咯"叫个不停的叫伊"麦当那",现在失踪的孬只鸡叫"胖大少"。

　　王妈妈看到儿子心疼的样子,就安慰伊讲:"八只鸡能找回来七只,蛮好了,算了,就当已经做成拖辣鸡吃掉了,走吧,快回家吧!"

　　但是王小毛心犹不甘,一步一回头,嘴巴里还勒辣勿停地喊:"胖大少,胖大少……"孬个辰光对面烤鸭店的中年妇女穿过马路追了上来:"喂,侬叫我做啥?"

　　母子俩忙说:"阿拉呒没叫侬呀!"

　　"迭条马路浪人家侪叫我烤鸭店里的胖大嫂,孬个小伙子刚刚勿是勒辣叫胖大嫂吗?"王小毛晓得闹误会了,连忙解释讲:"我刚才丢失了一只鸡,这个鸡又胖又大,可蛋却生得比较少,所以我给它起了一个名字叫'胖大少'。"

　　烤鸭店的胖大嫂听了哈哈大笑,说:"两位勿要再去寻鸡了,刚刚我店里向的帮工正要杀鸭,突然发现鸭笼里多出一只鸡来,还以为是饲养场勒辣鸭笼里误装了一只鸡,正准备夜里杀了笃鸡汤喝,我现在马上去看,如果是你们的'胖大少',就还给你们,如果勿是胖大少,就算我迭个胖大嫂送拨你们一只鸡。"一边讲一边奔回店里去,一歇歇胖大嫂就捧牢一只鸡回来了,王小毛一看正是迭只失踪的"胖大少",猜想大概是初到上海,受了鞭炮的惊吓,逃窜到烤鸭店里,跳进鸭笼去避难的。王小毛接过"胖大少",谢了"胖大嫂",对妈妈讲:"大上海毕竟还是好人多啊!"

　　于是母子俩高高兴兴直奔家门而去。

(小品原著:梁定东)

2 车站受骗

王小毛接到扬州爷叔的来信,说最近要出差到上海,为单位联系业务,顺便来探望多年不见的嫂嫂和侄儿。只是从未到过上海,人生地不熟,希望小毛能够到火车站来接伊。

王小毛急性子,到了这天心想,还是让我早点到火车站,免得脱班。"蹬蹬蹬"赶到车站,对广场上大钟一看,离火车到达还有一个半钟头。来得忒早,就兜兜白相相吧。虽然住在上海,火车站也勿是经常来的,当初顶替妈妈工作,从苏北乡下到上海也是乘轮船来的。

对广场四周一望,真是热闹非凡,南来北往,人声嘈杂。进站的,出站的,还有一种既勿进站又勿出站,一直勒辣广场上相帮个体旅馆拉客的。还有各种各样的摊贩:"来,来,豆沙馒头肉馒头,香菇木耳菜馒头,刚刚出笼""花生米、香瓜子""五香茶叶蛋——"

再走过去,出了广场,只见对马路转弯角子围了一群人,当中有一个四十多岁的中年人一面讲一面指手画脚,讲点啥听勿清。王小毛欢喜轧闹猛,走过去一听,喔,原来是一个无锡口音的人手里拿了两支萝卜勿像萝卜的东西,勒辣推销,讲迭个是人参,一面拨了人看,一面嘴巴里喊:"人参人参,正宗得勿能再正宗的长白山人参。是偶俚家乡的特产,长白山人参。"王小毛禀性耿直,听无锡人勒辣喊"偶俚家乡特产长白山人参",心想:长白山勒辣吉林,哪能弄到无锡去了?"喂,我听侬的口音好像勿是长白山,是惠泉山嘛?""嗯,小阿弟,看勿出,耳朵灵的。偶告诉你,偶是从前知青插队落户到吉林,讨了个东北家主婆,因此长白山是偶的第二故乡,阿是偶的家乡?"喔!是迭能一回事。王小毛相信了。"喂,格么迭个人参好哦啦?""小阿弟,你问偶好哦,偶总归说好的。偶这人参吃下去可以滋阴壮阳、舒筋补骨、健脾益血、化痰止咳,有病治病,无病强身。只卖你五十元钱一包,便宜货,小阿弟,你阿诚心买?真的诚心买,偶八五折优惠。"

王小毛听无锡人迭能热情介绍,有点动心了,想五十元钱一包实在便宜,参药店里的人参一百多元只卖几克。想想自家妈妈和佩佩的爷娘年纪侪大了,听人家讲,年纪大的人要吃点人参补补,叫冬天进补,开春打虎。既然迭能便宜,买一点吧。正要掏钞票,再转念一想,慢!现在市面上假货蛮多,拿冬青树叶冒充龙井茶叶,生姜冒充川贝,黄鱼胶冒充驴皮胶,万一上当我啥地方再去寻伊啊?所以又犹豫起来了,拿了两支人参勒辣横看竖看。

无锡人好像看得出王小毛的心思,说:"小阿弟,你放心,偶做生意规规矩矩的,家主婆住了长白山山顶上,辩个人参就勒山顶上采下来的。小阿弟,你弗懂可以问问别人家的。"

周围的人越来越多,有一个人勒辣王小毛的身边,浑身上下一身军装,就是唝没领章肩章,接过王小毛手里两支人参,掂掂分量,看了几看,再放到鼻头底下闻闻,用普通话说:"唔,不错,正宗的。"王小毛一听,这朋友好像蛮内行,问:"侬哪能看得出是正宗的?""我在吉林当过多年兵,长白山人参我看得多了,你看这支人参像个人吗?像人就是人参。"王小毛拨伊一讲倒也有点半信半疑,点头"唔!唔!",迭个军人越讲越起劲:"这人参是野山参,难采啊,都是长在岩石缝里的。就在当地也要买一百多元一克。哎,这无锡人怎么卖得这样

滑稽王小毛

便宜？"王小毛想：对，我也正要想问迭个问题，有句老话：千做万做，蚀本生意勿做。无锡人讲："同志啊，第一，这人参是野生的，弗要本钿的，只是费点工夫去采采；第二，偶这次到上海来，回去的车钱弗够了，想卖掉好回转去。""喔，原来如此！"不过王小毛对人参的好坏仍旧有点吃大勿准，既然旁边穿军装的同志迭能内行，索性再问一声："同志，这，是真的？""不骗你，真的。去年，我父亲半身不遂，双脚不能下地，三包下去，现在比我还走得快。"王小毛想这样好，简直成仙丹啦？！

迭个辰光，军人拿出钞票，"喂，我要三包。""好个，一百五十元，喏，三包拿好！"有人一开头，买的人就越来越多，迭个买一包，伊个买两包，勿多一歇，卖脱了不少。王小毛想，介许多人买，总勿见得是假货，我勿识货，难道人家侪勿识货？我也买几包吧。正要拿钞票买，再转念一想，慢！好像里向有点毛病，一看迭个无锡人和迭个穿军装的人，右耳朵上侪多出一块肉，俗称小耳朵，说明勿是遗传就是有血缘关系。迭能一想，王小毛更加仔细地注意伊拉两家头的面孔了。刚刚勿注意倒呒啥，现在仔细一看，好像一只模子里刻出来嘛，喔唷，是阿哥兄弟嘛？原来两个人一搭一档一吹一唱，危险呀，我推板一眼眼上当。看来迭个人参有问题，"喂，卖人参的，迭个穿军装的侬认得哦？"迭记无锡人倒也有点慌了，讲："偶……偶跟俚勿、勿认识的。"

正勒辣迭个辰光，突然有个女人大叫起来："喔唷，勿好了，勿好了，吾俚皮夹子呒得了。"王小毛也呆一呆，要紧先问迭位外地妇女，哪能一桩事体？迭个女人边哭边说讲："吾住勒江苏海门，吾男人生心脏病，吾陪伊来上海看毛病的，刚刚看到此地有卖人参，吾就买了三包，想拨吾男人补补身体的，啥人晓得，人参买好，皮夹子拨了贼骨头偷掉了……""侬勿要哭。皮夹子里有多少钞票？""一千元，辫记完结了,叫吾哪能办呀?"

王小毛看迭位妇女一把眼泪一把鼻涕,倒也动了恻隐之心,作孽的呀。一千元,勿要讲一个乡下女人,对我来讲也要两个月工资加奖金啦,外加她丈夫勒辣生病住医院。哪能办?就讲:"阿姨,侬勿要哭了,迭能吧,我此地有三百元,侬先拿得去,救救急。"迭个女人勿肯拿,讲:"辫哪能好意思呢?话勿出的。""呒没关系,啥人都说不定会碰到意外,侬拿着。"说完,硬紧拿三百元塞到伊手里向。女人见推辞勿脱,就收下钞票讲:"辫吾就谢谢侬了。喏,辫个三包人参是吾刚刚买的,就拨了侬吧,否则吾要意不过的,假使侬勿收吾迭个人参,吾也勿会要侬的钞票的。"一边讲一边执意拿人参塞到王小毛手里,王小毛想算了吧,既然一定要给我就收下来吧,否则伊拿了我三百元钱,也勿安心的。

女人拿了钞票走了。王小毛回头寻无锡人和穿军装的朋友,已经无影无踪,不知去向。

王小毛一看手表,喔唷,勿对,火车马上就要到了。所以拿了三包人参,赶到出口处。火车刚巧到,接着爷叔。小毛要相帮爷叔拎行李,但三包人参拿勒手里,哪能拎呢?讲:"爷叔,行李我来拎,辫个三包物事侬帮我拿一拿。"爷叔讲:"这是什呢?""人参。""喔,让我看看。"小毛想起爷叔就是中药店里做的,让伊看看,真的假的,一看就晓得了。

爷叔打开纸包,一看,"嘻!"要笑出来了。"小毛啊,你这个是人参呀?""是的。""你昏头了,这个是树根!""啊?!上当啦?"王小毛就迭能长伊能短的拿刚刚的经过讲了一遍,爷叔讲:"喔!小毛啊,记住,以后马路上的东西千万不能买。""晓得了。"

爷叔讲辰光不早了,阿拉先吃饭吧,否则肚皮里要唱"空城计"

了。小毛讲："好,我请客!"不过一想,喔唷,勿对,袋袋里一共三百钱全部拨伊个外地妇女了。爷叔讲:"没得事,我请客。"

叔侄两人就到车站附近一家小饭店坐下。点好小菜后听到火车椅后面传来讲话声音:"刚刚危险呀,迭个小伙子眼睛凶啊,看出阿拉是弟兄俩。"王小毛一看,喔唷,是刚刚卖人参的无锡人嘛,再听听看,又听到一个女人讲:"你们俩真是头脑无得的,拨伊一问,问牢了,今朝勿是我急中生智,事体要弄僵咪!"喔唷,这个勿就是讲自家皮夹子拨偷脱的海门女人吗?王小毛恍然大悟,今天我彻底上当,伊拉勿是两个人一搭一档,而是三个人串通一气,最怨的是自家还硬紧要送三百元钱拨了伊。王小毛怒火中烧,要想立起来冲上去,拖伊拉去公安局。但是再一想:慢!先要让伊拉承认是自己人。于是对爷叔咬了几句耳朵,爷叔点点头,立起身来走到后面火车椅。

"三位,刚才我看见你们在对马路卖人参,货色好不好?"三个家伙一听生意来了,蛮好,有生意总归要做。"当然好的,勿怕勿识货,只怕货比货。""那你们三个人都是自己人喽?""对!伊是我的兄弟,迭个是我的家主婆。""喔,都是自家人。""朋友,侬货色要哦?""我不是老板,让我问问老板。"王小毛爷叔提高嗓音对准火车椅背后:"老板,货色要吗?"王小毛答应:"统统侪要。来,跟我走。"

三个家伙一听统统都要,开心啊,大生意来了,饭也勿要吃了,拎了包走到王小毛面前,"老板,送到啥地方?""公安局!""啊?!是你。"

王小毛和爷叔押了三个家伙到车站派出所,骗子受到了应有惩罚。

(小品原著:梁定东)

3 心里有门

咾天,门外响起了警笛声,王妈妈一听,心里发慌。

王小毛安慰讲:"妈妈哎,警车来侬慌啥啦?日里勿做亏心事,半夜敲门心勿惊。侬又呒没做坏事体。"

王妈妈讲:"讲是咾能讲,我大概心脏勿大好,听到迭个声音就心慌。"

"咾倒也是的,不过,最近警车到小区里来的次数好像是蛮多的。上个礼拜来过两趟,今朝又来了,看起来小区里大概发生啥个案子了。"

两个人正勒辣讲账,小黑皮闯了进来。

"小毛,王妈妈,勿好了,勿好了。"

王小毛问:"啥事体啊,大惊小怪的。"

"4号404室的孙家昨天夜里房门拨贼骨头撬开来了,家里物事侪偷光了。迭个已经是第三家人家拨偷了。第一家是赵伯伯屋里,第二家是钱小姐屋里,第三家就是孙先生屋里,孙先生屋里损失最大。"

王小毛问:"钞票偷脱多少?"

"钞票一分也呒没偷脱。"

王妈妈问:"金银首饰呢?"

"金银首饰贼骨头吭没寻着。"

王小毛讲:"还好,还好,迭能看来损失勿大。"

小黑皮讲:"损失老大的,拨偷脱5瓶老酒。"

王小毛讲:"小黑皮啊,侬又要故弄玄虚了,5瓶老酒,哪能讲是损失老大呢?"

"讲侬王小毛勿领市面,侬还勿开心,告诉侬,迭个勿是一般的老酒,是法国拉菲红葡萄酒,2万8千块一瓶咪,5瓶老酒就14万啊!听讲现在有些做生意的大款请当官的吃饭,别的酒勿喝的,只喝拉菲。"

王小毛问,贼骨头是哪能进去的?小黑皮讲,迭家人家虽然装了防盗门,是有名的金汤牌防盗门。叫啥迭个贼骨头照样撬开来了。还有两家拨偷的人家,一家装的是黑猫牌双保险防盗门,另一家装的是蜂狗牌三保险防盗门,侪是名牌,不过也吭没挡牢贼骨头。

讲到此地,小黑皮心事重重:"现在据讲小区里只有两家人家吭没装防盗门,一家是侬王小毛屋里,还有一家就是我小黑皮屋里。"

王小毛讲:"奇怪!装了防盗门反而拨偷了,阿拉两家吭没装防盗门,倒一眼事体也吭没。"

小黑皮讲:"迭个叫额骨头,我现在想去装一扇了,而且要装最好的。"

"格么侬准备装'黑猫'还是装'蜂狗'?"

"听人家介绍讲的,现在市面上'三夹板'防盗门最好。"

王小毛笑了:"啊,三夹板做的防盗门哪能会牢呢?力气大一眼的人一拳头可以打出一只洞咪。"

"侬勿要搞,侬晓得迭个门夹了三层啥个板?一层铁板,一层钢板,一层铜板,迭个三夹板呀,侬拳头去打打看。"

"喔唷,迭个三夹板勿要讲拳头,就是榔头、钻头也吼没办法。"

"所以我跟阿拉家主婆白糖妹子商量过了,决定去买三夹板防盗门,免得阿拉屋里也小偷上门。小毛,我劝侬也装一扇三夹板防盗门,迭能就保险了。"

王小毛对此勿以为然,小黑皮又讲:"我去生产三夹板防盗门的公司问过了,买两扇可以打九折的。"

但王妈妈和王小毛仍旧勿为所动。

过了一个礼拜,小区里又响起了警笛声。

王妈妈一惊:"喔唷,哪能警车又来了?勿晓得又是啥人家贼伯伯上门了。小毛啊,阿拉是勿是也像小黑皮一样去装一扇三夹板防盗门。"

"妈妈,侬勿要怕,现在拨偷的人家侪是装防盗门的,有啥用场。阿拉是小区唯一一家吼没装防盗门的人家,叫啥贼骨头就是勿来。"

过了一歇,小黑皮哭出乌拉走进门来。王小毛和王妈妈忙询问原由,原来,伊屋里昨天也拨小偷光顾了。刚刚警车就是为孬桩事体来了。

"啊!侬屋里勿是已经装了最高级的三夹板防盗门了吗?"

"小毛,小偷勿是从门里进来的,是从卫生间窗口里翻进来的。"

"贼骨头真是太嚣张了。损失情况哪能?"

"损失惨重!我的一只欧米茄手表,白糖妹子的一只 LV 包。"

"乖乖!就迭个两样物事就要两三万了。"

"格吼没的,大约模两三千元。"

"介便宜,勿可能的。"

"欧米茄是火车站广场边上买的,LV 是七浦路买的。"

"噢,侪是大兴货啊,格么吼啥大损失喽?"

滑稽王小毛

"啥个呒啥大损失,损失勿要太大噢。"

原来小黑皮私房铜钿3万多元拨偷脱了。小黑皮无奈地讲:"我囥一点私房钿勿容易的,小毛,侬应该有体会的,对哦?"

王小毛讲:"我呒没迭方面体会的,我工资奖金拿回来侪交拨妈妈的,将来结婚了统统交拨佩佩。"

小黑皮讲:"好来,现在讲得光漂,呒没到辰光了,将来结婚以后侬就会囥了。"

王小毛讲:"我也勿会的。"

小黑皮叹了口气:"我私房钿囥得几化好啊,跟白糖妹子结婚介许多年了,伊从来呒没发觉过,叫啥居然拨贼骨头一寻就寻出来了,迭个贼骨头要么有特异功能的。我私房钿囥勒辣啥地方,照派派从来呒没跟别人讲过呀。噢,对了,好像就跟侬王小毛讲过。"

王小毛急了:"喔唷,小黑皮,侬瞎讲有啥讲头啦,侬囥私房钿,侬是跟我讲起过的,但是侬呒没告诉我囥勒辣啥地方呀。侬此地讲讲勿要紧,外头去讲,人家真要怀疑侬家里偷脱物事跟我王小毛有关了。"

小黑皮讲:"侬勿要多心,外头我是绝对勿会讲的,不过刚刚警察问我,我是讲了。"

王小毛和王妈妈听了哭笑勿得。

迭个辰光,居委会干部走了进来。

"王小毛,我是居委会的,请侬到居委会去一趟好哦?"

"有啥个事体哦?"

"噢,呒没啥,就是最近小区里频繁发生盗窃案,派出所民警想跟侬了解一点情况。"

王妈妈忙讲:"我儿子老实头,勿会做坏事体的。"

居委会干部解释讲:"王妈妈,侬勿要紧张呀,警察是广泛了解走访呀。"

听伊辩能一讲,王小毛也只好跟牢伊到居委会去。过了大约一个钟头,王小毛从居委会回来了。

王妈妈连忙问:"小毛啊,警察哪能讲的?"

"警察老客气的,也呒没问我小黑皮屋里私房钿的事体。"

"噢,还好,还好。"

"不过,警察问我,为啥家家人家侪装防盗门,只有俺屋里勿装防盗门呢?"

"侬哪能回答呢?"

"我讲了,因为阿拉小区本来治安蛮好的,所以就觉得呒没必要装。再讲现在的房门本身也蛮扎足的,锁也是三保险的,还有阿拉屋里也呒没多少值铜钿的物事,所以就呒没装。"

"警察哪能讲呢?"

"警察呒没讲啥,不过,我从居委会出来,听到小区里交关阿姨爷叔勒辣讲:世界上哪能有迭种事体的,小区里介许多装高级防盗门的人家侪拨偷了,唯一勿装防盗门的王小毛屋里倒太平无事,迭个里向是老母鸡生疮——毛里有病。听上去,伊拉好像怀疑阿拉跟小偷……"

王妈妈有些生气:"迭个几天,我勒辣小区里碰到李家爷叔、周家阿婆、张家嫂嫂,我跟伊拉打招呼,侪死样怪气的,睬也勿睬我。我一转身,伊拉就点点戳戳的勿晓得讲啥。蛮好阿拉也去装三夹板防盗门,跟大家一样,就呒没事体拨人家嚼舌头了。"

王小毛讲:"格么我今朝就去买三夹板防盗门,马上装。"

王妈妈想了想,讲:"勿来三,现在装更加勿好。人家又会有闲话了,看到哦,受到邻居怀疑了,心虚了,马上装防盗门了,迭个就叫镬盖米涨。"

"妈妈,又勿是洋籼米烧饭,啥个镬盖米涨,应该叫欲盖弥彰。"

"对,对,就是迭个意思,阿拉身正勿怕影子歪,勿怕。"

王小毛自言自语讲:"现在要撇清迭桩事体,只好盼望贼骨头也来阿拉屋里偷一趟。"

王妈妈稀里糊涂地讲:"对的,小毛啊,侬去跟贼骨头商量商量,请伊拉辛苦一趟,来一趟。"

"好的,我现在就去……勿对的,妈妈哎,我到辣快去寻贼骨头,我要是寻得着,干脆就拿伊拉搭住,扭送派出所了。"

王妈妈反应过来:"对的,对的。我也气昏了呀。"

"再讲就是贼骨头真的来偷阿拉屋里了,人家还是会有闲话讲的。讲阿拉是跟贼骨头商量好的做一出戏,叫周瑜打黄盖,苦肉计。"

"是啊,人的嘴巴毒啊,上下两层皮,翻来翻去侪好讲的。"

母子二人正谈着话,小黑皮来了,王妈妈一看到伊,就吭没好声气:"侬还好意思来啊。"

小黑皮难为情地讲:"我是来道歉的,我已经跟警察讲了,绝对跟王小毛吭没关系的,我的私房钿园勒啥地方,王小毛是根本勿晓得的。我要还侬王小毛清白。勿过现在外头侪勒辣对傤王家议论纷纷。"

"议论一点啥呢?"

"伊拉讲……伊拉讲,就算勿是王小毛偷的,也可能是王小毛提供情报的。也有人讲,就算勿是王小毛提供情报的,也可能贼骨头跟王家是同乡、亲眷,否则王家哪能会介笃定,就是勿装防盗门,否则警察哪能会审讯王小毛。"

王小毛发极了:"啊,警察了解情况,到伊拉嘴巴里变审讯了?"

话音刚落,小黑皮的手机传来一条短信。小黑皮低头一看,顿时面色大变。

"喔唷,阿拉白糖妹子叫我快点回去做笔录。"

王小毛问:"警察勿是叫侬做过笔录了吗?"

"迭个笔录是白糖妹子叫我笔落下来,保证以后勿再囥私房钿,否则就跟我离婚。唉,侪是贼骨头勿好,我去了,我去了。"讲完,伊急匆匆地回转去了。

转眼,半个月过去了。

迭天,王妈妈买菜回来,对王小毛讲:"小毛,刚刚我勒辣小区花园里看到李家爷叔、周家阿婆、张家嫂嫂勒辣谈山海经,我还吭没开口,伊拉就跟我打招呼了,客气得勿得了,王妈妈长,王妈妈短。"

王小毛问:"哦,伊拉勿是怀疑阿拉跟贼骨头是连档模子吗?侬跟伊拉打招呼侪死样怪气,睬也勿睬的,背后头点点戳戳嚼舌头,哪能突然变了?"

"我也弄勿懂呀,伊拉老客气,还讲长远吭没看到王小毛了,侬迭个儿子好的,孝顺、忠厚、老实,养着迭种儿子前世修来的福气啊!"

迭个辰光,小黑皮兴冲冲地走进门来。

"小毛,王妈妈,告诉㑚一个好消息,贼骨头捉牢了,我的私房铜钿也追回来了。"

"格太好了。"

"好啥啦。警察拿钞票交拨我,我手也吭没捂热就拨白糖妹子充公了,还讲男人有了钞票要变坏的。"

滑稽王小毛

王小毛问小黑皮,小偷是哪能捉牢的。原来昨日夜里小偷准备再到小区里来作案,拨伏击的警察捉牢了,小偷一共是三个人。审问下来,迭些贼骨头是外来作案,跟小区里任何人侪呒没关系。

王妈妈深感庆幸:"幸亏小偷捉牢,案子破脱,万一小偷捉勿牢,阿拉是跳进黄浦也汏勿清了!"

小黑皮讲:"民警问小偷,为啥装高级防盗门的人家俉倒敢偷,勿装防盗门的人家,俉倒勿去偷。小偷讲防盗门越高级,讲明迭家人家油水足,勿装防盗门的人家,估计清汤寡水,所以勿偷。伊拉对小区里情况老清爽的,晓得全小区就两家人家呒没装防盗门,后来伊拉偷了三家人家以后,发现其中有一家原来勿装防盗门的人家,马上装了一扇最高级的三夹板防盗门,估计迭家人家有花头的,所以后来就偷了迭家人家,果然偷到了主人家园的私房钿。"

王小毛笑了:"看来侬迭扇三夹板防盗门是引贼上门啊。"

小黑皮懊恼勿已:"我蛮好辩扇防盗门勿要装,私房钿也勿会偷脱了,花了2000多元,折头也呒没打。"

"侬还记牢打折头啊,不过,我看防盗门还是要装的。妈妈,现在阿拉也应该装一扇防盗门了。不过,迭个防盗门勿能装错地方啊。"

小黑皮勿理解:"防盗门总归装勒辣门框上的,总勿见得装勒屋顶上。"

"但是有的人就装勒心上,迭就勿是防盗了,而是造成人跟人之间的勿信任,瞎猜疑。"

小黑皮听了邪气羞愧:"对,小毛,王妈妈,我心里就有一扇防盗门。我瞒牢白糖妹子园私房钿,私房钿拨偷又瞎怀疑侬王小毛,我屋里拨偷,看到侬屋里平安无事,我心里有点酸溜溜的,讲明我勒辣亲朋好友、邻居淘里装了一扇无形的防盗门,我要拿迭扇门拆脱。小毛,侬榔头、冲击钻有哦?"

王小毛吃惊地问:"啊,拆心里的门用勿着冲击钻的。"

"勿是,我去拿卫生间的窗装上铁栏栅。"

"原来迭能啊,哈哈哈……"

(小品原著:葛明铭、沈义)

4 车厢疑云

勒辣上海火车站附近,41路公共汽车的车站上,等候着交关乘客。迭些乘客已等了老长辰光了,还是勿看见车子的踪影,开始有点不耐烦了。有的勿停地在看手表,有的踮起脚尖抬头张望,嘴里还在咕:"现在的交通……唉!"

俗话说等人心焦,其实等车一样心焦。车子等勿来,乘客勿要发牢骚?侬叹气,旁边倒有人插嘴了:"同志,勿要急,等内环线高架道路全部造好,再加上地铁、轻轨全部开通,情况会好转。"讲话的是啥人?是一位年轻人,伊叫王小毛。

王小毛小圆脸、平顶头,戴仔一顶太阳帽。勒辣王小毛旁边有位老妈妈,60多岁,宁波人,也在等乘车。伊怕上车人多,想先准备好点零票,摸出一只黑颜色的猪皮皮夹子,勒辣皮夹子里翻,一面翻一面自言自语:"咦?哪能会呒没零票?"王小毛听见了,再一看老妈妈皮夹子里翻出大票面一大叠,侪是一百块头的,少说也有两三千元。王小毛就笑嘻嘻地对老妈妈讲:"阿婆,呒没零票勿要紧,我代侬买一张好了。不过,侬迭只皮夹子放放好,当心落脱。"老妈妈一听,喔吆,对的呀!别人讲铜钿银子性命交关,我迭点钞票倒的确悠关性命,是去拨老爱人开刀付医药费的。宁波老妈妈点点头讲:"噢,我有数了,谢谢侬提醒。"顺手拿皮夹子往衣裳袋袋里一放。

不多一歇,汽车到站了。车停门开,先下客,再上客。因为人多,侪想先上,所以把宁波老妈妈轧到最后去了。

王小毛心想:让我做做好事吧,否则老妈妈无论如何乘勿上了。王小毛搀扶老妈妈讲:"阿婆,当心!"老妈妈的脚刚刚踏上第一级扶梯,想再上第二级的当口,突然后面冲上来一个小青年。迭个家伙勿走旁边,从王小毛和老妈妈的当中窜上汽车,推板一眼拿宁波老妈妈撞倒。王小毛一看,迭个小青年,面无四两肉,身上那件文化广告衫蛮显眼,胸前八个大字:"诚实我友,虚伪我敌"。

乘客上车,关门打铃汽车开。售票员招呼:"上车请买票,月票请出示。"

王小毛月票出示一下之后,准备放进袋袋,汽车一个急刹车,脚立勿稳,撞着旁边的乘客。"啪!"一样物事落到地上。"喔唷!"王小毛低头一看,一只瘪塌塌的淡黄色的皮夹子。王小毛连忙弯倒身体,拾起来,一看正是横冲直撞穿文化衫的小青年落下来的。王小毛连忙打招呼:"对勿起,对勿起。"但是迭个人毫无礼貌,对王小毛恶狠狠的弹眼睛。王小毛也只好当伊呒介事。

突然听见宁波老妈妈叫起来:"喔唷,我只皮夹子呒没了,辫叫我柴弄弄啦?"

乘客们看老妈妈急得面孔煞白,侪劝老妈妈勿要急,想想看,大概落勒啥地方?作兴忘记勒屋里了?"勿!上车之前我还翻过皮夹子。""格么侬的皮夹子哪能样子?""黑颜色,猪皮的。"王小毛一听,补充一句:"刚刚我看见。"辫桩事体要是换别人避嫌疑都来不及了,但王小毛禀性忠厚,为人正直和热心,一是一,二是二。伊讲看见过皮夹子的,别人倒起疑心了。有人对老太说:"侬上车辰光旁边有啥人?""旁边啥人……"老太对四周迭些乘客的面孔一只一只看

21

过来,最后两道眼光落到王小毛身上。老太两道眼光"刷——"扫过去:"就是伊!"

随着老太的话音刚落,车上所有的目光像一把把利剑直刺王小毛。

王小毛怨啊,一下子竟无言答辩,反而张口结舌,"我……我……",旁边迭个穿文化衫的青年勿耐烦了:"好了,不要我呀你呀了,清爽了,皮夹子伊偷的,老妈妈,对哦?"老妈妈讲:"我又勿是讲皮夹子是伊偷的,我是讲是伊搡我上车的。"迭个辰光售票员倒想起了,刚刚老太走在最后,好像有人撞伊一记,推板一眼拿老妈妈撞得掼跤,就问:"老妈妈,上车辰光有人推过侬哦?"老妈妈拨一提醒,想起来了。"有的!有的!""啥人?"老妈妈看牢穿文化衫的小青年,指牢伊的鼻头讲:"是伊撞我的,推板一眼腰子也拨伊撞下来。"

王小毛松了口气,嗬,还好!老妈妈脑子还算清爽,否则我要吃冤枉官司了:"好了,到底啥人是小偷,瞎子吃馄饨——心里有数。"

王小毛迭能凿了一句,迭个小青年哪能会买账?声音顿时提高:"侬是小偷!"王小毛也不示弱:"侬才是小偷!"两家头你骂我小偷,我骂你小偷,相互指责,赛过斗鸡,各不相让。

有个乘客讲,辩能争下去呒没底的,抄身!啥人勿让抄就是心虚。王小毛讲:"不来三,勿是我心虚,因为抄身是违法行为,我建议车子开到公安局去。"车厢内一阵骚动,议论纷纷:"我要上班去的,迟到敲奖金算啥人的?""我要赶长途汽车到乡下去了。"哪能办?有人建议还是拨小偷一个改正错误的机会,大家拿眼睛闭起来,"我来数一、二、三,让小偷把皮夹子摸出来么好咪。"王小毛要想讲这个办法也勿好,但是大家一致赞成,只好少数服从多数,试试看了。

出此主意的乘客喊口令了:"大家闭眼睛。"一车子的人赛过像托儿所小朋友,听话得很,眼睛统统闭拢,王小毛也只好闭上了眼睛。"一、二、三!"眼睛张开,大家对地上勒辣看,有吗?呒没!小偷勿会这样听闲话的呀。王小毛讲:"我晓得迭个办法不来三的。"

旁边穿文化衫的朋友,冷言冷语对准王小毛:"好咪,勿要装腔咪,自家身浪摸摸看。"王小毛下意识拿手伸进袋袋一摸。"啊?!"顿时冷汗也冒出来了。做啥?因为伊勒辣袋袋里摸着一只皮夹子呀!而自家袋袋里本来是呒没皮夹子的。咦,真的眼睛一眨,老母鸡变鸭。迭记更讲勿清了,本来只是怀疑对象,现在是赃证俱全。

王小毛一阵紧张后立即镇定下来。心想,我勿是小偷,我心虚点啥?但是迭个谜总要揭开,皮夹子哪能会到我的袋袋里来?再摸摸袋里辩只皮夹子感觉是瘪蹋蹋的,勿对呀,老妈妈皮夹子里钞票一大叠,应该是鼓鼓囊囊的。格么迭只瘪塌塌的皮夹子是啥人的呢?王小毛动作真利索,眼尖手快,拿皮夹抽出一只角,一看,淡黄颜色!明白了,老妈妈的皮夹子肯定是伊偷的。伊趁大家闭拢眼睛辰光来个栽赃陷害,因为心急慌忙,拿错一只,把自己的塞到我袋袋里了。

原来迭个青年确实是一名惯偷。姓吴,名字叫闻华。吴闻华,虽然呒没文化,但是赶时髦,身上穿件文化衫,胸前还印了八个字"诚实我友,虚伪我敌"。

现在,吴闻华得意呀,"乘客们,大家看,迭个家伙闷脱了,伊肯定勿是好人。"王小毛胸有成竹,现在唯一的办法要嚎伊拿另一只皮夹子自己掏出来。于是王小毛反击道:"我勿是好人,侬是好人?""我当然好人啰,喏,侬看看叫,诚实我友,虚伪我敌,我就是迭种人。"吴闻华用手指指胸前文化衫,不料正指勒"虚伪"两个字上,王小毛马上抢过话头:"噢,原来侬是虚伪的人!"还呒没等吴闻华醒悟过来,王小毛像开机关枪一样接着讲:"同志们,辩个家伙不打自招,

滑稽王小毛

已经承认自家是虚伪的人,伊虚伪到哪能地步呢?伊从上车到现在,别样勿要讲了,就连车票也咉没买过。"王小毛像连珠炮似的一阵扫射,吴闻华也昏脱了:"我,我哪能咉没买票?我是月票!""月票呢?有种出示一下。""喏!"吴闻华迅速摸出一只黑皮夹子晃了一晃。宁波老妈妈看见了大叫起来:"掰只皮夹子是我的!"

王小毛"扎"一把抓牢吴闻华的手。吴闻华也糊涂了,嘴巴里还在咕:"咦?格么我只皮夹子呢?"王小毛另一只手从袋袋里摸出黄皮夹:"喏,勒辣此地。是侬刚刚想栽赃,塞到我袋袋里的。"吴闻华恨勿得自己打耳光,要死呀,心急慌忙塞错一只。

小偷捉牢,乘客俦冲上来要请伊吃生活。吴闻华吓得抱头躲避,王小毛讲:"大家勿要打伊,送伊到公安局去,法律会惩罚伊的。驾驶员,停车,开门。"

车子刹住,门还未开,只见车厢尾座上"啪"立起来一个人,身穿军裤,有点军人气概,气度不凡,一声高喊:"等一等。"大家不禁呆了一呆。

只见伊拨开人群,走到王小毛旁边,热情地跟王小毛握手,用普通话说:"同志,感谢您,抓住小偷,为民除害。请问您贵姓?""我叫王小毛。""王小毛同志,我是公安局的,你把小偷交给我吧。喏,这是我的证件。"说完,拿出证件在王小毛眼前一晃,还咉没等王小毛看清爽,却已经收回去了。

这位公安人员抓住小偷衣襟:"他妈的,你这小偷,我早已经注意你了。今天你偷了东西,还想害别人,我打死你这家伙。"说完,对准吴闻华脸上就是两记耳光。

这一举一动,王小毛看在眼里。奇怪,既然伊是公安人员,早点为啥勿出来?既然拨我看证件,为啥眼门前晃一晃?现在又骂人、又打人……,嘿嘿!老母鸡生疮——毛里有病。既然侬送"货"上门,好!我来一个捉一个,来两个捉一双。

王小毛表面仍旧笑嘻嘻:"民警同志,有侬勒辣,再好呒没。侬大概不认得附近的清泉路派出所,我来带路。""不用了,我就是清泉路派出所的。""好极了。喔唷,我勒辣迭个派出所帮过忙,咦?我哪能勿认识侬呢?"穿军裤的朋友不慌不忙,对答如流:"我昨天刚刚调过去。""喔,对了,我早就听说辂几天破案组要转来一个新同志,原来就是侬啊?""是呀!""噢,李所长昨日刚刚到北京去开会嘛,侬碰到呒没?""碰到的,还是我送他上的飞机哪!""噢,格么老刘呢?就是一个阿胡子山东人?""在呀,在所里……"王小毛勿等伊讲完,哈哈大笑:"好咪,勿要唱戏了,老实对侬讲,刚才我迭些闲话侪是瞎编的,侬竟然跟牢我胡调。侬的狐狸尾巴露出来了,你俩是连档模子。"

车厢里又一阵骚动。假警察一轧苗头,对吴闻华眼睛眨眨嘴歪歪,小贼心领神会,两人窜向车门,假警察起手按车门开关,辂扇门竟然拨打开了,吴闻华推开人群,两个家伙准备夺路而逃。

乘客们一阵呼叫:"捉牢小偷!"两个人刚下扶梯,头伸出车门,王小毛动作敏捷,汽门一撳,车门"啪"紧紧关上。车门正好拿伊拉两家头的头颈轧牢,一个也逃勿脱。

车厢内外,一片叫好。正是:

    车厢疑案,云消雾散;
    两个惯犯,难逃制裁。

(小品原著:李树民、葛明铭)

5 公园约会

俗话讲:可怜天下父母心。

王妈妈对王小毛也是操碎了心。尽管小毛已经是又长又大的青年人了,但是勒辣姆妈的眼睛里向总归是小囡。有句话讲:呒没出太阳总是早,呒没结婚总是小。王小毛呒没女朋友的辰光,王妈妈急煞,现在有了女朋友佩佩,总好定心了哦?仍旧勿定心,连小毛跟佩佩约会的时间、地点侪要亲自过问。

1987 年的夏天,辣日天的夜里六点半,王小毛跟女朋友佩佩约好勒辣人民公园林荫大道的第二只长椅子举行第二次相会。王妈妈比王小毛还要心急。太阳还呒没落下去,伊就吃过早夜饭,一个人"蹬蹬蹬……"先赶到人民公园。做啥?为王小毛谈恋爱去抢位子呀。因为王妈妈生怕万一公园里谈恋爱的人多,椅子紧张,小毛跟佩佩坐勿着就尴尬了。王妈妈晓得谈恋爱要荡荡谈谈,荡得吃力了,就要坐下来一边休息一边谈。假使寻勿着座位,一直荡,荡里个荡,荡里个荡,变猢狲出把戏哎。

王妈妈急匆匆来到人民公园林荫大道,老远就看到第二只椅子,嘿,空着!开心呀,连忙三步并作两步,赶到椅子前坐下来。嗬,松了一口气,位置总算抢着了,不过再一想,勿对。小毛和佩佩要两个人来,我现在只有一个人,只好占一只位子,万一等一歇来的人勒辣旁边一坐,位置又吪没哎!哎,反正手里有只拎包,旁边一放,算伊一个人。对,拎包放好。再一想:喔唷,也不来三,假使人家来了,讲阿姨啊,侬的包可以放勒身浪,让只座位出来,格哪能办?勿是又要弄僵了吗?哎,有了,索性让我横下来,躺平。对!乃么王妈妈拿拎包当枕头,人就睏勒长凳浪。刚刚赶路蛮吃力,现在倒一举两得,既抢着座位,自家又好休息休息。王妈妈为自家能想出迭能的办法暗暗得意。

就勒辣迭个辰光,有人勒辣伊边浪讲闲话了:"喂,阿姨啊,侬哪能可以睏勒长凳浪向,一个人占了四只位子?起来,起来。"王妈妈坐起来一看,是个戴红袖章的老爷叔,年纪跟自家差勿多,噢,看样子是个纠察,不过样子倒蛮和气。王妈妈讲:"噢,纠察爷叔,侬听我讲,因为我儿子年龄已经勿小了,最近好勿容易通过人家介绍,谈到一个女朋友,今朝是伊拉第二次约会,到此地来谈谈。我晓得公园里向谈恋爱的一对一对蛮多的,到辰光长椅子蛮紧张的,所以我特地先来抢只位子。"老爷叔一听,心里暗暗发笑。儿子谈恋爱,姆妈先来抢座位。迭个姆妈倒的的确确是"孝顺"儿子的。"阿姨啊,侬用心良苦,我理解的,不过侬睏下来总归勿像腔的。"王妈妈想格么哪能办呢?还是好好叫跟老爷叔商量商量。讲:"老爷叔,侬就帮帮忙,侬也坐下来,帮我未来的媳妇抢一只位子好哦?""好好好……"但是老爷叔马上回过神来:"喂,不来三的,我也拨侬缠昏脱了,我现在正勒辣执勤呀,哪能好帮侬抢位子呢?"

迭个辰光,王小毛和沈佩佩来了。王小毛看到姆妈为自家抢长椅子,心里过意不去。因为王妈妈、佩佩相互间还是第一趟见面,王小毛就介绍讲:"佩佩,迭位是我的姆妈,迭位就是佩佩。"佩佩十分亲热地叫了一声:"姆妈。"王妈妈听了迭一声"姆妈"两字,左耳朵进

滑稽王小毛

去,恨不得右耳朵塞牢,为啥?舍勿得让伊跑脱。对眼门前迭个姑娘一看,嗬呀!天下竟会有迭能漂亮,迭能大方,迭能讨人喜欢的姑娘?王妈妈看到毛脚媳妇开心得嘴巴也合勿拢,笑得眼睛只剩一条缝。"噢,这就是佩佩呀?好,好。"迭个辰光,佩佩又叫了一声:"爸爸。""爸……"王妈妈弄勿懂了,啥地方弄出个爸爸来了?真是无巧不成书呀。原来迭位纠察爷叔就是佩佩的父亲,真是勿是亲家勿碰头。

经过相互介绍后,佩佩父亲对王妈妈讲:"阿拉的任务完成了,可以走了。让伊拉谈吧,谈恋爱嘛,伊拉两个人谈呀,你我轧勒当中算啥?""对的,对的。小毛、佩佩,倷定定心心慢慢叫谈好啦,阿拉走了。撤退!"讲好王妈妈拿起自家的拎包就和佩佩爸爸走了。

长椅子上只剩王小毛和佩佩。王小毛是个老实头小伙子,又是初恋,勿好意思开口,侬不响,女方更加难为情了,所以两家头俙勿讲闲话。

佩佩毕竟是大城市里向的姑娘,心想谈恋爱重点一个谈字,勿谈,迭能屏下去,屏到啥辰光呢?还是我先开口吧:"小毛,侬姆妈真风趣!"佩佩一讲闲话,尴尬局面就此打开。王小毛倒也滔滔不绝地讲了起来:"佩佩,我妈妈人老好的,老风趣的,伊还会唱越剧,最喜欢唱《碧玉簪》,我学几句拨侬听喏。""好呀。""我的心肝宝贝呀……"

王小毛正唱得起劲时,只看见对面一棵大树背后一个人影一闪,迭个人影对准自家勒辣招手。定神一看,咦?是姆妈。哪能还吮没走呀?!就对佩佩说:"我妈妈又来了,侬坐会儿,我去一去就来,不晓得有啥事情。"

王小毛走到对面树背后,问妈妈:"侬哪能又回来了?"原来王妈妈到公园门口,想拿点零碎钞票乘车买票,拉开包一看,喔唷,不好,食堂里买的馒头吭没拨小毛,等一歇伊拉俩家头谈得肚皮饿了哪能办?赶快送回去。所以又来了。

"喏,迭个塑料袋里的是肉馒头,给佩佩吃。迭个纸袋里是三个淡馒头,是侬吃的。谈恋爱也要注意节约。"王小毛晓得姆妈是勤俭持家、做人家的人,王小毛又是个孝顺儿子,非常听姆妈的话,姆妈说吃淡馒头就吃淡馒头,就讲:"我晓得了。"王妈妈才放心地走了。

王小毛回到佩佩身边,佩佩问姆妈来做啥,小毛还吭没回答,只看见对面大树背后妈妈又在招手了。王小毛只好再次过去。"妈妈,侬还有啥个事体?"王妈妈从包里摸出两只苹果塞到小毛手里:"迭个苹果刚刚我又忘了。""妈妈,你勿是说谈恋爱也要注意节约嘛,吃苹果开销太大了。""侬迭个戆小囡,节约勿等于小气,谈恋爱男方总归要用脱两钿。我怕侬勿会买物事,所以特地买了两个苹果。喏!拿着。"

小毛一看,两只苹果,相差很大,一大一小,大的红通通,亮光光;小的干瘪瘪,青光光。"妈妈,迭……""不要哇啦哇啦。迭个大的是正品,小的是处理品。"吭没等妈妈讲完,王小毛要紧接着讲:"妈妈,我晓得,大的,好的,佩佩吃,小的,差的,我吃。""对的,对的,到底是我儿子,姆妈心想侪晓得。"讲好,终于走了。

王小毛再次回到佩佩身边,还吭没坐下来,一看,对面大树背后妈妈又勒辣招手了,只好再过去。"妈妈,侬还有啥个闲话一道讲讲脱,迭能一次一次像调龙灯,我也吃不消的,侬也吃力来西的。""迭个是最后一次了。"王妈妈讲好就从包里"唰"抽出一把铮铮亮的切菜刀。小毛吓了一跳,问迭个派啥用场?妈妈讲:"万一俾谈得晚了,半夜三更回来,路浪向我勿放心。虽然讲现在好人多,但是坏人也不是吭没的。勿能勿防,带一把切菜刀,要紧关头可以防防身。"

滑稽王小毛

小毛听了哭笑不得,"啊咦喂,用勿着的。""不行,一定要带着。"王小毛犟不过姆妈,呒没办法。只好将菜刀朝腰带里一插,弄得来像"小刀会"一样。王妈妈一看,才放心地走了。

王小毛对自家看看,迭种样子邪气滑稽,左手拎了两袋馒头,右手托了两只苹果,腰眼里插一把切菜刀,算啥名堂?

回到原来座位,手里物事朝椅子浪一放。佩佩弄勿明白了,问姆妈一次一次来做啥。王小毛想迭个叫我哪能回答呢?"嘻嘻,佩佩,呒没啥。其实我妈妈老关心阿拉的,就是年纪大了,闲话多点,迭个叫树老根多,人老话多嘛。对了,佩佩吃苹果。"

王小毛迭个人就是太老实,侬吃苹果嘛,就拿一只好的给佩佩,坏的自家留着,就可以了嘛,偏偏伊嘴巴里还要咕出来:"慢,让我看看清爽,勿要弄错,妈妈叮嘱过的,大的,正品的,侬吃,小的,处理品我吃。"佩佩笑出声来,想迭个人真是老实得可爱。接过苹果讲:"勿削皮哪能吃?水果刀也呒没带。"王小毛忙讲:"不要紧,刀我有。""唰"从腰里向抽出切菜刀来,迭记把佩佩吓得面色也变了:"侬,侬,侬哪能身浪带把切菜刀?"王小毛看佩佩吓成迭能,连忙安慰伊:"佩佩,侬勿要吓,迭把刀是姆妈刚刚送来的,叫我带在身浪,万一碰着坏人可以防防身的。现在削苹果呒没刀,正好用来派派用场。"

迭个辰光,有一个人从伊拉坐的椅子前面走过,听到轻轻叫的"啪!"一记声音,眼前好像落下来一样物事,金光闪烁,仔细一看是一只金手表。"不好,有人掉了手表了。"抬头看,有一位中年妇女正巧走过,肯定是伊的。王小毛拾起手表就追了上去。

王小毛追上去送手表,忘记自家手里还拿仔一把切菜刀。一边追,一边喊:"喂喂,侬勿要走,勿要走。"前面的中年妇女听见喊声回头一看,一个小青年拿仔一把菜刀勒辣追过来,吓得魂灵出窍,看来勿是碰着歹徒就是碰着精神病人了，马上一边逃一边喊："来人哪！"啥人晓得伊越是逃得快，王小毛越是追得急："勿要跑，侬的手表……"前面的中年妇女明白了，原来后头迭个家伙挥舞菜刀，是要想抢我手表，更加拼命地逃，更加拼命地喊："救命啊！"

佩佩父亲正勒辣公园里巡逻执勤，听到呼声，奔了过来，只看见一前一后，一女一男，一逃一追，一个喊救命，一个挥菜刀，断定是强盗抢物事。冲上去仔细一看，迭个强盗勿是别人，正是自家毛脚女婿王小毛，万万呒没想到王小毛居然是迭种人啊！佩佩爸爸气得血也吐得出来。

中年妇女看见纠察就像见到救命菩萨，连忙迓到伊背后："爷叔，爷叔，救救我，迭个坏人要抢我手表！"

说时迟，那时快，王小毛也赶了上来。佩佩爸爸每天早晨勒辣公园里打打太极拳，练练气功，倒有两下子，起手勒辣王小毛拿菜刀迭只手的穴道浪"啪"一点，"嗨！"一拗，王小毛吃勿消了。佩佩爸爸夺下菜刀，王小毛手腕邪气痛，讲："嗬吆，爸爸轻点，轻点。""啥人是侬的爸爸，想勿到侬是辩种人。持刀抢劫，还当了得。走，公安局去。"抓牢王小毛的衣领拖了就走。王小毛急了，拼命大叫冤枉。

佩佩也赶了上来，晓得爸爸误会了，连忙解释："爸爸，侬勿要搞错。"佩佩父亲脾气耿直，讲："我会搞错？女儿啊女儿，侬眼睛张张开，我搞错还是侬看错，手拿菜刀要抢手表，迭个勿是事实？""事实是迭位阿姨落脱手表，王小毛拾到手表，追上来要还拨伊呀。""啊？原来是辩能一桩事体啊？"

王小毛拿金手表还拨了中年妇女。这位阿姨倒也觉着蛮难为情，别人拾金不昧，我却当伊拦路抢劫，连忙打招呼，赔礼道歉，千恩万谢。

滑稽王小毛

佩佩爸爸弄勿懂了,既然是做好事,侬手拿菜刀做啥?啥人谈恋爱带把菜刀的?

王小毛也是啼笑皆非,拿刚刚姆妈三次回来送馒头、送苹果、送菜刀的事体讲了一遍,佩佩爸爸一听又好气又好笑,便讲:"侬姆妈想得出迭个防身的办法,勿要讲侬叫伊姆妈,我也要叫伊姆妈咪!"

(小品原著:梁定东)

6 摩登东郭

王小毛和妈妈搬场了,从原来的石库门老房子搬进了一幢新公房的二楼,房子蛮宽敞的,不过还呒没开通管道煤气,只好每天生煤炉烧饭。

有一日的下半天大约四点光景,王妈妈正勒辣屋里收作房间,突然听到有人勒辣敲门。王妈妈想今朝儿子王小毛哪能介早就下班回来了?平常辰光要五点敲过才到屋里的呀。王妈妈兴冲冲跑过去开门,开门一看,是一个矮墩墩的男青年,身浪向穿仔一套灰颜色的工作服,王妈妈勿认得伊,就问:"同志,侬寻啥人?"

"我是煤气公司的。"

王妈妈一听讲是煤气公司的,真的是喜出望外,因为伊拉搬进新公房已经快半年了,天天用煤球炉子烧饭,现在看到煤气公司的人上门哪能勿开心呢!"同志啊,阿拉天天盼,盼星星,盼月亮,今朝总算拿侬盼来了,请进,请进。"

迭个青年人,进了门随手就拿房门关上,就朝左手的王小毛的房间走过去。王妈妈连忙喊牢伊:"同志,煤气装在右手的灶披间里,侬哪能朝左手的房间里走。迭间房间是我儿子王小毛准备结婚派用场的,还呒没布置好,请侬勿要进去。"

"侬儿子人呢?"

滑稽王小毛

"伊还呒没下班……"

王妈妈话音刚落,迭个青年人嘿嘿一笑:"噢,格么伊大概啥辰光回来?"

"平常侪是五点敲过到屋里的,刚刚侬敲门我还当是阿拉儿子提早下班回来了。"

"忒好了!"

王妈妈觉得勿对,伊讲"忒好了",啥个意思?

迭个辰光,小青年面孔一变,露出了凶相:"老太婆识相点,拿钞票、首饰拿出来。"

"啊?原来是个盗窃犯啊?来人啊,抓坏人啊……"

小青年见王妈妈高声喊叫,从衣裳里拔出一把匕首:"侬再叫,我叫侬去见阎罗王。"

王妈妈看到亮晃晃的匕首连忙讲:"我勿叫,我勿叫……"

"勿叫就好!"

王妈妈想想我哪能好让坏人得逞呢?实在心有不甘,所以又突然放开喉咙大声地喊:"抓坏人啊……"

小青年看到仍旧要叫,就拿王妈妈的头颈一把搿牢,搿得王妈妈气也透不过来,眼睛发黑,假使再搿下去,王妈妈真的要一命呜呼了。

就勒辣紧要关头,王小毛下班回家来了。刚刚王妈妈勿是讲平常王小毛要五点敲过才回到屋里的吗,现在只有四点敲过,哪能就回来了呢?原来单位里派王小毛出来采购办公用品,事体办得邪气顺利,办好以后,王小毛就直接回来了。走到二楼,王小毛用钥匙打开房门,小青年听到有人进屋,松开王妈妈就想夺门而逃,王小毛一下子挡牢了伊的去路:"你是谁?"

王妈妈见儿子回来,胆子大了:"小毛啊,勿要放伊跑,伊是个强盗。"

王小毛大喝一声:"光天化日之下竟敢上门盗窃,哪里逃?"

王小毛叉开双腿,拉开功架,小青年以为王小毛是有武功的,只好转身冲进房间,窜到阳台上,纵身往下跳。王小毛紧随其后,追到阳台上,王妈妈连忙喊:"乖乖啊,勿能跳啊!"说时迟,那时快,王小毛一个鲤鱼翻身,已经跳下阳台,大喝一声:"侬往哪里逃?"

迭个辰光,王妈妈也从楼上下来,母子俩一前一后紧追坏人。本来王小毛离强盗只有十几公尺远,再加快一点速度就能追上了,但是伊听到妈妈也追了上来,担心妈妈年纪大了,万一摔一跤不得了,所以回过头去看。偏巧王妈妈迭个辰光脚下一滑,眼看就要跌倒,王小毛连忙转身一个箭步冲上去,扶牢妈妈,王妈妈对小毛讲:"勿要管我,抓坏人要紧!"

王小毛扶稳了妈妈后,又转身要去继续追坏人,但是一看,喔唷!坏人勿看见了。王小毛收住脚步,四处一看,前面只有一幢公房,眈眈没别的路好走,心想:迭个家伙肯定迺进辩幢公房了。就对妈妈讲:"妈妈,侬守在幢房子的大门口,我进去挨家挨户搜,非把迭个赤佬揪出来不可。"

"好,我守勒此地!"

再说迭个小青年,慌勿择路奔进大楼,一直奔到最高一层的601室门口:"开门,快开门。"

601室是六楼东面的第一间,户主姓郭,因为最西面的604室户主也姓郭,所以邻居们就拿西面的户主叫西郭先生,拿东面的户主叫东郭先生。现在东郭先生听到有人敲门,拿门轻轻打开条缝,小青年用力一推,闯进了604室,马上拿门关牢。东郭先生邪气吃惊:"侬,侬,侬是啥人?"

小青年装出一副可怜相："老爷叔救我一命,有人持刀要杀我,让我迓一迓。"

"有人要杀侬?为啥要杀侬?"

小青年讲："半年之前,我勒辣电车上捉牢一个小偷,拨我送进了派出所,今朝狭路相逢,勒辣马路上伊认出我来了,伊拔出刀来要报复……"

东郭先生安慰讲："侬勿要怕,魔高一尺,道高一丈,我去叫众邻居来帮侬,一道拿坏人抓起来。"

小青年想:绝对勿能让伊出去,伊一出去跟王小毛碰头,马上要戳穿西洋镜的,威胁讲："老爷叔,迭个小偷辣次就算拨了倷捉牢,伊非但认得我,还记仇于侬,下趟伊报复侬,侬屋里地址侪拨伊晓得了,侬就迓也呒没地方迓了。"

东郭先生一听,吓得连连点头："对,对,对!"

就在迭个辰光,王小毛从底楼一家一家问了上来,走到了604室,一敲门604室的西郭先生来开门。王小毛问："爷叔,侬有勿有看见一个穿工作服的矮墩墩的小青年跑进来?"

"呒没。"

"爷叔,迭个家伙是个抢劫犯,估计是逃进倷迭幢楼了,侬假使看见了,快点叫,阿拉大家齐心协力拿伊捉牢。"

王小毛跟604室西郭先生的对话,601室的东郭先生听得清清爽爽。伊转身问小青年："侬到底是啥等样人?"

小青年扑通一声,跪倒勒辣地上,苦苦哀求："我跟侬实话实讲了,我赌钞票输了精光,欠了一大笔赌债,走投无路才上门去偷去抢的。我家主婆马上要生小囡了,等钞票用,我实在呒没办法了,我是第一次做迭种事体,我要是骗侬,我就是乌龟王八蛋。老爷叔,假使我拨捉进去,我一辈子完结了,我的女人,我的小囡就吭没人管了。侬救救我,侬好心有好报,菩萨会保佑侬长命百岁。"

东郭先生听了迭个一番闲话,倒有眼同情迭个小青年了。

迭个辰光,"砰砰砰"王小毛敲响了601室的房门,小青年邪气紧张,浑身发抖。东郭先生叫伊马上钻到床底下头去,等伊趷好,再去开门。

王小毛讲:"爷叔,我敲了介长辰光的门,侬哪能刚刚来开啊!"

"我年纪大了,有点聋鳌,吭没听见。"

"爷叔,侬有勿有看见一个穿工作服的矮墩墩的小青年?"

"吭没看见。"

"爷叔,侬要当心,伊是个抢劫犯,刚才到我屋里,趁我妈妈一个人就要动手,看来伊是个惯犯。"

东郭先生想,刚刚小青年自家讲的,"迭个是第一次"。伊心里迭能想,嘴巴上却咕了出来。王小毛听伊为抢劫犯辩护,就问:"爷叔,侬哪能晓得伊是第一次作案呢?"

"迭个,噢,我,我只是瞎猜想。"

"爷叔,假使侬见到了伊,侬就要想办法拿伊捉牢,为民除害!"

"好,好,好!"

王小毛只好对着楼下王妈妈大声讲:"妈妈,迭个坏蛋不晓得逃到啥地方去了,迭幢楼里吭没,阿拉到别的地方再去寻寻看。"说着,王小毛下楼去了。

东郭先生见王小毛走了,就掩上门,转身把小青年从床底下头叫出来。小青年刚刚也竖起了耳朵勒辣听,听到王小毛下楼去了,总算定下心来,从床底下头钻出来,埋怨东郭先生:"侬屋里哪能介龌龊的,床底下头侪是灰,现在我喉咙里难过死了,干得要命。"

滑稽王小毛

东郭先生连忙讲:"我给侬倒杯开水。"

"我从来不喝白开水的,侬给我冲杯雀巢咖啡,我已经看到了,侬屋里玻璃橱里有咖啡。"

东郭先生想,伊一对贼眼介尖,转身去拿咖啡,小青年又关照伊:"橱里辫包外烟也带来,我要抽烟了。"

"辫包外烟,我是用来招待客人的。"

"我难道勿是客人?"

东郭先生吙没办法,只好去拿外烟,当伊拿咖啡和外烟递拨小青年的辰光,小青年发现东郭先生手上有一枚金戒指,就讲:"勿错,拿下来,让我送拨了女朋友。"

"女朋友?侬勿是有女人,女人不是马上要生小囡了吗?"

"要死快了,刚刚随便吹的牛逼,自家忘记脱了。喂,老头子,侬识相点,否则勿要怪我翻脸勿认人。"

迭个辰光,东郭先生终于认清了小青年的真面目:"侬,侬是强盗……来人啊!"

小青年洋洋得意:"侬喊?吙没人啦,伊拉侪走脱啦……"

话音刚落,王小毛突然破门而入:"勿许动,看侬往哪里逃?"

东郭先生看见王小毛,喜出望外:"侬,侬吙没走啊?"

抢劫犯故伎重演,一下子窜到阳台,准备继续逃窜,王小毛讲:"迭个是六层楼阳台,侬跳呀。"王小毛还学电影《追捕》当中的台词:"朝仓跳下去了,唐塔也跳下去了,现在你也跳下去,跳呀!"

抢劫犯朝下头一看,腿也软了,但是伊还要孤注一掷,垂死挣扎,恶狠狠地朝王小毛扑过来,但根本就勿是王小毛的对手,三拳两脚就拨王小毛打倒勒辣地上,束手就擒。

(小品原著:梁定东、葛明铭)

7 啤酒行动

故事发生勒辣 20 世纪 80 年代末，商品供应还比较紧张，别的勿讲，单讲老百姓喜爱的啤酒一到夏天常常会供勿应求。

舜天，为民烟酒商店进了八箱瓶装啤酒。几位啤酒爱好者闻讯，不约而同地拎了空瓶，来到店门口排队，伊个辰光买啤酒要用空的啤酒瓶去调的，侬光有钞票，呒没空瓶也买勿着啤酒的。

王小毛虽然并非特别欢喜喝啤酒，不过为了招待客人之需要，所以也加入了排队的行列。勿多一歇，商店门口就排起了一字长蛇阵，大家佮急切地等待开卖啤酒。

排了一歇，店里并呒没要卖啤酒的动静，大家就有点勿大耐烦了，队伍当中有人讲："勿要急，货物进店，要点数，要检查，要做好了进账等手续，迭些事体弄好了，伊拉会及时出售的。"

大家一听，讲得有道理，就继续耐心地排队。又过了交关辰光，排队的人佮站得脚酸腿软，仍旧勿见店里有卖酒的迹象。于是大家议论纷纷，问店里向的人，到底啥辰光开始出售啤酒？店里向一位阿胡子男人讲："回去，回去，回去，大家勿要排队了，今朝本店呒没啤酒供应。"

排队的人听讲店里今朝勿卖啤酒，虽然心里邪气勿满，不过也呒没办法，只好叽里咕噜发两句牢骚，离开了。只有一个人拎着几只空

滑稽王小毛

瓶,呒没离开。啥人？王小毛。

王小毛为啥勿走？因为伊明明看见店里向运来八箱啤酒的,要毛两百瓶咪,到啥地方去了？伊估计迭爿店是老母鸡生疮——毛里有病,所以立勒店门口勿走。

阿胡子男人看见王小毛一家头还等着,勿开心了,讲:"喂,侬还辣此地做啥,拷酱油到对过酱油店去!"

王小毛讲:"我是来买啤酒的,我今朝带了五只空瓶,五瓶勿卖,三瓶也可以的,三瓶不来三,两瓶好哦,两瓶还嫌多,格么就一瓶吧。"

阿胡子眼睛一横,生碰碰地讲:"呒没就是呒没,一滴啤酒也呒没,断档了。"

"勿对,刚刚我明明看到倷有货的,一辆黄鱼车装来的。一箱一箱搬到倷后房间去了,哪能讲呒没呢？"

"侬看错脱了,刚刚来的是盐汽水,侬盐汽水要哦,三瓶,三十瓶,三百瓶,统统可以。"

王小毛呒没介好骗,伊指出阿胡子是勒辣说谎。阿胡子称侬有意见可以去寻负责人,王小毛讲:"好,我就要寻倷负责人,请侬拿倷负责人叫出来!"

阿胡子讲:"负责人就勒辣此地。"

王小毛搞糊涂了,伊看来看去,眼门前就是阿胡子和自家,啥地方有啥负责人啊？阿胡子狡猾地讲:"负责人远在天边近在眼前。"

"谁？"

"就是我!"

"啊!"王小毛发觉自家拨了阿胡子戏弄了一下,气愤地说:"我要到倷上级部门去反映。"那阿胡子两手当胸一叉,眼睛朝天,傲慢地讲:"朋友,我劝侬还是回去养养精神,勿要勒辣此地多罗嗦了,歇几天再来看看,如果有货,卖拨侬。"

王小毛见阿胡子阴勿阴阳勿阳的腔调,心里更气了:"哼,停几天,物事老早拨侬开后门出送了。"

王小毛辩句闲话,触到了阿胡子的神经,伊拔直喉咙讲:"喂,侬勿要血口喷人,说闲话要有证据,啥人开后门了?侬迭个是对我人身攻击,我可以到法院里去告侬!"

王小毛不甘示弱,回敬道:"刚刚有啤酒装来,迭个是事实。"

"口说无凭,滚开!"

"侬勿要急,我会有证据的!"

"侬有了证据,老子跟侬走!让上级撤我职!告诉侬,老子啥个侪勿怕,我行勿更姓,坐勿改名,我姓麦,叫麦大胡,绰号阿胡子,侬有本领去告吧!"

两人吵了一通,王小毛看看跟伊呒啥道理好讲,就气呼呼地走了。

王小毛刚走过马路转弯角的地方,突然看见一个瘦长条子的人走到了为民烟酒商店门口。王小毛马上预感到迭个人邪气可能是去跟阿胡子谈交易的,所以马上立停了脚步。回身一看,果然勿出所料,迭个瘦长条子跟阿胡子勒辣鬼头鬼脑讲闲话,瘦长条子还拿一包物事塞到阿胡子手里,从形状跟尺寸大小估计是钞票一类物事。王小毛悄悄地靠近商店,跞了一棵树后观察。只听见阿胡子麦大胡讲:"长脚,迭个八箱啤酒又拨侬啦,挑侬赚一票啊!"

迭个叫"长脚"的人打着哈哈讲:"麦大胡,甲鱼吃得饱,乌龟饿勿杀!彼此彼此嘛。我迭种大户,爽气,侬也省得一瓶一瓶去零卖了。迭个叫大家方便,手里方便、袋里方便,对哦?哈哈。"

王小毛听得气啊!原来迭个麦大胡专门开后门卖大户,伊拉是

滑稽王小毛

老关系,拿紧俏商品转手倒卖,获取利益。王小毛干脆继续听下去,看伊拉哪能交易。只听见阿胡子关照长脚,照老规矩办,夜里打烊后,九点钟来车啤酒。长脚告诉阿胡子,今朝夜里伊本人呒没空,由伊外甥来车啤酒。因为阿胡子勿认得长脚的外甥,所以伊拉又商量了哪能接头。

阿胡子讲先模仿京剧《红灯记》里的暗语,"我是卖木梳的。""有桃木的吗?""有,要现钱。"再模仿《智取威虎山》的土匪黑话,"天王盖地虎""宝塔镇河妖"等。长脚说伊外甥生过脑膜炎,脑子勿大灵光,要简单扼要,太复杂勿来三的。最后两家头商定,阿胡子讲"大饼",伊外甥回答"油条"就可以了。两个人拍板定当。

王小毛看勒眼睛里,听勒耳朵里,记勒心里向。伊决定勒辣今朝夜里捉牢麦大胡拿啤酒卖大户的把柄,除脱迭一匹害群之马。伊急忙回到屋里,匆匆吃了夜饭,又匆匆赶到工人俱乐部,向文艺演出队的朋友借了一只假头套,朝头上一套,又戴了一副眼镜,调了一件花衬衫,穿了一条牛仔裤,看上去完全像换了一个人。等到夜里八点半,伊踏了一部黄鱼车来到为民烟酒商店后门。一到门口,"笃笃笃"叩了几下门,换了一种口音叫门。

"老麦勒辣哦?"

"外面是啥人?"

"长脚的外甥来运货。"

"讲好九点钟。现在只有八点四十分呀!"

"因为黄鱼车要派用处,娘舅叫我提前一点辰光来。"

"好,我马上开门。"

麦大胡只开了半扇门,拿王小毛挡勒门外,仔细看了一下面孔,讲:"侬迭个人好像看见过,有点面熟陌生的。"

王小毛回答讲是第一次见面,麦大胡自言自语:"喔,三代不出舅家门,侬的面孔像倷娘舅。"

"对,对!"

麦大胡突然想起对暗号,马上冲口而出:"大饼!"

王小毛立即接上:"油条!"

乃么麦大胡放心地敞开后门,拿王小毛迎了进去,叫伊搬啤酒装车。

王小毛不由心里一阵暗笑:"嘿,侬迭个狡猾的阿胡子终于上当了。"

麦大胡因为长脚答应啤酒转卖以后拨了自家好处,为了拉住长脚迭个户头,还大献殷勤,相帮搬了好几箱。

车子装好,麦大胡跟王小毛握手告别。王小毛却拉住麦大胡的手,要伊上车一道走。麦大胡弄勿懂了,问,"叫我一道去做啥?"

王小毛讲:"麦大胡,侬真健忘,侬勿是自家讲的吗?有了证据一道到侬的上级单位去。"麦大胡还吭没拎清:"哪能侬的闲话我听也听勿懂呀?"

王小毛拿眼镜一摘,头套脱掉,凑近麦大胡,叫麦大胡看看清爽是啥人。迭个辰光,麦大胡如梦初醒,原来面前的人,就是下半天排队要买啤酒的人。

王小毛一字一顿地讲:"麦大胡,我老实告诉侬,我也行勿更姓,坐勿改名,我姓王,三横王,大名叫小毛,今朝我王小毛活捉你麦大胡,跟我到侬上级单位去!"

迭记,刚刚还神气活现的麦大胡马上耷拉下脑袋,像一只煨灶猫了。

(小品原著:张双勤)

8　清凉世界

　　上海的老式弄堂，每到夏天居民们侪到弄堂里来乘风凉。王小毛居住的迭条弄堂里的居民，乘凉侪欢喜到弄堂口，弄堂口虽然是弹丸之地，地方小了点，但是大家侪讲迭块地方是风水宝地、清凉世界，因为勒辣弄堂口对面有两幢18层的高楼，形成穿堂风，是乘风凉的最佳选择。吃过夜饭，左邻右舍侪会自动集中到此地茄茄山河，着着棋，其乐融融。

　　迭天夜里，王小毛提早来到弄堂口，伊用井水拿地面冲了冲，驱散一点暑气。过了一歇，大家各自拿了小凳子来到弄堂口，一见王小毛，就要伊唱首歌助助兴。王小毛一口答应，唱了首《红高粱》，虽然咬字勿大准，常常会漏出一点苏北腔调来，但还是赢得了满堂彩声。

　　只听到李家阿婆开腔了："假使能够请到王文娟来唱两段越剧就好了！"

　　王小毛讲："阿婆，侬想听王文娟唱越剧？便当来西。王文娟是我家妈妈老朋友了，我家妈妈经常跟伊碰头的，我一叫伊就来了……"

　　"真的？格麻烦侬去请伊来为阿拉唱几段。"

　　"可以可以。"

　　王小毛转身要走，张伯伯开口了："王小毛，我想听王盘声的《碧落黄泉》,侬王盘声认得哦?"

王小毛胸脯一拍:"认得,王盘声我喊伊爷叔的,我一叫,保证伊就来。"

旁边一班青年人见王小毛口气介大,心想,十有八九勒辣吹牛三,有人问:"小毛,王盘声、王文娟侬真的侪认得的?"

"当然啦,王文娟姓王,王盘声也姓王,我王小毛不是也姓王吗?阿拉五百年前是一家,所以伊拉常常到我屋里来白相的。"

"今朝晚里侬能请伊拉来?"

"现在伊拉就勒辣我屋里,我马上去拿伊拉请过来。"

讲好,王小毛走了,大家拨王小毛讲得有点似信非信,再看伊一本正经的样子,好像胸有成竹,真看勿出,王小毛还是有点苗头的。

过了一歇,只听到王小毛的声音传了过来:"让开让开,王文娟、王盘声来了……"

大家回头一看,只看到伊捧了一只赤刮辣新的18英寸彩色电视机。大家问伊:"王文娟、王盘声呢?"

王小毛放下电视机讲:"今朝夜里上海电视台举办戏曲纳凉晚会,王文娟、王盘声侪会出场的,等一歇伊拉就会亮相的。"

王小毛拿电视机接上电源,屏幕上果然出现了戏曲纳凉晚会的场面,勿单单有王文娟、王盘声,京、昆、越、沪、淮、滑稽、评弹的名家侪勒辣晚会上,小小的弄堂口清凉世界有了迭台电视机,更增添了欢声笑语。

张伯伯、李家阿婆看到王小毛搬出伊屋里新买的彩电让大家看,倒有点过意勿去。王小毛却笑呵呵地讲:"人多一道看闹猛呀。"

正当大家看得兴高采烈的辰光,住勒弄堂口边上第一家的夫妻俩回转来了。伊拉夫妻两家头是摆水果摊的,男人姓唐,绰号就叫

滑稽王小毛

"砀山梨",女人姓马,绰号就叫"麻荔枝"。两个人走到门口一看,有介许多人勒辣乘风凉,哇哩哇啦的,本来心里就勿大开心,再一看王小毛竟然还搬出电视机勒辣此地招待大家,心里更加吼势。

王小毛也看到了伊拉,主动招呼:"砀山梨,近来生意哪能?"

"砀山梨"生碰碰地讲:"王小毛,侬好的呀,市面做得比我大嘛,勒辣我屋里门口摆介大的摊头?侬狠的!"

王小毛连忙解释:"此地有穿堂风,所以大家聚勒一道乘乘风凉,茄茄山河。"

"砀山梨"心想:我门口有穿堂风,㑚就人来疯了?大家侪聚勒我门口,我到啥地方去乘凉呢?所以伊讲出来的闲话更加难听了:"各人有自家的门口,要乘风凉请到自家门口去,勿要侵犯我的主权!"

王小毛勿明白"砀山梨"讲的"主权"指啥,就讲:"弄堂是公共场所,侬哪能有主权?"

"砀山梨"强词夺理:"当然有主权,我里向房间是我的领土,这门口周围的12公尺的地方侪是我的领空和领海。"

周围邻居听了勿买账了:"侬迭个人哪能勿讲道理!"

"啥人勿讲道理?㑚侵犯了我的主权,还说我勿讲道理?"

"砀山梨"的老婆"麻荔枝"看介许多人侪勒辣指责自家老公,连忙出来帮腔:"勿要跟伊拉多噜苏,请伊拉吃点鲜桔水。"

王小毛心想:迭家男人勿讲道理,女人倒蛮客气的,晓得男人得罪大家了,所以要请大家吃鲜桔水?王小毛连忙讲:"嫑客气,嫑客气。"

"砀山梨"心领神会,马上回去拿了一只脚盆,倒好水,勒辣弄堂口汏起脚来。王小毛想,迭种男人哪能也有的?自家女人叫伊拿鲜桔水招待大家,侬倒反而勒辣此地汰起脚来了?

叫啥"砀山梨"汰好脚,端起脚盆就朝外泼,水溅了大家一身。原来"麻荔枝"讲的鲜桔水就是洗脚水啊。迭能一来,拿本来愉快的清凉世界搅得乱作一团,众人见迭对"水果夫妻"介勿讲道理,只好起身准备回去。

迭个辰光"麻荔枝"又叫了起来:"老公,今朝哪能电视机开不亮了?"

"砀山梨"一检查,原来是电源总开关爆掉了,心里急啊,冰箱里还有伊放着的水果,电一停,冰箱不制冷,里向的水果要变质的。"麻荔枝"又急着想看电视,就催"砀山梨"快去寻人来修理。"砀山梨"想:已经蛮晚了,天气又迭能热,啥人肯来修呢?"麻荔枝"讲:"老公,王小毛勿是会修的吗?"

"王小毛?格侬自己去请伊。"

"麻荔枝"为了看电视,只好亲自出马,伊嗲声嗲气地讲:"王小毛……"

王小毛还呒没走:"侬做啥?哪能叫得吓人倒怪的?"

"王小毛,我屋里电线坏脱了,侬是弄堂里有名的热心人,想请侬帮帮忙来。"

王小毛讽刺讲:"侬勿是请阿拉吃鲜橘水吗?"

"侬要吃鲜橘水?老公,快去拿!"

王小毛讲:"好了,好了,我可以帮侬修,不过,请侬拿电线、开关,统统拆到外头来。"

"迭个是为啥?"

"假使我走进倷屋里,迭个勿是侵犯侬的领土吗?我要被倷扫地出门,驱逐出境的。"

滑稽王小毛

"麻荔枝"嬉皮笑脸地讲:"格么阿拉实行边境开放,侬笃定进来好了。王小毛,我求求侬了。死鬼阿唐,侬还勿来赔礼道歉?"

"砀山梨"揶求苦恼地讲:"王小毛,侬大人勿记小人过,请侬帮帮忙哝。今天天迭能热,冰箱里的水果侪要坏脱哝。"

王小毛讲:"侬的水果要阴凉,侬哪能勿想想别人,让别人也有一个清凉世界呢?侬要我修电线可以的,我要看侬的实际行动。"

"麻荔枝"和"砀山梨"十分惭愧,马上出来拉住各位邻居:"各位爷叔、阿姨,刚才是阿拉自私自利,现在还是请大家坐到阿拉屋里门口来乘风凉、茄山河,求求大家,求求大家。"

有人问:"格么迭个算不算侵犯侬的主权了?"

"砀山梨"马上推卸责任:"艀闲话侪是我家主婆教我的,女人家头发长,见识短,大家勿要计较。"

"扑","麻荔枝"弯起手指头勒辣"砀山梨"的骷郎头上拨伊吃了一只麻栗子:"勿许瞎讲八讲,我啥地方教过侬迭种勿二勿三的闲话?"

好心的王小毛连忙打圆场:"不管啥人讲的,只要改了就好。要记住,人勿能只考虑自己,而是要为大家创造清凉世界!"

(小品原著:洪精卫、葛明铭)

9 三副对联

王小毛和妈妈居住的一套朝北的直套间,底楼20平方,王小毛觉得面积小了一点,楼层低了一点,朝向推板了一点,就到换房市场去兜兜看看,希望有机会贴点钞票,拿房子调了大一点,楼层好一点,朝向好一点。

勒辣调房市场碰到一个姓刘的师傅,双方拿自家的房子情况一介绍,刘师傅讲伊邪气看中王小毛的房子,自家的房子虽然比王小毛的房子要大8个平方,而且是朝南三楼,但是伊情愿放弃8个平方,拿伊居住的三楼朝南的28平方的横套间来调王小毛的底楼朝北的20平方的直套间,外加讲明勿要王小毛贴钞票。王小毛呒没想到世界上有介好的事体,回转去跟姆妈一讲,王妈妈也开心得不得了。

刘师傅是个爽快人,做事体雷厉风行,第二天就约了王小毛一道到房管部门办了过户手续。第三天早上,刘师傅叫来了搬场车,把自家屋里的家具统统搬到王小毛居住的101室的门口,王小毛想迭个刘师傅心也太急了,不过人家来也来了,呒没办法好想,只好叫来佩佩帮忙,就用刘师傅叫来的搬场车,把家具搬进了刘师傅的303室。

一到303室门口,佩佩眼尖,发现房门上贴了一副对联,好像刚刚贴上去的,浆糊还呒没干,上联是:日日骂娘打爷人像灰孙子;下联是:夜夜鬼哭狼嚎家似地狱门。横批:脚底揩油。

49

滑稽王小毛

佩佩看了,不明白是啥个意思:"小毛,我看刘师傅阿是脑子浸水了,硬劲要拿大房子调拨阿拉,现在人也走了,还勒辣门上留下迭副对联,算啥意思?"

王小毛也反复读了几遍,讲:"佩佩,会勿会迭个房子里闹鬼啊?刘师傅听到鬼哭狼嚎,所以要脚底揩油,硬劲拿大房子调拨阿拉?"

佩佩一听,汗毛管竖了笔直:"小毛,太吓人了,迭个房子阿拉勿调了……"

正当两个人勒辣讲闲话辰光,隔壁301室的门打开了,走出来一位40多岁的中年妇女,只看见伊双手插腰,面孔铁板:"喂,倷两个人啥地方钻出来个?哇啦哇啦啥事体?"

迭个辰光王妈妈刚好上楼来。伊见中年妇女满脸怒气,马上来打圆场:"阿姨,勿要生气,阿拉是刚搬到303室的新房客。喏,迭个是我的儿子,伊叫王小毛。"

王小毛也满面笑容跟迭位邻居打招呼:"阿姨,我叫王小毛,搿个是我姆妈,迭位是我的女朋友,叫佩佩。现在阿拉是邻居了,一回生,二回熟,请侬多关照……"

中年妇女听说王小毛伊拉是搬到303室来的新房客,斜气惊讶:"倷搬到303室?格么303室迭只姓刘的老甲鱼呢?"

王小毛回答讲:"侬是问刘师傅?伊与我对换房子,住到我原来住的地方去了。"

"喔唷,门槛精个,闷声勿响溜走啦。"

"阿姨,今后阿拉是邻居了,俗话讲,远亲不如近邻,今后还请阿姨多多指点,多多照应。"

"喔唷,倷迭份人家讲闲话糯笃笃的,老实讲,我想寻吼势骂山门也勿来三了。好,刚才倷自我介绍过了,现在轮到阿拉301室来自我介绍了……"中年妇女朝自家门口大吼一声:"死鬼,出来……"话音刚落,就从301室跑出来一个瘦长的男人,身上还戴了一只饭单,"喏,迭个是我的男人,朱豆杉。"

"对的,对的,朱元璋的朱,黄豆的豆,杉树的杉,朱豆杉,伊是我家主婆,小名叫虎妹,就是老虎的妹妹。"

王小毛马上和朱豆杉打招呼:"朱师傅,日后请侬多关照……"

"关照?有得关照侬了。今后……"

不等朱豆杉拿闲话说好,虎妹一声吆喝:"多讲讲点啥?快点去弄汰浴水,我要汰浴了。"

"是是是。"朱豆杉一溜烟的回到房间里去了。虎妹看到王小毛一家对伊刚刚勒辣男人面前摆威风非常吃惊,伊感到非常满足:"好了,勿跟倷多讲了,再会。"说完,伊屁股一扭进了房间。

佩佩指牢门上迭副对联对王小毛讲:"小毛啊,我明白对联上的意思了,我也明白刘师傅为啥情愿吃亏也要跟阿拉调房子了。"

王妈妈担心地讲:"小毛啊,接下来阿拉日脚要蛮难过了……"

半个小时以后,伊拉拿家具侪搬进了房间,王妈妈想上厕所。厕所和灶间,是301、302、303三家人家合用的,302室上班去了,厕所间门关着,王妈妈轻轻地敲了几记,哦没想到虎妹勒辣里向,像炮仗点着一样炸了起来:"啥人乱敲门?"

"是我啊,阿姨,我是303室新搬来的……"

"新搬来的头浪出角的?我勒辣上厕所,侬敲啥个门啊?"

"对不起,我也想上厕所,假使侬勒辣用,我就等侬一歇。"

"我用好厕所还要汰浴,起码要两个钟头。"

"啊!要等两个钟头?"

"大惊小怪点啥?等勿及侬可以到马路对面的涉外厕所去。"

51

滑稽王小毛

"啊,室外厕所?四面吭没遮拦,迭个太不文明了……"

"喂,老太婆哪能一点拎勿清,涉外厕所就是专为外国人造的。"

王小毛见妈妈无法进到厕所,就拿出一元钱对妈妈说:"妈妈,侬就花几角钱到涉外厕所去见识见识吧。"

王妈妈无可奈何,只好急匆匆下楼去。

迭个辰光厨房间传来佩佩的声音:"小毛,侬来看,厨房间好像城隍庙九曲桥,走路也勿好走,侪是破箱子、旧椅子,横七竖八。我想烧点开水,侬看,阿拉煤气灶旁边一点空地方也吭没,侪是这些破物事,迭个勿是存心欺负人吗?"

佩佩话音刚落,虎妹一下子从厕所间冲了出来:"喂,嘴巴清爽点。啥人欺负啥人,今朝勿讲讲清爽,侬勿要想过门。"

王小毛马上打招呼:"阿姨侬勿要生气,远亲不如近邻。阿拉两家人家只隔了一道墙,平时抬头不见低头见,何必吵得面红耳赤呢?"说着,王小毛硬拖软拉,拿佩佩拉进303室房间。

迭个辰光王妈妈也从涉外厕所回来了,三个人面对迭能一位邻居,心里想:刘师傅侬害苦阿拉了。佩佩也对王小毛有意见,认为王小毛太窝囊,对迭种恶邻居一味退让是吭没用场的。

王小毛拿出毛笔和纸头,也写了副对联,上联是:退退退,一退三千丈心平气和;下联是:让让让,再让八千里海阔天空。横批是:和为贵。

佩佩讲:"侬迭个是挂免战牌。"

王小毛点点头:"对这种邻里之间吵吵闹闹,我就是挂免战牌,一只碗勿响,两只碗叮当。我要叫伊叮当勿起来。"一边讲一边拿新写的对联调了老对联。

再说虎妹与佩佩吵了几句,心想,要拨伊拉一个下马威,见王小毛拿佩佩拉走,她要吵也吵不起来了,所以叫男人朱豆杉去摸摸303室的动静。朱豆杉看到303室门上新贴的对联,马上来向虎妹汇报,虎妹洋洋得意,坐勒窗台边上吃傻子瓜子,一边吃一边拿瓜子壳随手朝窗外乩。

底楼101室齐巧勒辣晾衬衫。瓜子壳落下来侪落了刚汏清爽的衬衫上,101室主人姓赵,心想:301室这份人家介蛮横,逼走了隔壁刘师傅,称王称霸,越想越气,就联系了102室钱家、103室孙家、201室李家,伊拉赵、钱、孙、李四个人直奔301室。"雌老虎,快开门,侬勿开门,阿拉要撞门了⋯⋯"

虎妹从猫眼朝外一看,吓得伊一粒瓜子壳梗勒喉咙里,咽么咽勿下,吐么吐勿出,连忙叫伊男人朱豆杉去顶牢。

王小毛闻声赶过来,赵、钱、孙、李四个人叫王小毛勿要多管闲事,今朝随便哪能也要好好叫教训教训虎妹。

王小毛好言相劝:"诸位,我叫王小毛,新搬进来的,阿拉侪是邻居,有啥矛盾就动手动脚,今朝侬打伊,明朝伊打侬。冤冤相报,呒没终了。一旦打伤人,就触犯了法律。邻居淘里,低头不见抬头见,进进出出板仔面孔,难过煞了,来来来,大家先到我屋里来坐一歇,消消气⋯⋯"

赵、钱、孙、李见王小毛劝架,讲得又句句勒辣道理上,也不好意思了:"算了,今朝放伊一码,王小毛,阿拉改日再来拜访侬,侬有空到阿拉楼下来坐坐,再会。"

等到赵、钱、孙、李四人走了后。虎妹冲到303室王小毛家中:"谢谢侬,谢谢侬,否则伊拉冲进来肯定要打得我一塌糊涂了⋯⋯"

王小毛讲:"阿姨,㑚邻居淘里矛盾哪能会介深啦?"

"王小毛,侪是我勿对,我总以为邻居淘里啥人凶啥人不吃亏。

滑稽王小毛

平时我太霸道了,今朝我吐瓜子壳又惹毛了伊拉。"

"阿姨,吃趟亏,学趟乖。我看,侬的脾气也的确是要改一改。"

"王小毛,我想请侬帮我也写副对联贴在我屋里门上,好哦?"

"好啊!对联哪能写?"

"上联是:改改改,改掉吵架坏习惯;下联是:笑笑笑,笑迎和睦好邻居。横批是:说到做到。"

朱豆杉见老婆虎妹勒辣王小毛的帮助下头,思想转变,能写出迭能一副对联,开心啊!伊马上去调了浆糊,拿新对联贴了起来……

走道里响起了开心的笑声……

(小品原著:徐泉林)

10 蚊香奇案

早上,王小毛到小菜场去买菜,走到菜场转弯角的地方,看见马路边上围着一圈人,王小毛也是一个欢喜轧闹猛的人,就轧进去想一看究竟。

伊分开众人,钻进圈子,只看见圈当中一个五大三粗的中年汉子,手托一盘蚊香,随着边上录音机里的音乐,跳着瞎七搭八的抽筋舞。

"噢,神经病啊。"

王小毛以为是精神病患者,刚想转身走。迭个人突然录音机一关,用外地普通话大声讲:"男士们、女士们、爷爷、阿婆、爷叔伯伯、先生太太们,你们看,我手里拿的是世界上最新产品奇效牌蚊香,奇效蚊香,领导灭蚊新潮流,制作精细,誉满全球,独家经营,一枝独秀,进口原料,绝不吹牛,杀死蚊蝇,一个不留。"

迭个男人讲到此地,咽了一口馋唾水,唱起了广告歌:"奇效牌蚊香,效果理想,奇特的效果,令你难以想象……"

"原来是个推销蚊香的小贩。"王小毛明白了,想到自己误拿伊当成精神病患者而暗自好笑。

王小毛好奇心强,第一次看到迭种牌子的蚊香,想看看群众是否欢迎,效果到底哪能,所以立勒伊面勿走了。

滑稽王小毛

迭个蚊香小贩唱好歌后,继续伊的推销演说:"在场的各位父老乡亲,市面上假冒产品遍地开花,伪劣商品,遍布城乡,奇效蚊香,货真价实,有产地有产家,看,子虚县乌有镇克里空日用化工有限公司制造。薄利多销,今天试销,八元十盘,经济实惠,老少无欺。便宜货,好机会,来呀,来呀,要买趁早!"

王小毛听伊讲得有根有攀,又看见价格便宜,心想,大热天,蚊子叮扰一样要买蚊香,买伊几盘。再一想,便宜无好货,好货勿便宜,就打消了买的念头。正想离开辰光,突然看见围观的群众纷纷抢购,王小毛又动心了!"反正只花八元钱,买十盘吧。"

王小毛买好蚊香买好菜,一路上高高兴兴回转去。一到屋里,只看见妈妈在"劈劈啪啪"拍打蚊子。王小毛问妈妈为啥今年蚊子介许多,妈妈讲是刚刚小区里又是翻修煤气管又是修自来水管,一落雨积水里生出了交关蚊虫,身上拨伊叮得痒煞。

王小毛一听,巧了,买的蚊香派用场了,伊拿出蚊香,对王妈妈讲:"妈妈,勿要拍了,我正好买了十盘奇效牌蚊香,迭个蚊香,只要一点,蚊子通通报销,效果好得不得了。"还绘声绘色地向妈妈讲述了伊看热闹、买蚊香的经过。王妈妈听后,说是滑头货,是伪劣产品。王小毛勿相信,伪劣产品,哪能会有介许多群众争相购买呢?妈妈却讲迭个侪是撬边模子,她说王小毛上当了,王小毛讲:"阿拉勿要争了,夜里点起来,看杀蚊子的效果到底哪能!"

正好,搿天晚上,王小毛有两张交响音乐会的票子,请妈妈一道去听音乐。妈妈本来不想去的,伊讲听勿懂,伊喜欢看淮剧、扬剧,要唱功有唱功,要做功有做功,服装花花绿绿,好看,交响乐听勿懂。但是王小毛动员妈妈去开开眼界,王妈妈想,去就去吧,迭能可以空出房间点蚊香,看看蚊香的奇效,所以也就答应去了。

到了夜里,母子俩早早吃好夜饭,点好蚊香,拿门窗关得紧腾腾,然后高高兴兴地去听交响乐了。伊拉两个人六点钟出门,音乐会结束,王妈妈心里倒也蛮高兴,虽然侪是外国人的曲子,啥个贝啥芬,搞勿懂外国人哪能起的名字跟药片差勿多,曲子虽然听勿懂,不过到阢没打瞌睏,阢没坍儿子的台。

母子俩说说笑笑回到屋里,迭个辰光已经夜里十点敲过了,一到门口,门一打开,马上有一股强烈的气味冲出,呛得王妈妈顿时眼泪直流,眼睛发痛,鼻头里痒得连连打喷嚏。

王小毛一闻味道,连连叫好,说看样子奇效牌蚊香确有奇效,保证把蚊子灭尽杀光。伊要去开灯,想看地上有多少死蚊,妈妈却不让伊开灯,说是一开灯,外面的蚊子见了光就要进门的。

王小毛摸黑进屋,突然"喔唷"一声惊叫,把王妈妈吓了一大跳,王妈妈问伊,碰到了什呢了?王小毛讲好像踩到了一只特大蚊子,推板一点拿人绊倒。

王妈妈想,勿对!蚊子能够绊倒人?忙叫王小毛开灯,王小毛一拉电灯,吓得目瞪口呆。地上勿是蚊子,而是一个穿着蓝色衣裤的人,五大三粗的,面孔有点熟,但一时又想勿起来。王妈妈也吓得魂飞魄散,高声大叫:"快来人呀,死了人了!救命啊!"

王妈妈一叫,把正好路过的治安联防队叫来了,联防队问啥个事体,母子俩指着地上的死人讲:"迭个人陌生人,外面勿死,哪能死到阿拉屋里来了。"

联防队员们拿那个人细细辨认了一下,发现这个人是正勒辣通缉的撬窃犯,但发现人还阢没死,鼻头里还有微弱呼吸,就拿伊拎手拎脚地拖到了房子外面,过了一歇迭个人慢慢叫醒过来了。

联防队员就审问伊是哪能一桩事体。迭个撬窃犯交代,伊傍晚

滑稽王小毛

在小区里踩点,听到迭家人家讲夜里要去看戏,等到王小毛和妈妈出门以后,就凭自己开锁的本事拿弹子门锁打开,摸进门去,一进门,闻到烟火味道,也勿当伊一回事,就一只抽屉一只抽屉,一扇橱门一扇橱门地寻找值铜钿的物事。后来,不晓得哪能像吃饱了老酒,身体摇摇晃晃,脑子糊里糊涂,手脚也吭没力气了,后来就啥也勿晓得了。

听迭个撬窃犯一说,王妈妈一拍大腿讲:"乖乖,我家小毛买的奇效牌蚊香还的的刮刮有奇效呢,连贼骨头也能熏倒。"

联防队员一听,忙讲:"迭个是中毒现象,说明迭个蚊香有麻痹人的神经的作用,对人有严重的危害,以后绝对勿能买迭种伪劣产品。"

王小毛拍着自己的脑袋讲:"嗨,想不到迭个奇效牌蚊香今朝夜里建立了奇功,抓到了撬窃犯。"

谁知这撬窃犯讲:"你们点的这个奇效牌蚊香,是我从一家生产蚊香的小作坊里偷出来卖的,卖蚊香的就是我,我今晚真是自作自受了。"

王小毛恍然大悟,怪不得迭个坏蛋的面孔老眼熟的。

(小品原著:郭明敏)

11 外国来信

　　故事发生勒辣20世纪80年代。

　　上海有一条小弄堂叫扫帚弄,弄内13号楼上楼下住着6户居民,王小毛跟王妈妈就住勒楼上,母子俩相依为命,邻居淘里相互关照,关系融洽,平安无事。

　　有一个星期天,邮递员踏着自行车勒辣13号门口呼喊:"楼上王小毛敲图章,有挂号信!"

　　楼下的绍兴阿嫂喉咙蛮响,跟牢帮忙呼叫:"王妈妈敲图章!"

　　楼上王妈妈答应:"来啦,来啦。"

　　王妈妈气喘吁吁拿着图章下楼,邮递员不慌不忙先盖章,后送信。迭封挂号信上贴着一枚颜色鲜艳的邮票,邮票上有一个外国人神采飞扬,引人注目。绍兴阿嫂有小学文化,稍微识几个字,伊看见信封上印着"外国……"等几个红颜色的印刷字,脱口而出:"噢唷,外国来信!邮票是外国的,信封也是外国的,王小毛有苗头,还有外国朋友,海外关系。"

　　围观的邻居里向有人讲:"人勿可看貌相,海水勿可斗量。王小毛路道蛮粗,有海外关系就发了!"

　　王妈妈也搞勿清楚迭个是中国信还是外国信,自顾自拿了信上楼了。

滑稽王小毛

绍兴阿嫂有个欢喜说东家讲西家的习惯,迭条普通的小里弄里平时也呒没啥个新闻,今朝王小毛有封外国来信,迭个是绝好的小道消息,于是绍兴阿嫂做了义务广播员,像只活动的有线喇叭,一传十、十传百,整条弄堂侪传遍了。

时隔三天,王小毛屋里来了一位不速之客,迭个是一位60多岁的老人,个子矮小,背稍有点驼,双眉低垂,眼睛旁边的纹路多得来像皱纸。

老人开门见山:"王小毛,阿拉是亲戚,侬要喊我声舅舅!"

王小毛是聪明人,来了一位勿认得的亲戚,要我叫伊舅舅,迭个说明是妈妈份上的亲戚,于是王小毛喊妈妈出来认亲,但王妈妈看了半天却摇头讲:"我勿认得呀!"

迭个事情奇怪了,妈妈也不认得,格么是啥个亲戚?但是老人却非常认真,盯牢王妈妈问:"侬有表妹哦?"

王妈妈点点头,伊又接着问:"我就是侬表妹的表兄的表兄,尽管一表三千里,阿拉总归沾亲带故,王小毛应该叫我一声表舅吧。"

王妈妈稀里糊涂点头承认:"对的!应该叫表舅。"

亲戚关系明确了,表舅就毫勿客气提要求了,原来伊儿子想出国,出国需要钞票,而且人民币勿派用场,要美元、英镑、法郎、马克。听讲王小毛有海外关系,要求看勒亲戚的情份上,支援一点外汇,现在拿勿出,勿碍的,隔几天也可以的,反正拜托了。迭位一表三千里的表舅一席话,惊得王小毛跟王妈妈目瞪口呆。

王小毛正勒辣为自家有海外关系觅个说法感到苦恼辰光,楼下厢房的宁波阿婆来了。看见老邻居来作客,王妈妈特地拿出从城隍庙买来的宁波麻酥糖请客。宁波阿婆对吃呒没胃口,叹息一声,眼泪汪汪地讲:"小毛哎,请侬帮帮忙,我阿婆想出国,到外国去扒分!"

辣句闲话好似晴天霹雳,震得王小毛昏头转向,侬一个70出头的阿婆想到外国去扒分,岂非天大的笑话!王妈妈也呆脱了,辣个老邻居要么精神勿正常,想劝又勿敢劝,想讲又勿敢说,真个叫尴尬。

  宁波阿婆鼻涕加眼泪,带着哭音讲:"我退休后带小孙子,现在小孙子读小学了,勿要我带了,我老太婆孤苦伶仃无人依靠,听别人讲,外国人有铜钿,电冰箱、电视机马路上随便掼掼脱,我到外国去拾几只电视机来,我老太婆养老送终的铜钿就有了。"

  王小毛和王妈妈晓得老年人的苦楚,听了心里有点酸,眼睛有点湿了。王小毛劝阿婆:"外国千万勿能去的,外国马路上电冰箱、电视机随便掼掼的,只不过是传说。阿拉的社会对老年人是关心的,确有困难可以进敬老院,晚年生活还是有保障的。"

  王小毛苦口婆心,温暖了老阿婆的心,宁波阿婆情绪稳定了,吃了两块麻酥糖,横谢竖谢走了。

  送走宁波阿婆,王小毛感到奇怪,为啥到外国去侪要寻我王小毛帮忙?迭个问题拿王小毛搞糊涂了。

  就勒辣迭个辰光,又有人寻上门来了,来客瘦长个子,国字脸、塌鼻梁、小眼睛,看上去50岁左右,讲一口又糯又软的苏州话,伊客气地问阿里一位是王小毛。王小毛急忙点头招呼,来客非常亲热地拍拍王小毛肩胛,讲:"我是侬爷叔。"

  王小毛头晕了,难道又有人上门缠勿清,所以干脆自报家门:"对不起,我听侬的口音是苏州人,但我是扬州人,侬哪能会是我爷叔?"

  想勿到迭位来客老幽默:"扬州和苏州侪是古城,而且侪有一个'州'字,难道还勿亲?言归正传。我今天是来做媒的,我有个独生女儿,聪明又美丽,我做爸爸的毛遂自荐,自己做媒拿女儿配拨侬王

61

滑稽王小毛

小毛。"

王妈妈急了,大声喊着:"胡说八道,我家小毛早就有了女朋友佩佩,侬勿要来插手做第三者!辣个勿作兴的。"

王小毛却很冷静,示意妈妈勿要吵,伊有兴趣听听对方为啥要拿女儿嫁拨我王小毛。来客讲:"条件只有一个,依王小毛带伊到外国扒分,我女儿明朝就可以嫁拨侬。"

王小毛终于明白了,为了出国,勿惜以身相许,但相互既勿认得又勿了解,迭个将来勿是要酿成悲剧吗?王小毛据实相告:"实勿相瞒,我王小毛想出国早也想,晚也想,因为呒没路,空想了两年,再看看国家也勒辣越来越好,也就勿想了。请问,我自家也呒没条件出国,能带侬女儿出国哦?假使我呒没海外关系,也勿能帮侬女儿出国,侬女儿还肯嫁拨我哦?"

来客惊呆了,随即又笑着讲:"王小毛侬勿要摆噱头,吾伲苏州评弹最讲究噱头,侬是勿是摆噱头,我一看就看出来了。侬有海外关系,跟外国朋友经常通信,还说呒没条件出国,侬也太谦虚咪!"

一个吃牢仔王小毛有海外关系,一个坚决否认自家有外国朋友,最后双方勿欢而散。

王小毛冷静下来回忆最近几天的形形色色奇怪客人跟勿认得的亲戚,肯定事出有因,又想起迭个苏州"爷叔"讲的闲话,一口咬煞我王小毛有外国朋友,终于恍然大悟,于是请王妈妈邀请邻居开个茶话会,特别邀请绍兴阿嫂要参加。

星期天夜里吃好夜饭,王小毛屋里来了不少邻居,王妈妈送茶,王小毛敬烟,邻居们勿晓得王小毛葫芦里向卖啥个药。王小毛笑眯眯讲:"各位邻居,介许多年来阿拉相处得像一家人家,最近有人讲我王小毛有海外关系,还有外国朋友来信,我要说明辣个是误会了。"

绍兴阿嫂哼了一声:"王小毛,真人面前勿说假话,侬是此地无银三百两,现在勿是过去了,现在有外国朋友来信是好事体,勿要怕的。"

王小毛笑了起来,拿出一封挂号信,绍兴阿嫂眼睛尖立刻就讲:"对!就是迭封信,迭封外国来信!"

王小毛抽出信纸,笑着讲:"迭个是我女朋友佩佩写来的信,佩佩是正宗的阿拉上海人,绝对勿是外国人!"

绍兴阿嫂涨红了脸讲:"啥人晓得侬的信纸是真是假!"

王小毛举着信封问:"信封也是假的?"

绍兴阿嫂看见红色印刷字,点头承认迭个信封是真的。

大家对牢信封仔细一看,上头清清楚楚印的是"外国语学院",绍兴阿嫂急了,指牢邮票:"邮票是外国的,对哦?"

王小毛摇摇头,:"迭个是阿拉中国邮政发行的纪念邮票。"

绍兴阿嫂讲:"迭个邮票上的人勿是外国人吗?"

王小毛点点头:"对!邮票上的人的确是外国人,但伊是中国人民侪熟悉的白求恩大夫!"迭个辰光大家侪笑了起来,绍兴阿嫂的面孔涨得通通红。

从此以后王小毛的生活又恢复了平静。

(小品原著:孙炳华)

12 市轮渡上

一条黄浦江拿上海分为浦东、浦西两个部分。勒辣还呒没造大桥之前,过江除了隧道之外就是渡轮。

王小毛工作单位勒辣浦西,房子搬到浦东以后,每天上下班侪要乘市轮渡摆渡过江。

初夏的天气,加上市渡轮上人多,显得特别闷热,王小毛是个怕热的人,为了风凉一眼,伊特为立了靠近铁门的地方,可以比较多地吹到江风。

"嘟——"汽笛一声长鸣,铁门关上。水手解缆绳,轮机开始发动,渡轮慢慢叫地离开码头。

就勒辣迭个辰光,只看见码头的浮桥上"哒哒哒……"奔下来一个人,嘴巴里勒辣哇啦哇啦地喊:"市轮渡,慢点开,等等我——"

但是市轮渡公司有规定,渡轮一旦关上铁门是勿可以再开门了,更何况现在船也已经动了,船舷离开码头已经大约 50 公分左右了。迭个人奔到码头边,准备要朝船上跳,船上水手急得叫了起来"勿好跳!"啥人晓得迭个"跳"字还呒没出口,只看见迭个人伊两脚一蹬,双手抓牢船舷栏杆,一只鲤鱼打挺的动作,"啪"人已经跳到船上了。

"喔唷!"船员总算松了一口气,严厉地对迭个人讲:"喂,侬胆子也忒大了,侬命勿要了?"

迭能做已经勿对了,拨船员骂脱两声,侬勿要响倒也算了,啥人晓得迭个人勿晓得好惨,嘴巴还要老:"怕啥?勿会跌下去的!我迭个人性子急,渡轮脱脱一班,要等老长辰光了,我是火烧鬼投胎,㑚晓得哦?"

王小毛本来就看勿惯迭种勿遵守规矩的行为,再听到迭个人嘴巴鞾能老,实在屏勿牢,开口了:"火烧鬼?倒蛮好。假使跌进黄浦江,火烧鬼倒成了落水鬼了。"

"哗——"讲得乘客们一阵哄笑。

王小毛又讲:"同志,假使真的出了事故,人家船员要负责的,侬晓得哦?"

"喔唷,放心好了,我勒辣游泳池里做救生员的,勿相信到我单位去打听打听,啥人勿晓得我浪里游迢。"

"浪里油条?"王小毛弄勿懂了,只听见梁山一百零八将里有个好汉叫张顺,捉鱼的,绰号叫"浪里白条",哪能现在弄出一个"浪里油条"来了?

王小毛问:"侬叫油条?大饼油条的油条?"

迭个人说:"勿要搞好哦,我姓游,游泳的游,千里迢迢的迢。游迢,可以哦?因为水性好,所以别人跟我起了一个绰号叫'浪里游迢'。"

王小毛对游迢看看,暗暗好笑,迭个名字倒是呒没叫错,只见迭个人生得长幺幺,瘦呱呱,面孔黄蜡蜡,讲闲话油腔滑调,倒是蛮像一根油条,而且是一根老油条。

小毛想,就算侬水性好,也要注意安全:"游迢同志,有句老古闲话叫'不怕一万,只怕万一',还有一句老古闲话叫'打杀会拳的,淹杀会水的'。注意安全也是为了侬的家庭幸福……"

滑稽王小毛

王小毛还呒没说好,游迢顿时眉毛竖眼睛弹:"老古闲话,老古闲话,侬啥个朝代来的?噜苏点啥啦?侬算会讲煞咪?"

"我想劝劝侬,又勿是跟侬吵相骂。再讲公共场所吵相骂,难看哦?"

"哪能?公共场所勿好吵,格么到公共厕所里去吵?"

其他乘客看见游迢迭能勿讲道理,侪气不过了,侪为王小毛打抱勿平。

游迢一看,众怒难犯,还是识相点吧:"好好,算侬人多,让让侬,看见侬怕好哦?"一边讲一边朝船舷边的长凳轧过去。

迭条长凳只有三尺多长,现在已经坐了四个人,已经蛮轧了。啥人晓得游迢还想坐下来,就对最边上的一位女士讲:"喂,侬坐过去一点,让我轧一轧好哦?"一边讲一边将身体硬劲从人缝缝里插进去。

迭位女士姓马,单名一个华,马华30多岁,打扮十分时髦,臂巴弯里勾了一只金链条小包。因为觉着有点热,伊从包里拿出一块绢头,当扇子扇。再拿迭只小包勒船舷最边上长凳子上随手一放。现在突然有一个男的硬劲要轧进来,马华叫了起来:"侬辫个人哪能迭能样子的?就剩迭个一点点地方,哪能再轧法子啦?"

游迢面皮真老:"再过去一点点,就可以坐了。"

马华呒没办法,只好拿身体挪了一挪,但游迢仍旧呒没办法坐下来:"再过去一点点。""哪能再过去啦?再过去要到黄浦江里嘞。"

游迢心勿死,指指马华身边的拎包:"侬包包放勒身上,勿是好坐了吗?"一边讲一边硬劲坐下来,"恩!"

马华还呒没来得及拿包拿起来,拨游迢用力一轧,迭只时装包"啪"轧到黄浦江里去了。马华急得哭出来了:"船停一停呀,我的包,我要侬赔,我包里还有一只18寸彩电了呀。"游迢讲:"啥？侬包里有一只18寸彩电？笑话了,侬倒勿讲还有一只双门电冰箱了,敲竹杠也呒没迭能敲法的呀。"

王小毛看辣位女同志额角头上侪是极汗,眼泪水已经流了下来,勿像是假的。但勿明白介小一只包里哪能放得落一只18寸彩电？

马华讲:"是一张18寸彩电的提货单,是一个同学托我买的,钞票也付脱了。商店里是只认发票勿认人的,现在提货单落下去了,叫我哪能办呢？"

船员连忙叫驾驶员停船,只看到时装包还漂勒江面上,船员找来一根竹篙,来捞迭只时装包。偏偏是涨潮辰光,浪头蛮大,篙子戳过去,眼看要捞着了,"轰"一只浪头过来,又余脱了。而且包正勒辣朝下头沉下去。马华急得只会哭。

王小毛看看,辣能捞下去勿来三,只有一个办法,游泳游过去捞。啥人下水呢？王小毛对游迢讲:"事体是侬引起的,侬应该跳下去帮人家捞上来。"

"跳下水？捞起来？可以。不过大家侪是外头跑跑的,皇帝勿差饿兵。"

"啥意思？"

"按劳取酬政策允许的嘛。"

"格么侬要几钿呢？"

"让我算一算,一只彩电要二千多块,按30%算,二三得六,好了,算六百块,零头勿要了。"

王小毛实在气不过,指牢游迢的鼻头讲:"侬是趁人之危敲竹杠。"

"我敲竹杠？侬风格高,格么侬为啥勿跳下去？"

滑稽王小毛

"我跳就我跳……,不过我游得勿大老鬼。"

王小毛想我长到辤能大,只是勒辣乡下头的小河浜里游过,介宽的黄浦江,浪头介大,勿晓得自家来三哦? 现在眼看时装包越氽越远,马华越哭越厉害,再拖下去勿是事体,想到此地衣裳也来勿及脱,两足一蹬,跳进黄浦江,几记狗爬式动作,窜到江心。船上人一看侪紧张了。船员们有的脱衣裳准备下水,有的拿救生圈准备营救。

说来也奇怪,王小毛本来游泳水平勿大灵光,今朝也勿晓得哪能,勒辣江水里游得十分自如,人游到江心,靠近时装包了,王小毛伸出右手,正好套勒时装包金链条圈圈里,身体一转,两只脚用力踏水,又游回来了。

到了船边上,船员放下缆绳,拿王小毛拉了上来,王小毛拿时装包还拨了马华:"同,同志……侬看看……看,物事少、少、少哦?"

船员叫王小毛到轮机舱去拿湿衣服换下来,干毛巾浑身揎一揎,再借一套工作服拨伊穿,轮渡船再汽笛一声,重新起航。

王小毛回到船舱,就问马华:"物事少哦?"

"一样勿少。喏,就是这张彩电提货单湿脱了。"

"勿要紧的,湿了烘烘干。只要字看得清楚。"边讲边拿湿的提货单拿过来,一看:"18寸彩电一只,购货人:叶玉英。"

啥人晓得"叶玉英"三个字一出口,坐勒凳子上的游迢突然跳了起来,"啥名字? 再讲一遍。"

"咦,叫叶玉英呀,管侬啥事体?"

游迢听完,手伸过来:"迭张单子是我的。"

大家奇怪地盯牢游迢看,想迭个人大概脑子有毛病的? 刚刚勿肯跳下去捞,还要敲竹杠,现在别人捞上来了,讲彩电购货单是伊的?

游迢一看大家的眼神,连忙解释:"叶玉英是我家主婆,上个礼拜,我家主婆托伊同学买只彩电,钞票付脱了。讲好今朝我家主婆去拿提货单提货,哦没想到伊突然发寒热,就叫我到伊同学屋里去拿,万万呒没想到辫张提货单竟然是我的,迭能看来,侬应该就是我家主婆的同学,侬是勿是叫马华?"

马华点点头。游遐难为情啊,面孔涨得通通红,恨勿得有一只地洞好钻进去:"对勿起,我错了,我错了!"

马华讲:"认识了就好,不过游遐,阿拉真的要好好叫谢谢辫位青年同志,请问……"

船已靠码头。王小毛想快让我上岸吧,对水手说:"借的工作服我明朝来还,同志们,再见。"

大家哪能肯放伊跑,特别是游遐,拉牢王小毛的衣襟:"侬名字勿讲,勿好走!"

"喔唷,我呒没名字的,放开我。"王小毛推开游遐,朝浮桥上走去。

突然,船上有一个船员大声地喊了起来:"王小毛——"

王小毛下意识地回头答应:"嗳!"

咦,伊哪能会晓得我叫王小毛?再一看原来这位船员拿了一套湿衣裳和一张身份证送了过来。

大家一听迭个小青年就是王小毛,肃然起敬,电台广播里一直听见伊的名字,呒没想到今朝勒辣市轮渡碰到伊了,王小毛助人为乐,如果名不虚传啊!

这正是:

一条浦江宽又长,市轮渡上新风扬。
见义勇为王小毛,交口称颂侪夸奖。

(小品原著:颜桦)

13 青瓷茶壶

上海人欢喜拿地方讲"角"——朱家角,何家角,闹猛的地方叫"上只角",偏僻的地方叫"下只角";青年凑在一起练习外语的地方叫"英语角";老年人一道拉拉唱唱,叫"戏曲角";人民公园现在又弄出一个"相亲角"。

豁天王小毛休息,到外面兜兜白相相,路过一个街心公园,看到交关人围着东一摊、西一摊,手里向有拿盆子的,有拿扇子的,有拿玉石的,一问,原来是一个"古玩收藏角"。

王小毛虽然不是古玩的行家,但是也蛮欢喜,就是勿买,看看也蛮开心。不久之前,伊勒辣新华书店买了一本《国宝大观》,翻了几页,对古玩也就略知一二,所以就勒辣人堆里向,东看看、西看看,看到一个人摆了地上一只摊头,摊头上有一把青瓷茶壶,壶的造型古朴,青瓷的颜色也蛮特别,青中带蓝,看样子迭把壶勿是一般瓷窑烧出来的。王小毛捧起茶壶,左看右看,还勒辣勿停地点头。

摊主是位40多岁的中年人,伊看见王小毛爱不释手的样子,便讲:"朋友,看来侬是位行家。迭把壶出自乾隆官窑,是大清官窑当中的上品。"一边讲一边拿茶壶翻过身来,壶底下面果然盖有官印,说明迭把壶既是真品又是珍品。

王小毛问:"要卖多少铜钿?"

"3200元。"

"朋友,侬帮帮忙好哦?卖3200元?去脱一只个零头卖勿卖?"

"好,就算交个朋友,零头去脱,3000,卖拨侬!"

"勿对的,我是讲要去脱前面迭只零头,200元,卖哦?"

"喂,朋友啊,有侬迭种去零头的啊?此地是古玩收藏角,勿是马路小菜场,是专门为收藏家、研究历史的教授、古玩爱好者服务的,是上档次的地方。就讲迭把青瓷茶壶,全中国就迭能一百零一只了。"

"全中国有介许多,格迭把壶有啥稀奇?"

"喂,朋友,上海闲话侬听得懂哦啦?一百零一只,勿是真的有101只,而是讲只剩迭个一只了。"

"对勿起,我从苏北到上海来顶替妈妈工作的,来的年数还勿长,所以有种上海闲话是勿大懂,勿好意思。"

"噢,呒没关系。我跟侬讲,勿要讲迭个是一只完好无损的珍品,就是哪怕伊敲碎脱了,就是手指甲迭能大小的碎片,每一片也值两三百元。不过,我看侬是真欢喜,侬开个价,辣种好物事落了识货朋友手里,哪怕勿付钱,也无所谓,我勿是为了赚钞票的,我来此地是以古玩会友,交朋友的。"

王小毛听了迭个中年人的闲话蛮感动,人家介崇高,我哪能好意思去杀伊的价呢?可是3000元,倒一时头浪确实拿勿出来。王小毛点了点皮夹子里所有的钞票,总共才1800元,王小毛正勒辣进退两难的辰光,中年人讲:"朋友,只要侬欢喜,就1800了。我讲过了,我勿是为了赚钞票的,就是为了交朋友。"讲好,伊拿茶壶递到王小毛的手里。

王小毛问:"迭把壶真的是一百零一把,呒没第二把了?"

滑稽王小毛

"先生,我哪能会瞎讲呢?迭把茶壶是国宝,书上有照片的,侬相信就买,勿相信就勿要买。"

王小毛牙齿一咬,付脱钞票,拿茶壶捧回了屋里。

回到屋里,王小毛拿瓷壶汏了一汏,揩干,横看竖看,看上去确实就是一件年代很久远的古董,看来不是假货。王小毛放进去一小撮茶叶,倒了开水进去,对妈妈讲:"妈妈,我今朝买了一把清朝乾隆年间的茶壶,是全中国唯一的一百零一把,用伊来泡茶,肯定特别清香,侬先品一口,香勿香?"

王妈妈喝了一口:"咦?迭个茶哪能臭哄哄的?"

王小毛凑上来闻闻:"奇怪,真的有点臭味,好像厕所间里的气味。"

王妈妈问:"迭把茶壶侬从啥地方买得来的?"

"街心花园古玩角。"

"什么古玩角,全是坑、蒙、拐、骗的地摊货,侬化多少钞票买的?"

"便宜的,开价3200,最后1800卖拨我了。"

"啊!要死快了,侬1800买迭能一只臭哄哄的茶壶,还讲便宜?前几天居委会开会,派出所民警小李来讲了,伊拉在古玩角里抓住了一个专门制假售假的团伙。迭些人为了冒充古玩,把仿制品的瓷坯,丢进粪坑,一年半载后捞起来,看上去污渍斑斑像真的一样,侪是滑头货啊。"

"拨侬迭能一讲,会勿会迭把茶壶也是从粪坑里捞上来的?喔唷,腻心煞了!"

王小毛想起伊个中年人讲迭只茶壶书上有介绍的,马上就查阅《国宝大观》。伊从第一页翻到最后一页,根本就呒没迭把青瓷茶壶的介绍。王小毛讲:"妈妈,看来我上当了。"

迭个辰光,电话铃响了,是佩佩打来的,约王小毛一道去买项链。王小毛想:钞票侪拨人家骗脱了,拿啥买项链? 伊放下电话对妈妈讲:"妈妈,我去跟佩佩当面谈一谈。"讲好就走了。

王小毛前脚走,伊的好朋友小黑皮来找伊勒。小黑皮迭个几年做水产生意赚了勿少钞票,所以讲闲话也是喉咙乓乓响:"小毛,小毛……"伊一进门,看到王妈妈捧了个青瓷茶壶,愁眉苦脸的样子,问:"王妈妈,侬头痛?"

"头勿痛,我心痛啊! 喏,迭把茶壶,小毛化了1800买来的。"

"唷,迭个是古董,侬嫌贵,1800卖拨我。"

"侬要这把茶壶?"

"最近,我轧了个女朋友,年轻漂亮,伊的爷是知识分子,欢喜白相古玩。搿把茶壶样子蛮好,1800卖给我,让我去拍拍毛脚丈人的马屁。"

"小毛不勒辣,我作不了主,听伊讲,搿把茶壶是全中国一百零一只。"

"王妈妈,今朝我看中了搿把茶壶,侬勿要用一百零一只来摆我的噱头,勿要烦了,大家爽气,2000好哦?"讲好,伊摸出2000元,朝台子上一甩,拿起茶壶就走。

王妈妈追出去,小黑皮跳上摩托车,一溜烟,跑得无影无踪。

下半天,王小毛回转来了,王妈妈问:"小毛啊,佩佩请侬吃牌头了哦?"

"呒没,伊就是批评我欢喜听好话,被人家高帽子一戴就脑子糊涂了。佩佩对我的毛病讲得老准的。"

"还好,还好,我是担心煞咪。小毛,侬买来的搿把茶壶,有人出

滑稽王小毛

2000元拿伊买走了。喏,迭个是卖茶壶的钞票。"

"妈妈哎,侬明晓得挦把茶壶是假古董,还卖拨人家?"

"勿是我要买拨伊,是迭个人硬劲要买,㧓了2000元,抱了茶壶就走。"

"迭个是啥人?"

"侬的好朋友,做水产生意的小黑皮。"

"我去要回来。"

王小毛来到小黑皮屋里,小黑皮正勒辣欣赏青瓷茶壶。伊看到壶底刻的"乾隆年间"的红印,又想起王妈妈说迭个是全中国一百零一只,送给毛脚丈人,迭个马屁肯定拍得到位。呒没想到王小毛居然追得来了。

王小毛讲:"小黑皮,2000元还侬,挦把茶壶是假古董,侬还拨我。"

小黑皮想,挦把茶壶要真是假的,侬王小毛会用得着气喘吁吁跑得介急?侬现在奔得满脸通红,就说明挦把壶勿是假的。看来伊是舍不得出让挦把茶壶,想拿伊要回去,存心讲伊是假的,我小黑皮会上侬王小毛的当?侬帮帮忙!"小毛,挦把茶壶即使是假的,只要我愿意,侬呒没任何责任。如果侬嫌价钱呒没开足,阿拉是老朋友,迭个再可以谈的,挦能,3000够了哦?"

"侬是门缝里看人,拿我王小毛看扁了。"

"还嫌少?格么一万!"

"我勿是为钞票来的,挦壶是假古董,我上当了,不能让侬再上当,所以才来讨回挦把茶壶,侬还拨我吧。"

小黑皮把茶壶翻过身,"好了,勿要摆我噱头了,有这乾隆年间的印哪能会假?挦把茶壶我要定了。再说一遍,即使是假的,我也要！"

　　王小毛看伊勿相信自己，就讲："既然侬介欢喜掰把壶，让我拿回去跟它照个相，留个念，再来还侬，好哦？"

　　小黑皮是个讲义气的人，一口答应。伊拿茶壶递拨王小毛。呒没想到王小毛勿当心一失手，茶壶落到地上，"嚓啦啦"跌得粉粉碎。小黑皮跳了起来："王小毛，侬勿守规矩，勿讲信用，侬是存心的，迭个算啥个朋友？"

　　"对勿起，我带侬去古玩角，再买一只赔侬。"

　　王小毛勿管三七二十一，拖了小黑皮，来到卖茶壶迭个中年人面前，问："侬还认得我哦？"

　　哪能会勿认得？但是伊马上装起糊涂来了："对勿起，阿拉此地人多，侬是啥人，我认勿得。"

　　王小毛晓得伊装戆，指指小黑皮讲："我掰位朋友，也想买一只我上半天买的迭种青瓷茶壶。我走错了摊头认错人了，对勿起，小黑皮，阿拉到别的摊上去看看。"

　　王小毛拖了小黑皮要走，古玩摊主连忙拿伊拉喊牢："噢，想起来了，想起来了。上半天我以跳楼价1800卖拨侬一把青瓷茶壶。侬朋友也想要，巧了，我还有一只，就剩迭个一百零一只了。"

　　伊捧出茶壶来，王小毛接过来一看，跟自家上半天买的一模一样，伊随手递给小黑皮，小黑皮问："小毛，侬姆妈告诉我，侬掰把茶壶是全中国唯一一把，现在哪能又冒出了第二把？"

　　"是啊！老板，侬早上还说我掰把茶壶，就一百零一只了，现在哪能又有第二件了？"

　　摊主讲："对啊，是一百零一只，卖给侬一只，还有一百只，呒没错！"

滑稽王小毛

小黑皮为王小毛打抱不平。"侬还要狡辩,明明是批量生产,侬哪能可以讲是唯一一只来欺骗顾客。我也是做生意的,做生意也要讲道德嘛。走,到公安局去。"

摊主吓得连地上的假古董侪勿要了,拔脚就逃跑了。

王小毛拿出2000元还拨了小黑皮,讲:"钞票侬拿回去,我上当了,不能让侬再上当!"

小黑皮非常感动:"小毛,侬上路!够朋友!"两个人的手紧紧地握勒一道。

(小品原著:梁定东)

14 狭路相逢

盼星星,盼月亮,王小毛终于盼到单位里分拨伊的一套二室一厅新工房。

王小毛拿到新房钥匙后,第一件事体就是打电话给女朋友佩佩,两人相约第二天去看新房子。

第二天下半天王小毛和佩佩来到新工房前,王小毛指着几幢高层讲:"佩佩,迭个几栋高层刚刚造好,还呒没住人咪。"

佩佩问:"格么阿拉的房子勒辣第几栋?"

王小毛笑眯眯脱口而出:"嵌八栋。"

佩佩奇怪了:"喂,侬勒辣叉麻将,啥个八洞、九洞?"

王小毛笑得更开心了:"开个玩笑,是嵌勒第七栋和第九栋的中间,所以叫嵌八栋。"

佩佩又问:"几号几室?"

王小毛得意洋洋讲:"八栋八号八一八室,迭个号码大吉大利,发了勿算,再发一发,连续发两次财,老实说,迭个号码就是出钞票拍卖也难拍得到,我的运气好极了。"

高层新工房虽然有电梯,但住户尚未搬来,电梯形同虚设,王小毛和佩佩只能一层一层爬上去,走到四楼转角地方,王小毛讲:"休息一歇。"勒辣空荡荡的大楼里,王小毛情勿自禁地一下子抱牢佩

滑稽王小毛

佩,拨了伊一个甜蜜的吻,佩佩的面孔一红,羞答答地低下头。王小毛讲:"佩佩,阿拉马上结婚吧!交关亲戚、朋友、同事侪讲阿拉是马拉松式的恋爱,应该成家了。"接着,他又手舞足蹈地唱起歌曲"我想有个家"。

佩佩老勿好意思,轻轻地讲:"拨了人家看见,难为情哦?"

王小毛理直气壮讲:"现在迭栋新工房里又呒没人啰。"两家头手搀手,说说笑笑到了八楼。

王小毛和佩佩到了八楼,来回走了几趟,817室、819室房门都有的,唯独勿看见818室的房门。奇怪,难道房门还呒没装好?王小毛自嘲讲:"呒没房门,进出倒蛮方便的。"两个人走进呒没房门的房间四周观看,宽舒的房间,一南一北,布局合理,厅虽然小了一眼,但是非常敞亮,朝南的一间还有阳台,可以布置绿化、种点花草,厨房煤气水电俱全,两人越看越满意。突然佩佩双眉紧皱,伊发现落地钢窗呒没配玻璃,王小毛走到阳台上看看,吓得叫出声来,连忙退回来,原来阳台呒没栏杆,格几化危险!

两个人东摸摸西碰碰,手上都弄龌龊了,转身到卫生间里想去汰汰手,叫啥竟然自来水龙头也呒没有,连水管也拆脱了,更让人大吃一惊的是抽水马桶已经横倒辣地上,再仔细检查,小火表、自来水表、电器开关、电线明线全部不翼而飞,有明显的剪断拆除痕迹,看上去勿像是新工房,倒像是彻底大扫除准备搬场的旧房间。王小毛目瞪口呆,茫然不知所措。辣个辰光,佩佩却听见楼梯上有人走路声和讲话声,佩佩示意王小毛不要声张。

楼梯上走上来两个贼头狗脑的人,一个是胖子,爬楼梯气喘吁吁;一个是瘦子,喉咙特别响,伊在嘲笑胖子:"跟侬迭种懒大块头出来老勿爽气的,爬点楼梯都勿来三。"

胖子气喘吁吁:"要偷要捞,底层房间便当得多,为啥要到八楼来做迭种生活?"

瘦子笑道:"侬哪能介笨,818室就是发一发呀,我讨个吉利,另外到八楼做迭种生活,呒没人发觉,比较保险。"

胖子讲:"噢,对了,上次勒辣818室里拆下来的抽水马桶归我,侬想要的闲话,侬另外再去弄一只!"

瘦子突然眼睛发亮,讲:"哎,对了,走廊里向有一只消防箱可以派用场!"

胖子嘲笑瘦子:"喂,侬家里准备成立消防队啊?"

瘦子讲:"讲侬迭只懒大块头笨,侬还死勿承认,迭只消防箱可以派用场多咪,侬看,帆布管剪下来,至少可以做两只帆布躺椅,铜的接头可以称分量卖拨乡下人,迭只箱子做吊橱,可以放不少物事,勿要太嗲噢!"

瘦子一席话,胖子有启发,伊讲:"对!箱子红颜色漆一漆白颜色,可以放了屋里当酒柜,来!我搬侬来拆帆布管。"

讲者无心,听者有意。胖子和瘦子的对话侪拨王小毛跟佩佩听到了,王小毛气得七窍生烟,火冒三丈,原来门外是一对坏蛋,两个小贼。怪不得我818的房门、钢窗玻璃、阳台栏杆、火表、水表、龙头、电线不翼而飞,侪是拨伲两个坏蛋偷脱的,现在哪能办?俗话讲:狭路相逢勇者胜,干脆我王小毛做亨特,侬佩佩当麦考尔,阿拉大喝一声出去捉贼!佩佩摇摇头,轻轻叫讲:"只能智取,勿能硬拼。"聪明的王小毛点点头,勒辣佩佩耳朵边讲了几句悄悄话,随后两个人准备行动。

胖子和瘦子勒辣全神贯注地拆除消防箱,王小毛和佩佩突然从818室冲了出来,王小毛手捧抽水马桶大喝一声:"俫是干什么的?"

滑稽王小毛

毕竟做贼心虚,胖子和瘦子冷不防拨人家一声大喝,吓得肝胆欲裂,手脚发抖。瘦子看来是个惯偷,资格蛮老,吃慌了片刻就镇静下来了,他贼眉贼眼,瞄了一瞄王小毛和佩佩:"好极了,大水冲倒龙王庙,一家人勿认得一家人,干什么的?大家彼此彼此,脚碰脚。"

王小毛凶巴巴地讲:"阿拉是来看房子的。"

瘦子皮笑肉不笑地跟着讲:"阿拉也是来看房子的。"

王小毛哼了一声:"看房子为啥体要拆除消防箱?"

瘦子一步不让:"格么侬为啥体要拆抽水马桶?"

双方侬看我,我看侬,突然一道哈哈大笑,气氛立刻阴转多云,多云转晴。

王小毛摸出一包香烟请客,瘦子和胖子各点燃一支,王小毛轻描淡写地讲:"我屋里缺只抽水马桶,今朝暂时借一借派用场。"

胖子讲:"朋友,抽水马桶是我上次拆下来的,来勿及搬走,好,今朝挑挑侬了,一回生,两回熟,交个朋友。"

瘦子阴笑:"小意思,侬拿我拿一样的,反正侪是拿国家的,有捞勿捞猪头三,不过阿拉大家井水勿犯河水,侬捞侬的抽水马桶,我捞我的消防箱,路归路,桥归桥,大家勿搭界。"

王小毛好心地讲:"朋友,见外了,外面跑跑要互相帮助,㑚迭只消防箱体积太大,两个人搬下去,哪能走?迭样吧,我有个老娘舅踏了一辆黄鱼车勒辣楼下接应的,替㑚顺路带一带。"

瘦子心花怒放,拍着王小毛的肩胛讲:"朋友,侬想得周到的,下面还有人望风,还可以运输,佩服佩服。"

胖子巴结地讲:"朋友,阿拉合作吧!此地新房子侪哚没人搬进来,笃定捞。"

王小毛点点头,转身对佩佩讲:"侬下去叫老娘舅上来,帮个忙,阿拉一道搬。"

佩佩心领神会,转身下楼去了。

胖子也摸出一包香烟,敬了王小毛一支,瘦子讨好地用打火机帮王小毛点燃,王小毛吐了几只烟圈笑眯眯地问:"朋友,发财生意做了多少日脚了?"

胖子笑笑讲:"辰光勿长。"

瘦子开门见山:"朋友,阿拉一道合作,强强联手,拿阿拉生活做做大。"

三个人香烟吃了一支又一支,闲话也越讲越投机,真的有相见恨晚的感觉。迭个辰光王小毛听到楼梯上有脚步声:"噢,一定是我下头望风的娘舅来了,伊一出场,㑚就可以休息了,用不着拆了,一切有由伊包了。"

瘦子和胖子看迭个娘舅,一看顿时面色刹白了,人呆牢了。原来出现勒辣伊拉背后的老娘舅正是人民警察,只听到"咔嚓"一声,一付锃锃亮的808拷牢了瘦子和胖子。

原来新造住宅楼屡遭盗窃的事体,老早就引起公安局的注意,正勒辣加强巡逻检查。民警押盗窃犯下楼的辰光讲:"谢谢王小毛同志的配合。"

瘦子和胖子一听垂头丧气地讲:"唉,想勿到阿拉今朝撞勒大名鼎鼎王小毛的枪口上了!"

(小品原著:梁定东、孙炳华)

15 象牙佛珠

扬州乡下头有亲戚办喜事,邀请王妈妈回老家去吃喜酒。

王小毛为妈妈买好了去苏北的轮船票,王妈妈走的迭一天,王小毛因为要勒辣厂里值班,就关照佩佩送妈妈上船。

佩佩是上海姑娘,从来呒没乘过到苏北去的轮船,总以为船码头是勒辣十六铺,就和妈妈一道乘公交车到了十六铺,进码头的辰光,工作人员讲迭个一班船勿是勒辣十六浦上船的,而是勒辣公平路码头上船。

佩佩呒没想到自家搞了一个乌龙,非常焦急,一看手表,离开船辰光只剩下半个钟头了,假使乘公交车去,肯定来勿及了,就马上勒辣路上拦了一辆出租车。迭辆出租车的司机,一听是搞错了上船地点,现在要赶时间去公平路码头上船,伊眼乌珠一转讲:"我每天早上就到此地来候客人,正好拨俫碰着我迭能的热心人。"

佩佩和妈妈一听司机是热心人,蛮开心,连忙上了车。

司机又讲了:"不过阿拉闲话先要讲清爽,今朝勿巧,我车子上的计价器坏脱了,只好实行按灯计价。"

王妈妈觉得奇怪,从来呒没听到过乘出租车有迭种计价的。

司机讲:"俫愿意的,我马上就开,俫勿愿意的也呒没关系,请马上下车。"

沈佩佩又气又急,伊气迭个司机刚刚还讲自家是热心人,现在一下子变脸了,趁人之危敲竹杠,急的是辰光飞逝,轮船要脱班。就问:"格么哪能按灯计算呢?"

司机讲:"老简单的,碰到一只红绿灯就是五元,有一只算一只,假使路上一只红绿灯也吪没碰到,算我倒霉,倻一分也勿要付,硬横哦?"

佩佩想再缠下去,肯定来勿及了:"好,好,好,就按灯计费,侬快点拿阿拉送到目的地。"

司机一声"OK",开了就走,十五分钟左右就到了公平路码头,司机讲一路上经过20只红绿灯,收费100元。佩佩晓得迭点路程,正常情况下头车费大概也就20元左右,现在居然翻了五只跟斗,不过伊吪没工夫跟司机再费口舌,连忙摸出一张一百元拨了司机,搀扶着妈妈直朝码头奔去,就勒辣轮船舷梯即将收起前的半分钟,终于赶到,让王妈妈上了船。

佩佩目送轮船离开码头,一颗心总算安定下来。

当天夜里,佩佩碰到王小毛,拿今朝送妈妈上船跑错码头,推板一眼轮船脱班,以及出租车司机按灯计价敲竹杠的事体一五一十讲拨了王小毛听。王小毛听了,大吃一惊,现在还会有迭种敲竹杠的人?

沈佩佩说:"迭个司机伊自家讲的,伊每天早上去码头候客,伊的车号我记牢了,是8283。"

第二天一早,王小毛就来到十六铺码头,寻找车号为8283的出租车。果然,吪没多少辰光,一辆车牌为8283的出租车开了过来。王小毛马上装出东张西望十分焦急的样子。

8283的司机看到一个小青年立了码头出口处,手中拎了一只小包裹,东张西望,好像刚到上海的外地人,便开了过来兜生意了。

"朋友,到啥地方?"

"我去南码头。"王小毛故意讲一口扬州话。

8283司机见他一副土头土脑的样子,心想:今朝第一笔生意就碰一只冲头:"上车吧。"

王小毛开了车门,钻进了车厢,坐到坐垫上,"嘻嘻,软笃笃软笃笃,蛮舒服的。"

"朋友,侬第一次到上海?"

"嗯呢,请问,到南码头要多少钱?"

8283说:"便宜来西的,不过阿拉闲话先要讲清爽,今朝勿巧,我车子上的计价器坏脱了,只好实行按灯计价。"

王小毛讲:"这个倒从来呒没听到过。"

司机讲:"侬愿意的,我马上就开,倷勿愿意的也呒没关系,请马上下车。"

"格么迭个灯哪能算法呢?"

"简单来西的,我按'灯'的多少来计费的。"

"好的,刚才我出码头只等了2分钟,侬就开过来了,呒没等多少辰光。"

8283想:我现在勿跟侬多噜苏,到了目的地,再讲。"朋友,现在车子上只有侬一个人,侬为啥要拿这个包裹抱得介紧?放了后面空位子上好咪。"

王小毛装得神秘兮兮地瞻前顾后,左顾右盼,说:"我喜欢抱牢伊,这个是宝贝,勿能脱手的!"

8283想,真的是乡巴子,也就勿再理睬王小毛了。十分钟后,车子到了南码头,8283喊:"喂,南码头到了。"

"多少钱?"

"5张分。"

"便宜,便宜的。"

王小毛摸出5张一分的纸币来递拨了8283,8283光火了:"啥?侬拨我迭种赖头分啊?侬当我是叫化子啊?老实话,现在5分钱,叫化子也勿要。侬啥个意思?"

王小毛急了:"侬要5张分,这个勿是5张分币吗?"

8283:"阿乡,5张分就是5张10元。"

"乖乖隆地咚,开了介一歇歇辰光就要50元,侬哪能算的?"

8283说:"阿拉讲好按灯计算的。"

"我只等了2分钟,侬就来了,等2分钟要50元啊!"

"朋友,侬听得懂哦拉?是'灯'不是'等',阿拉从十六铺过来,一路上碰到10只红绿灯,每盏红绿灯收费五元,正好是50元。"

王小毛发急了:"天底下哪能有你这样算的?我生了耳朵吭没听到过。"

"俫乡下头吭没听到过的事体多咪。"

"老实讲,我实在拿不出50元。"

"侬吭没钞票坐啥个出租车?"

"原来我亲戚说好来接我的,现在人吭没来,要么侬等我一歇,我上楼去亲戚家借钱。"

8283看看王小毛实在是挤勿出油水来,便讲:"格么好吧,拿侬手表留下来。"

王小毛连忙拿手表脱下:"请帮帮忙,辩只女式手表一天停六次,侬有地方修哦?"

8283心想,辩种蹩脚货要了也吭没用,说:"格么,侬拿包裹押给

滑稽王小毛

我吧!"

王小毛双手乱摇说:"迭个不行的,迭个包裹里的物事,是我从镇江金山寺旁边法海洞里挖出来的,是法海和尚的一串象牙佛珠。迭次我亲戚与港商联系好了,叫我把象牙佛珠带来,伊要陪我去广州,迭包裹勿好拨侬的。"

8283听说包裹里有一串象牙佛珠,更加勿肯放过王小毛了:"侬勿肯拿包裹押拨我,格么侬付我车费50元。"

王小毛苦苦哀求:"我亲戚就勒上面,我去去就下来……"

"侬去了,勿回来了,我到啥地方去寻侬?"

"我拿包裹押拨侬,侬开车子溜脱了,我到辣块找你啊?"

"迭能好哦,我再拨侬100元,作为我的信用保证金,侬拿包裹押勒我此地,侬去拿50元车钱,你车钱拿来,我包裹还侬,侬再拿迭个100元保证金还拨我,好哦?"

王小毛无可奈何地接过8283的100元:"也只好迭能样子了。"非常勿情愿地拿包裹拨了8283,再三叮嘱:"侬勿能溜走的。"然后,伊转身上楼去。

王小毛还呒没走到二楼,8283就发动了汽车,将车子开走了。8283接连打了好几个弯,确认王小毛再也寻勿着伊了,停下车,打开包裹,心头喜洋洋的:"舺记我发大财了……"啥人晓得,伊打开包裹一看,里向根本呒没啥个象牙佛珠,俉是樟脑丸。他调转车头再开到南码头刚才停车的大楼前,但是根本就呒没王小毛的影子,勒辣大楼门框上贴了一张纸条,8283走近一看,纸条上写:

以灯计费太缺德,磨刀霍霍专斩客。

象牙佛珠当鱼饵,鬼迷心窍把本蚀。

(小品原著:张双勤)

16　一箱珠宝

　　一个风雨交加的夜里,上海黄浦江防汛墙边上有一个黑影走过来走过去,啥人介好胃口,迭种天气半夜三更来欣赏黄浦江的风景?过了一歇,只见黑影爬上了防汛墙,看样子是准备跳黄浦寻短见啊!就勒辣迭个千钧一发之际,又看见一个黑影飞身上堤,快步奔向前面的黑影,一把拿伊紧紧抱牢。

　　"放开我!"

　　"不放!"

　　"侬让我去死!"

　　"好死不如恶活,勿要死!"

　　"侬行行好吧,让我离开迭个世界。"准备投江的黑影勒辣苦苦哀求。

　　"啊!侬是许家伯伯,伯伯呀,侬做啥要走绝路啊!"后者听出了声音,用足全身力气,拿许家伯伯拖下了防汛墙。

　　许家伯伯回身一看:"啊,侬是王小毛,侬为啥体要来救我呀!"

　　"我中班下班,正巧路过此地,见有人要跳江,我哪能好见死勿救呢!许家伯伯,侬为啥要迭能呢?"

　　"王小毛呀,说来话长。其实侬也是晓得一点的。"

　　原来许家伯伯是王小毛的老邻居,后来,王小毛因单位拨了伊一

滑稽王小毛

套房子,所以勒辣半年前搬走了。许家伯伯是农民退休,只有三十元一月的退休金,生活要靠伊两个儿子、一个女儿负担。近来迭三个子女侪推来踢去地不肯赡养老人,见了面就叫伊老不死,诅咒伊早点死脱。昨天起,老三拿伊从屋里赶出,其他两个又勿肯收留。老伯伯走投无路,所以要来此地了却残生。

王小毛对许伯伯的情况略有所闻,现在再听完许伯伯悲惨遭遇的叙述,心里非常难过,伊揩揩眼泪讲:"老许伯伯,侬先到我家去住几天,我要让侬的三个不孝之子尽其孝道,一定让侬安度晚年。只要侬依我,保证办得到,侬放心好了。"老许伯伯当下顺从了王小毛,跟王小毛回到屋里。

老许伯伯来到王小毛屋里,王妈妈十分同情老邻居遭遇,热情款待。佩佩也敬若长辈,伊每次来王小毛屋里,总归要多带一些好吃的让两位老人享受。现在的老许伯伯,再也勿像受儿子虐待辰光的样子了,面孔上神采奕奕,容光焕发,出门还戴起了金丝边眼镜,身上穿起了全毛西装,系上漂亮领带,脚穿名牌皮鞋,人家还以为伊是王小毛屋里的贵宾。

老许伯伯的变化,很快传到了伊三个子女的耳朵里。辫天,大儿子许大立、二儿子许二志、小女儿许三雯约定开起了紧急议事会,三人拿听到的传闻加以分析,研究其真正原因,最后终于得出了伊拉的结论:

老头子勒辣乡下辰光曾经照料过一个下放干部,据说迭个干部就因有海外关系而拨了下放到农村来劳动的,现在迭人勒辣国外开贸易公司。因为当时老头子跟伊真诚相处,热情款待,所以伊"君子勿忘其旧",最近来上海谈生意辰光通过熟人寻到了老头子。伊拿留勒国内的一箱珠宝送拨了老头子,作为回报。因为老头子现在住勒王小毛屋里,辫个干部就登了小毛的家门。

三人作出结论后,一直认为辫个事体勿能让王小毛迭个外头人占了便宜,应当拿老头子要回来,并且决定马上行动,以免夜长梦多,产生意外。伊拉还有一个非常大的担心,就是怕老头子同王妈妈日久生情,结为夫妇,使王小毛成了合法继承人。当下议定由许大立出面,先找到王小毛,约定日期,上门谈判、交涉。

三天后的晚上,王小毛、老许伯伯刚吃好夜饭,就听见了汽车喇叭声,晓得迭三个子女登门交涉来了。王小毛马上搀老许伯伯来到里间,由王妈妈出去招呼、接待。王妈妈拿三人迎进房间,请伊拉坐下,还泡了茶,请伊拉稍坐片刻,因为老许伯伯和王小毛正勒辣里间商谈一点事体。三人听了,心里一凛,怕商量出啥个对策,对伊拉勿利,于是屏声息气,竖起了耳朵偷听。

里向声音勿大,但三个人听得蛮清楚。只听见父亲勒辣讲:"小毛啊,真想勿到,老古话确实有道理,六十年风水轮流转,现在真的应验了。眼睛就迭能几眨,情况就变了,我现在不稀罕伊拉养我了,我要靠侬,小毛啊,侬真是天字第一号的好人啊!"

紧接着,伊拉又听见王小毛讲:"老许伯伯,敬老是我应该做的。伯伯,我从小就呒没爸爸,我就叫侬爹爹吧。"

"哈、哈、哈,再好也呒没了,王小毛,我真从心里向欢喜侬。"

里向爽快的笑声、感人的话语,拿外间的三个人听得浑身燥热,实在有点坐勿牢了。也正勒辣辫个辰光,里向传出来了拍打箱子的声音"卜、卜"。

"小毛啊,辫只箱子,日后就由侬安排了,我的一生,全部的希望侪勒辣此地了!"

"是,是,我一定妥善处理、妥善处理!"

89

滑稽王小毛

　　王小毛的回答,像尖刀一样,直刺三人心肺。三个人心照不宣地勒辣心里讲:"勿来三,要让老头子离开王小毛,阿拉三个人一定要团结一致,枪口对外。"于是不约而同地假咳嗽起来了。

　　王小毛听到咳嗽,马上问道:"妈妈,是老许伯伯屋里的三个子女来了是哦?"

　　王妈妈回答讲:"是的,是的,来了一歇了。"

　　过了一歇,王小毛搀着老许伯伯出来。边走边讲:"对不起,对不起。阿拉勿晓得㑚俫到了,怠慢,怠慢。"

　　三个子女马上装出一副亲热的样子,"爸爸,爸爸"叫个不停,好话讲个不断,各自连声检讨自家思想勿好,怠慢了爸爸,恳求大人勿计小人过,表示从今以后一定竭尽孝道,如有半个勿字,任凭老人处置;要求老人立即回去,三家轮流供养,开展孝敬竞赛,争做尊老模范。

　　三个人讲的比唱的还好听,但是老许伯伯却神情严肃地讲:"我还要考虑考虑,对㑚三个勿大相信。"

　　三个人一听,急得快哭出来了,俫拿眼光投向王小毛。王小毛晓得伊拉心里想的是啥,就讲:"㑚三家头诚心迎接老许伯伯,心情可以理解。老许伯伯,侬能听我一句话哦?"

　　老许伯伯连连讲"可以,可以"。

　　王小毛讲:"老许伯伯还是许家的人,既然大立阿哥、二志阿弟、三雯阿妹俫诚心诚意来接老许伯伯,老许伯伯侬应当回去,我王小毛留着是勿妥当的。"

　　三个人一听,连连讲:"是的,是的。"

　　王小毛继续讲:"老许伯伯勿肯回去,主要是怕㑚三家头日后有啥变故,我看辩能解决,老许伯伯的一只小皮箱寄勒我屋里,箱子钥匙带去,倻三家一人一月,吃住勒啥人屋里,钥匙由啥人保管,至于箱子放勒我屋里,我绝对勿动,但为了保险计,请倻三个人各贴封条一张,以防日后有啥是非和议论。"

"对的。"老许伯伯紧接着王小毛话头讲:"如果啥人待我勿好,我就讨还钥匙,当场离开。啥人待我至诚至孝,我日后去世,箱子就归伊。假使三个人俙好,大家平分,王小毛当监督员兼保管员,倻假使意不过,以后就拨伊一点意思意思。假使勿同意,我三家俙不去,仍旧留勒王小毛屋里。"

老许伯伯讲完,王小毛又补充讲:"我王小毛勿会要倻任何物事的,迭个请倻放心,但是监督员、保管员的责任要负的,箱子保证安全,监督我要进行,违反所作诺言,记账日后清算,一律不予通融。"

"同意,同意。"三人异口同声表示赞同。

就酱能,许老伯伯回转去了。之后,王小毛作了几次突击检查,发现三个子女俙按照承诺,认真地侍奉着许老伯伯安度晚年。接回去的许老伯伯,天天吃有荤腥,穿有新衣,冬棉、夏布,还为伊装了空调。对于三个人的孝敬行为,王小毛一一记录在册。

转眼过了九个月头,正要作第四轮循环吃住之际,许老伯伯因心肌梗塞,突然去世。换了他人,老父去世,悲痛欲绝,但是迭三个人却是欣喜若狂。老人尸体还勒辣医院太平间,三个人就准备分遗产了。王小毛要伊拉尽好最后一次孝道才交还箱子,三个人无奈,只好勒辣办好骨灰寄存后才去拿取箱子。

三人再次来到王小毛屋里,王小毛郑重其事地拿箱子交托拨许大立,许大立感到两手一沉,心想:"乖乖,里向宝贝勿少,毛估估有好几十斤,假使是金条,迭记发大财了。"

伊拿小箱子放勒桌子正中。六只眼睛盯着迭只精致的小皮箱,

滑稽王小毛

三颗心"扑通、扑通"地跳个勿停。三个人颤抖着手指,先后揭去自家当日贴上的封条,证实箱子原封不动,最后,由老大抖抖索索地开启箱锁,"咔嚓"一声,弹簧舌头跳开。许大立急不可耐地拿箱盖掀开,六只眼睛定牢了,箱子里面勿是黄澄澄的金子,也勿是白花花的银子,居然侪是黑察察的瓦片。

三个人捶胸顿足地嚎哭起来……

(小品原著:张双勤)

17 半仙娘娘

王妈妈到居委会开会后,回到家里,对王小毛讲:"迭次文明小区评选,阿拉又呒没拨评上,原因是半仙娘娘又勒辣小区里兴妖作怪了。"

王小毛听了勿响,王妈妈邪气着急,"小毛,现在啥个年代了,半仙娘娘还要装神弄鬼,欺骗大家,侬讲讲,该哪能办?"

王小毛耸耸肩胛,双手一摊讲:"前几年勿是拿半仙娘娘抓进去过吗?最近伊又出来活动了,说明有人相信伊迭个一套,伊有市场,阿拉也勿便硬出头反对伊。"

王妈妈呒没想到,一向崇尚科学的儿子,为啥对迭件事的反应如此冷淡?

第二天,双休日的早上,王小毛尚未起床,睏勒辣床上噢噢叫。"妈妈,我的面孔痛得没得命,喔唷……"听上去好像讲话也很困难。

王妈妈一看小毛的面孔,肿得结棍,用手一摸,好像有一个硬块。"奇怪,昨日夜里睏觉前还好好的,睏了一夜天就面孔肿成迭付样子?要么昨日蒸的馒头里发酵粉放得太多了?勿会的,馒头我也吃的,我哪能面孔呒没肿起来呢?"

王小毛讲:"昨日半夜里,我朦朦胧胧中,觉得有只螃蜞勒辣我面孔上爬,我随手用力一拍,人醒了,浑身冒冷汗,顿时面孔上像针刺

93

滑稽王小毛

一样疼痛,一摸面孔肿了,我起来吃止痛药,一点效果也呒没。"

王妈妈讲:"走,我陪侬上医院。"

"到医院也无非吃点止痛药,有啥个用呢?喔唷……"

"侬勿上医院,那叫我哪能办?"

"我,我……"王小毛羞羞答答地讲:"我想请半仙娘娘。"

"啊?!"王妈妈大吃一惊,"侬,侬,侬也相信迷信迭个一套?"

"喔唷,痛死我了。妈,我迭个病来得突然,死马当作活马医,试试看。"

王妈妈见儿子痛得哇哇叫,伊爱子心切,一急一慌,乱了方寸,就去找半仙娘娘了。

再讲迭个半仙娘娘,见王妈妈来找伊,心想,王妈妈平时骂我是妖婆,还专门劝人家,有病上医院,勿让我看病,撬我生意,断我财路。现在伊也有求于我了?迭个对自己的声誉是邪气有利的,不过勿好马上答应,先要搭搭架子,讲:"我有言在先,我是半仙,勿是全仙,有交关毛病,勿一定看得好,侬另请高明吧。"

王妈妈急了,讲:"半仙娘娘,阿拉小毛迭个病挺奇怪的。伊讲昨天半夜里,感到有只螃蜞勒辣伊面孔上爬,用手一拍,面孔就肿起来,而且痛,吃止痛药也呒没用。所以小毛指名道姓要请侬去看。"

半仙娘娘一听,心花怒放。看王妈妈急得手足无措的样子,心想:迭个是千载难逢的好机会,就答应试试看。为了扩大影响,伊先勒辣自己家门口,倒好一碗清水,然后点香烛,通神祝告,招来勿少过路居民。大家看到王妈妈立勒边浪,问:"啥事体?"王妈妈一一相告,迭个勒辣居民当中引起很大反响。半仙娘娘看王妈妈勒辣为自己做义务广告,心想:我的目的达到了。伊举起迭碗清水,洗手,抹面孔,名曰净身。伊对王妈妈讲:"任何事情侪是心诚则灵,只要侬相信我,我一定能驱除病魔,还侬儿子的健康。"

王妈妈点点头,伊拿半仙娘娘带到了王小毛的床边。两个人身后跟着一大帮子来看热闹的人。半仙娘娘自备了香烛,又带了一面鼓,时勿时"嘭、嘭"敲二记,名曰:驱邪。伊来到王小毛身边,看了看伊肿起的面孔,一本正经地讲:"辨个是螃蜞精勒辣作怪。只要辨只螃蜞精是雄的,我可以请神灵降伏它。假如是雌的,我就呒没办法了。"

王妈妈邪气着急:"嗯?雌的为啥就呒没办法?"

"因为我是半仙,本事有限,嗨,还好,作践侬儿子王小毛的迭只螃蜞精,是雄的,我完全有能力降服它。"

王妈妈问:"侬哪能晓得迭个螃蜞精是雄的?"

"俹看呀,男左女右,王小毛的面孔肿勒辣左边,肯定是雄的勒辣作祟。"

王小毛讲:"请侬帮帮忙,我痛死了,拿那个螃蜞精赶走。"

"可以。不过召请仙人要付劳务费200元。"

王妈妈讲:"只要小毛的病能好,200元就200元,我依侬!"

迭个辰光,半仙娘娘点好香烛,又拿出草纸放勒辣台上,再叫人去街心花园挖来一撮烂泥,供奉勒辣草纸上。一切布置停当,半仙娘娘上香磕头,边歌边舞,装起神,弄起鬼。口中念念有词:"天灵灵,地灵灵,太上老君发号令,虾兵蟹将齐出动,捉拿螃蜞保太平。""嘭、嘭"伊一边打鼓,一边念咒符。就勒辣伊装神弄鬼辰光,王小毛慢慢叫从床上起来,大家对伊面孔上一看,肿块勿见了。看热闹的人,本来是窃窃私语,现在一哄而起,侪跪倒勒辣地浪,称颂半仙娘娘仙法无边。

半仙娘娘也一愣,自己从事迭个一招以来,还从来呒没迭能灵验过。伊朝王小毛面孔上一看,果然肿退了,人也站了起来。半仙娘娘马上祝贺:"仙人到,百病消。恭喜恭喜。"

王小毛刚站起,突然又摇摇晃晃,跌坐勒辣床沿。伊面孔上刚刚消退的肿块,又慢慢叫高了起来,大家一看惊呼讲:"啊,勿好了,螃蜞精又杀回马枪了。"

半仙娘娘马上跪下,口中喃喃有词:"螃蜞精,太凶狠,请神灵,除病根。一请大仙牛魔王——"

王小毛从床上坐了起来。

半仙娘娘勿敢怠慢,伊还勒辣请神灵:"二请大仙铁拐李——"

王小毛下床勒辣屋内走了起来。

半仙娘娘继续勒辣召唤天神天将:"三请大仙七仙女——"

王小毛拍拍伊的肩头,讲:"好哚,嫑请了,阿拉只付200元,侬请来介许多神道,200元勿够伊拉分的。"

迭个辰光,围观群众见王小毛真的好了,又侪恭维起半仙娘娘哚:"半仙娘娘仙法无边,斗败了螃蜞精啊。"

半仙娘娘故作谦虚地讲:"本仙仅半仙而已,但与各路洞府大仙相交甚厚,区区螃蜞精何足挂齿,已被我捉拿。王小毛,侬为人正直,神灵保佑侬,为侬消灾除病,侬快拜谢神灵。"讲着,伊收拾行装,打算回府。

王小毛拿伊拦住,讲:"半仙娘娘,豰个螃蜞精到底长得哪能样子?既然被侬捉牢,能勿能让阿拉一观螃蜞精的真相,看看好勿好做成醉螃蜞,过过泡饭。"

半仙娘娘一时语塞,王小毛突然半只面孔又肿胀起来,王妈妈拖住了半仙娘娘讲:"侬勿能走,我家小毛的病还呒没断根。"

半仙娘娘也十分纳闷,王小毛的病哪能讲来就来,讲去就去?看热闹的人们也勿肯散去,侪想看个究竟。迭个辰光,王小毛从嘴巴里吐出一只檀香橄榄,当了众人的面,用舌尖一顶,左面的面孔顿时肿了起来,用舌尖一钩,橄榄到了舌头底下,讲起话来有些勿便当了。"诸位,啥人见到过螃蜞精?我呒没见过。半仙娘娘讲,螃蜞精已被伊捉拿,但是又拿勿出来。我的面孔哪能会肿?根本勿是螃蜞精作怪,是辩只檀香橄榄勒辣和半仙娘娘开玩笑。"

王妈妈讲:"小毛,侬真的呒没病啊?装得好像,快把我急死了。"

迭个辰光,半仙娘娘想溜,王小毛一把拖牢伊,当了众人的面讲:"阿拉小区为啥评勿上文明小区?就因为半仙娘娘还有市场。今天我拿伊揭穿了,大家侪勿信伊的那一套了,伊呒没了市场,也就活动勿开了。至于伊用迷信手法,招摇撞骗,应该送伊到派出所去讲清楚吧!"

这真是:娘娘自称是半仙,兴妖作怪将人欺;小毛求仙破迷信,小区飘起文明旗。

(小品原著:颜桦)

18 中奖之谜

迭天下半天,王小毛踏着一辆黄鱼车进了弄堂,勒辣自己屋里门口刚停稳就大声喊了起来:"妈妈哎!侬快来看呀!"

王妈妈正勒辣天井里用力地搓洗着衣服。听见儿子的喊声,手上的肥皂泡沫也来不及揩干就匆匆奔出门来:"小毛啊!什呢事?"

王小毛朝黄鱼车上一指:"妈妈,侬自家看。"只见黄鱼车上放着一台崭新的彩色电视机和一台双缸洗衣机。

王妈妈问:"小毛,迭个物事辣块来的?"

王小毛笑嘻嘻地答道:"买的,总不见得是偷的。"

"小毛,侬辣块来的怎么多钱?"

王小毛擦擦头上的汗珠,兴奋地说:"一个人运道来了推也推勿开,我买的有奖储蓄中奖啦!而且中的是头般奖!"

王妈妈一听更搞勿懂了:"豆瓣酱?迭个有啥开心,只有几块钱一瓶。"

王小毛忙解释:"是头等奖,勿是一般的奖,所以我就叫它'头般奖'。"

"侬迭个孩子就是爱说笑话,格么迭个'头般奖'有多少钱呢?"

王小毛伸出五个手指:"勿多勿少五千元,所以我就用这笔钱买了一台双缸洗衣机,让它代妈妈洗衣服,省时省力。再买了一台彩电,家里那台黑白的早该升级换代了。"

王小毛母子俩在家门口说话,早拨左邻右舍听到了,王小毛中奖的消息勒辣弄堂里不胫而走,邻居们纷纷前来向王小毛贺喜。王小毛告诉大家,伊买了一张号码是89914的有奖储蓄单,想勿到竟然中了头奖。对门的钱家嫂嫂一听89914迭个号码大声说道:"咦,照道理辩个号码不吉利的,哪能会中头奖的呢?"

众人勿明白。钱家嫂嫂解释讲:"89914就是不久就要死,几化难听!"

众人哄堂大笑,王小毛并不恼怒,笑嘻嘻地讲:"钱家嫂嫂,侬年纪轻轻哪能迭样迷信?侬看,我勿是照样中了头等奖。"

隔壁的赵家伯伯见钱家嫂嫂说话嘴边呒没遮拦,连忙开口调节气氛:"小毛今年运气好,中了头奖,应当请客!"

众人一听,请客啥人勿欢喜?所以引来一片赞同附和之声。王妈妈一向热情好客,连忙接过话头:"要的,要的,大家坐一歇,我马上去买包香烟来泡茶吃。"

众人惊讶,迭个香烟哪能泡茶?王妈妈晓得自家一时太高兴,讲错了,连忙纠正:"我太高兴讲错了,是买香烟,再买点茶叶,再买点糖果、瓜子拨大家吃吃。"

王小毛讲:"对,大家香烟呼呼,茶叶喝喝,糖果搭搭,瓜子剥剥,庆祝庆祝。"

迭个辰光王小毛屋里一片欢乐的气氛。

先暂时勿讲王小毛屋里众人贺喜、欢乐之情,单讲王妈妈兴冲冲出门购买食品,勒辣街上碰到了居委治保主任李大姐。只见李大姐也是一脸喜色,匆匆而行。王妈妈和李大姐打招呼:"李大姐,看侬高兴的样子,走得介快,到啥地方去呀?"

滑稽王小毛

李大姐答道:"我去买点香烟、茶叶、糖果、瓜子。王妈妈侬呢?"

"巧了,我也是去买香烟、茶叶、糖果、瓜子。"

"噢!侬家里有啥喜事?是王小毛结婚了?"

"勿是的,是阿拉小毛中奖了!"

李大姐高兴地说:"巧极了,我也中奖了,我买了一张有奖储蓄,想不到这次中了头等奖了。"

王妈妈心想:咦,我家小毛中的是头等奖,李大姐哪能也是头等奖?忙问:"侬也中了头等奖,号码是多少?"

"89914,我本来想想辫个号码勿吉利,哄没想到竟中了头奖。"

王妈妈辫记拨搞糊涂了,世界上有迭能巧的事体?李大姐中奖的号码哪能跟阿拉小毛的号码完全一样,会勿会像人家唱歌、跳舞比赛一样,来个并列第一名,就问:"李大姐,头奖有几个?"

李大姐讲:"头奖只有一个。"

"勿对,我儿子王小毛买的也是有奖储蓄,中的也是头奖嘛!"

辫记轮到李大姐搞糊涂了:"也是头奖?啥个号码?"

王妈妈本来是记勿牢数字号码的,因为拨了钱家嫂嫂讲过迭个号码跟"不久就要死"同音,勿吉利,所以印象特别深,记得特别牢,就讲:"我儿子王小毛中奖号码也是89914,奖金五千元已经领回来了,还跟我买了彩电、洗衣机呢!"

李大姐到底是里弄治保委员,听王妈妈辫能一讲,马上警惕起来,心想:中奖号码一样,奖金五千元也一样,王小毛中奖背后阿会有啥鬼花样,应该去向派出所民警小胡汇报一下。于是李大姐连物事也勿买了,匆匆告别王妈妈到派出所去了。

王妈妈看着李大姐匆匆而去的背影,越想越奇怪,会勿会儿子在外面……想到此地,王妈妈再也勿敢想下去了,也哄没心思买物事了,心急火燎地朝屋里赶去。

众人正勒辣等王妈妈买物事回来,好香甜香甜嘴巴,勿曾想王妈妈却两手空空地回来了,而且一面孔的严肃,心里都勒辣疑惑。王小毛迎上去问:"妈妈,物事买回来了哦?"

王妈妈厉声说道:"小毛,过来,拿个小凳子坐勒当中!"

王小毛丈二和尚摸勿着头脑,只好拿只小凳子坐勒房间当中。

王妈妈问道:"侬讲,侬到底中奖了呒没?"

"中奖了。"

"侬勿要骗我!"

"妈妈,我哪能会骗侬呢?从小侬就一直教育我,做人要老老实实。"

王妈妈见小毛还勿说实话,就当着众人的面拿李大姐也中了头奖,号码也是89914的事如此这般地讲了一遍。王小毛听了面孔涨得通红,张口结舌啥个闲话也讲勿出来。邻居们一看迭个情景,议论纷纷。

王妈妈步步紧逼追问小毛迭个钞票是啥地方来的,王小毛却支支吾吾讲勿清爽。邻居们更加怀疑,有的说:"看来迭个钞票来路不正。"有的说:"平常看看王小毛蛮老实的,真是知人知面不知心啊!"

王小毛勒辣妈妈的追问下终于承认自家并呒没中奖。王妈妈正要进一步追问,勿晓得啥人说了一声:"倷看,派出所民警小胡来了。"只见民警小胡拨开人群走进屋来,紧随其后的还有治保主任李大姐。众人一见民警也来了,更加认定王小毛做了坏事,钱家嫂嫂悄悄对邻居们说:"89914迭只号码勿吉利的,我早就说过了,哪能,准哦?"

赵家伯伯也讲起了风凉闲话:"王小毛迭只小赤佬,我老早就看

滑稽王小毛

出伊勿是个物事了！"

迭个辰光民警小胡走到王小毛面前："王小毛，听讲侬中了头等奖了？请侬拿对奖券的存根拨我看一看好哦？"王小毛支支吾吾哪能拿得出啥个对奖券存根。

民警小胡见王小毛拿勿出存根，就说："假使侬觉得此地讲勿方便，就请侬跟我到派出所去谈谈。"

王小毛一听到派出所去，一下子从小凳子上站了起来："派出所我勿去的，侬一定要看存根，我有！"说完从袋袋里摸出两张纸条递给民警小胡，小胡仔细一看，原来是彩电和洗衣机的发票："王小毛，迭个勿是对奖存根，迭个是买物事的发票，侬这些钞票到底是啥地方来的？"

王妈妈勒辣一旁又恨又急，恨的是儿子勿争气，做了勿明勿白的事情；急的是辩记儿子勿晓得要办啥个罪了。她敲着王小毛的脑袋讲："事到如今，侬还勿老实讲？八个大字侬还记得吗？"

王小毛说："八个大字我从小就记住了，是好好学习，天天向上。"

"不对，是坦白从宽，抗拒从严。人穷一点勿要紧，千万勿能做坏事，丢失了人格，败坏了家风啊！"

王妈妈越讲越激动，头一阵眩晕，人站立勿稳，差点摔倒。王小毛飞快上前，扶住妈妈，两眶热泪流了下来："妈妈，侬勿要急嘛，侬听我讲呀！侬年纪大了，身体也勿大好，还一直为我洗衣服，寒冬腊月水有多少冷啊，可侬还是一大盆一大盆地汰。屋里的黑白电视机已用了十多年了，常修常坏，有辰光碰有侬欢喜看的越剧，偏偏图像又呒没了，侬只好拿伊当收音机听；有辰光干脆跑到电视机商店立勒橱窗前看，我做儿子的看了心里几化难受啊。为了让妈妈你侬晚年生活过得更舒适,我就拿出我自家的五千元存款,买了彩电和洗衣机。"说着,王小毛从口袋里拿出一张存折。民警小胡接过一看,存折上确实表明王小毛当天从中取了五千元钱。

王妈妈一看存折忙讲:"迭个存折上的钞票是将来结婚派用场的,侬迭能做为啥勿早说呢?"

"我早讲,妈妈侬决勿会同意我用迭个钞票买彩电和洗衣机的。今朝我走过银行,看见有奖储蓄开奖了,头奖号码是89914,我灵机一动,就讲我中奖了,用中奖的钞票拨侬买彩电、洗衣机,侬就不会心疼钞票了。不过呒没想到偏偏是李大姐中的头奖。"

众邻居一听,原来如此,纷纷赞扬王小毛是个孝敬长辈的好小伙子,王妈妈也笑得合不拢嘴。最有趣的是钱家嫂嫂和赵家伯伯,两人见风扯帆,转向快,钱家嫂嫂讲:"我老早就讲过了,王小毛决不会干坏事的。"

赵家伯伯也忙声明:"其实我老早就晓得王小毛是个好青年了!"众人见伊拉人随风倒,又是一阵哄堂大笑。

王妈妈开心地一把抱牢儿子:"小毛啊,侬真是我的好儿子啊!"
王小毛也深情地讲:"妈妈哎,侬真是我的好妈妈啊!"
王妈妈和王小毛勒辣一片欢乐的笑声中流下了激动的眼泪。

(小品原著:梁定东)

19 一块石碑

王小毛当了市政建设工程队的队长,最近带领工人要拿原来一条狭小、曲弯的小马路拓宽、拉直。上级领导要求工程一定要赶勒国庆节之前竣工,作为向国庆献礼。可以讲是时间紧,任务重,但是勒辣王小毛的带领下头和工人们的努力下头,工程进展交关顺利,最近已经到最后的冲刺阶段了,哦没想到麻烦事体来了。

辣天下半天刚开工,有工人勒辣路面下头挖着一块石碑,有人讲:"开辆吊车过来,拿石碑吊起来。"有的讲:"拿伊敲敲碎,拌三和土吧。"正要动手,王小毛来了,讲:"慢!"为啥?因为最近上级发过文件,凡是挖地基、挖马路,碰着看勿懂或者有疑问的物事,勿能擅自处理,必须马上上报有关部门,等待处理意见。王小毛想,为了慎重起见,还是让我先打个电话,让伊拉派人来看看再说。万一是啥个重要文物,拨破坏了我王小毛担当不起。关照大家回工棚休息待命,等上面来人之后,阿拉再开工。

叫啥真是"急惊风碰着慢郎中",电话打拨了文物保护主管单位,对方讲立刻就来,但是一直等到第二天的下半日还勿见人影子出现。工人侪等得光火,啥个路道?阿拉施工要来勿及的呀。"王小毛队长,吊起来,敲敲脱算了。"

"对!勿管伊了。"

七嘴八舌群情激昂,议论纷纷。

王小毛正在左右为难的辰光,有人喊了起来:"来啦!来啦!"

外面踏进来一个老头,瘦刮刮,戴一副金丝边眼镜。王小毛看见了就像看见自家亲爷一样,喔唷!总算来了,看来很快就好重新开工了,就讲:"同志呀,侬看,就是辣块石碑,请侬鉴定一下,假使勿是啥个文物,阿拉就敲了。"啥人晓得迭个瘦老头弯下仔身体对辣块石碑横看竖看,左看右看,点点头再摇摇头,讲回去研究一下就会拨俫答复的。讲好,别转身体就要走了。

王小毛急啊,看仔半天就迭能一句勿痛勿痒的闲话,到底迭块石碑哪能处理,阿拉能否动工,还是勿晓得,迭能拖着,总归勿是事体。连忙追上去拖牢瘦老头:"同志,迭块石碑到底哪能办?"瘦老头推了推鼻尖上的眼镜讲:"迭块石碑好像有点来历,好像下面还有古墓,有可能是唐朝的,也作兴是宋朝,当然说不定是明朝的……"

王小毛实在耐勿牢,带着嘲讽的口气讲:"弄得勿好是清朝的?!"

瘦老头讲:"对对对,完全有可能,现在的关键是要看下面有勿有稀世之宝了,如果吙没,格么迭块石碑也就吙没啥个了不起。"

王小毛跟工人们听得哭笑勿得,请伊来鉴定,结果讲的侪是废话。"格么现在到底哪能处理?"

"到底哪能处理嘛,我也作不了主,我要回去打请示报告。"

喔唷,搞了半天,是一个"黄牛肩胛"。

瘦老头走了。哪能办? 开工吧? 勿敢! 勿开工吧, 耽误工期! 辰光过得真快,一等,又是一天,一直等到第三天的夕阳西下,王小毛实在按捺不牢了,急匆匆赶到文物管理处去寻负责同志。

真是"吃素碰着月大"。负责同志出差的出差,开会的开会,病

105

滑稽王小毛

假的病假,侪勿勒辣办公室里。只有一位姓金的同志临时值班,啥个职务也弄勿清爽。这老金年纪一把,耳朵也有点聋,王小毛讲:"同志,我叫王小毛。"

"啥,通知捉野猫啊?阿拉此地朆没野猫的呀。"

"阿拉挖着一块石碑,侬看哪能办?"

"噢,我晓得了,㑚屋里的隔壁,侬要拿块板。噢,迭个事体勿归阿拉管的。"

两人一句来一句去,牛头不对马嘴,讲得吃力煞。

等王小毛费了九牛二虎之力让老金听清爽,老金讲:"同志,侬勿要看我耳朵勿灵,但是我对文物政策交关清爽,迭块石碑要紧的,有研究价值,假使遗失了,或者损坏了,侬要负责的,弄勿好要吃官司的。迭桩事体事关重大,有必要查查资料,翻翻档案,看看录像,听听各方面专家的意见,再坐下来研究研究处理方案。"

"迭能要影响阿拉施工进度的。"

"同志,施工进度固然重要,但是文物保护更加重要,如果文物破坏了,就再也朆没了。施工今朝勿挖明朝挖,明朝勿挖后天挖,子子孙孙可以挖下去嘛,只要有人,有愚公移山的精神,侬讲是不是呀?"

"格么阿拉国庆节之前勿能完成任务啥人负责?"

"总归是有人负责的,不过绝对不会是我负责的,我是临时值班的。"

王小毛觉得和迭位老同志讲勿出啥个名堂,就讲:"请侬向上级反映,请伊拉立刻派人来。"

到了第四天,工地上开来一辆轿车。车停门开,下来两个人,学者模样,风度翩翩,一个肩扛摄像机,一个手拿照相机,到了工地,围牢迭块石碑团团转,横拍竖拍,正拍反拍,仰拍俯拍,左拍右拍,王小毛肚肠根痒煞,问:"现在俺看下来到底哪能?"

"进展非常大,资料拍下来了,等研究出结果,马上来告诉侬。"

王小毛气得阿潽阿潽,但是也呒没办法,只好再等。

又过了三天,仍旧毫无动静,王小毛只好再赶到文物管理部门。倒也巧的,三天前来过的两个学者倒侪勒辣。

王小毛一进去就开门见山:"迭块石碑到底哪能办?"

"不能动。"

"为啥?"

辫两个学者拿出几张大照片拨王小毛看。"看见哦?照片上清清楚楚,石碑四周,有暗绿色,而且颜色发青,很有可能是青铜器时期留下来的。"

王小毛想,搭也搭勿上的。一个是金属,一个是石头。但自家又勿能反驳,毕竟人家是专家。只好听伊拉讲下去:"依看,石碑上有看不懂的外国字,好就好勒辫几个外国字看勿懂,看得懂也就勿值钱了,很有可能迭块石碑是古埃及或者古希腊进口的,也有可能原来准备用来造金字塔的。再有可能倒勿是外国的,就是我们的祖先的墓穴。可能是光绪的?不对,朱元璋的?对,曹操的?勿勿,一定是秦始皇的……"王小毛也横竖横了,譬如听故事:"格么我倒要请问,最后确定下来是啥人的呢?"

"喔,格要等同位素测试结果了。"

"啥辰光好晓得?"

"蛮难讲了,可能明天,或许后天,一年、二年甚至十年都勿一定的。"

王小毛一听,"好极咪,总勿见得阿拉生活勿做等十年?总勿见

滑稽王小毛

得为了挬块石碑,本来笔直一条路,现在去绕只弯?"

王小毛本来是一句气话,正好拨伊拉听见了,"绕只弯?迭个勿是很好嘛,从中使人们得到一个启示:道路是曲折的,前途是光明的。"

就勒辣王小毛哭笑不得的辰光,外面有一个小青年急匆匆来找负责人,自称是这块石碑的主人,听说勒辣研究挬块石碑,现在来提供一个重要情况。

两位学者讲:"喔?蛮好,啥重要情况?"

小青年讲:"我爹爹从前是开咸菜作坊的,挬块石碑就是专门用来压咸菜的。"

"格么,石碑上的暗绿颜色呢?"

"迭个是因为腌过咸菜的缘故呀。"

"格么上面的外国字呢?"

"是我小辰光敲着玩敲出来的。"

啥?搞了介许多天数,原来是迭能一桩事体啊?!

两个学者一听,说:"好,王小毛同志,侬回去吧,把石碑砸碎,继续开路。"

王小毛想:勿!现在我倒反而要拿这块石碑保留下来,让大家经常看看,吸取教训,看看官僚主义、拖拉作风是几化害人啊!

(小品原著:李树民)

20 树归原主

扬州乡下头传来口讯,讲是二姑夫跟三姨妈最近感情勿大融洽。听到老家至亲闹矛盾的消息,王妈妈非常不安。

踭天,见儿子王小毛有几天休息,就叫小毛去看看情况,从中做些调解工作。王小毛接到迭个任务,勿敢怠慢,立即买了火车票乘火车到镇江,再摆渡过长江,到了江北再坐中巴来到老家扬州郊区王家庄。

从车站到王家庄还要步行大约20分钟,王小毛一路走一路看看家乡的景色和变化。刚临近村口,就传来了男女争吵声,王小毛细听像是二姑夫和三姨妈的声音,伊连忙加快脚步,走近一看,果然是两位长辈,争得面红耳赤,不可开交。一个面孔涨得通通红像只生蛋鸡,一个气得阿潽阿潽透气像拉风箱。

看到王小毛的到来,两位长辈好像打官司有了辩护律师一样高兴,勒辣小毛叫应了二姑夫、三姨妈之后,两个人侪争着要申诉自家的理由。

格么,二姑夫和三姨妈到底为啥争吵呢?原来,三年前县里要截直流经村里的河道,再傍河筑一条小型公路,二姑夫和三姨妈种植的两棵水曲柳树,侪勒辣规划红线里向,影响开河筑路,于是两家各自锯脱树冠,截脱树根,勒辣新河开通以后,拿树缚了绳子,沉没到河道

滑稽王小毛

里,一没就是三年。今朝,三姨妈要为儿子做家具,二姑夫要为小辈装饰房间,双方先后来到河边,同时打捞浸脱胶汁的树段,叫啥打捞时发生矛盾了,双方俉说大的一棵是自家的,争吵了起来。村干部闻讯已经来调解过一次,劝伊拉两个人仔细想想,到底哪棵树是自家的,想清楚以后,再各自打捞。两个人回转去想了半天,总算各自想出了理由,再次前来捞树,可是,双方的理由仍旧说服勿了对方,所以就发生了第二次争吵。

王小毛想,迭个树有大小,总有道理的,啥人理由充分,大树就是啥人的。两位长辈俉勒辣火头上,一时争勿清,现在有了我迭个中间人,冷静分析,可以从中理出个头绪来,然后秉公断定。所以王小毛蛮有把握,充满信心地讲:"二姑夫、三姨妈,迭次我妈妈叫我来看望两位长辈,特地关照,要我好好叫帮两位长辈疏通交流,消除误会,融洽感情。河里的两棵树嘛,肯定是各有其主的,属于侬二姑夫的,就是二姑夫的,是侬三姨妈的也必定是三姨妈的。两位长辈平心静气地讲讲树大树小的原因,我小毛外甥一定勿偏袒一方,实事求是、公公正正地判断,倻两位大人认为迭能可以哦?"

两个人听了王小毛的开场白,俉讲蛮好蛮好,不过双方俉提出了一个"三勿"的条件,就是如果处理勿当,勿认伊迭个外甥,勿招待伊吃饭,勿留伊住宿。小毛笑着讲:"可以,可以。"

二姑夫让三姨妈先讲伊的理由。

三姨妈讲:"我的树比二姑夫的树先种一年,先种先发,树身当然要比后种的大。"

王小毛听三姨妈的话,觉得先种为大,道理充分。但是二姑夫当即否定,讲:"三姨妈的树的确是比我的树先种一年,可是,种下树后的下半年,拨别人家栓过一条老黄牛,牛拿树根部的泥土搞松了,树扎根不好,发育勿良。我的树,虽然晚种一年,但是呒没受到伤害,所以发得比三姨妈的树大,因此大的树是我的。"

王小毛现在再一听二姑夫的解释,感到后来居上,也不无道理,一时倒难作判断了。

三姨妈又马上补充,伊讲:"树拨黄牛伤害,呒没长发,迭个是事实,不过迭年冬季,我用了一担榭肥,上了一担河泥,来年树就发了。犇年,二姑夫的树还刚刚种植,伊的树哪能会超过我先种的呢?"

经三姨妈一补充,王小毛心想,有道理的,还是先种先大,理由比较充分。不过迭个想法还呒没讲出口,二姑夫的闲话就打断了伊的思路,二姑夫讲:"我的迭棵树基肥足,四周泥土好,又靠近水源,所以种下去的树易长易发,比三姨妈受伤的树好仔几倍。迭年夏天,村上人侪勒辣我的树下头乘风凉,所以我的树比伊的树大。"

王小毛一听,后来居上的理由还是成立的,迭能一来一下子倒呒没了自家的主见了。

就勒辣迭个辰光,三姨妈又讲了一条伊的树大的根据:迭年,二姑夫造房子辰光,拖拉机倒车,拿树撞了一记,后来树就勿发了,所以伊的树比我的树小。

紧接着三姨妈的话头,二姑夫又摆出了事实。伊指出:我的树拨撞一记,迭个是事实,但是迭年,三姨妈种的迭棵树,长了一树的刺毛虫,拿树上的叶子吃得像稀毛癞痢,树呒没树叶,光合作用勿好,我的树勿长,伊的树也勿长,所以还是我的树比伊的树大。

呒没想到三姨妈又提出了充分根据。她讲:我的树长刺毛虫,迭个是事实,但是下一年,天气特别干旱,我勒辣屋里天天浇水抗旱,所以树长发得老快。而二姑夫却勒辣镇上打工,呒没辰光浇水,树呒没长大,所以还是我三姨妈的树要比二姑父的树大。

滑稽王小毛

二姑夫马上反驳讲：迭一年，我勒辣镇上打工是事实，但是镇上离此地勿远，日里我呒没浇水，晚上回家也是天天浇水抗旱的，所以并呒没影响树的生长。

王小毛细听两个人的理由，竭力进行思索，感到三姨妈讲闲话有道理，二姑夫事实也充足。真的是公说公有理，婆说婆有理，两家人侪有理，使本来想勿帮和尚，勿帮尼姑，公平解决问题的王小毛倒一时呒没理了，停了一歇讲："二姑夫，三姨妈，箇棵大树，是侬的，勿会是伊的，是伊的勿会是侬的。我想想，只有问树最清爽了，㑚两人，暂时侪勿捞树，等我问清爽以后再说。"

王小毛迭番勿痛勿痒、勿分是非的闲话，惹得二姑夫跟三姨妈侪又气又恼，讲："侬分勿清是非，断勿出大小，阿拉勿接待侬迭个外甥，侬去跟木头疙瘩讲闲话吧。"讲完，两人气咻咻地离开了现场。

等到两个人一走，王小毛倒真的下河问树了。

树是木头，既勿会开口说话，又勿会写字表白，王小毛哪能问呢？伊想起刚刚二姑夫说过，三姨妈的树长过一树刺毛虫，有刺毛虫，必有虫窠，又硬又圆的虫窠，是深嵌勒辣树皮里的，着水不烂的。所以伊把外衣和鞋袜一脱，下河探摸，果然，王小毛勒辣一棵树的顶端部分摸到了10多只虫窠，连下来，伊又从河底摸起一块瓦片，刮脱树上的部分青苔，用手掌虎口丈量树围，一摸一量，王小毛喜上眉梢，心里有底了，爬上岸来，披起衣服，拎起背包朝三姨妈二姑夫屋里走去。

王小毛了解二姑夫和三姨妈的脾气，伊要按照两个人的性格特点办事。二姑夫和三姨妈两家是相隔一块场地，是门对门、窗对窗的近邻，声音稍微大一点，两家侪能互相听见，所以，王小毛先来到向来豪爽嘴快的三姨妈屋里门口，立在门外叫："三姨妈，外甥王小毛断树来了！"

里向的三姨妈应道:"侬讲,大的一棵是啥人的?"

"是侬三姨妈的,迭棵树已经告诉我了。"

"是哦?"听到大树是自家的,三姨妈连忙拿门拉开了,一把拉牢王小毛的手:"啊唷喂,看侬手冰凉的,快到里向坐,我三姨妈对勿起侬了。"

正在迭个辰光,后面传来了二姑夫的声音:"小毛,侬勒辣说什呢?"

"我勒辣说大的一棵是侬的!"

听到迭个闲话,三姨妈手一松,也拉开了嗓子问:"小毛哎,侬讲清楚一眼,到底哪一棵树是我的?"

"大的,佘在外档的一棵。"

"哎!乃么对了。"

三姨妈又开心了,可二姑夫生气了:"小毛,侬讲外档一棵大的是三姨妈的?"

"二姑夫,迭棵树上端有十七只刺毛虫的窠,侬讲三姨妈的树生过刺毛虫对吗?"

"这……"二姑夫呒没闲话好讲了,不过脸色勿忒好看。

王小毛又针对二姑夫沉稳的特点讲:"二姑夫,侬的树粗看上去小,实际勿小的。三姨妈的树,树干是椭圆型的,佘在水面上看好像大了;侬的树是滴粒滚圆的,望上去好像是小了,我王小毛侪用手量过了,侪三虎口半,一样大小,所以侬讲侬的树大,三姨妈说伊的树大,侪讲得对,大家侪呒没错。"

"噢,小毛哎,侬真是心细人强,二姑夫要向侬学习。"

"不!二姑夫哎,我要向侬学习!三姨妈哎,二姑夫迭个人有辰光不声不响的,这是冷静沉稳。前几年医院里跟表弟看病误诊了,侪

滑稽王小毛

是二姑夫冷笃笃一句,冷笃笃一句,争得了赔偿!"

"对的,对的。"三姨妈讲。

"哎,所以侬认为伊迭个人阴司,瓣个是勿对的。"

"对的,对的!"三姨妈迭个人心情顺畅就啥个闲话侪听得进。王小毛批评伊,伊全盘接受。

接着王小毛又对二姑夫说:"二姑夫哎,三姨妈迭个人心直口快,喉咙响,有辰光迭个也老派用场的,大前年,侬二姑夫买着了假化肥,勿是侪靠三姨妈上门交涉吗?伊哇哇一讲开,伊个卖假化肥的家伙怕招来众人请伊吃生活,勿是乖乖地退钞票了吗?二姑夫,侬说对哦?"

"不错,不错。"

"倷两个人快慢搭班,十全十美呢!"

"是的,是的。"二姑夫听了焐心,勿得勿服王小毛的疏通。

迭个辰光二姑父叫了起来:"小毛哎,快到我家吃饭,我今朝清蒸甲鱼。"

三姨妈也叫了起来:"小毛哎,就在姨妈这块吃饭,我今朝煨了老母鸡汤。"

王小毛讲:"妈妈晓得二姑父、三姨妈侪欢喜吃肉的,今天一大早特地做了扬州狮子头,叫我带拨了倷两家头,我们三个人一道吃饭,怎么样?"

"嗯呐!"

二姑父和三姨妈又和好如初。

(小品原著:赵克忠)

21　乔迁之忧

中国有句成语叫"乔迁之喜",乔迁总是和喜悦联系勒辣一道的。但是万万呒没想到,王小毛乔迁却弄出一场忧来。

王小毛原来住的石库门老房子碰着市政建设规划,动迁拨了伊拉二室一厅、煤卫独用的新公房,一家人家开心啊!

犒天王妈妈出去了,王小毛和女朋友佩佩一边商量,啥物事要搬过去,啥物事要乩脱,一边勒辣整理。格么为啥勿等王妈妈一道来商量、整理呢?因为伊拉两家头晓得老年人样样侪舍勿得掼脱,就连吃剩下来的月饼盒子也要囤起来。王小毛想,今朝趁妈妈勿勒辣屋里,该处理的物事统统处理脱,等到妈妈回来发现了,已经生米烧成熟饭,也呒没办法了。

两个人翻箱倒柜,理出交交关关呒没用的物事,有旧报纸、空瓶子、眼镜壳子、纸盒子、断柄的榔头坏凿子、缺脱盖头的汤婆子、三只脚的小凳子、脱底的破鞋子、踏瘪脱得钢盅镬子、破破烂烂的旧袍子……

佩佩勒辣小阁楼上的一只小箱子里翻出一件又旧又破的衣裳:"喔唷,小毛啊,迭件衣裳已经坏得迭副吞头势了,迭种老古董啥地方来的? 乩脱,乩脱。"

小毛也弄勿明白迭件衣裳是啥地方来的,讲:"看样子应该是我

滑稽王小毛

阿爸生前穿的。迭个衣裳破是破的,分量倒蛮重的,勿要去管伊勒,统统塞勒一起,打打包,送到废品回收站卖脱,分量重好多卖一点钞票。"

两个人拿理出来的物事,大包小包"杭唷杭唷"扛到废品回收站,称好分量,卖脱。勒辣回转去的路上,迎面碰着勒辣街道文化站工作的张阿姨。

"喔唷,小毛,我勒辣寻侬呀。"

"张阿姨,啥事体?"

"喏,电视台正勒辣阿拉街道拍电视剧,少一个群众演员,我想着侬了,快去帮帮忙,顶个角色吧。"

王小毛去哦?哪能会勿去呢?轧闹猛是伊最欢喜的事体,就对佩佩讲:"侬先回去收作房间,我拍好电视就回来。张阿姨,阿拉走吧。"

张阿姨讲:"小毛啊,侬先去街道,我还要去借两样道具服装了。"

张阿姨去借道具,王小毛到街道拍摄现场,佩佩回去继续整理房间。

过了一歇,王妈妈回来了。一进门就问小毛人到啥地方去了,佩佩讲小毛被张阿姨拉去拍电视了。

"那将来阿拉电视机开出来,看得见小毛啦?"

"应该是的吧。"

"勿对!"

"啥个勿对?"

"哪能阿拉房间好像大了交关?"

"哪能会呢?"

"哪能物事少了交关?"

"有的破破烂烂的物事侪处理脱了。"

啥人晓得王妈妈突然之间紧张起来:"格么我小搁楼上一只小箱子里小毛爹爹穿的一件破长衫呢?"

"也卖脱了。"

"啊?!"王妈妈听完,差点人厥过去。

佩佩不懂了,迭种破长衫丢勒马路上也呒没人要的,妈妈还当伊什么宝贝?

王妈妈讲:"佩佩啊,侬勿晓得哎,迭件长衫我专门放黄鱼的哎。"

佩佩想,怪勿得衣裳气味难闻哝。长衫里放黄鱼,哪能勿要发臭呢?

"我讲的勿是大黄鱼,是小黄鱼。"

"黄鱼勿论大小,日脚一长,侪要臭的。"

"侬晓得是啥个小黄鱼啦?是硬梆梆,腊腊黄,一两一块的金条哎,老底子侪叫小黄鱼的。"

"啊?!"

"迭些金条是小毛爹爹生前吃辛吃苦积起来的,我想等倻结婚辰光,跟侬打根金链条、金戒指、金耳环老啥。现在拨倻当废品卖掉了,乖乖没得命噢,叫我哪能办哪?"

王妈妈一下子哭得死去活来,哪能孁哭呢?一家一当的积蓄侪勒里向呀。

佩佩觉着迭记祸闯大了,万一妈妈一激动,有啥三长两短,哪能办?"姆妈,侬勿要急。说不定物事现在还勒辣废品回收站,阿拉马上去寻回来。"

佩佩搀扶了王妈妈直奔废品回收站。问老师傅:"刚刚阿拉送得来卖的衣裳侬还记得放勒啥地方了?"

老师傅讲:"阿拉此地每天进进出出物事成千上万,哪能记得牢?"

"帮忙查查看。"

"用勿着查了,半个钟头之前,纸浆厂来了部卡车,已经拿所有的可以做纸浆的物事统统运走了,要么俪马上到纸浆厂去寻寻看。"

佩佩拖了王妈妈转身就走。七转八弯总算寻到纸浆厂,问厂里的老师傅:"俪厂里阿有卡车到废品回收站去车物事?"

"有的。"

"车子回来了哦?"

"老早来了。"

"还好,还好,阿拉有一件旧衣裳是勿卖的,混勒里向了,阿拉寻寻看。"

"勿要寻了。"

"为啥?"

"来勿及了,已经倒到大池里去化浆了。"

佩佩一听,人呆牢了,王妈妈是哭得气也透不过来。

花开一支,话分两头。再说王小毛到街道拍电视当群众演员,拍的是旧上海的一场戏,要王小毛扮一个穷苦的教书先生。化妆师替王小毛妆化好,服装穿好,王小毛对镜子照照,"喔唷,这件长衫怎么又旧又脏?"

张阿姨想,我也叫呒没办法呀,导演临时加出来的戏,一时头浪上服装弄勿到,呒没办法,就到废品回收站去想想办法。回收站的老师傅倷认得,哎,巧也真的巧,居然觅了一件呀。"迭件长衫,破么是破了点,旧么是旧了点,不过扮演旧社会穷教书先生,倒蛮合适,小毛呀,侬将就着穿一穿吧。"

"好,呒没关系。"小毛想马上就要上场了,让我拿小道具准备一下,一本书等一歇拿勒手里,一块绢头现在先放勒袋袋里。"咦?!袋袋里向啥物事?沉甸甸的?"摸摸像一块块麻将牌。要紧拿出来,巧嘛正巧,灯光师正好拿聚光灯转过来,灯光照到王小毛手上,顿时万道金光,照得王小毛眼睛也张勿开。"张阿姨呀,迭个好象是黄金嘛。侬迭件长衫啥地方觅来的?"

"废品回收站。"

王小毛想肯定是啥人家卖废品辰光勿晓得,连黄金一道卖脱了。等到人家想着勿要急煞人呀?快!寻失主去。张阿姨讲侬电视剧总归要拍好再去啰。

王小毛呒没办法,只好等戏全部拍完,长衫也来勿及脱,和张阿姨一道赶到废品回收站。问:"迭件长衫啥人送得来卖的?"

营业员横想竖想,最后想出来了:"对了呀,就是侬自家跟一个姑娘一起扎了几包裹送来的。"

"啊?是我啊?乃僵了,乃僵了,后来迭个姑娘又来过哦?"

"来过的,跟一个老阿姨一道来的,老阿姨哭得伤心透顶,讲啥要寻一件衣裳。阿拉此地每天进出衣裳成千上万,哪能寻呢?而且勒辣伊拉来之前,纸浆厂的卡车已经拿物事运走了。所以我叫伊拉到纸浆厂去寻了。"

"啊唷喂,出大事体了。"

缠了半天长衫就是自家的。现在金条勒辣我身上,妈妈到纸浆厂去找,找到明朝也找不到的,妈妈找不到金条,肯定急脱老命半条。王小毛一时也是束手无措,急得眼泪水也下来了。

迭个辰光,门口开来一辆出租车,车上下来了王妈妈和佩佩。原

滑稽王小毛

来王妈妈急得头昏眼花,四肢无力,欲哭无泪。佩佩呒没办法就叫了出租车,准备拿妈妈送回去,但是还抱了一丝希望想再到废品回收站问问清爽。

小毛见妈妈、佩佩回来了,开心呀!要紧喊:"妈妈!"

王妈妈已经有点六神无主了,脑子稀里糊涂,看见门前有个穿长衫的人:"咦?小毛爹爹侬回来了?噢,不对!要么是我到阴间了?"

小毛讲:"妈妈,啥个阴间阳间,侬不要老迷信了,侬再仔细看看,我是侬儿子王小毛呀。"

佩佩连忙问:"格么侬哪能穿侬爹爹的长衫?"

王小毛拿事体经过,如此迭般讲了一遍,讲现在金条勒辣我手里,"妈妈,喏,物归原主。"

王妈妈看见金条在,破涕为笑:"啊唷喂,谢天谢地,早晓得勒辣侬身边,我和佩佩也勿要吃介许多苦头了。"

"迭个要怪侬自家。"

"怎么怪我呢?"

"啥人叫侬拿金条放勒破长衫里?"

"迭能保险呀,勿引人注目哎。"

"结果呢?推板一点没得了,勿怪侬怪啥人呢?妈妈,值铜钿的物事不能放勒废物堆里,要放到银行里去,伊拉是有专用的保险柜的。"

妈妈讲:"对!对!侪是我勿好,我要吸取教训。小毛呀,幸亏侬迭个电视明星,假使侬勿拍电视,勿穿长衫,迭次乔迁之喜真的要变成乔迁之忧了。"

(小品原著:梁定东、王学义)

22 密码风波

俗话讲:年岁勿饶人。王妈妈随着年龄的增长,记忆力有所下降。为此王小毛担心勿已。辫天,王小毛下班回到家,王妈妈已经准备好可口的饭菜。

吃饭前,王小毛问:"妈妈,我想问一下侬,今朝是啥个日脚?"

王妈妈讲:"又要测试我的记忆力是勿是啊?小毛,我没得老年痴呆,我清清楚楚,今天勿是发工资的日子。"

王小毛告诉伊,今天是自家从苏北顶替到上海来参加工作的日子。王妈妈勿以为然,讲自家只关心退休工资,每月10日伊侪去银行领工资,辫个日子伊勿会忘记,其他日子对伊来讲无关紧要。

王小毛调侃道:"妈妈哎,侬哪能变成财迷了?"

"小毛,侬辫个话勿对。社会上有个顺口溜,人过五十漂亮勿漂亮一个样,人过六十有权无权一个样,人过七十有钞票无钞票一个样,人过八十岁健康勿健康一个样,人过九十岁躺着与站着一个样,人过一百活着与死了一个样。我还要什么钞票啊!"

王小毛有些纳闷,既然妈妈辫能想得开,那记住发工资日子做啥?王妈妈对王小毛讲,自家积点钞票就是为伊结婚做准备的。

王小毛笑着讲:"妈妈哎,阿拉结婚阿拉有钞票,自家侪会安排好的,勿用妈妈操心。小沈阳的小品有句话:人最痛苦的事,人活着,

滑稽王小毛

吙没钞票花；人最可悲的事，人死了，钞票吙没用完。侬的钞票侬自家用，想吃就吃，想玩就玩。"

母子两人，边聊边吃饭，突然间，王妈妈像是想起了啥事体，转身进了里屋，吙没多久，房中传来了妈妈的大叫声。

王小毛忙跑进房中，问："妈妈哪能了？"

王妈妈惊声讲道："钞票没得了，不翼而飞了。"

王小毛也很吃惊，伊一边安慰母亲，一边询问："妈妈，侬把钞票放勒啥地方啦？"

王妈妈告诉伊，自家为防小偷，把钞票放勒枕头套里，吙没想到还是发生了意外，伊让王小毛立即报警。

王小毛讲："勿要急，侬再想想清楚，是勿是肯定放勒枕头套里？会勿会夜里梦游症又发了，侬自家半夜里起来，糊里糊涂拿钞票放到大橱顶上了。"

"勿会的，上趟事情后，侬也带我上医院去看了病，医生讲梦游症勿是啥个大毛病，经过医生的心理治疗和服了安神宁心的药，侪已好了。"

王小毛觉得勿放心，特地勒辣大橱顶上找了找，仍旧是一无所获。看到妈妈失望的样子，王小毛又耐心地劝解伊，并让伊努力回忆一下，钞票是否真的放勒枕头套中。

王妈妈苦思了多时，讲："辫个……反正总归勒辣我房间里。"

王小毛闻言，又翻找了起来。吙没过多久，伊勒辣花盆下找到一只信封，里向有三四千元。

妈妈仍是愁眉苦脸："勿对，勿止三四千啊。"

王小毛又勒辣套鞋里、镜框后面找到了信封，里向装的侪是钞票。

王小毛无奈地讲:"妈妈哎,侬钞票勿好好放勒辣抽屉里,东一只信封,西一只信封,放勒辣弅些么二角落里做啥?"

"还勿是为了防贼骨头!侬经常出差勿勒辣家,我就东放放,西放放,一方面弅些么二角落头,贼骨头想勿到。而且我分开放,有道理的,有句话叫'鸡蛋勿能放勒一只篮头里',就算偷去一笔,损失也小。"

听到弅些话,王小毛连连摇头,伊建议妈妈拿钞票存勒辣银行里,又保险又安全。可是,王妈妈却认为,存勒辣银行里存定期,万一要用勿方便,存活期利息勿合算,现在利息低,每年还要收年费,几年放下来,弄得勿好还要倒贴了,勿合算,还是放勒辣自家身边最安全最保险。

王小毛觉得妈妈讲得也有道理,但是老人家毕竟年纪大了,记忆力也推板了,东囥一叠,西囥一叠,囥勒辣啥地方贼骨头是想勿到,但是,最后连自家也忘记脱了,弅就麻烦了。王妈妈连声称是,问儿子该哪能办。

王小毛向伊建议,可以去买只保险箱,现在的保险箱侪是高科技、新材料,把钞票放勒辣保险箱里,万无一失。王妈妈一听,连连点头。

王小毛笑着问:"妈妈,我再想问个问题。侬现在到底积蓄了多少钞票?"

王妈妈一脸神秘地讲:"多少钞票啊,保密!"

母子俩说干就干,当天下半天,王小毛就带着妈妈来到了商场,购买保险箱。两人刚来到保险箱专柜区,一位服务员就迎了上来。

"老妈妈,阿拉此地有各种型号的保险箱,主要用于放置一些重要文件和贵重物品,比如契约、合同、房产证、公证书及其现金、首饰、珠宝等。"

王妈妈答道："辣个我晓得的,保险箱是放钞票的,勿会放草纸。"

王小毛闻言,一皱眉："妈妈,侬勿要冲撞人家。"

王妈妈忙讲："我实是求是,我买保险箱就是放钞票的。"

服务员笑着讲："保险箱首先要坚固,阿拉的保险箱箱体钢板全部采用优质低碳合金钢,一次成形,非常牢固。有单门的、双门的……"

王妈妈很纳闷,单门、双门勿是电冰箱吗？服务员解释讲,现在保险箱款式很多,同样有单门的、双门的。

王小毛讲："阿拉是家用,只要单门的就可以了。关键是防盗的功能。"

服务员向王妈妈介绍了一只单门的保险箱,辣个产品防盗功能相当勿错,配备独有的集防盗、防撬、防钻、自锁功能于一体的电子锁,领先保险箱行业新技术,价格也适中。

听了服务员的讲解,王小毛非常认可,决定就买一只,并让伊教一教妈妈使用的方式。

服务员告诉伊拉,辣个箱子的使用方式勿复杂,只要先用钥匙打开保险箱,放入电池,把门关上,修改保险箱的原始密码1234,输入侬新设定的密码4位数,然后输入侬设定的密码,保险箱就能打开了。

搞清了使用方法后,王小毛讲："妈妈,侬输入一个侬设定的密码,阿拉回避。"

王妈妈讲："辣位小姐要回避,侬是我儿子勿用回避。"

王小毛摇头道："勿,妈妈,辣是侬的财产,侬有权支配；我还是一句老话,儿女自有儿女福,阿拉自家侪勒辣工作,侪勒辣赚钞票,勿缺钞票;侬的钞票还是自家享用,想吃就吃,想玩就玩,欢度晚年,勿够尽管问我拿,也让阿拉尽尽孝心,如果侬还想找个老伴,阿拉也举双手赞成。"

"嘿,我迭能一大把年纪了,还找什么老伴!"

"少年夫妻老来伴,讲勿定侬巧遇一个意中人呢,要晓得黄昏恋是美好的,到辰光辩钞票就有用场了。妈妈哎,只要侬开心,就是阿拉的幸福。"

听了王小毛的一番话,服务员赞道:"老妈妈,侬的儿子介好,真让人爱慕。"

王妈妈顿时一脸严肃:"侬勿能爱慕了,伊已经有女朋友了。"

"我讲的是侬儿子很可爱又令人羡慕。现在有些年轻人勿努力工作,吃爷啃娘,当啃老族。侬有辩能孝顺的儿子,真是福气。老妈妈,侬就自家设定密码吧!"

王小毛和服务员侪退到一边,王妈妈设定了一个密码,母子俩叫了出租车,高高兴兴地拿保险箱带回了家。

第二天一早,妈妈就勒辣摆弄保险箱。王小毛好奇地问:"妈妈,侬一清大早做啥?"

"我勒辣开保险箱。"

王小毛对伊讲,从今往后,钞票再也勿用东塞塞、西园园了,放勒辣保险箱小金库里绝对安全。呒没想到,王妈妈却突然惊叫起来。一脸惊慌地讲:"阿唷喂,我的密码忘记了。"

"妈妈,密码哪能会忘记了?"

"昨天我还记得老牢的,一觉睏过,忘记脱了。"

王小毛忙安慰伊,并让伊仔细回忆。王妈妈想了半天,叫道:

滑稽王小毛

"哎……"

"妈妈,侬想起来了?"

"还是呒没想起来。"

"呒没想起来,侬哎什么哎?"

"我讲侪是侬勿好,勒辣设定密码时要回避,侬勿回避就呒没辣个尴尬事体了,就是我忘记了,侬也勿会忘记,现在哪能办?"

王小毛闻言,也很着急,伊安慰妈妈讲:"辣只保险箱质量老好的,防盗、防撬、防钻,一时三刻开勿开了。侬再想想,用劲地想。"

"用吃奶力气想也呒没用的。年纪大了记性推板,忘记得干干净,一点也想勿起来。"

王小毛提示伊,密码会勿会是自家的生日?王妈妈摇摇头,讲,电视里讲过的,最好勿要用自家的生日当密码。王小毛一拍脑瓜:"我晓得了,记得侬讲辣个密码,侬知我知,那应该是我的生日。"

"接近啦,但也勿是的。"

"那是佩佩的生日。"

"根本勿对。"

王小毛又想到了门牌号头、发工资的日脚,但是,妈妈侪讲勿对。忽然间,王小毛大叫一声:"我想起来了,昨天我回家问侬啥个日脚,侬讲勿是发工钿日脚,我讲那是我从苏北顶替到上海来参加工作的日脚。会勿会侬设定密码是迭个日脚?1987年5月11日。"

王妈妈双眼放光:"哎……"

"还是勿对吗?"

王妈妈兴奋地讲:"对了!"伊告诉儿子,昨天,王小毛讲是从苏北顶替到上海来参加工作的日脚,伊感到辣个日子很有纪念意义的,当下就设了辣个号码,因为密码只能取4位数,伊就设定了1987。

王小毛大喜,忙输入密码打开了保险箱,呒没想到,里面竟然是空空如也。

　　"勿好了,保险箱里的钞票也偷脱了。"

　　王妈妈讲:"侬哇啦哇啦做啥？我还呒没拿钞票放进去呢。"

　　"那妈妈侬到底有多少钞票？"

　　"保密。虽然搿个钞票将来总归是侬的,但现在我还要先保护一下我的隐私。"

　　"妈妈,侬还晓得要保护自家的隐私,好！我做伲子的无条件尊重侬的隐私。"

　　母子俩发出了欢快的笑声……

（小品原著：梁定东）

23 千金难买

一个人呒没钞票蛮苦恼,不过,有了钞票也会苦恼。

王小毛勒辣商店的电器柜台当营业员,单位经济效益勿大好,老长一段辰光呒没发过奖金了,最近因为实行一系列改革措施,经济效益好起来了,这天总算每人发到了一百元奖金。

王小毛拿到奖金之后,横算竖算:我迭个一百元哪能用呢?买啥物事好呢?我自己还呒没一双像样的皮鞋,对,决定去买一双高级牛皮鞋。再一想,勿好!勿能先考虑自家,还是拨佩佩去买一套时装吧。想想上趟送拨佩佩的一件衬衫是勒辣地摊上买来的,只有八块八角一件,想想实在难为情。现在我有钞票,一定要买一套正宗的时装拨伊。再一想,也勿对,将来阿拉结婚成家,首先要有房子。对!我马上用一百元去买两张房屋有奖储蓄,说不定额骨头高,中着头奖,我跟佩佩结婚就勿愁了。对!不过事关重大,还要去请示一下佩佩。

柜台上有个顾客正在挑选一套音响,王小毛一面接待,一面跟佩佩打电话,电话里向硬劲要佩佩猜猜看,这个月自家拿了多少奖金。佩佩对王小毛讲:"我也正想打电话拨侬,侬下班之后到我屋里来吃夜饭,我娘舅来我屋里,伊想看看侬,至于奖金哪能用,侬来了之后再讲。"

"噢!"王小毛一口答应。

迭个辰光顾客最后看中一套音响,决定买下来,价钿是一千四百元,顾客摸出钞票递拨了王小毛。王小毛点钞票辰光,电话里闲话还呒没讲光,所以一面跟佩佩讲闲话,一面大约摸张点一点,就朝抽屉里一塞,等电话打好,开发票,再为顾客装箱、打包,送顾客走。然后拿仔钞票到账台上交账。啥人晓得验钞机一验,收银员讲:王小毛,迭个一千四百元当中有一张是假钞票。

"啊?假钞票?"王小毛赛过像听了一声晴天霹雳,眼睛发直,急汗一身。"勿,勿可能!"

"啥个勿可能,验钞机验出来哪能会错,再讲迭张假钞,就是肉眼仔细辨别也辨别得出的,侬自家拿去看嗲。"

王小毛接过迭张假钞票一看,颜色倒差大勿多的,不过上面的图案完全两样,也不晓得是啥个年代的钞票,从来也呒没看见过。"唉!"怪来怪去侪怪自家勿好,急于要跟佩佩打电话,接待顾客辰光三心二意,数钞票马马虎虎,粗枝大叶,让骗子钻了空子,混进了一张假钞票。现在哪能办呢?一千四百元里少了一百元啦,拿情况向店经理汇报,店经理讲现在阿拉商店实行承包制度了,赏罚分明,错脱的一百元,啥人弄错啥人赔。

王小毛怨啊,发下来的一百元奖金,袋袋里向还呒没焐热,已经赔出去了。一百元奖金调了一张一钿勿值的假钞票,算啥名堂呢?乃现在啥个牛皮皮鞋,啥个时装,啥个房屋头等奖统统侪呒没了!王小毛熅塞得简直要哭出来。

下班以后,王小毛无精打采地来到佩佩屋里,佩佩要紧介绍:"小毛,辣个就是我娘舅。"

"噢,娘舅好!"

129

滑稽王小毛

双方寒暄之后,佩佩倒了三杯葡萄酒:"来,为庆贺王小毛迭个月拿了一百块奖金干杯!"

勿提辩个一百元奖金事体倒还好,现在佩佩一提起,正好戳了王小毛的心头之痛,伊眼睛一红,泪水流了下来。

佩佩和娘舅弄勿明白了,平白无故地哭做啥?

"佩佩,我一百元……"

"落脱了?"

"勿是的"

"偷脱了?"

"也不是!"

"格么哪能了?侬讲呀。"

"是吃赔账,赔脱了。"

乃么王小毛辩能长伊能短,拿自家工作粗心,收进了一张一百元票面的假钞票的事体讲了一遍。

佩佩虽然心里勿大开心,不过还是蛮通情达理:"算了,侬也勿要难过了,譬如侬拨我的时装已经买过了。"

佩佩的娘舅勒辣旁边开口了:"小毛,侬讲是一张假钞票?"

"是的。"

"带来哦?让我看看。"

王小毛想:勿要看了,看了更加触心境,我真恨不得扯扯脱算了。但是既然佩佩娘舅要看,一来伊是老长辈,二来又是第一次见面,客气的。反正带勒身上,让伊看看吧,所以就摸出迭张假钞票。

佩佩娘舅接过这张钞票,再叫佩佩拿只放大镜来,勒辣灯光下面,正面反面横看竖看,再对准灯光照照。小毛想,多照掉的,里向照勿出一百元的人人头的。佩佩娘舅看了一会儿,说:"小毛,这是一张废钞票。"

"喔哟,我当看出来点啥,废钞票跟假钞票有啥区别,侪是一钿勿值的。

"舅舅,吭没用场,撕撕脱算了。"

"勿,勿能撕!废钞票勿等于废纸,更勿能讲吭没用场。"

喔?小毛、佩佩听到此地,眼前一亮,"娘舅,侬㸔个闲话啥意思?"

"根据我的鉴别,迭张废钞票是具有极其珍贵的历史价值,据说袁世凯复辟登基做了皇帝,伊印刷了一批钞票,准备发行。但是迭个断命皇帝实在短命,皇帝梦只做了72天就破灭了,结果迭批钞票还吭没来得及发行,就销毁了。后来就一直传闻,讲迭批钞票吭没彻底销毁,有极少数的几张拨执行销毁的人偷偷地园勒袋袋里,后来就流传到民间。现在看来迭张废钞票就是其中的一张。因此讲,迭张废钞票是历史的见证,是非常珍贵的文史资料啊!"

娘舅的一番闲话讲得王小毛、佩佩目瞪口呆:"娘舅侬勿是勒辣编故事哦?"

"哪能是编故事呢?我搞文史研究工作几十年了,迭张钞票要是鉴别勿出,岂勿是太对勿起自家了吗?"

佩佩讲:"迭能说起来王小毛是因祸得福交好运了喽?"

娘舅点点头:"不错,迭个就叫'福兮祸所伏,祸兮福所倚'啊。"

㸔桩事情也勿晓得哪能就传开了,一传十,十传百,越传越神,越传越奇。传到后来,讲王小毛的爷爷的爷爷是跟袁世凯剃头梳小辫子的,迭张钞票就是袁世凯剃头辰光付的小费,等等,等等。

不过,闲话假的,"钞票"真的,从此王小毛屋里门槛踏穿了,求宝者、拜访者、鉴赏者、好奇者,络绎不绝,接二连三,有的是跑得来看

滑稽王小毛

一看也好的。据讲有一个人特地从东北乘了飞机来要看看迭张废钞票，结果王小毛只拨伊看了一分钟，迭个人心满意足，又买了飞机票回去了。到后来，看的人实在多，王小毛也不好拿出来了，再看要出事体了。

世界上的事情就是迭能，侬越是囥，越是稀奇。有的收藏家情愿用一只金戒子、两根金项链、三只金元宝来调迭张废钞票；有的华侨讲要用最新式的录像机、电视机、空调机外加一部奥迪轿车跟王小毛来调迭张废钞票；有的外国人来寻王小毛讲："密司脱王，听讲侬结婚呒没房子，准备买房屋有奖储蓄碰碰运道？现在勿要买了，只要侬迭张废钞票拨我，花园洋房侬去拣，侬欢喜哪一幢我就买哪一幢。"

为了迭张废钞票，市面上闹猛，一炒再炒，听说一直炒到一千万人民币，格么王小毛卖勿卖呢？王小毛讲："各位先生，我王小毛虽然并勿富裕，但我再穷也勿会让珍贵的文物从我的手中外流出去。请大家勿要再动迭张钞票的脑筋了。我已经跟佩佩商量过了，俹就是金子堆成山我也勿卖的。告诉各位，我昨日已经拿迭张钞票送到博物馆，捐献拨了国家了。"

（小品原著：洪精卫）

24 借读难题

　　王小毛的阿姐、姐夫勒辣祖国边疆地区搞科研项目,工作十分繁忙。最近写了封信拨妈妈和弟弟,信中说:由于夫妻俩实在无法照顾小囡,所以想拿正勒辣读小学三年级的儿子,也就是佴的外甥大毛寄放到上海,托外婆、娘舅照顾。别的呒没啥,就是有关读书学校的问题只好拜托娘舅王小毛帮忙联系了。不晓得有啥困难,请来信告知。

　　小毛看完信,心里很高兴。想迭个外甥已长远呒没见面了,现在到上海来,不要忒好噢。和我作伴,也好闹猛点。想想学校借读,小事一桩,我只要跟自家母校的老师一联系,保险呒没问题。我可以保拍胸脯。要紧写了封回信拨阿姐。

　　小毛的阿姐接到回信,就拿大毛"邮寄"到上海。迭个是铁路和邮局新开办的一项托运业务,可以通过伊拉拿小人送到目的地。侬勿要以为"邮寄"小囡就是拿小囡装勒包裹里或钉勒箱子里,再称分量,贴邮票,盖邮戳,而实际上就是由专人护送。

　　大毛乘了火车约定日期到上海,小毛去接。老远已经认出来了,走来的辩个小囡肯定是自家的外甥。三代不出舅家门嘛。因为大毛与小毛十分相像。小毛圆面孔,大毛面孔圆;小毛大眼睛,大毛眼睛大;甚至连两只耳朵略微带点招风都一式一样。娘舅、外甥相遇,倒也十分亲热。

滑稽王小毛

第二天,王小毛就带了大毛去自家的母校。路上大毛问娘舅会有啥问题哦,小毛讲:"放心,大毛。牛山勿是吹的,火车勿是推的,只要娘舅在,不怕有困难。"

两个人到学校,寻着班主任金老师。小毛迭能长伊能短拿情况说明,接着指指大毛讲:"喏,迭个就是我外甥大毛。"

金老师是个深度近视眼,看人要面对面,鼻头对鼻头。现在对大毛上下周身一看,小囡倒也蛮讨人欢喜。金老师也蛮欢喜讲笑话:"小毛,迭个外甥生得和侬一模一样嘛。娘舅嘛叫小毛,外甥倒叫大毛。哪倒是小娘舅大外甥?"小毛也只好笑笑。当小毛提到有关借读问题时,金老师表示:"大毛来借读,勒辣我这里是呒没问题的。"

小毛对大毛看看,眼睛眨眨。哪能?阿是"牛山勿是吹的"吧?"好,格么我让大毛明朝就来读书。"

"慢!"

小毛心里"别"一跳:"金老师,啥事体?"

"我带的年级,勒辣迭个星期六要开个联欢会。我晓得侬有办法,是勿是帮阿拉请一位著名演员来表演表演,来三哦?"

"这个?!"王小毛想:僵了。金老师口轻飘飘去请一个著名演员来表演表演,侬晓得现在"请"一个演员啥个价佃?目前市面上三流的演员,开价也要几百元一档,一流的就是上千甚至上万了,还要看人家是否有空。哪能办?

只见大毛站在小毛旁边,拉牢小毛的衣裳角,轻轻地讲:"娘舅,牛山勿是吹的,火车勿是推的。""对!对!只要娘舅在,不怕有困难。金老师,我保证星期六把著名演员请到。"

"好,谢谢侬了。"

王小毛想,管伊啊!先答应了再讲。

日脚过得很快,星期六到了。学校的小礼堂门口一块大黑板上写着"**热烈欢迎著名演员来我校演出**",台上灯光澄亮,台下人头济济。

  小毛带了大毛寻着金老师,讲我们到了。金老师深度近视,也吭没看清楚演员是否请来,就马上宣布:"同学们,现在联欢会马上开始。请著名演员为我们表演精彩节目。大家欢迎。"

  "哗——"一声掌声。

  当金老师问:"著名演员呢?"

  王小毛讲:"远在天边,近在眼前。"

  近视眼还在四面寻了,"小毛呀,人勒辣啥地方呀?"

  大毛讲:"就是我娘舅王小毛呀。"

  "啊?! 侬算什么著名演员?"

  "咦? 我娘舅是广播明星,上海滩人人皆知,够得上著名了吧?"

  台下小朋友听到"王小毛"三个字又是一阵热烈的掌声。

  金老师想想也对,王小毛勒辣上海滩上也算得上翘大拇指的人物,现在事体已经到此地步,也只好硬了头皮推伊上台了:"小毛,格么今朝侬表演啥个节目呢?"表演啥?唱歌?走调的;朗诵? 普通话不准的。"这个……"回头一看,大毛倒又来拉自己的衣裳角了,面孔有点哭出乌拉:"娘舅,牛山不是吹的……"

  "对!"今朝横竖横,拆牛棚了。整整衣裳,走到舞台中央。

  "同学们,现在我为大家表演口技。"下面"哗——"又一阵掌声。

  "大家听一听,这是什么叫? 汪汪汪……"

  台下齐声回答:"狗叫。"

  "再听听,喔喔喔——"

  "公鸡叫。"

滑稽王小毛

"还有咯咯呷……"

"母鸡生蛋。"

王小毛越演越有劲,对大毛看看:怎么样?舅舅不是吹的吧? 只要娘舅在,不怕有困难。"好,我再来学我最拿手的猪猡叫,呵呵呵……"

"哗——"欢笑声、鼓掌声混成一片。剧场效果十分好,照样还拍手"再来一个"。

演出结束,金老师也非常高兴。接着小毛就问:"格么我外甥的事体……"

"呃,我、我这里是通过啦,不过单单我答应也呒没用,还要去请示一下教导主任周老师。我看侬是否去找伊联系一下。"

呒没办法,王小毛拖了大毛直奔教导处。寻着周老师再迭能长伊能短从头到底讲一遍。周老师一听,很客气:"喔喔。王小毛,情况是迭能的。迭桩事体讲难,并不难。"

"那好,谢谢周老师。"

"不过讲容易倒也并勿容易。"

"别!别!"王小毛心里又是一阵紧张,"周老师,侬的意思是?"

"最近,学校最令人头痛的就是厕所问题,一直打报告要造一个,现在批下来了。目前黄沙、水泥已经解决,就是还缺少五百块砖头。小毛,我晓得侬人头熟路道粗,只要设法帮阿拉解决五百块砖头,大毛借读的问题包勒我身上,好哦?"

"迭个……"要命呀,一下子要五百块砖头,我啥地方去弄呀?

正勒辣为难当口,大毛哭出乌拉的面孔倒又来了,到自家身边勒辣拉衣裳角了。勿要拉,我懂的,又是"牛山勿是吹"的?怨啊,啥人叫自己包拍胸脯的。好了,横下一条心先答应了再讲。"周老师,迭能,下星期六我一定交货。"

娘舅外甥离开学校,小毛想想现在学校有困难,为母校出点力也是应该的。不过立刻要五百块砖头哪能弄得着呢?唉,难哪!

两个人垂头丧气地走勒马路上,哎,齐巧看见沿马路有家人家,破墙开店,拆下来一大堆砖头。"嗨嗨,办法来了。"小毛拖了大毛加快步伐。大毛问啥办法?"大毛,勿是有句闲话'拆了东墙补西墙'?反正我家是私房,现在回去勒辣墙上开扇门,勿是砖头就有了嘛?"

大毛是开心得跳了起来:"好,娘舅有道理,真是只要娘舅在,不怕有困难。"

回到屋里,说干就干。娘舅外甥同心协力,好不容易拿五百块砖头如数凑齐,借辆黄鱼车拿砖头运到学校。

照理事体好告一段落了。嗨,啥人晓得周老师收到五百块砖头之后,只对王小毛表示了一番感谢,其他问题只字不提。"咦?咦?……"小毛想大毛借读之事,周老师忘记啦?似乎勿可能的!小毛只好硬硬头皮提了出来,周老师讲:"噢,小毛呀,事情真不巧呀。如果勒辣上星期手续办掉,就一点问题也咾没有了。偏偏勒辣迭个星期发下来一个文件,就是关于借读生的情况的批示,讲要严格控制。现在看来,就是我点了头,最后还要张校长批准呀。"

小毛也等勿及周老师讲完,也来勿及说再会,拖了大毛,转身就跑。

到校长室,问"校长呢?"

"刚刚还在,现在跑开了。"

"啥地方去了?"

"勿晓得。可能勒辣校办工厂。"

滑稽王小毛

　　到了校办工厂,两个人已经上气不接下气了。找到张校长,再如此这般,拿如何为金老师解决演出问题,如何帮周老师解决砖头问题,从头再讲一遍。现在就只要依张校长点个头,就解决了。

　　张校长耐心听完,眉头微微一皱。王小毛已经慌了:"张校长,哪能?"

　　"唉!小毛,我迭个当校长的难呀。阿拉当教师的很清苦呀,学校最近连奖金也发不出。我作为一校之长,心头难受哪!王小毛,如果侬有办法,勒辣三天之内帮我完成一件任务,我第四天保证让侬外甥大毛入学,哪能?"

　　王小毛答应:"好的,一言为定,格么要我完成啥个任务呢?"

　　"推销脱五百件羊毛衫。"

　　"别!别!别!"王小毛心动过速,天哪!迭个勿是玩的,叫我去卖拨啥人呀?"这个……那个……"王小毛正急得手足无措之时,大毛倒又来拉衣裳角了,"娘舅……"

　　"晓得了,牛山不是吹的。"唉!王小毛对两面看看,张校长双眉紧锁,大毛满眼眶泪水,想现在我是两面夹攻,我王小毛又不是仙人,样样事体能解决的。随便吧,为了大毛,羊毛衫先运回去,天无绝人之路,办法总会有的。

　　王小毛无可奈何,用黄鱼车拿五百件羊毛衫全部运回家。

　　羊毛衫五百件,不是小数目呀,"实实足足"一房间。王小毛目光停滞盯牢羊毛衫看了半天,心里想迭些羊毛衫我穿一生一世也穿勿光,哪能办呢?脑子里像风车一样,转个不停,对!只有一条路。不晓得走得通走勿通?勿管了!死马当伊活马骑。马上发通知,请三朋四友、亲亲眷眷,总而言之,只要关着一点点亲,搭着一点点界统统喊来,讲情况、摆困难,"请各位多多帮忙,大家认购羊毛衫。"好极

138

了!弄得像开羊毛衫订货会。

亲眷们的确勿错,虽然大家觉得有点为难,但还是伸出援助之手,侬五六件,我靠十件。

等亲眷朋友一走,数数还有五十几件。呒没办法了,只好趁热打铁、老老面皮,拿到马路上去卖了。

娘舅、外甥一搭一档,拿了羊毛衫:"来来来,便宜啦便宜啦!走过路过勿要错过,最最时新羊毛衫……"两人喉咙喊哑,两腿发麻,拖牢过路人,连卖带拉。三天之内,总算卖得差勿多了。

第四天大清早,王小毛拿了钞票,带了大毛去见张校长。

校长点清钞票,倒也守信用,马上让大毛进课堂上课。不过张校长对大毛身上一看,咦?身上穿的迭件衣裳算啥式样?又长又大,身体外面好像罩一只圆顶蚊帐?"小毛,大毛穿的衣服算啥个式子呀?"

王小毛听后,简直是有口难言,"啥个式子,迭个叫呒没法子,迭个是卖剩下来的最后一件羊毛衫,又长又大又难看,卖来卖去卖勿掉。呒没办法,只好自己买下来,拨了大毛穿穿算了。"

王小毛回到屋里。正巧,小毛的阿姐信又来了。信中讲:"大毛到上海后,麻烦妈妈和弟弟了。关于大毛借读问题,想必一定得到了圆满解决。小毛弟弟,侬辛苦了。"小毛想:哪能勿辛苦?个中滋味,自家有数。不过小毛想来想去想勿通,勿就是为了一个普普通通小学生,正常转学借读的问题嘛,本来想想蛮简单,做做哪能介烦难?

(小品原著:张双勤)

25　垃圾少爷

俗话讲：人不可貌相，海水不能斗量。确实如此，就拿王小毛的苏北同乡小三子来讲，今非昔比。王小毛昨天勒辣路上和小三子碰着，要勿是小三子先喊牢王小毛，王小毛是无论如何也认勿出啦。

小三子从前面黄肌瘦，现在是雪白滚壮；从前是身上衣裳拖一片、挂一块，现在名牌西装皮尔·卡丹；从前脚上露出脚指头，现在是新式皮鞋"老人头"。临走辰光还拨了王小毛一张名片，讲马路上勿是谈话的地方，有空到伊屋里叙叙旧情。王小毛对名片一看，嚄唷，小三子不得了，现在是环球物资利用开发公司的总经理，怪不得，派头十足。"他乡遇故知"，真是一桩高兴的事体。王小毛想，我一定要去拜访一下小三子，好得名片上有地址。

三天之后，正好王小毛厂休。一大早，就乘汽车按图索骥，一连调了五部车子，到了。王小毛一看，此地已经是市郊结合部。问询问了好几个人，也问勿着有啥个环球物资利用开发公司。王小毛一路寻到一条臭水浜旁边，只看见河滩边一块空地上旧钢材、旧塑料制品、纸箱破布、玻璃瓶子堆积如山。勒辣不远的地方有一只棚棚，一问，小三子就住在此地。

王小毛心里有些纳闷。小三子派头十足，卖相蛮好，哪能办公地方介推板，介龌龊。啥个道理？好了，勿去管伊了，先碰头了再讲。

"笃笃笃"敲门,里向传出来声音:

"拉一个?"

"我,王小毛。"

"请进。"

王小毛踏到里向,"阿唷喂,乖乖隆地咚,呒得命了!"啥事体?里向外头简直两个世界,天壤之别。外面看看破烂不堪一只破草棚,里向是装潢考究,金碧辉煌,赛过皇宫!而且家用电器应有尽有:电视机、电冰箱、电熨斗、电热锅、电风扇……看得王小毛眼花缭乱,羡慕不已。

"喔唷,小三子呀,侬真的发了,发大财了。"

"毛毛雨,毛毛雨。"

小三子一面请王小毛坐下来,一面摸出一包进口香烟,啥个牌子王小毛也勿识货,小三子请王小毛抽,王小毛婉言谢绝。

"侬勿抽,我抽了。"

小三子勒辣嘴角边叼了根香烟,随手拿只电热丝打火机,"嚓!"烟点烊,深深地吸了一口,随后,嘴一张,"嚯!"吐出一只烟圈,看伊的一举一动,简直是个大款。迭个小三子到底是做啥个生意发迭样大的财呢?王小毛实在一时头上想勿出道理来。

小三子是派头一落。"小毛,还可以吧?"

"啥个还可以吧,简直是不敢想象。小三子,侬迭个环球物资利用开发公司倒底是……"

小三子不等到王小毛讲完,就已经开口了:"小毛啊,实话实讲,我这公司其实就是垃圾开发公司。"王小毛从来呒没听讲过,垃圾也好发财? 也有开发公司?

"小毛呀,迭个行当勿要忒好噢。一勿要投资,二勿要纳税,只

141

要花力气。阿拉是同乡,我想,既然是同乡,就应该有福同享。迭能,我看侬厂里向一个月几百元钱也弄勿好了,我挑侬发一笔大财。"

王小毛真是求之不得,发财总归人人侪想的。"不过,这财怎么发呢?"

小三子想了一想,说:"我有个助理,正巧结婚跟家主婆度蜜月去了,我缺少一个搭档,与侬合作哪能?侬就做我的助理。"

再好也呒没了呀,王小毛想,呒没啥人钞票送上来,双手推脱的。就说:"我迭个助理具体做点啥呢?迭个垃圾又哪能开发呢?"

小三子说:"哪能开发,侬放心。今天夜里侬跟我到一家工厂去看好了,伊拉一扇门专门是为阿拉开的,辣扇门一开,阿拉就发了,迭个就叫开发。"

"我听不懂。"

"真笨,就是侬喜欢啥就捞啥,随便捞捞好了。"

王小毛听到此地,恍然大悟,原来是偷物事啊?做盗窃犯啊?迭个我勿去的。

小三子讲:"阿拉又勿是偷,只是门口拿拿,地上拾拾。迭些厂家派头大来西的,啥个铜呀、铁呀、电线呀、木材呀,侪放勒外头的,侬放着,蛮好,阿拉拾回来,卖脱。伊再放,阿拉再拾,放啥拾啥,放多少拾多少。日久天长,毛毛雨变阵头雨,就发啦。"

王小毛嘴里勿讲,心里总觉着勿是味道,啥个开发公司,明明就是小偷公司嘛!去报告公安局我又呒没证据,只不过听伊讲讲而已,口说无凭。哎!勿入虎穴,焉得虎子。我像侦察员一样,打进去,捏着骱再跟伊算账。对!

王小毛做功倒也蛮好,问:"我来了,侬要我做点啥呢?"

小三子讲:"便当来西,我拿,侬望风,拿好了,就放到我事先停勒河浜边的一条船上,侬帮我拿船划走。"

"好!"王小毛想今朝夜里我一定要探个究竟。

时间过得很快,已经到半夜里了。天墨墨黑,既呒没月亮也呒没星星,伸手不见五指。王小毛跟牢小三子一步一步朝前走。虽然望出去两眼墨黑,小三子是熟门熟路。伊拉来到一道围墙前,小三子讲:"到了,就勒辣此地!"

王小毛一看,勿对,眼面前一道围墙,小三子勿是说一扇门一直开着的嘛,问一声:"小三子,门呢?"

小三子指指围墙底下:"喏!"

小毛一看嘛,一只洞,比狗洞大一点,正好一个人钻进钻出。"要死快哚,小三子啊,迭个是狗洞嘛!"

"大丈夫龙门要跳,狗洞要钻。"

"啥个大丈夫,是盗窃犯。迭个是犯法的。"

"犯啥法?迭个叫多捞多得。王小毛,我随便你,侬勿愿意做,请便,我单干或者叫别人,侪可以的。"

小毛想,我今朝跟侬来主要是来拿赃证的,现在证据还呒没拿到,侬可以赖的。一转念头,有了:"小三子,你有得挑别人发财,还是让我赚吧。"

小三子想:铜钿银子必竟是好物事,看来王小毛心动了。"喏,觉个才像朋友。好吧,现在我钻进去拿,侬勒辣外面望风,假使有人来,侬就咳嗽一声。"

"噢,晓得。"

小三子钻进迭只洞。王小毛想我来捉弄捉弄伊。等伊进去,突然间,"呃嗨!"

"啊?快逃。"

滑稽王小毛

"做啥?"

"有人来了。"

"呒没人来。"

"呒没人来,侬咳啥嗽?"

"喉咙痒。"

"我给侬吓煞,喉咙痒么熬一熬。"

小三子重新钻进洞去。大约进去一刻钟光景,小三子几大包沉甸甸的物事从墙洞里塞了出来。两个人拎到河滩边上。

勒辣一条小河里,停好一条水泥船,几大包东西装到船上。小三子缆绳解脱,叫王小毛摇橹。王小毛从苏北农村出来的,摇船是熟门熟路。摇了一歇,坐勒船头上的小三子感到不对:"小毛,我住勒西边,侬哪能朝东边摇?"

"方向对的,你听我的勿会错的。"

"不对,我的公司是在暗触触的地方,侬哪能朝明亮的地方去呀?"

王小毛勿理睬小三子,手里的橹摇得更加快了。正勒辣迭个辰光,水上派出所的巡逻艇发现河面上有只小船,"蓬蓬蓬"开了过来,小三子晓得勿对,"小毛,快调头,往暗的地方走。"

"小三子,我实话实说吧,我是特地迭能做的,现在船上的几大包东西是物证,我就是人证,船往亮的地方走,迭个叫弃暗投明哪!"

船越摇越快,靠上了巡逻艇。小三子已经瘫倒勒辣船上。

(小品原著:张双勤、葛明铭)

26 鱼塘风波

水发跟伊老婆三妹子承包了村里的鱼塘,两家头起早摸黑,加上科学管理,鱼塘里向的鱼日长夜大。尤其几条乌青,乌黑澄亮,每条侪勒辣十斤上落。最近市场浪乌青价格又芝麻开花节节高,日日涨,看来今年可以笃笃定定地赚一票了。就勒辣夫妻俩喜滋滋地拨鱼喂食辰光,代理村长王小毛急匆匆地奔了过来,"水发,明朝是礼拜天,乡里领导已经答应接待一批客人,到俹的鱼塘来钓鱼。"

水发一听,心里发慌。常言讲:勿怕天灾,就怕人祸。眼看今年有了好收成,现在要来钓鱼的迭批人,还是乡政府的客人,鱼拨伊拉钓走,连一分洋钿也拿勿回来,迭个等于勒辣光天化日之下抢钞票嘛。所以水发头一别,勿去理睬王小毛了。

王小毛是代理村长,伊晓得辫种风气拨村民们带了巨大的灾难,但是,官大一级压死人呀。乡长讲了:现在城里人时兴钓鱼,每到礼拜天,伊要接待好几批客人,勿能拿伊拉侪集中勒辣一个村,总要拿伊拉分分开吧。乃么,乡长硬拿接待任务压拨了王小毛。王小毛又推托了几次,乡长光火了,讲:"侬是代理村长,我是县政府正式任命的一乡之长,迭些来钓鱼的头头脑脑,侪是阿拉乡的关系户,平常乡政府要搞活动,求发展,侪要伊拉帮忙,难道俹村里就勿想发展了?"王小毛无可奈何,只好答应。现在来寻水发商量,求伊帮忙,讲:"水

滑稽王小毛

发,我心里有数,侬明朝就接待一下,勿管伊拉钓走侬多少鱼,我以村委会名义,多少拨侬一眼赔偿。"

水发问:"赔多少?"

王小毛讲:"只能象征性赔一眼,侬也晓得,村里穷得叮当响。"

"十赔九勿足,辩勿是叫阿拉明吃亏吗?明朝伊拉要来多少人?"

王小毛讲:"据乡长讲,伊拉大约来五六十人哦。"

水发倒吸一口冷气,"要来介许多人?一人算伊钓走一条鱼,阿拉就要损失五六十条鱼。一条鱼算伊拾斤重,按市场价格计算,伊拉来一来,阿拉就被伊拉抢走了五千多块钞票。王小毛侬能如数赔偿哦?"

王小毛啥地方来介许多钞票?"水发,辩是乡政府硬压下来的任务,明朝伊拉肯定有人来,阿拉此地又只有侬一只鱼塘,侬还是快点作眼准备。至于赔偿,我心中有数,一定会尽量让侬满意的。"讲完,王小毛还拍了几记胸脯,表示伊讲话算数,言而有信。

第二天一早,水发瞓醒落起来,看见家主婆勒辣烧香求菩萨。水发勿相信辩一套迷信活动,讲:"勿要来辩一套,还是到鱼塘去看看,看伊拉钓走阿拉多少鱼,记下数字,日后好向王小毛算账。"三妹子讲:"王小毛是代理村长,伊又吃没油水的,还是求菩萨保佑,只要鱼勿上钩,伊拉钓勿到鱼,阿拉损失勿就减少了吗?"

到了八点敲过,大队人马勒辣王小毛带领下,浩浩荡荡进村来了。水发和三妹子迓勒辣暗头里,看到鱼塘里的鱼鲜蹦活跳勒辣水面上窜跃,几化好的鱼啊,眼看要被人家钓走,胸口一阵阵的痛。夫妻俩暗暗祷告:"菩萨保佑,让伊拉少钓走几条啊!"

王小毛安顿好辩批老爷,从鱼塘边走来,伊发现了水发夫妻俩,讲:"侬放心回去吧,我王小毛讲话算数,让伊拉钓,伊拉钓走多少我赔多少。"讲完,王小毛走了。水发想,王小毛能走,阿拉勿能走,一走开,伊拉钓走了多少鱼,心中吭没个数,哪能向王小毛索赔呢?乃么伊拉夫妻两家头,头顶烈日,坚守勒辣鱼塘边,盯老塘面,眼睛一眨也勿眨。

再讲辂批钓鱼客人,个个侪是钓鱼好手,其中一个胖子、一个瘦子,而且还是吃鱼的能手,今天到此地来,伊拉一门心思想钓几条乌青回去解解馋。伊拉一坐下来,装好鱼饵,抛出鱼钩,静等鱼上钩。辰光一晃半个多钟头过去了,辂些客人中吭没一人起钓,鱼钩放勒辣水下,鱼非但勿上钩,连鱼饵碰也勿碰,弄得迭些客人心里邪气烦躁。辂个辰光王小毛拨大家送茶水来了,胖子熬勿牢问:"啥道理,今朝鱼一条也勿上钩?"王小毛送上大麦枸杞茶,讲:"此地的鱼像阿拉村里的人,穷乡僻壤,勿见世面,天生胆小,勿出客,见了生人就迓起来了。"瘦子一听,觉得有趣,刚来辰光鱼还勒辣水面浪向,现在侪沉到水底下去了。"侬的鱼真的辂能有灵性?好白相的,我非要钓伊几条带回去勿可。"王小毛讲:"欢迎欢迎,祝大家鱼运高照,多钓几条回去。"瘦子讲:"鸿运高照,吭没鱼运高照迭种讲法的。"王小毛讲:"鸿雁勒辣天浪飞,侬现在是钓鱼,所以讲鱼运高照。"

水发听了邪气生气,心想:现在鱼勿上钩辂多少好呀,王小毛还要祝伊拉鱼运高照,多钓几条回去?好吧,伊拉钓一条,我就叫侬赔一条。水发朝塘面一看,伊也感到想勿明白,刚才鱼还勒辣水面上乱蹦乱跳,哪能一下子侪沉到水底下去了?又过了一个多钟头,王小毛来请伊拉吃中饭。辂批客人一条鱼也吭没钓到,兴致全无,个个垂头丧气地跟着王小毛吃饭去了。伊拉是浩浩荡荡而来,懒懒散散回去,下午再也勿想来了。

滑稽王小毛

　　水发见伊拉走了,一条鱼也呒没带走,邪气开心。"三妹子呀,伊拉白来了一趟。"三妹子讲:"全靠菩萨保佑,要勿鱼哪能会勿上钩呢?"尽管水发勿相信伊那一套,鱼呒没被钓走是事实,也就高高兴兴地和三妹子一道回家了。

　　下午王小毛来到水发屋里,问:"要勿要赔偿?""勿要。"水发是实事求是的人,呒没损失哪能好叫王小毛赔钞票呢?

　　又过了一个礼拜,辩批钓鱼客人又来钓鱼了。王小毛只好再来找水发,水发想,辩批人反正钓勿着鱼的,伊拉要来就让伊拉来吧。辩天,当钓鱼的客人刚刚坐下,水发夫妻俩老规矩,又迓到一边看伊拉钓鱼。一歇歇,只听胖子叫了起来,"我钓到鱼了——"大家一看,是条扁鱼。迭个辰光瘦子也叫了起来:"我也钓到鱼了,辩条鲫鱼起码有四两重。"辩些人的兴致就像八月十五的大潮汛——顿时高涨起来,兴趣也更浓了。可是,水发却看得丈二和尚摸勿着头脑。原来伊拉鱼塘里只养一种鱼,就是乌青。从来呒没养过啥扁鱼、鲫鱼,鱼塘里明明呒没辩种鱼,伊拉也能钓得到? 三妹子讲:"辩个就是菩萨保佑。上趟伊拉呒没钓到鱼,心中勿甘心,所以辩趟又来了。今天让伊拉带几条回去,伊拉下趟就勿会再来了。格么让伊拉带几条什么样的鱼呢? 乌青钞票贵,就弄两条扁鱼、鲫鱼拨伊拉吧。""阿拉鱼塘里呒没辩种鱼啊。""辩就要靠菩萨保佑了,只有菩萨才能到别的地方去调集迭些鱼来拨伊拉钓,侬讲对吗?"

　　水发虽然感到十分奇怪,伊仍旧勿相信真会有啥菩萨。转眼又到了吃饭的辰光,还是由王小毛来带伊拉去乡里吃饭。胖子讲:"王小毛,今天阿拉钓到的侪是些勿满一斤的小鱼,阿拉下礼拜还要来。"王小毛讲:"欢迎欢迎,不过倻的技术呒没过关,下个礼拜再来,再钓勿到大鱼,我就派人上街拨倻每人买几十条带回去,怎么样?"

"勿好意思,勿好意思——"

水发听了,牙根咬得咯咯响,"啥?下礼拜还要来啊?王小毛还欢迎伊拉,看来阿拉要死勒王小毛手里了。"

光阴似箭,转眼又到了礼拜天,水发和三妹子一早来到鱼塘,心想伊拉辩次是有备而来。上次被伊拉钓走的扁鱼、鲫鱼,虽然弄勿清楚是哪能一桩事体,伊拉嫌小,自家鱼塘里的乌青,条条侪勒辣拾斤左右,辩次一二不过三,厄运难逃了。所以夫妻俩提心吊胆地来到鱼塘边,一边走一边祷告上苍,但愿菩萨显灵,继续保佑乌青勿被钓走。当伊拉来到塘边,三妹子朝鱼塘一看,叫了起来"水发,鱼出毛病了。"水发回过头来,只见鱼塘里的鱼,全部肚皮朝天,浮勒辣水面上,"啊,鱼死了?!"水发两脚一软,"卜"一声跪倒勒辣地上。迭个辰光王小毛带了大队人马走了过来,水发扑到王小毛身上,语无伦次地讲:"完结了,完结了,王小毛,侬看鱼肚皮侪翻过来了,我的一家一当全部泡汤了!"

王小毛陪了钓鱼客人,围着鱼塘绕了一圈,见鱼的肚皮侪朝着天,伊摇摇头,耸耸肩,对钓鱼客人讲:"哎,大家帮帮忙,迭些鱼大家捞几条回去,否则鱼塘要发臭的。"

胖子一听,拿头摇得像电风扇一样甩来甩去,讲:"辩个鱼还能派啥用场?啥人敢吃?哎,勿怕死的勇士站出来,王村长请客,勿用客气,拿啊——"

胖子勿敢动手,瘦子也勿要辩个外快,结果,鱼钓勿成了,胖子一声令下,"向后转——"辩批钓鱼客人只好打道回府,走了。

王小毛送走客人,又极吼吼赶回来,只见水发夫妻俩像对石狮子,跪倒勒辣鱼塘边。王小毛上前拿水发一推,讲:"侬跪到明朝天亮,鱼肚皮勿会自己翻过来的,快去拿鱼塘里的增氧泵打开,鱼儿得到了氧气讲勿定还会还魂的。"

"真的?"三妹子似信非信。

水发站了起来,"死鱼当伊活鱼医,试试再讲。"伊打开了增氧泵,鱼塘里咕嘟咕嘟冒起了水泡泡。王小毛拿出一大包药粉洒向鱼塘,水发问伊,"侬手里拿的是啥?""药!""药?""水发,辣是我从水产研究所要来的新产品,是最近研制成功的一种新药,叫立时醒。拿伊洒勒辣水里,昏迷的鱼闻到辣种气味,便会立刻醒过来。""格么辣鱼翻肚皮勿是死过去,而是昏过去罗?""对,为了勿让乌青被伊拉钓走,我刚刚勒辣鱼塘里洒了另外一种药,叫'一时迷',让迭些鱼暂时像死过去一样,睡上一个小时,一小时后鱼会自家醒过来。现在我洒上迭些药,再增加些氧气,让鱼儿醒得快些。""真的?现在还有辣种迷魂药?""辣是拨捕鱼船上用的。捕到了鱼,鱼勒辣甲板上乱蹦乱跳,拨运输增加了麻烦,让鱼闻一闻辣药的气味,赛过让鱼睏一觉,运输时就方便了。"

正勒辣迭个辰光,鱼塘里的鱼勒辣一条一条翻过身来。三妹子叫了起来:"快看快看,鱼还魂了。"水发朝鱼塘里一看,好几条鱼开始游来游去。"王小毛村长,侬辣药真灵,让鱼睏一觉,拿钓鱼的人吓跑了,高,实在是高!"

三妹子也破涕而笑,讲:"王村长,上个礼拜伊拉钓到的扁鱼、鲫鱼,大概也是侬勒辣暗中帮忙?"水发想起第一个礼拜,鱼明明勒辣水面上的,一歇歇俉钻到水底下去了,难道也是王小毛勒辣帮忙?王小毛看到鱼俉活了,就讲:"看来辣批人勿会再到阿拉此地来钓鱼了,伊拉来了三次,倻的乌青一条也吰没被钓走,吰没损失,我也就勿再作赔偿了。水发啊,侬还是好好养鱼,但是侬要多学点科学知识。三妹子啊,菩萨是帮勿了忙的,还是要相信科学。"王小毛讲完要走,水发拉牢伊,讲:"王村长,前两个礼拜,鱼勿上钩,㧭里面也有科学道理吗?"

"当然啦,第一个礼拜,我看俉喂了食,我又偷偷叫拨鱼加喂了食料,俉看到鱼勒辣水面上甯跳,其实是勒辣抢吃食料,一旦吃饱了,伊拉放的鱼饵就呒没吸引力了,鱼勿上钩,伊拉只好败兴而归。""格么第二个礼拜扁鱼、鲫鱼又是从啥地方来的呢?""第二个礼拜,我如法泡制,只是时间上提早了些,等喂饱了大乌青,我拿事先买来的一篓筐的扁鱼、鲫鱼,全部倒进鱼塘。等伊拉开钓时,大鱼吃饱了,勿吃鱼饵勿上钩,小鱼呢?还呒没吃过食料,伊拉钩子一下去,就上钩了。所以钓走了小鱼,保护了大鱼。"

三妹子非常感激王小毛,"王村长,侬勿讲清楚,我还以为是菩萨勒辣保佑呢。"

水发摇摇头,讲:"菩萨是呒没用的,王村长用科学道理保护了阿拉的利益,阿拉更要学好科学,用科学道理来养好鱼。"

"㧭就对了!"

这正是:代理村长王小毛,保护鱼塘办法巧;非但养鱼讲科学,反腐倡廉棋更高!

(小品原著:赵克忠)

27 保姆风波

辣天,王小毛正勒辣上网,突然传来了水桶打翻声和妈妈叫喊声。王小毛连忙跑了出去:"妈妈,侬哪能了?"

只见王妈妈眉头紧锁,地上侪是水。原来,伊刚才想拿厨房间拖拖清爽,啥人晓得,用力过度,拿水桶打翻了,腰别了一记。

王小毛心疼妈妈,要陪伊去看个伤科。王妈妈连连摆手,讲:"吓没介严重,不过好像家务勿好做了。"

"做家务我来!每天一早起来买菜烧饭、打扫卫生、整理房间、养花浇水、洗衣洗被,统统我来。"

王妈妈认为儿子勿来三,可王小毛却认为自家身强力壮,有的是力气。伊让妈妈养伤,自家承包家务事。但是,王妈妈还是勿同意,认为王小毛单位里工作太忙,啥地方有辰光做家务。

王小毛灵机一动,讲:"我有办法了,请个保姆侪解决了。"

但是,王妈妈却仍旧勿同意,王小毛以为妈妈担心工钿贵。王妈妈讲:"勿是肉麻铜钿,主要是对保姆勿放心。"

"对保姆有啥勿放心?"

王妈妈讲:"我听隔壁人家讲,上回有个保姆到对面楼里的一家人家去做,迭家人家夫妻两个人侪是教师。"

"噢,我晓得的,就是一对乐祝夫妻。"

妈妈讲:"瞎说,哪能人家是蜡烛?"

王小毛讲:"男的姓乐,女的姓祝,迭个乐祝夫妻,再讲伊拉俉是教师,点燃了自家,照亮了别人,蜡烛精神。"

"噢,迭个意思。"王妈妈向儿子介绍讲,"迭对夫妻为了事业,妻子四十出头才生了一个男小人。迭个小孩生得聪明伶俐,就是一点勿好,要人抱,一放下来就哭就闹。家里的小保姆一日抱到夜吃勿消了,结果想出来一个歪点子,等到小人爷娘上班后,小保姆就拨小人吃安眠药,让小人睡觉。伊笃笃定定看看电视,唱唱卡拉 OK。等到小人爷娘下班快了,再拿小人弄醒。"

王小毛一听,邪气生气:"小保姆年轻无知,迭能要闯穷祸的。"

王妈妈讲:"是啊,三天下来,出事体了。小人整天昏昏沉沉,勿哭勿吵,小人爷娘怀疑孩子是勿是生毛病了,抱到医院去一检查拨查出来,是吃仔安眠药了。幸亏发现得早,小人呒没得什呢后遗症。要是真的有啥三长二短,小人爷娘要跟伊拼命的。后来,小保姆拨炒了鱿鱼。"

王小毛松了口气,讲:"阿拉家里又没得小把戏的,妈妈侬勿用担心。"

王妈妈还是勿放心,又讲了另外一个事例:有一户人家一对老夫妻请了个保姆,老头子花插插,利用小恩小惠勾搭上小保姆,但纸是包勿住火的,一天拨女主人抓个正着。但是万万呒没想到,男主人呒没辞退小保姆,反而跟女主人离了婚。

王小毛感叹道:"烧香赶出和尚,不过迭个是个别现象。"

"小毛啊,妈妈是担心,万一请来了小保姆年轻漂亮,侬迷上了伊哪能办?"

"妈妈,侬哪能讲得出的,我对佩佩一片忠心,久经考验,我哪能会移情别恋。再讲好保姆也交交关关了。勿要争了,按目前妈妈身体的情况,请个保姆是必须的。"

勒辣王小毛的劝讲下,王妈妈终于同意招一个保姆,但有一个要求,勿要寻太漂亮的。

下午,王小毛勒辣小区家政服务中心找了一位小保姆,人长得勿算漂亮但蛮端正,名字叫小芳。

王小毛问:"小芳,侬为啥要来上海当保姆?"

小芳讲:"弟弟考上了大学,家里人都高兴极了,但是山区还很贫困,经济不富裕,无力供养弟弟上学,我就决定到上海当保姆赚点钞票,支持弟弟读书。"

王小毛称赞道:"侬真是个好姐姐。"

"老板,我勤快,我什么活都能干。"

王小毛面孔一红,讲:"侬勿要叫我老板,我也勿是老板,就叫我小毛好了!我家里还有个妈妈,今朝扭伤了腰,我才来找保姆的。"

小芳讲自己学过按摩,可以帮王妈妈按摩。拨王小毛拒绝了,因为王妈妈怕痒痒的,勿习惯拨人按摩,只需要小芳做家务,小芳点头讲好。关照完后,王小毛拿小芳带回家中。

王妈妈见儿子带来了一个迭能年轻的姑娘,十分惊讶。

王小毛讲:"找保姆,我勿找个年轻的小姑娘来,我去找个六七十岁的老太婆啊?!妈妈,侬放心,迭个小姑娘正合我意。"

王妈妈讲:"侬讲什呢?合侬意,人家刚来侬已经勒辣动伊脑筋了?"

"妈妈哎,我小毛是哪能样子的人,别人勿清楚,妈妈最清楚了,我是爱情专一的老实头,勿是朝三暮四的小滑头啊!"

母子两人正勒辣讲悄悄话,小芳已经开始打扫房间了。王小毛刚表扬了几句,王妈妈却讲:"小毛,一来就做生活,迭个可能是假象,关键要看今后。俗话讲得好:路遥知马力,日久见人心。"

勿知勿觉,十几天做下来了,小芳吃苦耐劳,里里外外做事有条勿紊,妈妈也十分满意,小毛也呒没了后顾之忧。辣天,小毛刚下班回到家,王妈妈就惊慌失措地跑出来。

王小毛问:"妈妈,出啥事体了?"

王妈妈问:"侬看见我抽屉里的八百元哦?"

"我又勿是千里眼,我从外面回来,哪能会看到侬抽屉里的八百元。"

王妈妈懊恼地讲:"小毛哎,我抽屉里的八百元勿看见了,如果勿是侬拿的,那就是我家雇用的小保姆小芳拿的。"

王小毛觉得勿可能,伊认为小芳为人忠厚老实,勿像是个小偷。可王妈妈却认为,伊的忠厚老实是假象,而且,伊的勤快是为了骗取东家的信任。伊认定迭个钞票一定是小芳拿的。王小毛问伊,为啥介肯定?王妈妈分析,伊弟弟勒辣大学里读书,需要家里资助,于是就起了坏念头……

王小毛讲:"侬勿要胡乱猜疑,我当面问问伊。"

"侬当面问伊,生病人和鬼商量,伊是勿会承认的。"

王小毛勒辣房中呼唤小芳,但是喊了几声,一直无人应答。王妈妈更加慌张,担心伊已经卷包逃走了!乃末完结了!正勒辣迭个辰光,小芳进门了。

王小毛讲:"妈妈,人家小姑娘勿是勒辣吗?"

王妈妈嘀咕道:"还来勿及逃。"

小芳讲:"是的,是还来勿及'淘'。"

王妈妈顿时有底气了:"小毛,侬听听,伊自家承认来勿及逃。"

滑稽王小毛

　　小芳忙解释,讲现在勒辣洗菜,米还来勿及淘。

　　王小毛问伊,今朝打扫整理过妈妈房间里的抽屉哦?小芳讲:"整理过的。"

　　王小毛继续追问:"有没有看到里面的钞票?"

　　小芳也承认了,讲里面有好几百元。

　　王小毛问:"格么侬有没有这个……有没有勒个……"

　　小芳见王小毛支支吾吾,问:"你讲话怎么像鱼骨头鲠住了喉咙,吞吞吐吐的?"

　　"那侬……有没有……哎,有没有啊?"

　　小芳恍然大悟:"我明白了,讲话听声,锣鼓听音,你们怀疑是我拿了钱?"

　　"呒没,呒没。只是问一问。"

　　小芳十分坦然地对王小毛表示,虽然自己家穷,但人穷志不短,绝不会做这样的事。如果东家不相信的话,可以去派出所报案,从现在起保护好现场,等警察来侦破。讲完,她就去烧饭了。

　　王小毛见伊讲得介硬,觉得钞票应该勿是伊拿的。但王妈妈却认为,伊是嘴硬骨头酥,看伊的表情、语气侪像是伊偷的。

　　"那伊为啥敢叫阿拉去报案?"

　　"伊晓得失窃八百元,派出所是勿受理的。"

　　王小毛瞬间醒悟:"对对对,喔唷,看来伊老吃老做,懂政策的,迭样看来真的是伊偷的,但是呒没证据哪能办呢?"

　　王妈妈沉思了片刻,想出了一个办法。伊要勒辣房间里安装一只摄像头,将小芳勒辣房间里一举一动统统拍下来。王小毛问妈妈哪能想到迭个好办法的,王妈妈得意地告诉小毛,是看电视剧学来的。

"俗话讲:家贼难防,勿花点血本抓勿住内贼。我再存心勒辣抽屉里放八百元,试探试探。"

"妈妈,侬变福尔摩斯了。"

第二天,王小毛悄悄地安装了摄像头,王妈妈勒辣抽屉里又放了八百元,想引蛇出洞。小芳又来打扫房间了,伊看到抽屉开着,里面还有八百元钞票。觉得很奇怪,上次讲八百元呒没有了,不是明明在嘛,伊想等小毛下班后来看看。但转念一想:何必呢,反正我自己做事规规矩矩,勿偷勿拿,钞票勒辣也好,勿勒辣也好,与我无干。我管我扫地拖地板。

晚上,王小毛看了监控录像后,对妈妈讲:"妈妈,小芳伊拿了,伊又放回去了,呒没拿!我看勿像是伊拿的。"

"哎,小毛,前两天八百元刚刚呒没,伊勿敢连续作案,假正经。不过,俗语讲:哪有猫儿勿吃腥,是贼本性总难移,今日勿偷,改日还得偷。"

王小毛让妈妈再等两天,如果真是伊拿的,证据有了,伊也抵赖勿脱;要是真勿是伊拿的,也省得伊背黑锅。既勿能冤枉一个好人,也勿能放走一个坏人。

事过数日后,失窃案终于真相大白了。迭天,王小毛兴奋地对妈妈讲:"妈妈哎,迭个家贼终于抓住了。"

"啊,抓住了,好极了,是勿是小芳?两次加起来一千六了,可以报案了,立即拿伊扭送到派出所去。"

"妈妈,侬搞错了,迭个家贼勿是小芳。"

"勿是小芳是啥人?阿拉家里一共三个人,勿是小芳,勿是我,难道是侬!"

"绝对勿是我。"

滑稽王小毛

"啊？侬啥意思？难道是我，我呒没事体做了，自家偷自家的钞票？"

王小毛笑着讲："一点勿错。就是迭能一桩事体。"

原来，今朝一清早起来，王小毛去查看监控录像，结果发现是王妈妈半夜三更起来，打开抽屉，拿走了八百元，然后放到了大橱上面，然后又睏觉了。

王妈妈一听，觉得不可思议，拿一只凳子爬上去一看，大橱顶上确实有一千六百元，一钿勿少，一钿勿多。搞了半天，是王妈妈得了梦游症，如果勿是查看了监控录像，啥人能想得到呢。

事到如今，王妈妈后悔不已："要命啊，迭能讲来，是我冤枉了小芳。还好呒没拿小芳扭送派出所，否则真的要让人家背黑锅，造成冤假错案了。"

王小毛讲："所以讲勿要胡乱猜疑，要重证据，更要尊重人家保姆的人格。"

王妈妈知错就改，忙叫来了小芳，表示要每月加伊两百元工钿，勿仅仅是为了向伊赔礼道歉，也表示对伊的尊重。迭个保姆，伊用定了！

王小毛感慨地讲："小芳的诚实大度，赢得了主人的信赖和尊重。妈妈哎，要消除老观念，千万勿能门缝里向看人，拿人看扁了。"

王妈妈连连点头。

（小品原著：梁定东）

28 勿做枪手

小黑皮和王小毛长远呒没碰头了,辣天,伊拉勒辣马路上偶遇了。王小毛问小黑皮最近忙点啥,小黑皮讲伊勒辣一家民营企业老板手底下帮帮忙,随后,就递上了名片。

王小毛调侃讲:"喔唷,名片？混得勿错嘛,业务员。"

小黑皮笑着讲:"名片就是明骗。我是明的骗。我几斤几两侬还能勿清楚？讲是业务员,实际上是替老板打杂的,跑腿的。哎,王小毛,侬的那张驾照还勒辣哦？"

王小毛讲勒辣海,年年侪审证的。小黑皮一听,邪气开心,想拨王小毛介绍一个外快生活,业余辰光抽两个钟头教伊老板开车。王小毛觉得很奇怪,外面的驾校介许多,为啥要找自己？

小黑皮解释讲,车子,伊老板是会得开的,但是,平常车子是有人替伊开的,现在勿晓得哪根神经搭牢想自己开了,不过因为长期勿开,上路总归有点抖豁。

王小毛辣才明白,辣位老板是个"本本族"。执照是有的,老是勿开车,手生了,想寻一个陪驾,王小毛觉得呒没啥问题,爽快地答应了。小黑皮就跟王小毛约定,第二天上午十点伊勒辣公司门口等候王小毛,至于待遇嘛,伊让王小毛勿要客气,伊拉老板也勿小气,不过,辣个人蛮犟的,姓牛,脾气也像牛,要"撸顺毛"的……`

滑稽王小毛

第二天，王小毛勒辣小黑皮的陪同下来到了牛老板的办公室，牛老板正勒辣打电话……

"哎没有问题。肯定能出来……勿要赌，赌，侬肯定输，那好，一言为定。"

小黑皮见牛总打完电话，便向伊引荐王小毛，牛老板听讲王小毛以前勒辣局级技术大比武中获得过"优秀驾驶员""技术标兵"等荣誉称号，还当过驾驶员培训中心的教练，接触过交关车子，非常高兴，讲："好，好。王师傅，师傅！我早就听小黑皮讲起过侬。是辣能回事，车，我会得开，可以开……至于那个本本……"

正勒辣辣个辰光，伊的手机铃声响起了，牛老板讲了句："喂，侬过一歇打来，我现在有事体。"随后，就关机了，转头对王小毛讲："去驾校哎没辰光，实在是太忙，太麻烦。因此，我让小黑皮请侬帮帮忙。王师傅，侬看，侬有啥条件侪可以提出来。"王小毛摆摆手，称自家哎没啥条件，牛老板见王小毛介爽气，也蛮高兴。

突然，电话铃又响了，牛老板抓起电话讲："喂，是我。哪能?!哪能一桩事体？……是哦？好，好。我就来！"

挂断电话后，伊向王小毛致歉，讲本来想陪王小毛吃顿饭，但是勿巧，上面来人检查，有事让伊过去处理一下，所以，只能让秘书小丽和小黑皮一道陪陪王小毛，到"粤味轩"吃顿饭，顺便拿伊的待遇，和教练开车的事妥善安排一下。随后，伊还关照小丽，一定要让王小毛满意。

小丽连忙讲："晓得了。"

牛老板对王小毛讲："假使有辰光我会赶过来的，勿要等我。勿好意思，王师傅，失陪，失陪。"

随后，小丽和小黑皮就拿王小毛领到了附近的"粤味轩"饭店，饭店环境优雅,菜肴美味,小丽安排得非常周到,王小毛深感满意。

酒过三巡,小丽问:"王师傅,老板的事,小黑皮跟侬讲过了。辫趟要麻烦王师傅了……"讲完,她拿出一只装了五千元的信封交到王小毛的手中,讲辫是老板预支拨王小毛的前期报酬。

小黑皮拍拍王小毛的肩胛,讲:"哪能? 阿拉老板蛮大度的吧。请收好。"

小丽接着讲:"牛总讲了,一旦'派司'出来,伊另外还有奖励。"

听到辫个闲话,王小毛勿禁一愣,忙问小丽:"侬讲的'派司'是啥意思?"

小丽讲:"就是驾照啊! 哪能,小黑皮呒没跟侬讲清楚吗?"

王小毛讲:"小黑皮让我陪驾,讲牛老板虽然有驾照,也会开车,就是上路勿熟练,有点抖豁。"

小丽闻言,连连摇头:"勿是的。牛总出辫点钞票,就是看中侬当过驾驶员培训中心的教练,路子熟,让侬为伊'突击'考个驾照……"

王小毛闻言,立即拨她"浇了一桶冷水",讲:"牛总的辫件事体恐怕难办的,因为,勿单单是笔试,还有路考的几道关卡,统统侪有专人把关专人监考,想浑水摸鱼是勿可能的。"

辫个辰光,牛总来了,伊听了王小毛的介绍后,表示辫些侪是小问题,伊可以统统搞定,王小毛觉得有些难以置信。

牛总讲:"现在只要有钞票,辫个有啥难度?"伊叫小丽拿出一张准考证,交到王小毛的手里,让王小毛放心去考场,讲里向会有人接待伊的,只需要跟伊进去,然后按照正常程序完成规定笔试、路考,就OK了。

王小毛瞠目结舌地讲:"倷辫是……,牛总,侬的意思是雇我去

161

滑稽王小毛

当'枪手'啰?"

"就算是吧。"

"辫个勿来三！我勿当'枪手'！"

小黑皮看事体要弄僵,忙勒辣一旁撬边:"小毛,合算的。'一枪头'的生意,五千块,辫个生活勿做,要么是戆大。"

伊还想再讲下去,却拨王小毛严肃地制止了,王小毛告诫牛总,作为公民必须承担社会道义和责任,雇人考试本身就是勿合法的,它挑战社会公平。试想一个勿合格的司机,拿着别人替伊考出的驾照勒辣马路上行驶,是对公共安全的一种威胁,对牛总本人的人身安全也是危险的。

牛总听得勿耐烦了,讲:"王师傅,侬勿要跟我讲啥大道理,我也勿要侬负啥个责任。简单来西,现在就是我出钞票,侬帮我拿执照考出来！要讲责任,我碰到的交关人比侬有头有脸得多了。伊拉场面头上也是大谈责任,事实上,狗屁！背后侪是另外一套。王师傅,侬要是觉得钞票少的闲话,我可以再加点……"

王小毛讲:"对勿起！辫个勿是钞票多少的事体！牛总我劝侬,为了侬和公共的安全……"

牛总冷笑一声讲:"辫种'套路'我比侬懂。王师傅,我现在只想问侬一句,做还是勿做?"

王小毛从裤子袋袋里中掏出装了五千元的信封,然后又从上装袋袋里摸出一百元,一道放勒台子上:"牛总,辫是侬预付的代考费和刚才辫顿饭的饭钱！"讲罢,扬长而去。

看着王小毛远去的背影,牛总悻悻地讲:"我就勿相信,'死了张屠夫,就吃浑毛猪'。有钞票,还愁雇勿到'枪手'？小黑皮,再帮我寻一个'枪手'咪！钞票,呒没问题。要快！"

半年以后,王小毛又碰到了小黑皮,王小毛主动跟伊打招呼。寒暄一番后,小黑皮告诉王小毛,讲自己勒辣帮老板拎包。王小毛问,牛总最近情况如何?

小黑皮闻言,叹了口气,讲:"侬问伊呀,我老早勿勒辣伊那里做了。上趟,侬走了以后,伊让我又替伊物色了一个'枪手',我晓得辣样做是勿对的,不过伊是老板,我也要吃饭啊!后来,执照是出来了,但是,伊也被侬讲着了……"

王小毛忙问:"啥意思?"

小黑皮讲:"伊吃饱了,呒没事情做,和几个老板打赌,飙车!后来吃生活了!车子撞得一天世界,命拾回来了,不过脑子撞坏脱了,腿撞断脱了,基本上废脱了,现在整天哭出乌拉,后悔莫及。"

王小毛问:"伊后悔啥?"

小黑皮讲:"伊讲后悔当时呒没听侬王小毛的闲话!"

(小品原著:许如忠)

29 代驾红娘

王小毛和小黑皮,同勒辣一家星级饭店当代驾,辣天王小毛远远望见小黑皮,连忙上前跟伊打招呼。小黑皮见到伊,也邪气高兴,因为辣份代驾的工作,正是王小毛介绍的。两个人寒暄了一番,王小毛问:"小黑皮,侬勒辣此地做代驾,两个月有了哦?"

小黑皮说:"有了有了,自从侬介绍我来当代驾,我勿要忒开心噢!勿像以前开差头,老早就出去兜生意,直到深更半夜,吃辛吃苦,收入还呒没现在好。"

王小毛关照伊,要爱惜辣份工作,因为辣个职业比较特殊,是为吃过酒的人开车,千万勿要跟吃醉酒的人产生摩擦,否则要吃亏的。

小黑皮告诉王小毛,前段辰光,伊碰着过一个酒水糊涂的朋友,拿车开到伊家门口,辣个人睡着了,叫也叫勿醒,拖也拖勿动,想想大概代驾费也拿勿到了,后来,小黑皮想了个办法。

王小毛问:"侬用啥办法?"

小黑皮说:"吊嗓子啊!后来我对着伊家里叫,㑚张先生回来了!伊老婆闻声下楼来,辣个老兄倒醒了,我总算拿到了代驾费。"

"像侬辣种情况还算好的。"王小毛说,自己有一次碰着一个老兄,拿伊叫醒了勿肯付钞票,还要拨拳头打人。后来,王小毛只好拿出手机,告诫伊勿要撒野,否则,就要打110了!迭个人一听要打

110就清醒了,连忙说对勿起,最后老老实实地付了代驾费。小黑皮闻言,连连点头,说今朝又学着一招。

王小毛叮嘱伊,做代驾辣一行,是为吃酒人服务的,伊拉可以装糊涂,但是,代驾司机始终要保持头脑清醒,来勿得半点马虎。

小黑皮叹了口气,说:"碰着男的还可以对付,碰着女的也辣副样子,就尴尬了!"

"喔唷,小黑皮,侬碰到啥了?讲讲看。"

小黑皮介绍说,自己有个老客户,是个女的,伊每次吃醉酒,侪指定要我为其代驾。辣个女的派头蛮大,每次付代驾费,总要多给我三十、五十的!

王小毛问,辣女的是啥等样人?小黑皮告诉伊,辣个女的姓屠,屠夫的屠,是个富二代。

王小毛讲:"噢,我晓得辣个人,我也为伊代驾过一趟。"

小黑皮讲:"伊开的是奔驰,喝的是XO,每次,伊吃醉酒坐勒辣车子里,就开始乱讲了,自己就一边开车一边听故事呀!辣个屠小姐经常自言自语讲,伊是个剩女,是嫁勿出去的剩女,人家三十三乱刀斩,伊屠某人是三十三,呒没人爱。"

王小毛调侃讲:"小黑皮,我讲侬交运了,一点勿错,辣个屠小姐勒辣向侬豁翎子,是看中侬了!"

"小毛,侬辣种玩笑开勿得的噢,拨我家主婆白糖梅子听见,要闯祸的!"

"开玩笑,开玩笑,规规矩矩讲,说明辣个屠小姐,是呒没对象的单身一族,对勿对?"

"当然对喽,人家虽说是吃饱老酒讲酒话,但伊是酒后吐真言,我已经勿止一次听到了!"

滑稽王小毛

听到辣个闲话,王小毛向小黑皮提议,想为辣个剩女牵线搭桥,做一趟红娘。小黑皮却认为王小毛是多管闲事多吃屁,还是认认真真做好代驾吧,瞎管辣种闲事,弄出一眼事体咪,饭碗头也保勿牢了。王小毛勿同意伊的观点,讲:"辣是成人之美,是有意义的。现在生活压力大了,借酒消愁的人也多了,阿拉尽量通过努力,做有利于公众安全、有利于社会和谐的事,勿就是意义吗?"

小黑皮讲:"王小毛侬是'杞人忧天',就算天塌下来,人家也照样有钞票吃酒,与代驾司机有啥关系?"王小毛摇摇头,分析说:"像侬的客人屠小姐,伊为啥酒水糊涂?因为找勿到对象,借酒浇愁呀,我们假使帮伊一把,帮伊找到对象……"

小黑皮闻言,讽刺王小毛拎勿清,认为,正是因为屠小姐借酒浇愁,自己才有代驾生意啊,像王小毛辣样,勿是勒辣断自家的财路么!

王小毛见小黑皮勿愿配合,也勿再勉强伊了,伊说自己也帮屠小姐开过一趟车,伊想亲自去找伊,为伊做媒人。原来,王小毛的老客户谢先生,是外资公司的高管白领,老婆因病去世了,谢先生几乎天天下班来饭店酗酒,王小毛想帮伊找个对象,让伊有个家……

得知原委后,小黑皮说:"我懂是懂了,不过我当红娘是外行,侬说我该哪能做呢?"

王小毛神秘兮兮地说:"简单来西,等一歇,我拿具体步骤告诉侬,侬照我的话做就是了。"

几天后的一个傍晚,王小毛和小黑皮,坐勒饭店大堂里。果然,屠小姐开车来到饭店,下车进大堂,小黑皮迎上去。

"屠小姐侬来了!"

屠小姐应道:"嗯,侬好!"

小黑皮向伊介绍了王小毛,呒没想到,屠小姐对王小毛也有一点印象。王小毛趁热打铁,与伊聊了起来,接着,伊便领着屠小姐来到了茶室,此时,谢先生已恭候多时了。王小毛为双方做了引见后,就告辞出门了。

小黑皮正勒辣门口守候,看到伊出来,忙问:"王小毛,侬哪能介快出来了?"

"我勿出来,蹲勒旁边当电灯泡啊?"

"当红娘介便当啊,比《西厢记》里的红娘简单多了。喂,小毛啊,耨能牵线搭桥,介绍费有哦?"

王小毛眼乌珠一弹:"侬哪能三句勿离钞票的?"

几天后,小黑皮找到王小毛,一见面就埋怨王小毛勒辣自断财路,自吃苦头。王小毛觉得莫名其妙,问伊出了啥事体。小黑皮叹气说:"侬我两个人,侪变成德国名牌汽车了!"

王小毛问:"德国名牌汽车么是奔驰呀!"

"勿是奔驰,是"笨死",是笨蛋的笨,死人的死,我们侪笨死了!"经伊一番讲述,王小毛才晓得,耨段辰光,屠小姐勿来喝酒了,伊肉头最厚的老客户失踪了。

王小毛闻言,也是一惊,原来,耨个谢先生也好几天吥没来喝酒了,难道说,自己红娘做成了?小黑皮却挖苦讲:"嘿,红娘做成,生意逃脱,好啥呢?"

王小毛笑着说:"当然好事喽,假使屠小姐和谢先生,真的成了幸福的一对,当然勿会再来酗酒了。"

正勒辣耨个辰光,小黑皮的手机铃声响了,是屠小姐打来的,原来,伊和谢先生,为了要谢谢王小毛和小黑皮,要请伊拉吃饭!王小毛很高兴,让小黑皮过去,自己就勿去了。

"勿可以的,屠小姐勒辣电话里一再邀请,要侬一起去的,勿能

滑稽王小毛

勿去噢!"

"喔唷,为了介小一桩事体,要请吃饭,好意思吗?"

"侬怕啥呀,人家是谢媒。就算陪陪我么,辩是人家请的,又勿是阿拉讨的,辩叫脸皮老老,肚皮饱饱,有吃勿吃猪头三。"

当晚,勒辣饭店的包房里,四个人见了面。大家坐定后,谢先生说:"承蒙两位牵线搭桥,我跟屠小姐,准备下半年办喜事,为了表示感谢,请两位吃顿饭……"

屠小姐也笑着讲:"阿拉已经戒酒了,考虑到两位是驾驶员,也勿请酒了,饮料、小菜请尽量随意吃,勿要客气。"

王小毛和小黑皮很高兴,同祝伊拉幸福美满。席间,谢先生告诉两个人一个信息,伊的公司要招一名接送员工上下班的中巴司机,薪水比做代驾要高得多。问王小毛和小黑皮有勿有意向?

小黑皮一听,十分高兴,说自家是 A 照驾驶员,愿意去谢先生公司开中巴。谢先生连声讲好,让小黑皮明天就去报到。

屠小姐想请王小毛当伊的专职司机,却拨王小毛婉言拒绝了。

"侬勿想当我的专职司机?"

"屠小姐勿要误会,是辩能的,现在代驾司机人手少,社会需求多,忙侪忙不过来,万一有人酒后找勿到代驾司机,自己酒后开车,是要出事的!"

一旁的小黑皮急了:"啊!王小毛!侬脑子呒没进水吧,人家送上来的饭碗侬勿接?"

王小毛笑着说:"当代驾也是饭碗呀!"

(小品原著:何沛忠)

30　割麦之旅

昨天,佩佩来找王小毛。王小毛刚好买了 3D 版《泰坦尼克号》的电影票,想约伊一道去看电影,可是,佩佩根本提勿起兴趣,伊讲自家遇到了一桩头昏的事体。王小毛忙询问因由,佩佩告诉伊,自家乡下头的娘舅现在是村长了,但是伊遇到问题了。

王小毛忙问:"啥个问题,勿会是贪污受贿吧。"

"侬瞎讲啥啦,我舅舅讲,现在麦子熟了,村里有劳动力的自家收割,呒没劳动力的雇短工收割。"

王小毛想起读书辰光,学农割过麦子的场景,半天割下来,一只腰直也直勿起来。真生活!

佩佩讲:"现在村里的麦子基本侪割光了。"

王小毛讲:"那勿是蛮好吗?格么呒啥问题啰。"

佩佩却眉头紧锁,告诉王小毛,孤老李阿婆家和张伯伯家的麦子,因为一时浪向呒没请到短工,还呒没收割。所以,舅舅准备帮伊拉割。但是,伊也要毛六十岁的人了,一家头要帮两家人家割麦,肯定吃勿消的。舅舅想请佩佩到乡下头去帮伊一道割,伊讲昨个也是帮助人,献爱心。

佩佩讲:"今朝是礼拜三,我准备周末马上就去。"

听到此地,王小毛摇头讲:"就俹两家头也吃勿消的。"

滑稽王小毛

佩佩讲:"所以啊,我只好来讨救兵了呀,请侬王小毛出马,阿拉娘舅一看毛脚外甥女婿也来支援了,一定老开心的。周五下班后我先去,周六一早侬就过来帮忙。"

佩佩原本以为,王小毛一听就会爽快地答应,呒没想到,王小毛却支支吾吾,邪气勿爽气。一番追问后,佩佩方才晓得,王小毛工作的旅行社,最近一直比较忙,还经常要加班。而且伊的经理还一直督促王小毛,要开发新的旅游产品。

佩佩有点勿大开心:"格么侬意思就是回头我啰,勿能帮我到乡下割麦啰。"

王小毛觉得佩佩的语气明显勿开心,连忙安慰讲:"让我好好叫考虑一下。"

佩佩气呼呼地讲:"好,就让侬考虑三分钟。"

可是,时间一分一秒地过去了,王小毛仍是支支吾吾,犹犹豫豫,三分钟一到,佩佩严肃地问:"去还是勿去?"

王小毛抓抓头皮,讲:"我决定勿去……"

"啊!"

王小毛话锋一转:"辩个是勿可能的。"

"噢。"

"不过我有一个要求。"

"讲。"

"请侬娘舅准备50把镰刀,50顶草帽。"

佩佩觉得奇怪,就算加上舅妈,总共只有四个人,为啥要50把镰刀和50顶草帽啊?

王小毛神秘地讲:"辩个侬就勿要问了,我周六早上九点赶到,一道割麦!"

"好,阿拉麦田相会!我走了,拜拜!"

到了礼拜六早上,佩佩和舅舅就立勒田埂浪向等待王小毛的到来。眼看九点一刻了,王小毛还是呒没出现,舅舅有些着急。佩佩安慰伊讲:"小毛辩个人,别的优点呒没的,就是一个优点,讲到做到,要么勿答应,伊答应下来的事体,再难,伊也会去办。"

舅舅讲:"王小毛也是有点名气的人,阿拉乡下头也侪晓得的,伊能够来帮阿拉乡下人割麦子,勿容易啊。噢吆,九点半马上就到了,哪能还勿来呀?再勿来,阿拉两个人就先开始动手割麦吧。"

佩佩闻言,也是一惊,心想:王小毛会勿会喇叭腔啊?

正勒辣辩个辰光,一辆豪华大巴开过来了。舅舅以为王小毛来了,正准备迎上前去,被佩佩拦牢:"肯定勿是的,王小毛一家头,勿可能开一辆豪华大巴来的。"

话音刚落,大巴停勒辣了两个人的面前,车门打开了,只见王小毛走下车来。舅舅大喜过望:"真是小毛啊,侬好呀,侬好呀!啊,哪能来仔介许多年轻人啊?"原来,王小毛的身后,跟来了许多青年。

佩佩问:"小毛,侬看侬,侬是来割麦的,哪能还穿西装,戴领带,手里还拿一只电喇叭?"

王小毛笑嘻嘻地讲:"辩个侬就勿要管了,侬镰刀、草帽侪准备好了吗?"

佩佩讲:"准备好了。"

王小毛点点头,随即转身,拿起电喇叭对那群年轻人讲:"各位,请安静,唐代有位诗人叫李绅,伊有一首脍炙人口的诗,叫:锄禾日当午,汗滴禾下土。谁知盘中餐,粒粒皆辛苦。各位侪能背出来,但是阿拉中间的大多数人侪呒没真正体验过农村的生产劳动,今朝机会来了,让大家亲身体验。现在自由组合,25个人一组,分

171

滑稽王小毛

成两组,一组叫红队,一组叫蓝队,一块麦田算一组,阿拉来个割麦友谊赛哪能?"

大家听后,一片叫好,跃跃欲试。接着,王小毛让佩佩带领一组到李阿婆的麦田里去,另一组到张伯伯的麦田里去。佩佩立时明白了王小毛的用意,带领大家进入了麦田。

随着一声号令,两个割麦小队便开始劳作起来,双方士气高涨,齐呼口号。

"噢,割麦子啰,阿拉红队,加油啊!"

"阿拉蓝队勿会输拨侬的。"

看到伊拉介投入的样子,王小毛很开心,伊对舅舅讲:"舅舅,等一歇吃中饭,勿要好酒好菜的,侬乡下的草头饼,再烧一大锅子麦片粥就可以了。"

舅舅觉得,弎样太推板了,要再准备些小菜和饮料。王小毛却阻止了伊,讲勿用多破费了,有大麦茶就可以了,伊让舅舅去指导指导弎些小青年,毕竟弎个生活老早侪吪没做过。

个把钟头以后,王小毛又举起电喇叭讲:"各位,请注意了,刚才我朗读了唐代诗人李绅的一首诗,叫《悯农》,就是同情农民的辛苦。另外,唐代诗人白居易也有一首诗很著名的,叫《观刈麦》,我用标准的上海话为大家朗读一下:田家少闲月,五月人倍忙。夜来南风起,小麦覆陇黄。妇姑荷箪食,童稚携壶浆。相随饷田去,丁壮在南冈。足蒸暑土气,背灼炎天光。力尽勿知热,但惜夏日长……"

大家听后,齐声应道:"王导,上海闲话朗读唐诗,好听!老早读书辰光对弎首诗吪没体会,现在真正理解了。"

见到此景,佩佩兴奋地对王小毛讲:"小毛,侬两首古诗一读,大家劲头更加高了,侬看一半已经割好了。"

王小毛一听,兴致更高了,对大家讲:"刚刚朗读的是古诗,今朝我还给大家准备了一首与割麦子有关的新诗,不过我的普通话稍微推板一点,我用苏北方言来给大家朗诵,箇首诗叫《乡村生活》:寂寞的乡村生活/我学会牛的沉默/躺在地上的麦子/等待着回家/坐在小山样的麦垛上/仿佛可以把星星抚摸/麦粒一样多的星星/在夜空闪烁。"

　　王小毛朗诵完毕,麦田里笑声一片,掌声一片。随后,王小毛又隆重请出佩佩小姐给大家朗诵。佩佩大大方方地用标准普通话朗诵起一首意境优美的诗——《五月,故乡的麦子熟了》。

　　"热风带来梦想的消息/五月,故乡的麦子熟了/太阳一般的色彩/闪耀在麦子金色的芒上/成熟的原野,我的平原/你的麦子颗粒饱满//五月的风一浪高过一浪/村庄的麦田起起伏伏/五月,故乡的麦子熟了/电话里的乡音热辣辣的/一夜间,远在异乡的人哪/倾听麦子的召唤,回头怅望。"

　　佩佩话音刚落,众人叫好。王小毛忙向大家挥手,讲:"朗诵得勿好,请大家多多原谅。"

　　佩佩讲:"喂,要侬代我客气做啥,明明朗诵得还可以,谢谢大家!"

　　箇个辰光,舅舅招呼大家吃饭了。王小毛也宣布了比赛成绩,因为红队、蓝队旗鼓相当,双双获得优胜奖,至于奖品么,就是当地的特色食品草头饼和麦片粥,还有清凉解暑的大麦茶。大家很兴奋,狼吞虎咽地吃了起来。

　　看到大家很享受的样子,王小毛问:"各位,今天大家很开心,玩得开心,吃得开心,我也很开心,箇两块土地今天收割完了,接下来,农民兄弟还要翻土、播种晚稻,再过几个月,箇里又是一片丰收的景

滑稽王小毛

象,到辰光阿拉再来,哪能?"大家齐声叫好。

王小毛宣布,今天的"麦子和诗歌一日游"就到此地,大家可以每人带走一把麦穗,留着纪念,还有头上的草帽也送给大家做纪念了。年轻人侪依依勿舍,觉得今天的一日游,特别有意义。

把众人送上车后,王小毛拿出一沓钱,送到舅舅手中。舅舅觉得非常诧异,王小毛对伊讲,辣个是割麦子的钞票。

舅舅更是一脸茫然:"割麦子照道理应该是我拨俫钞票呀,哪能反过来,侬拨我钞票呢?"

王小毛告诉伊,前几天,佩佩跟伊讲了舅舅碰到割麦的困难,伊想,就靠几个人,辣两块困难户的麦田一天、二天也是割勿完的,于是,灵机一动就想出了辣个创新的旅游产品,叫"麦子和诗歌一日游",既可以帮农村困难户解决割麦的问题,又能为旅行社创收,开发新的旅游产品。伊和经理一讲,经理拍案叫好,十分支持,开始担心会勿会有人报名,呒没想到交钞票报名的人排队。

王小毛讲:"阿拉旅行社已经从报名费中扣除了各项成本,辣个钞票是经理拨侬的,作为补贴,侬勿是做了介许多草头饼和麦片粥,还有大麦茶吗?"

舅舅接过钞票,交关激动:"就算辣能,拨的钞票也多了呀,辣草头饼、麦片粥、大麦茶侪是勿值铜钿的物事呀。"

王小毛讲:"舅舅,侬就拿着吧,我走了,佩佩跟我一起走吧。"

佩佩应了一声,正准备走,王小毛突然大叫一声:"慢!"

佩佩问:"做啥?"

"那边好像还有几块草头饼,我想带回去让妈妈也尝尝呀。"

笑声勒辣麦田上空飘扬。

(小品原著:葛明铭、沈义)

31 跟踪"追"药

辣天,王妈妈勒辣路上遇见了阿花嫂,两人热络地谈起了山海经。王妈妈告诉阿花嫂,最近,伊的老毛病气管炎又犯了,以前一到冬天就咳,去市里好几家大医院统统看过,毛病一直好好坏坏。不过,今年冬天神了。自从吃了社区医院新来的肖医生的药,就呒没咳过。迭个药,拿老早闷勒辣胸口的老痰统统吊出来了。

阿花嫂问:"真的?王妈妈,我家里也有人咳嗽,老是咳。肖医生拨侬吃的啥个药迭能灵光?"

王妈妈讲,啥个药搞勿清楚。阿花嫂想问王妈妈讨些药来试试,但是,药已经拨王妈妈吃光了,只剩仔空药瓶。于是,阿花嫂就想讨一只药瓶,王妈妈爽气地答应了。

阿花嫂跟牢王妈妈,拿王妈妈吃完药的迭只空药瓶拿走了。正好王小毛从外面回家,王小毛问妈妈,刚才从门洞里出去的迭个人,是勿是住勒小黑皮楼上的外来媳妇阿花嫂?王妈妈就拿来龙去脉讲了一遍,当得知阿花嫂拿走了空药瓶子,王小毛埋怨讲:"喔唷,妈妈勿是我讲侬,啥个好事侪能做,就迭种好事勿能做,介绍人家吃药!伊拿了迭个药瓶买了这种药,迭药给谁吃侬晓得吗?"

王妈妈讲:"勿晓得。"

"侬迭种药能勿能拨伊屋里的病人吃,侬晓得吗?"

滑稽王小毛

"勿晓得。"

"迭个勿晓得,伊个勿晓得。侬勿是让阿花嫂'吃药'吗?"

听到迭个闲话,王妈妈惊得哑口无言。王小毛耐心地告诫妈妈,每个人的身体情况勿一样,发病的原因勿一样,用啥药肯定勿一样。呒没医嘱,是勿能随便介绍人家吃药的,万一要是人家病人吃错了药,辩记麻烦就大了。

王妈妈连连点头,讲:"对的,对的,小毛,快,侬快点去跟阿花嫂讲清爽。辩个药勿能随便吃。"

王小毛应了一声"好",就快步出门了,呒没过多少辰光,伊就来到了阿花嫂的家门口。王小毛敲了一阵门,屋内无人回应,伊正勒辣焦急之际,楼下的小黑皮跑上来问:"啥人勒辣楼上敲门?"

王小毛讲:"我,王小毛。小黑皮,哪能屋里呒没人?阿花嫂勿勒辣?"

小黑皮一见王小毛,就开起了玩笑,讲侬找阿花嫂会勿会让伊的老公吃醋啊。王小毛呒没心思开玩笑,追问小黑皮,有勿有看到阿花嫂。

小黑皮讲:"阿花嫂刚刚出去。"

王小毛又问:"阿花嫂家里是勿是有人生病了?"

小黑皮想了想,讲:"伊的儿子最近一直勒辣咳嗽,老是咳咳好好,好好咳咳,有辰光咳得蛮厉害的,哪能啦?"

王小毛就拿刚刚伊从自家妈妈手里拿走空药瓶的事体讲述了一遍。小黑皮一听,忙讲:"准备让伊的儿子也吃侬妈妈辩种治疗咳嗽的药?哪能可以介随便呢?"

"就是呀。"

两人正勒辣讲账,阿花嫂回来了,王小毛忙上前同伊打招呼,迭个辰光,小黑皮恰好有事,就先向两人告辞了。

王小毛对阿花嫂讲:"我妈妈特地让我来告诉侬,伊拨侬的伊个药瓶的药,是勿能随便吃的,侬儿子咳嗽,侬一定要带儿子请医生当面诊断对症下药……"

阿花嫂闻言,点头讲:"我晓得的。"

"还有……"

阿花嫂呒没等伊的话出口,就讲:"我晓得的。"

"阿花嫂,我还呒没讲了,侬就晓得了?"

"侬要讲啥,其实侬就是勿开口,我也统统晓得。总之,谢谢侬王小毛,也谢谢侬妈妈噢。喏,空药瓶还拨侬妈妈。"

王小毛见伊已经领会,就勿再多讲了,向伊告辞,拿着空药瓶回转去了。

回到屋里,王小毛告诉妈妈,伊和阿花嫂见过面了,伊的儿子一直咳嗽,看上去阿花嫂是想让伊儿子吃迭种药。

王妈妈顿时一惊,讲:"迭个哪能来三呢?我介大年纪,伊儿子一眼眼大,哪能可以吃同一种药呢?要出事情的。"

王小毛让妈妈别担心,讲自家已经关照伊药勿能随便让伊儿子乱吃。另外,让伊一定要带儿子到医院请医生诊断以后,对症用药。我已经拿空药瓶讨回来了。

正勒辣辩个辰光,小黑皮推门进来,恰好听到母子二人的谈话,接话讲:"帮帮忙,伊是勿会带儿子到医院去看医生的……"

王小毛很诧异,忙问原因。小黑皮讲:"阿花嫂舍勿得钞票,邪气节约,伊顶多拿自己老公的医保卡到医院里让医生开点辩个药。"

王小毛听了此话,非常担心。

小黑皮讲:"跟侬搭啥界?反正侬跟伊讲过了,侬已经做到位了。"

王小毛讲:"黑皮,辣勿是搭界勿搭界,到位勿到位的事。辣事体……哎,一人一卡,医保局管得老紧的……"

"紧啥?我看伊拉家里向的人,小毛小病就是一直刷伊老公辣张卡。"

王妈妈对小黑皮的话勿以为然,讲现在的社区医院管得紧来西的,肖医生勿见到病人,是一定勿会拿药随便开拨伊的。

王小毛一听,脑中灵光一闪:是哦?要是真的迭能,哎,我倒要去跟肖医生搭搭脉。

想到此地,王小毛就立即出门,来到社区医院,找到了肖医生。

勒辣诊室里,两人寒暄了几句后,王小毛向肖医生表达了谢意,告诉肖医生,妈妈经伊治疗后,气管炎好多了,老痰呒没了,今年一个冬天呒没"像像样样"咳过一趟……

肖医生闻言,也非常开心。王小毛又向肖医生提出请求,希望伊再给自己开点这样的咳嗽药。肖医生问伊为啥?王小毛讲,有一个朋友也是气管炎,听讲我的妈妈吃了辣种药后毛病好了,托我帮伊开点辣种神药。

王小毛闲话还呒没讲完,就被肖医生果断地拒绝了。

王小毛讲:"有啥勿来三的?用我的卡,刷我的医保卡……"

"辣就更加勿来三了!"

"喔唷,肖医生,啥个来三勿来三,勿要一本正经好哦,通融通融么好唻……"

肖医生严肃地告诉王小毛,迭个勿是可以随便通融的事体。病人呒没经过伊的诊治,辣个药就勿能开!作为医生一定要对病人负责!至于王小毛要替别人刷卡拿药,是犯错误的!上面医保局有专门的规定,阿拉医院有制度……

王小毛依旧三勿罢四勿休地和肖医生磨嘴皮子,让伊无论如何要帮帮忙,肖医生坚决勿同意。

"喔唷,肖医生,我总算认得侬了!"

肖医生问:"认得我?又哪能呢?"

王小毛讲:"我谢谢侬,我真的放心了!"

肖医生一头雾水:"谢我啥?制度就是制度。啥人侪勿要跟我'淘浆糊',啥人侪勿要拨我吃'药'!"

几天以后,就是王小毛、王妈妈侪拿心放下来的辰光,小黑皮突然匆匆地来到王小毛家,伊一进门,就大声讲:"王小毛,王小毛……阿花嫂的儿子出事情了。"

王小毛闻言,顿时一惊,忙问伊究竟是哪能一桩事体。

小黑皮讲:"阿花嫂的孩子刚刚吃了阿花嫂喂的咳嗽药,呼吸急促,面色发白,阿花嫂也吓懵脱了,还算好社区的肖医生正好勒辣小区里巡检,现在勒辣对阿花嫂的儿子,进行现场施救。"

王小毛心中着急,拉着小黑皮赶往阿花嫂的家里。

此时,肖医生刚刚实施了治疗,孩子已经脱离了危险。

阿花嫂哭着向肖医生道谢:"哎幺,谢谢侬,肖医生……"

肖医生问:"阿花嫂,侬儿子的病是勒辣啥医院诊治的?"

阿花嫂支支吾吾。

肖医生皱眉讲:"勿对呀,是哪里的医生拨侬儿子开迭能重的药?"

正勒辣此时,王小毛和小黑皮赶到了。

王小毛问:"阿花嫂,这药……"

肖医生一见此景,顿时对王小毛产生了误会:"噢,又是侬王小

179

滑稽王小毛

毛,我晓得了是勿是侬,做好事,把侬妈妈用的药,送给阿花嫂的儿子用的？王小毛,侬,侬哪能连基本医疗常识也勿懂？药,好乱用的？要出毛病的!"

王小毛被伊一问,一时竟勿晓得哪能回应。

阿花嫂忙向肖医生解释,讲辩桩事体勿能怪王小毛的,是自家为了节省钞票,拿着王妈妈那个空药瓶子自讲自话,从地摊上药贩子伊面买来的,等买好药贩子的药,回到屋里,王小毛正好来讨回药瓶,我自家把药瓶还拨了伊……

王小毛连连摇头："喔唷,阿花嫂啊,要勿是肖医生抢救及时,侬就要铸成大错,追悔莫及了!"

（小品原著：许如忠）

32 风雨梅花

яя天是七夕节,又拨人称为中国情人节。外面落暴雨,王妈妈望着窗外讲:"迭能大的雨,牛郎织女也哝没办法相会了。"

王小毛笑着讲:"妈妈,勿要紧的,伊拉可以撑伞的。"

玩笑归玩笑,看到窗外的雨越落越大,王妈妈有点担心。王小毛告诉伊,台风梅花要登陆上海了。

"啥?台风现在叫梅花啦,那打雷要叫菊花咪。"王妈妈一脸困惑。

王小毛向伊解释,过去台风是哝没名字的,只有编号,第一号台风,第二号台风,现在世界气象组织为了引起大家对台风的关注,跟每一个台风侪起名字了。台风的名字是各个国家提供的,有的叫杜鹃,有的叫海棠,还有的叫爱丽丝,有的叫芭芭拉,迭趟来的台风就叫梅花。这个雨就是梅花带得来的。

两个人正勒辣讲账,王小毛的手机传来了短信声,王小毛看了看信息后,就对妈妈讲:"妈妈,我出去一次。"

"啊,迭能大的雨,侬出去做啥?"

"佩佩今朝上班去哝没带伞,现在下班回勿转去了,让我带一把伞去接一接伊。"

王妈妈讲:"对的,对的,是要去接的,路浪向当心一眼。"随手就

滑稽王小毛

交给王小毛两把伞,王小毛挑了一把情人伞,讲:"一把伞够了,两个人抱得老紧,合撑一把,有利于增进感情。外加今天的日脚比较特殊,是七夕中国情人节,合撑一把情人伞就更加有意思。"

王妈妈听了,连连摇头,讲:"小雨可以迁就,下大暴雨啊,可勿能合撑一把,否则,回到家就变成肯落鸡了。"

王小毛笑着讲:"是变落汤鸡吧,哪能弄出肯德鸡啊?"

王妈妈讲:"身上肯定溚溚滴,不是肯溚鸡吗?"勒辣妈妈的劝说下,王小毛拿了两把雨伞出门了。

二十分钟后,伊坐上了一辆公交车,呒没想到,车子刚开两站路,突然熄火了。司机一直呒没办法发动起来,只得请乘客们下车乘后头一辆,乘客得知迭个情况,喧闹起来。

王小毛十分郁闷,心想:真是逆水船碰到顶头风,隔忙头里膀牵筋。我还是下车吧,此地离佩佩的医院勿是很远了,只有几十家门面了。我涉大水过去。想到此地,伊走下了车子,朝佩佩的医院走去。

正走着,突然看见前面走过来一位穿连衫裙的姑娘,伊手浪呒没伞,身浪溚溚滴,虽讲面孔蛮好看,但是看上去神情恍惚,眼睛也定焕焕的。

王小毛忙迎上去,问:"姑娘,迭能大的雨侬呒没伞,勒辣雨里走,要淋出毛病来的。"

姑娘听到招呼,显得有些莫知莫觉,热心的王小毛就想拿自家的一把伞借给伊,并关照伊赶快回家换一身干衣服,再喝一点姜汤。

呒没想到,姑娘突然发晕,身体瘫软了下来。王小毛一急,眼快手快马上用一只手抱牢了伊。姑娘已是神志勿清,口中勿停地讲:"抱紧点……,抱紧点……亲爱的……"伊的嘴唇也贴到了王小毛的脸上。

王小毛连连拍打伊的肩膀:"姑娘,侬醒醒,我一只手撑伞,一只手抱不牢侬了。"伊想寻求路人帮助,但是,周围一个人也呒没。幸好,呒没过多少辰光,姑娘醒了过来。

　　"噢,勿好意思,我刚刚一时头晕……"

　　王小毛讲:"姑娘,侬呒没事体吧?"

　　"好了,我呒没事体了。"

　　王小毛见伊呒没事了,颇为欣慰,准备借一把伞给伊。呒没想到,此言一出,姑娘竟然感动得哭了起来,伊问王小毛,这伞伊拿走了,以后怎么还给伊?

　　王小毛讲:"噢,姑娘,同是雨中肯溚鸡。噢,不对,同是雨中落汤鸡,相逢何必再相识,一把雨伞,勿值几钿的,侬就拿去用吧。"

　　姑娘千恩万谢,撑开伞走了。望着伊的背影,王小毛觉得一阵轻松,伊唱着歌,继续向医院方向走去。一歇歇辰光就到了医院,勒辣医院门口看见了焦急等待的佩佩,辣个辰光,雨也小了交关,两人相拥勒辣一道,开开心心地回家了。

　　第二天,"梅花"离去,雨过天晴。早浪向,王小毛勒辣上班路浪经过一个书报亭,王小毛买了一份报纸,报纸浪一个醒目的标题吸引了伊。

　　"梅花冷雨无情,伞下热吻有义。"辣个标题起得好!对仗工整,有文学色彩。副标题是"申城市民勒辣百年未遇的大暴雨中处变不惊"。副标题也好,有积极意义,有鼓舞作用。王小毛心里暗暗赞叹。哎,下面还配了一张介大的彩色照片,咦?辣个男的面孔熟来,啥地方看见过,啊!辣个勿就是我吗?辣个女的勿就是昨日的姑娘吗?

　　王小毛看见照片下面的文字说明是:一对情侣勒辣七夕情人节

滑稽王小毛

暴雨中,深情拥吻。伊的脑袋瞬时就大了,内心暗暗叫苦:妈妈哎,闯祸了,闯大祸喽……照片是啥人拍的?摄影记者:胡涉。这个摄影记者真的是胡乱摄影,太勿负责任了。

王小毛马上打电话到报社找到了摄影记者胡涉,胡涉知道自己照片和文字说明失实后十分紧张,和王小毛约好下班后勒辣咖啡馆见面,当面向王小毛道歉。

经过沟通后,王小毛才知道,辣个胡涉刚刚大学新闻系毕业,是报社的见习记者。昨天伊正好看到王小毛和那个姑娘勒辣雨中拥抱的情景,当时伊看了很感动,就马上抢拍了下来,再加上昨天正好是七夕中国情人节,伊觉得辣张照片邪气有时效性,邪气应景,就发拨了报社。

王小毛告诉胡涉,自家和迭个姑娘根本就不认识的,是因为人家姑娘要昏过去了,站不住了,呒没办法,只好上前抱牢。至于姑娘为啥要亲自己一记,当时,也呒没搞清爽。

胡涉忙讲:"侪怪我经验不足,呒没核实就发稿了,领导看了辣张照片很满意,讲照片中的青年男女迭能淡定,对市民抗击台风能起到鼓舞的作用。所以就采用了,还表扬我了。还讲准备正式招聘录用我。"

"侬受表扬了,我要受指责了;侬转正了,我勒辣女朋友那里要下岗了。辣张照片一登,我哪能向女朋友交代啊?"

胡涉闻言,羞愧万分。

王小毛希望伊登报赔礼道歉,可是,胡涉显得非常为难,伊讲:"迭桩事体如果拨报社领导晓得了,我的前途就完结了,再也不可能进报社了。"

王小毛郁闷,讲:"侬前途要受影响,我终身大事也要受影响了,弄得勿好,我女朋友要飞脱了。"

胡涉连连赔罪,问清王小毛住址后承诺,愿意上门去向王小毛女朋友做解释,却拨王小毛拒绝了。

"唉,呒没想到借把雨伞借出介大的事体来啊!"王小毛长叹一声,离开咖啡馆,拖着沉重的脚步回到家里。

回到家后,王小毛问妈妈:"佩佩来过呒没?"妈妈讲:"呒没来过。"王小毛心稍微定了一定。妈妈又讲:"但是打来过电话了,好像口气不大对头。"王小毛马上紧张起来。妈妈说:"佩佩说要送一样礼物拨侬。"王小毛想问题不大了,妈妈又说:"讲要送一张报纸拨侬。"王小毛一听,心里咯噔:"啊,迭记完结了!"

王妈妈不明缘由,正想询问,辩个辰光,有人敲门。王小毛战战兢兢地打开房门,佩佩一面孔怒气地立勒外面。

"王小毛,侬总算回来了!"

"回来了,回来了。"

"昨日来接我前头侬到啥地方打横去了?"

"呒没打横,是公交车抛锚了,我下车步行到侬单位的。"

"迭个一点点路,侬还要抓紧辰光外出花,倒是争分夺秒的。"边讲边拿出一张报纸,递到王小毛手中。

"喏,自己看。"

王小毛讲:"勿要看了,我也买了一份。"

佩佩一听,越发来气,讲:"买一份太少了,应该买个1000份,亲朋好友、邻居隔壁、同事淘里,侪去发。"

王小毛一时呒没反应过来,讲:"一个人做点好事是应该的,勿好到处宣传的。"

"啊?侬还敢讲侬是做好事啊!"

185

滑稽王小毛

一旁的王妈妈觉得有些好奇,问儿子到底做了啥个勿好的事体,劝伊还是快点承认错误,争取宽大处理。王小毛听了妈妈的话,觉得格外委屈。

佩佩气呼呼地讲:"铁证如山,白纸黑字,侬还要赖啊。妈妈,侬看报纸。"

王妈妈的眼神勿好,伊拿着报纸看了半天,终于发现一张照片里的男青年和自家的儿子邪气像。

佩佩讲:"妈妈,勿是像,就是王小毛呀。"

王妈妈本来为自家的儿子上报感到高兴,突然发现照片上的一个陌生姑娘勒辣亲儿子的面孔,立时火冒三丈:"小毛啊,侬昏头啦!"

王小毛忙辩解:"我呒没昏头。"

佩佩哼了一声:"证据放勒辣侬面前,侬还讲呒没做坏事,侬迭个勿是一般的坏事体,而且是黄色的坏事体,是丑闻。"

王小毛忙向佩佩解释,自家并勿认识辣个姑娘。佩佩却勿相信讲:"世界浪哪能会有辣种事体啊,认也勿认识的,就抱勒辣一道,还香面孔。"

王妈妈接口讲:"要么迭个姑娘是花痴。小毛啊,妈妈从小哪能教育侬的?八个字侬忘记啦?"

王小毛讲:"我呒没忘记,八个字是'好好学习,天天向上'。"

王妈妈厉声讲:"勿对,是坦白从宽,抗拒从严。"

看到误会越闹越大,王小毛也急了,忙将过往的经历讲述了一遍。

伊对妈妈和佩佩讲:"辣个姑娘神情恍惚,眼睛有点定炴炴的,我怕伊迭能淋雨要淋出毛病来,就拿一把伞借拨伊了。啥人晓得迭个姑娘突然昏过去,站勿住了,我只好用一只手抱牢伊,不晓得哪能伊嘴唇皮就贴上来了,冰冷冰冷的。后来伊就醒过来了,拿着雨伞走了,呒没想到被路过的报社记者拍下来了。"

刚讲到此地,佩佩嘲讽讲:"好,好,故事真精彩,继续编,继续编。"

看到佩佩还是勿相信自家,王小毛觉得邪气委屈。王妈妈见此情形,忙上前打圆场,让两人先吃晚饭再讲。

可是,佩佩觉得这桩事体呒没弄清楚,自己也呒没心情吃饭。而且,箇桩事体现在全上海侪晓得了,伊的同事、小姐妹拿伊电话打爆了。人家侪讲王小毛的女朋友是那个女的,佩佩是个小三。

佩佩越讲越难过:"我佩佩勿是嫌贫爱富的人,我最看勿起拜金女,我佩佩宁愿坐勒辣脚踏车后面笑,也勿愿意坐勒辣宝马车里哭。但是依王小毛连脚踏车后面的笑也勿拨我。王小毛,今天阿拉情断义绝,就此分手,侬也好自为之。"讲罢,掉头就走。

王妈妈正想拦牢伊,王小毛却讲:"妈妈,让伊走吧,如果相互之间呒没信任了,也就呒没必要再相处下去了。"

正勒辣迭个辰光,外面传来了敲门声,有人问:"请问,王小毛大哥勒辣吗?"

王小毛推门一看,呆牢了,原来门口站着的,正是伊勒辣雨中救助的那位姑娘。

佩佩箇记更来气了,心想:好了,索性寻上门来了,真的是要烧香赶出和尚了。

姑娘满怀感激地讲:"大哥,我是来还雨伞的。"

王小毛很诧异,问伊哪能晓得自家屋里地址的?

姑娘解释讲,是报社的胡涉记者带伊来的。

滑稽王小毛

讲话间,胡涉也走了进来,伊对王小毛讲:"辔位小姐也是看了报纸来寻我讨个讲法的,我告诉伊,侬王小毛先生也来寻过我了,伊讲要还侬伞,所以我就带伊过来了。"

讲到此地,胡涉指了指佩佩,问王小毛:"王先生,辔位就是侬的女朋友吗?"

王小毛叹了口气,讲:"一分钟前头还是的……"

妈妈掐了王小毛一下,打断讲:"是的,是的,就是阿拉儿子王小毛开天辟地独一无二的女朋友,我的毛脚媳妇佩佩。"

胡涉见此情形,也是一面孔的尴尬,忙向大家解释了当天的情况,并表示了歉意。姑娘也觉得非常勿好意思,向王小毛一家人连连鞠躬。

事到如今,王小毛还是觉得心头有个疙瘩吓没解开,问:"姑娘哎,我到现在还吓没弄明白,侬为啥一个人勒辣暴雨中走,浑身像个肯潵鸡,勿,像个落汤鸡,而且神情恍惚,眼睛定炴炴的呢?"

姑娘闻言,就讲述起了自家的遭遇。原来伊是个孤儿,勒辣很小的时候,父母就去世了,三年前碰到了伊的男朋友,伊觉得伊是这个世界上唯一关心自家的人。两个月前,伊的男朋友到外地去出差,讲好等出差回来就结婚的,不料到了伊面正好碰到暴雨,城里一片汪洋,有一辆小轿车勒辣大水中熄火了,车里一位妇女和两个小孩被困,伊就冒着暴雨上去推车,吓没想到一片汪洋的马路下面有一个窨井盖被大水冲掉了,伊一脚踩空,掉进窨井被冲走了,直到现在人也吓没寻到。

听到此地,大家连声叹息。

姑娘继续向大家讲,因为这个打击太大了,伊始终走勿出迭个阴影,也承受勿了迭能的打击,只有一个念头想到天国去陪伊。昨日梅花台风带来了暴雨,伊触景生情,希望自己也踩到迭能一个窨井,迭能就可以随伊而去了,如果踩不到,伊也准备到黄浦江边去结束自己的生命。勒辣遇到王小毛之前,伊已经勒辣大雨中走了两个多小时了,呒没想到,勒辣孤苦无助的时候王小毛大哥借伞给伊,突然让伊感觉到人间还有温暖,伊一时激动,加上又冷又饿,就昏了过去。当时,王小毛急忙抱住了伊,使伊产生了幻觉,还以为是男朋友抱着自己,所以就亲了伊一记。等到醒来以后,十分羞愧,就撑着王小毛借给伊的伞匆匆走了。

"经过辣件事体,我现在勿会再想勿开了,我会好好生活下去……"

听到此地,佩佩才恍然大悟:"噢,辣位妹妹,原来是迭能一桩事体,我误会小毛了。"

姑娘讲:"王小毛大哥是个有情有义的人,当时我撑起伞转身要走,王小毛大哥追上来,讲借错了,那是一把情人伞,是伊和女朋友佩佩撑的,就把迭把单人伞换拨了我。"接着,伊就要把伞还拨王小毛,王妈妈和佩佩连连摆手,讲:"勿用还了,姑娘,侬就留着一个纪念吧。"

看到迭个一幕,王小毛对胡涉讲:"小胡记者,俹报纸上的标题要改一改。"

"哪能改?"

"只要改一个字就可以了,把'吻'改成'心':梅花冷雨无情,伞下热心有义。"

大家一听,齐声讲好。王妈妈提议,既然大家认识了,就是一家人了,今朝就留下来一道吃晚饭。姑娘闻言,脸一红,讲:"勿,妈妈,王小毛大哥,佩佩姐姐,我们俩刚才讲好了,今天由小胡请我吃肯

滑稽王小毛

德基。"

胡涉忙答话:"明天伊请我吃麦当劳,后天我再请伊吃披萨饼。"

王小毛一听,马上轧出苗头来,讲:"这真是'天上梅花台风,地上梅花三弄'。这场梅花台风弄出一个误会,弄出一场虚惊,也弄出一种真情。"

大家哈哈大笑,房间里充满欢乐的气息。

(小品原著:葛明铭、沈义)

33 邮票风波

王小毛有个外甥叫胖胖,红润润的圆脸孔,闪着一双机警而又略带狡黠的眼睛,还有似笑非笑的神情。王小毛和王妈妈欢喜伊,周围邻居也侪喜欢伊。

胖胖是个集邮迷,伊喜欢图案精美的邮票,五彩缤纷,赏心悦目,方寸之地,有无穷的知识,也有艺术的魅力。伊最希望家长和亲友之间经常通信,辩能就经常可以得到好邮票。

辩天上午,王小毛去上班,临走辰光特别关照胖胖:"我的胖外甥,今朝舅舅有个重要任务教拨依办。"

"舅舅侬快讲,是啥任务?"

"胖胖,侬听仔细了,佩佩阿姨出差了,辩两天可能有信寄来,侬收到信替我放勒写字台上,小孩勿许随便拆开大人的信来看,晓得哦?如果看了,我打侬屁股!"

王小毛千叮万嘱,胖胖小嘴撅起,辩能小的事体也算重要任务?但转念之间胖胖又笑了,因为有信寄来必有邮票,如果得到一张漂亮精致的邮票,就千真万确是重要任务了。

下半天二点钟左右,邮局投递员来了,脚踏车铃声又脆又响,胖胖早就等勒门口,13号有两封来信,一封是寄拨楼上毛师傅的,另一

滑稽王小毛

封是寄拨王小毛的，胖胖是全权代表，两封信侪收下了。

胖胖回到家里，首先欣赏比较两封信的邮票，寄拨毛师傅的信，封口处贴着一枚"10分"蜂王图案邮票，金黄色蜜蜂展翅欲飞，羽翼披着阳光，彩霞闪耀，非常漂亮。胖胖虽然已有辩种邮票，但同学斌斌还呒没，可以用伊跟斌斌交换。寄拨王小毛的信封封口处贴着一枚"20分"金鱼图案邮票，五色斑斓的金鱼追逐嬉戏，游水翻波，摇头摆尾，悠然戏水。胖胖用湿毛巾捂勒邮票上，过了一歇，老练地，小心翼翼地拿两封信上的邮票轻轻地揭了下来，勒辣揭邮票时，信的封口处自然也拨揭开了。

胖胖出于好奇心，拿写拨王小毛的信封内两张信纸抽了出来。王小毛叮嘱伊：小孩勿允许随便拆大人的信来看，但越是讲勿许看，胖胖越是想看，只见写拨王小毛的信纸上字迹清秀，是佩佩阿姨写来的。

"小毛：离开上海只有一个星期，但是感觉好似已过了一年，真想你呀。现在体会到一日不见如隔三秋的滋味。最近工作很顺利，一切都好，预计很快就要返沪，不知你想我吗？"信的末尾是"佩佩吻你"。

胖胖虽然是小学生，但佩佩阿姨写信拨舅舅的信还是看懂了，只觉得佩佩阿姨对小毛舅舅真好，亲热得勿得了。就勒辣辩个辰光，楼梯上传来了毛家阿姨的脚步声和讲话声。毛家阿姨长得五短身材，高颧骨、薄嘴唇，身上有一股子泼辣的傲气，走路老神气，喉咙乓乓响。胖胖看见伊有点吓，怎么办？胖胖干脆拿毛师傅那封信信纸抽出来，重新拿蜂王邮票用浆糊贴勒信封上，随后再拿信纸塞进去，再用浆糊舔好封口，辩能就看勿出我揭过邮票了。接着胖胖拿毛师傅那封信送拨毛家阿姨。

毛家阿姨今天单位发奖金,心情愉快,看见自家丈夫有封信,竟然自说自话拆信,想看看是啥人拨丈夫写信,勿看则罢,看信后伊两眼发黑,七窍生烟,推板一眼厥过去。因为伊晓得自己丈夫胆小怕事,对伊一贯忠诚老实,平时叫伊朝东勿敢朝西。但意想勿到背后风流,还有情人。今朝一封情书暴露真相。看来忠诚可靠的丈夫也叛变了,毛家阿姨恨得咬牙切齿时,毛师傅辔个辰光也正好回转来了。

　　毛师傅是个瘦小的男人,未老先衰,碌碌无为,吭没一点男子汉气概,今朝回家时乘公共汽车偏偏遇到"三只手",一只皮夹子和一个礼拜的买小菜铜钿全军覆没。毛师傅怕老婆责怪,心里急呀愁呀!一只吭没血色的脸孔更显苍白,整个人有点僵硬,看见老婆神色勿佳,肝火很旺,自然地就显得畏畏缩缩,讲话吞吞吐吐。毛家阿姨本来心里有气,看见丈夫如此模样,肯定丈夫是做贼心虚,心里有鬼,毛家阿姨怒吼一声:"好啊!勒外面鲜龙活跳神气得勿得了,到家里像只死猫闷声勿响,看看侬蛮老实的,外面花头勿小,现在有人想侬,还要吻侬,吻侬个骨头脑西!"毛家阿姨嘴巴像把刀,骂起人来剜心撕肺,尖酸刻薄,动起手来也一刮二响,只听见"啪"一声响,毛师傅晕头转向,面孔上五只手指印,已经吃着一记耳光。毛师傅感到奇怪:今天皮夹被窃,尚未向老婆禀报,为啥老婆已动手打我?其实应该打"三只手",我也是被害者,打我是冤枉的。

　　楼上毛家夫妻爆发一场家庭战争,王小毛恰巧回转来,伊是个热心人,"金相邻,银亲眷",对邻居之间纠纷一直很关心。毛师傅看见王小毛等于见到救命恩人,毛师傅请王小毛评理,自己碰到"三只手",皮夹拨偷脱,辔是飞来横祸,身勿由己,老婆哪能可以打我耳光?毛家阿姨面色铁青,气呼呼地拿出一封信讲:"王小毛侬讲句公道话,我对丈夫情深似海,伊却忘恩负义,竟然外面有第三者,辔种人

滑稽王小毛

勿打,打啥人呀?"毛师傅稀里糊涂,听见"第三者",出乎意外,点头承认:"咦,田山赞是我多年老朋友,辩个和忘恩负义混身勿搭界的。"毛家阿姨气得一阵眩晕,讲:"第三者是老朋友,怪勿得伊想侬,一日勿见,似隔三秋,想侬还要吻侬,真是活活气死我了。"伊越讲越气恼,突然感到天旋地转,几乎立勿牢脚跟。王小毛很机灵,示意毛师傅扶牢毛家阿姨,随后客气地问:"阿姨,侬辩封信是证据,能否让我看看?"毛家阿姨点点头,王小毛拆开信封,拿出信纸,从头到尾很快看完了,但伊摇摇头;用手帕揩揩眼睛,重新再慢慢地仔细看第二遍,结果又摇摇头;紧皱双眉一字一句看完第三遍,随后又长叹一声:"我搅糊涂了,我看勿懂了,辩个写信的女人叫佩佩,我的女朋友也叫佩佩,而且笔迹非常熟悉,非常像佩佩的笔迹,但是佩佩哪能会是侬毛师傅的第三者?㑆是哪能搭上辩种关系?"王小毛一席话,惊动了毛家夫妻,毛师傅大喊冤枉,伊讲从来呒没见过佩佩,也勿晓得佩佩是啥人,和伊根本呒没有一点点关系。毛家阿姨大吃一惊,俗语讲兔子勿吃窝边草,自己丈夫色胆包天,竟敢勾搭邻居的女朋友,辩种人勿仅仅吃耳光,还应该骂煞打煞。

王小毛、毛家夫妻三人非常尴尬的辰光,胖胖来了,伊笑嘻嘻讲:"小毛舅舅,侬有一封信,对勿起,邮票拨我拿脱了,信拨侬。"王小毛接过信,抽出信封,笔迹陌生:"小毛,本星期六是小儿满月之喜,请和夫人一起来吃满月酒,在家恭候。"署名就是田山赞。辩辰光毛师傅讲话了:"小毛,辩封信纸上的字熟得勿得了,喔唷!辩就是我老朋友田山赞写的,哪能寄拨侬王小毛,我也搅糊涂了。"旁边的毛阿姨反而清醒了,喔,丈夫的朋友是"田山赞",勿是"第三者"。那么辩个第三者佩佩是啥人?王小毛的女朋友也叫佩佩,辩又有啥关系呢?一连串搅勿清的问题,王小毛也勒思考,突然伊看见胖胖的笑脸,联想到拨揭脱邮票的信封,立刻恍然大悟,双足顿地大喊一声:"胖胖,侬今天拆过信吗?"胖胖拨问得哑口无言,无言答对。辫个辰光王小毛反而勿急勿燥,勿怒勿怨,轻轻地讲:"今朝来了两封信,一封是我的,一封是毛师傅的,侬为了要集邮,揭邮票时拿信封封口也揭开了,侬就私看我的信,慌乱中又拿信纸插错信封了,对哦?"胖胖眨巴着大眼睛,脑袋像小鸡啄米,只会点头勿会讲话,像变成哑子了。胖胖的表情讲明了一切,真相大白。毛家夫妻矛盾立刻风停云散,毛家阿姨还用热毛巾敷毛师傅的脸,柔声地讲:"老公,对勿起,打错了。"毛师傅勿愧好丈夫,反而安慰妻子:"老婆,骂是情,打是爱,阿拉夫妻难得辫能亲热。"

王小毛拎着胖胖的耳朵,严厉地讲:"胖胖,侬懂法律哦?私拆别人的信件是违法的。今朝一场风波侪是侬引起的,侬去向毛师傅、毛家阿姨道歉,今后保证勿乱揭邮票私拆信件了。"胖胖摸着耳朵,哭出乌拉讲:"下次勿敢了!下次勿敢了!喔吆,耳朵痛煞了,要侬赔耳朵、赔耳朵!"

大家侪笑了起来。

(小品原著:张双勤)

34 一"奖"难求

常言道：千军易得，一将难求。最近发行的福利彩票，每次开奖，获五万元入围奖的，是一百万人当中才有一个，邪气勿容易得啊；迭个一百万元的大奖，要先得了入围奖，然后再去电视台公开摇奖。迭个一摇，拿看摇奖者的心，侪吊到喉咙口了。结果，得一百万的人勿多，原地踏步捧回五万的还勿少。侬讲，迭个一百万的大"奖"，难勿难求？

因为难求，王小毛就勿求了。伊买了好几次彩票，连"垃圾奖"也朆没中过一次。伊心里反而十分平静，自家安慰自家："买福利彩票主要是献爱心，又勿是搏奖金！"伊辫能一想，开起出租车来，也更加平稳了。

迭一天，伊开出租车送客人到万人体育馆，计程器显示 35 元。客人拨伊四张十元票，王小毛找勿出五元零票。正勒辣尴尬之际，客人掏出一张福利彩票，讲："侬找勿出零票，我也朆没零票；辫张福利彩票值五元，是我昨天买香烟时，也因找勿出零票，店主拨我的，今天我拨侬吧。"王小毛朆没意见，讲："反正我也要买的，献爱心人人有责。"伊开开心心地收下了彩票，拿多出来的十元钞票还拨了客人。

到了夜里，伊交班后回到屋里。邻居孙来运来串门，见王小毛正勒辣清理钞票袋，清点一天的营业款。因为彼此相熟，也勿避嫌疑，孙来运就勒辣王小毛身边坐了下来。伊看到钞票当中夹着一张福利彩票,随手拿了过来,"小毛,侬哪能拿彩票随手乱放格?辩张彩票明天夜里就要开奖了,哇,辩张彩票的号码好极了,518918,我要发,就要发,几化吉祥的数字啊!"王小毛对"口彩"之说一概勿感兴趣。为啥呢?因为,最近几次中大奖的号码,有被人鄙视的"13",还有被人视作大忌,跟"死"发音相近的"4"。所以王小毛十分平静地讲:"买福利彩票主要是献爱心,为了中奖,去操辩能多闲心,我看犯勿着。"

孙来运却是个有奖必买,走过路过勿肯错过的脚色。伊也有伊的理论依据,人们勿是常讲吗,梦里头想吃天鹅肉,明知是挬空的,是吃勿到的,可是人人还是愿做梦,何况一百万的大奖!迭个辰光,伊也摸出一张彩票来,见王小毛一付无所谓的样子,便提出要与王小毛的彩票调换。王小毛接过彩票一看,忍俊勿禁,笑了出来。辩张彩票的号码是141414。王小毛讲:"侬既然勿喜欢辩个号码,当初为啥买回来呢?"

"哎,我孙来运,名字叫来运,不过运气迟迟勿来。福利彩票我每期买两张,从来呒没中过奖。要讲献爱心,我也作出了奉献,为啥呒没一点回报呢?前几天我买两张彩票,其中一张就是辩个数字,我想退掉,心里却想,辩个数字讲勿定对自家有缘分。要死要死,可能是对自家以前生活的咒骂,新的生活可能会从今天开始,所以就买下了。"

"很好,侬就勿用再调了。"

"可是人侪喜欢听好话的,侬辩张518918太诱惑人了。如果侬真的拿福利彩票当作献爱心,那就拿彩票调拨我。"

王小毛见伊如此投入,讲:"侬要就拿去吧!"就拿彩票调拨了

滑稽王小毛

伊。孙来运如获至宝,拿了518918的彩票,开开心心回屋里做梦去了。

常言道:有心栽花花勿发,无意插柳柳成行。第二天开奖,五万元的入围奖奖号,偏偏是141414。孙来运坐勒辣电视机前,看完开奖全过程,气得伊拿头往墙上撞。顿时,头上撞出了一左一右两只凸勃瘤。心想,自家运气哪能辩样背?明明到手的大奖,又偏偏用双手奉送拨了人家。伊拿起518918那张彩票,"啥我要发就要发?册那,侪是骗人的把戏!"伊拿彩票撕得粉碎,欲哭无泪,简直是痛勿欲生。

原来,孙来运有了女朋友,伊省吃俭用,勒辣银行存了十万元。眼下十万元,买房子还勿够。有了房子总勿能呒没家具,钞票从啥地方来?所以,伊一门心思拿宝押勒辣彩票上。现在中彩了,可是中彩的票子调拨了人家,伊哪能勿要撞墙壁呢?难道辩就是父母拨我起的名字——来运;来了啥运?华盖运!

再讲王小毛,伊越想越开心,辩真是时来运来推勿开,拾着纸头变成布。自家因找零找勿出,偶尔拿回一张彩票,又拨孙来运调了去,硬拿入围奖送到了自家手上。辩入围奖变幻莫测啊,名义上是五万,上电视台去摇奖,少则十万、二十万、三十万;多则五十万、一百万也讲勿准。难道辩就是我献了爱心,上苍拨我的回报?王小毛高兴了一阵子,想到要去电视台摇奖,会有多少人看到了我?自家是出租车司机,天天勒辣路上接送客人,一旦拨人认出自家获得过大奖,万一拨坏人瞄牢,来劫车害命哪能办?王小毛有些犹豫起来。有了五万,还要勿要去搏一百万?王小毛从长久的安全考虑,伊打算弃权,来个激流勇退。

辩辰光,孙来运找上门来。伊眼巴巴看着王小毛发财,总有些勿甘心。伊想找王小毛商量商量,能否有财大家发?王小毛一看到孙来运来了,就讲:"大恩人,吪没侬也吪没我的机会,我得了五万,决勿会独享,等我拿到了钞票,我至少拨侬两万。"

孙来运十分感动,王小毛如此仗义,出乎伊的意料。虽然自家很想得到一笔钞票,但是就辫能当伸手大将军,也太小看自家了。于是,伊拿自家事先想好的打算提了出来:"王小毛,侬得了个入围奖,五万元归侬,辫钞票我无论如何勿能拿。但是辫张中奖的彩票,毕竟是我让拨侬的,侬也让我发些财;我出十万,是侬五万的一倍;拿侬中奖的彩票买断,让我去电视台搏大奖。哪能?"

王小毛当即表示:"我原本就勿想去电视台,侬想去,拿了彩票去就是了,用勿着化十万元来买断的。"

"勿,我拿协议书也写好了。勿买断,我中了大奖,如何分配?侬王小毛可能勿会计较,我心里勿踏实。先小人,后君子。我写了辫份协议,侬如果同意,请勒辣协议上签个字,我十万元马上送到。"

王小毛见伊吞了秤砣——铁了心,总觉得辫事太莽撞了些。伊晓得,伊辫十万元是结婚派用场的,作为朋友勿得勿提醒伊:"来运啊,阿拉是多年的老邻居,又从小一道长大。侬的家底别人勿晓得,我还勿清楚?辫十万元是侬多年的积蓄,侬买了辫张中奖的彩票去搏大奖,辫勿是一加一一定等于二的游戏;其中有可能一百万,也作兴就是五万呢,摇了个五万,再扣脱税金一万,侬就剩下四万了,亏了六万,侬辫婚还结勿结?"

王小毛的话句句勒辣道理浪向,可是孙来运却执迷勿悟,讲:"大丈夫一言既出,驷马难追。再讲古人云,置之死地而后生。我勿相信,我名字叫来运,运气一直勿来。"伊下定决心要搏一死战。王小毛也无可奈何,被迫勒辣协议上签了字。当天,孙来运送来十万元,取走了那张中奖的彩票。

199

滑稽王小毛

电视台当众开出了入围奖,要一周以后,再让入围者当众摇出各自的奖额。摇奖辣一天,孙来运吃过午饭就开始作准备,先理发,后沐浴,烫衬衫,熨西裤,单单一条领带,伊照着镜子打了半个钟头。一切就绪,伊早早来到电视台,恭候吉时来临。

辣一天,王小毛也早早交了班,回到家里,吃好晚饭,坐勒辣电视机前,专等摇奖开始。伊为孙来运捏了一把汗,心里默念,但愿伊得个大奖。常言道:人算不如天算,孙来运摇出的奖球,最后还是落勒辣五万元的格子里。当主持人宣布金额时,孙来运脚步踉跄,还呒没走到台下,竟倒勒辣摇奖机旁。王小毛看到迭个辰光,恨勿得一步跨进电视里,帮大家抢救孙来运。

孙来运拨送进了医院,医生讲是因为情绪过于紧张,一时昏厥,呒没大碍。当王小毛赶到伊病床前,孙来运已经苏醒。可是伊见了王小毛,又闭上了眼睛。王小毛晓得伊神志已很清醒,就伏勒辣伊的耳边轻轻地讲:"我拿那张协议书撕了,侬的十万元,我用侬的名字开了张存单,就放勒辣侬的枕头底下。"

孙来运呒没勇气睁开眼睛,泪水却从眼缝中流了出来。王小毛用餐巾纸帮伊轻轻揩脱,讲:"拿福利彩票看成是献爱心的义举,心里就呒没负担了,任何事情侪是辣样,有心栽花花勿发,无意插柳柳成行。我走了,侬好好休息。"

王小毛转身走了,孙来运睁开了双眼,而且坐了起来,伊从枕头底下抽出存单,看到自家的名字:孙来运。伊望着存单感慨万千:孙来运啊孙来运,看来侬还是有运气的;像王小毛辣样的好人勿多啊,奖金难得,交上王小毛辣样的朋友更加难得,让我交上了,辣勿就是运气吗?

(小品原著:赵克忠)

35 狗咬碰瓷

王小毛和佩佩勒辣小区里望见走辣前面的小黑皮。小黑皮好像手里拿根杠棒,感觉邪气滑稽。

王小毛问:"喂,小黑皮,侬拿根杠棒做啥?像杨家将里的佘太君,手拄龙头拐杖!"

佩佩问:"小黑皮,侬改行当码头工人啦?"

小黑皮板着面孔讲:"喂,俫勿要寻开心好哦,我是呒没办法!我是为了自卫。"

佩佩和王小毛侪劝伊,辣能做勿来三的,舞刀弄棒要出事体的!问伊到底是哪能一桩事体,讲出来大家听听,最好通过调解,大事化小,小事化了。

小黑皮讲,自己平时嘴巴虽然勿饶人,但从来勿打相打的,不过,辣桩事情绝对呒没调解余地的。王小毛让伊讲闲话勿要太绝对,现在国与国之间的争端,侪可以通过谈判来解决,勿要讲人跟人之间的矛盾。碰到事体还是要耐心点。

小黑皮讲:"啥个耐心、耐心,再耐心下去,我肩胛上的物事也要保勿牢了……"

佩佩讲:"对了,对了,小黑皮头颈里戴根金项链……侬阿是怕人家抢侬金项链?"

滑稽王小毛

小黑皮回答讲:"佩佩,侬搅点啥啦,肩胛上头难道只有金项链?除了金项链,肩胛上的辣个物事,好好叫要比金项链值钞票嘞!"

王小毛存心跟伊打朋,讲:"肩胛上好像只有金项链呀。"

小黑皮讲:"王小毛,我真要叫侬阿爹拉个娘了,平常介聪明的人,连肩胛上介重要的物事是啥也勿晓得,真是服贴喽服贴!"

佩佩讲:"好咪,勿要卖关子了,我和王小毛本来就是笨来西的,就请侬指点迷津吧!"

小黑皮叹气讲:"唉,假使我是学校老师,碰着俯辣种笨学生,只好开除拉倒。喏!'两只肩胛扛只头',辣句话俯听讲过吗?两只肩胛扛的是六斤四两呀!"

佩佩辣才恍然大悟,王小毛很惊讶,问小黑皮,啥人要侬的骷郎头呀?

小黑皮向两位坦言相告:"虽然呒没人要我的骷郎头,但我要以防万一,万一被人家敲一顿,拿我骷郎头敲扁了,我等于呒没头了呀!"

王小毛越发觉得奇怪,问啥人要打伊?小黑皮讲是隔壁小区的程四妹。

佩佩听错了,还以为是那个喜新厌旧做皇帝驸马的陈世美,"小黑皮侬勒辣做梦吧,陈世美老里八早就拨包青天用龙头铡刀铡下脑袋了,哪能还有陈世美……"

小黑皮苦笑着讲:"佩佩侬又要搅了,我讲的程四妹,勿是《秦香莲》里的陈世美,是程度的程,因为伊排行老四,阿妹的妹,叫程四妹!是个脾气古怪的女人!"

王小毛问伊,辣个女人有啥过人之处,弄得小黑皮要担心自家肩胛上的骷郎头。小黑皮告诉伊,程四妹的阿爸有钱有地位,而且有衔头,跟开汽车撞死人,还讲"我爸是李刚"的人是一路里的货色!

佩佩也回忆起辩个程四妹的轮廓,去年伊曾经到佩佩的医院里来开盲肠炎,辩位小姐的脾气倒真的是勿小。

王小毛问小黑皮,哪能会惹到辩位程四妹的?

小黑皮告诉伊,前天,伊经过程四妹的小区去菜场买菜,正好看到程四妹跟一个收废品的老头吵相骂,伊觉得程四妹是欺负人家老头,就勒辣边上多了一句嘴,居然惹毛了程四妹,伊就勒辣外头放出风声来,要雇人来刮我一顿,所以我要注意防备,准备了辩根杠棒,来防防身。

王小毛讲:"事情弄得介大,到底是为了啥事情呢?"

于是,小黑皮拿事体的由来仔细地讲述了一遍。

辩天早晨,程四妹勒辣小区遛狗,呒没拴绳子,狗跑得无影无踪,伊嘴里叫着狗的名字勒辣寻找。

"芭芭!芭芭……"

小黑皮恰好路过,听到伊的呼唤,笑了:"嘿,侬哪能叫狗叫爸爸的啦?我也去养只狗,取个名字叫妈妈!爸爸跟妈妈好配对了。"

程四妹邪气生气,警告小黑皮勿要勿二勿三,神志无主,再瞎讲三千,当心吃生活噢!

小黑皮被程四妹一骂,心里有点勿爽,向前面一指,讲:"喏,侬看,侬的爸爸拨伊面的老头子捉牢了!"

程四妹一惊,向前看去,见一个老头抓牢仔伊的小狗,忙追赶过去。

老头见有人追来,问:"狗是侬的哦?"

程四妹忙讲:"是我的,芭芭来妈妈抱……"

小黑皮嬉笑道:"嗬哟,像唱滑稽了,妈妈抱爸爸?辩笔账叫数学家来算,也算勿清爽了!"

程四妹立时一瞪眼,让伊勿要瞎搅,快点死到一边去。

辫个辰光,老头发话了,伊讲狗拿伊的手咬出血了,程四妹要想抱走小狗的话,必须先支付自己医疗费。

程四妹却认为老头勒辣瞎三话四,讲自家的狗从来勿咬人的。老头就伸出手拨伊看,果然,手背上侪是血。

小黑皮也帮腔讲:"哟,真的咬出血了嗻,人被狗咬了,要生狂犬病的,快点陪伊去医院打针呀,人要患上狂犬病,人也要咬人了!"

程四妹气呼呼地骂道:"要侬瞎起劲啊,叫侬滚开点,哪能勿滚啊!"

小黑皮非但吭没理会,还坚持要让程四妹陪收废品的老头子到医院去打针。但老头却勿想打针,只要伊赔一千块就可以。

程四妹认为收废品老头是狮子大开口,勒辣敲竹杠,伊一只癞头分也勿会拨的。一见此景,小黑皮倒急了,想为老头讨说法。

程四妹一叉腰,讲:"我倒要看看,侬辫个黑皮男人到底准备哪能出手,想打人吗?"

"打人?嘿,我小黑皮好男勿跟女斗,打人弄龌龊我的手,侬乖乖地拿出一千块来拨人家,否则……哼哼!"

程四妹根本勿在乎:"哼啥哼呀,老娘我活到30多,勿是吓大的,有本事侬就来好了!"

辫个辰光,老头主动示弱,让程四妹拨五百就可以了,程四妹讥笑伊勒辣做梦。接着,老头又松口了,讲拨三百就可以了,程四妹摸出一张一百元,朝地上一丢,讲:"喏,要就拿去,勿要拉倒,我譬如碰着叫化子!"

老头二话勿讲,捡起钞票就走。辫记,小黑皮非常郁闷,心想:算我瞎起劲,搿只老头是个软柿子,捧勿起的刘阿斗,一塌括子一百块,还捞得快咪。

可是后来,伊得知搿个老头子讲被狗咬,是假的,手背上涂的是鸡血,心里更加殟塞。

听完小黑皮的讲述,王小毛讲:"乖乖隆地咚,真新鲜,骗子又出新花样了,我听讲过汽车有碰瓷敲诈的,现在狗咬也有碰瓷了!"

佩佩讲:"迭能看起来,小黑皮啊,侬是勒辣帮骗子的忙啊!"

小黑皮垂头丧气地讲:"所以我也想勿落了,只怪我意气用事,现在事体已经出了,有啥办法呢?"

王小毛提了一个办法,让小黑皮去向程四妹赔礼道歉,补偿人家一百块,让程四妹消消气。

小黑皮觉得,让自家拿出一百块倒无所谓,但让伊赔礼道歉开软档,伊实在做勿出。

见此情形,王小毛就问佩佩,认勿认得程四妹,有勿有可能陪小黑皮去伊家,解决此事?

佩佩讲,程四妹曾经是阿拉医院的病人,有一点认得。小黑皮一听搿记有精神了,讲:"有侬和佩佩陪我去,我胆子要大交关啦。"

王小毛讲:"格么好咪,但侬要做一桩事,去寻到搿个狗咬碰瓷的老头子,做得到吗?"

小黑皮讲:"当然可以啊,搿个收废品的老头子,就住勒辣小区后面出租屋里的。"

王小毛就跟小黑皮咬起耳朵咪。佩佩问伊拉勒辣讲啥,两个人却讳莫如深。

一个小时后,王小毛、佩佩和小黑皮,来到程四妹家门口,揿了门铃,勿多一歇,程四妹就来开门了。当伊看到小黑皮,立刻板起了面

205

孔,讲:"侬来做啥?"

王小毛讲:"喔唷,来者侪是客嘛,阿拉是隔壁小区的,无事勿登三宝殿,今天是陪小黑皮来向侬赔礼道歉的!"

程四妹讲:"赔礼道歉勿敢当,那就请进吧!"

拿几人领进屋后,佩佩问程四妹,是否还认得自己。程四妹回忆了片刻,终于想起,去年生病住院辰光,是佩佩护理的。佩佩又向伊介绍了王小毛,并表明了来意,讲要向伊赔礼道歉。

程四妹讲:"喔唷,为辣桩事体啊,当时我是蛮光火的,不过事体过去了,就算了嘛。"

佩佩讲:"四妹啊,小黑皮听讲侬要雇人去刮伊一顿,小黑皮是吓得来,随身带根杠棒防身哪!"

程四妹一听就笑了,讲自家勿会做辣种事体的,当时就是掼掼烂山芋,吓吓伊的!

小黑皮闻言,知道是虚惊一场,也暗暗地抹了把汗。

一旁的王小毛讲道:"小黑皮讲侬的爸爸是有权有势的大亨,勿但伊吓,其他人也有点吓的呀。"

程四妹回答讲:"老实讲,我爷娘蛮早就死了,我单身一个女人,怕人家欺负我,我是虚张声势,侪是我吹的呀!"

王小毛讲:"噢!原来是辣能!阿拉是法制社会,今后啥人敢来欺负侬,有大事体侬就打110,小事情么,阿拉也会帮侬的。"

程四妹听到辣番话,顿时感到心中暖洋洋的。接着,小黑皮拿那个碰瓷的老头领了进来。

程四妹一见到伊,顿时心火乱窜:"哎哟,侬辣个老骗子又来了!"

那老头自觉理亏,忙向程四妹赔勿是,并准备拿一百元还拨了伊。

程四妹:"还钞票就算了,我的日子总要比侬好过,但侬以后勿好再孵能了!"

老头闻言,连连道谢,讲以后绝对勿会做孵能的事体了。王小毛也告诫伊,以后要老老实实做生意,骗人是犯法的,老头听后,勿停地点头。

小黑皮拿出一百块,要补偿程四妹,程四妹坚决勿收,伊讲:"我哪能好要侬的钞票,今朝有王小毛和沈佩佩出场,我已经原谅侬了!"

看到孵一幕,王小毛感慨道:"看见吧,孵是当今和谐社会的程四妹!"

(小品原著:何沛忠)

36　难见尊容

王小毛最近拨单位提拔了,发下来填写的干部履历表上需要两张一寸头的报名照。伊来到一家叫"真美"的照相馆。王小毛想,店名叫真美,一定是真的美,绝对勿会推板到啥地方去的。营业员交关热情,付了钞票,开好发票,王小毛走进了摄影室。

摄影师叫王小毛坐勒一只凳子上,灯光一开,照得王小毛眼睛也张不开。摄影师讲闲话了:"喂,侬眼睛眯起来做啥?迭样拍出来的人是眯起眼,难看煞了,眼睛张大!"

"喏,灯光太强,我吃勿消。"

"格咹没办法的,舞台上唱戏灯还要亮了,坚持一下,眼睛张开。"

王小毛拼命拿眼睛张大,张得眼乌珠弹出。

摄影师一看:"喔唷!现在侬弄得像滑稽大师杨华生出场的招牌面孔了。"

王小毛想,迭记难煞人了,左也勿是,右也勿对,"同志,马马虎虎算了。"

"不来三的,要么勿拍,要拍就要拍好。"

王小毛讲我出钱拍照,倒反而咹没俰要求介高。摄影师一听心里有眼勿开心了,认为是王小毛勒辣触自家的霉头,不过还是硬压牢肝火:"要求哪能可以勿高呢?拍坏脱,要塌阿拉店的招牌,影响阿拉店的声誉,你懂哦?"

王小毛抬头一看,墙头上正好贴了一张《创新风比质量公约》。喔,对了,这爿店倒勿错,服务质量勿仅写勒纸头上,更重要的是落实勒行动上,的的确确是拿顾客当皇帝。

王小毛正勒辣想,摄影师又勒辣喊了:"注意了,要拍了!来,看镜头。"

王小毛情绪还呒没回转来,只听见"咔嚓"一声,"好啦,拍好了。"

"咦?!"

"咦点啥?瓣个叫抓拍,拍出来自然。"

好吧,抓拍就抓拍了,王小毛想我也勿懂啥摄影技巧,啥个抓拍、偷拍,只要拍出来就好。"啥辰光来拿照片?"

"明朝下半天。"

"好!"

第二天下半天,王小毛兴冲冲来到真美照相馆,拿出发票交给柜台营业员。营业员接过发票,拉开抽屉,抽出一只纸袋袋,朝王小毛面前一掼。王小毛从纸袋袋里抽出照片一看,人推板一点厥倒过去。只看到照片上的一个男人是一个面黄饥瘦、形容憔悴、满头白发,非但年纪看上去毛估估七十多岁,而且照片的四周围了一圈黑框框。

"呸!呸!呸!要死快咪,迭个是死人的照片嘛,触霉头,触霉头。"

营业员听见了,连忙抢过照片:"唷,弄错了,迭个是人家开追悼会拍的。调一张。"

只见营业员拿死人照片袋袋往抽屉里一乩,随手再拿出一只袋

滑稽王小毛

袋,朝王小毛面前一掼。王小毛抽出来一看,好极了,拿老头子照片调了一张老太婆照片。王小毛又气又好笑:"同志,辣张也勿是我的。"

啥人晓得营业员非但勿检查自家的服务质量,相反倒惹伊发火了:"喂,侬哪能搞的,迭个勿是,伊个勿是,侬迭个人哪能介疙瘩啦?"

王小毛也拨伊讲了呆牢了,想想倒也滑稽的,讲我疙瘩?按照伊的意思,我勿要疙瘩,马马虎虎拿一张照片回去算了,格么迭张老太婆的照片拿回去,算我阿姨呢还是算我外婆呢?哪能拨伊想出来的。

"喂,同志呀,哪能讲我疙瘩呢?我拍照,总归要拿我自家的照片啰!"

"好啦,不要烦啦。"说着,营业员拿抽屉拉开,"喏,此地照片一大堆了,侬自己拣吧,拣一张面孔差不多的拿去嘛算来。"

"嗳,好的!喂,不对的!"小毛想我也拨伊搞糊涂了,照片哪能好调错,"同志,你再帮我找找看。"

"你叫啥名字啦?"

"王小毛,"

"喔,想起来了,侬的照片拨别人拿走了。"

"我的照片哪能可以随随便便拨别人拿走呢?"

"辣个要怪侬自家的名字起得勿好了。"

"跟名字有啥关系?"

"因为侬叫王小毛,另一个顾客也叫黄小毛,只不过你是三横王,伊是草头黄,字不同,音相同,所以搞错了,对不起!"

咦?口轻飘飘,"对不起"三个字算解决问题啦?"那我的照片?……"

"不要紧,猾个黄小毛勒辣上钢一厂一号楼101室,我马上派人去,侬五天之后来拿,好哦?"

"同志,俚商店勿是勒辣开展创新风、比质量竞赛吗?哪能可以迭能样子呢?"

营业员不耐烦了:"喂,我答应侬五天后来拿,已经老负责任了,侬多烦烦点啥?创新风?五天以后照片能拨了侬就是创新风了。工作当中有眼小差错,迭个是难免的,用勿着大惊小怪。"

王小毛想:算了,勿多讲了,闲话越讲越多,五天之后再来吧。

过了五天,王小毛又来到真美照相馆。一看,柜台上调一个人了,自称是店经理,王小毛就对经理猾能长伊能短一讲,并说明是营业员约好今朝来拿照片的。经理一听,客气地讲:"喔唷,迭位营业员今朝休息。而且伊哝没交代出来,只好抱歉了。"

王小毛有点扫兴,但看伊态度和气,也只能算了,讲:"格么我明朝来拿吧!"

"侬明朝来也拿不到。"

"为啥?"

"因为伊娘去世了,伊回去奔丧了。"

王小毛拿不到照片,最担心的就是交履历表的日脚已经临近了,心想:迭能哦,只好我自家跑一趟了,好得我还记得那位黄小毛的地址。

王小毛憋了一肚皮的火,直奔上钢一厂。迭家厂路途遥远,勒辣市郊结合部,从市区过去,公交车要调好几部。到了厂里一路打听问讯,七转八弯,好勿容易寻着黄小毛。一问,讲照片伊根本就哝没拿错,是伊本人的。王小毛也气昏,想想大半天辰光浪费脱,无可奈何只好再乘车回到真美照相馆。经理倒仍旧勒辣柜台上,问照片拿到

211

滑稽王小毛

了哦？王小毛早已筋疲力尽，闲话也勿想讲了，只是拿头摇摇。经理老聪明，因为自"病"自得知，不便多问，讲："迭样吧，勿要管原来的照片寻得着寻勿着，我跟侬马上重新拍一张吧。"

王小毛想事体已经到迭种地步了，勿好也只能好了，就拿头点点。经理看他答应，活络了，说："同志，凭心而论，今朝侬大面子，我一般是勿亲自动手拍的。今朝跟侬拍了，希望侬以后多宣传宣传，讲阿拉摄影质量上乘，服务态度认真。"

哼！也亏伊讲得出，害我跑了一趟又一趟，浪费了辰光精力勿算，照片仍旧吭没拿到，还讲自家服务态度认真？

两个人来到二楼一间小巧玲珑、布置别致的摄影室。经理让王小毛坐定，自家到照相机旁边，启发王小毛。"来，身体稍微斜一点；勿对，肩胛忒低了，抬高点；面孔侧转来，喔唷，侧得太过了，回过来一点，嗳——眼睛张大，笑笑！"烦噢！

王小毛想，我哭也哭得出，还要笑啦？"师傅，我实在笑勿出。"

"勿笑，拍出来难看的。有一个办法，侬只要一想到拍照是愉快的事体，一开心就会笑了。"

王小毛想：唉！拍照拍到我今朝迭个腔调，还开心呀？简直是伤心！想到此地非但笑勿出，反而流出了眼泪。

经理一见情况不妙，一转身，拿出一样物事，对准王小毛一摇，"来，笑笑！"

"哒啷，哒啷……"王小毛一看是引小小囡的拨浪鼓。小毛想，不要再拖辰光了，早拍好，早结束，就对经理讲："师傅，侬放心，我会笑的。"

笑，一定要发自内心，才是自然的、好看的。笑不出，硬笑，怎么会好看？王小毛现在的笑也可想而知了。等到王小毛"哈哈哈"笑好,照相机"咔嚓"一声拍好,王小毛已经性命半条。

王小毛离店前问经理,啥个辰光可以取照片?

"明天。"

"勿会有问题了?"王小毛担心地问。

"肯定有把握!"

"好!"

一宵已过,转眼明朝。王小毛又来到真美照相馆,问经理拿照片。经理是十二分客气,二十四分热情,三十六分打招呼,讲:"实在抱歉,侬今朝照片还是拿勿到。"

"还吭没有印好?"

"不是!"

"拍坏了?"

"不是!"

"又拨别人拿掉了?"

"也不是!"

"格么啥个原因?"

"因为我工作太忙,一时疏忽,昨日拍的辰光底片吭没装!"

"啊?!"王小毛简直勿相信自家的两只耳朵,迭样讲起来,昨日一歇歇身体斜一点,一歇歇肩胛抬高点,而且还要我笑,俉是白辛苦啰?

王小毛讲:"格么侬看哪能解决呢?"

"老方便,请侬再上楼重新拍一次。"

小毛想:我也吭没介好胃口了,"算了,我也勿想拍了。谢谢!"

"不必客气!"

"好!我走了!"

213

滑稽王小毛

"慢!"王小毛转身要走,衣服被经理一把拉住。

"做啥?"

只看见经理拿出一本留言簿,"同志请侬勒辣簿子上写几句,就讲本店为顾客拍照是不厌其烦。"

王小毛拿起笔,翻开留言簿。哪能写呢?想了一想,有了。"我通过你们的服务,感触良多,建议贵店把真美照相馆的招牌改一改,将'优美'的'美'改为'倒霉'的'霉',你们的的确确是一爿名符其实的真霉照相馆。王小毛。"

写完,"叭!"拿笔重重地往柜台上一搁,转过身来头也不回地扬长而去。

(小品原著:张双勤、葛明铭)

37　无处吃饭

今年,乡下的娘舅要到王小毛家过年,王妈妈打算好好招待伊。这天,王妈妈早早地出门,准备去菜场买菜。王小毛心疼老妈,便向伊提议:"妈妈,今年年夜饭阿拉勿勒家里吃,到饭店去吃吧。"

王妈妈说:"到饭店去吃年夜饭?开销太大了。"

"我和佩佩年终奖侪发了,饭店里吃一顿年夜饭勿是毛毛雨吗?"

可王妈妈却勿同意,认为家里吃有四大好处:自由、实惠、开心、亲切。

王小毛对此勿以为然,说:"饭店吃也有四大好处:省力、高档、闹猛、气派。"

王妈妈讲:"前几天,我听无线电,听到里向有个主持人说,吃年夜饭还是回归家庭,享受温馨。"

"妈妈,勿要听伊瞎说八道的,叫人家勿要到饭店去吃年夜饭,伊自己说勿定老早订好了。忽悠阿拉。"

两人正在说话间,佩佩来了,同王妈妈打过招呼后,问王小毛:"小毛,年夜饭订好了哦?"

"还没有订,不过侬覅担心,现在饭店勿要太多,要订一桌年夜饭勿要太便当噢。"

215

"小毛侬也太勿领市面了,现在订年夜饭勿要太紧张噢,人家去年6月份就订好了。"

王妈妈急了:"啊,有舜种事体啊,那小毛啊,侬赶快打电话订呀。"

王小毛问:"妈妈,侬勿是说勒辣家里吃年夜饭吗?"

王妈妈忙说:"不,还是饭店吃好,听佩佩的。"

王小毛笑了:"儿子的话勿听,毛脚媳妇的话当圣旨。"

佩佩柔声说道:"妈妈,小毛要饭店吃,主要就是想让侬省力,用不着忙着买、汰、烧。吃好了妈妈还要洗碗洗盆的,忙到半夜,太辛苦了。阿拉要让侬过一个轻轻松松、开开心心的春节。"

王妈妈连连点头:"还是佩佩这几句话说的好,听了比吃年夜饭还开心。好的,好的,饭店里吃年夜饭,小毛啊,快点打电话订年夜饭呀!"

佩佩说:"我已经拿附近饭店的电话号码打印出来了,侬快打电话问问。"

王小毛忙一一打了过去,但是,伊问了几家饭店,年夜饭的酒席早已被订光了,这下,伊有点泄气。好在功夫勿负有心人,总算找到一家美满大酒店,还剩3桌席位。

王小毛十分兴奋:"太好了,酒桌在哪个位置?"

"酒桌是放勒走廊里的,就勒辣卫生间边上,是加座。"

"啊,这个……噢,这就算了,小姐,谢谢侬。"

佩佩问:"侬哪能回头脱啦?"

"当然回头了,卫生间边上吃年夜饭迭个味道勿灵的。"

王妈妈忙说:"勿要紧的呀,阿拉自己多带几根印度奇南香去点着,就闻勿到卫生间里的气味了呀。"

"妈妈,侬哪能想得出来的,吃年夜饭还要自家带印度奇南香。"

但王妈妈和佩佩愿意迁就,坚持让王小毛定下迭家酒店。

王小毛只得再次拨通了电话:"喂,我就是刚刚打电话来订年夜饭的,啥?订光了?我晓得订光了,但是佛勿是有加座吗?就是加在走廊里,卫生间边上的。啊,迭只台子也订光了?"

佩佩一听,就埋怨道:"侪是侬呀,一点也勿果断的。"

迭个辰光,电话铃响了,原来是小黑皮打来的。

王妈妈低声说:"小黑皮没得好事体的。"

佩佩问:"会勿会又是来问小毛借钞票的?"

这时,就听王小毛说:"钞票我会拨侬的。"

王妈妈眉头紧皱:"我说的吧,小黑皮打电话来没得好事体的。"

呒没想到,王小毛越聊越开心,还向小黑皮连声道谢,搞得王妈妈和佩佩有点犯晕。打完电话后,王小毛对二人说:"妈妈、佩佩,好消息。"

佩佩问:"小黑皮上趟借了1000元还呒还,现在又要借钞票了,还好消息啊?"

"人家又勿是来借钞票的,人家是来请阿拉吃年夜饭的。事体是迭能的,小黑皮去年10月份就勒辣美满大酒店订了一桌年夜饭,现在伊拉全家要到外地去过年了,辩桌饭勿要了,去退,人家店里要拗脱伊的定金,伊来问我要勿要,转给我。我讲钞票会拨伊的,就是讲定金我会拨伊的。"

佩佩说:"好是好的,会勿会是卫生间边上的。"

王妈妈说:"卫生间边上也行一记了。"

王小毛说:"小黑皮说了,勿是卫生间边上的,是大堂。不过,阿拉不能早去。"

滑稽王小毛

"为啥?"

"小黑皮订到的是第二场。现在,一家饭店吃年夜饭要分三场,第一场5点到7点,第二场7点到9点,第三场9点到11点。阿拉是7点到9点。"

佩佩和王妈妈齐声说:"阿拉提早10分钟到。"

三人说话间,娘舅风尘仆仆地走进门来,伊是刚乘动车从乡下到上海的。

大家寒暄了一番后,王小毛问:"舅舅,侬大包小包的带了什呢呀?"

"我带来八样东西,听说你们城里猪肉涨价涨得蛮厉害,这个是一个猪后腿,猪是自己养的,不喂瘦肉精的。听说你们城里鸡蛋蛋黄像橡皮嚼不动,这个是100个土鸡蛋,蛋黄保证又香又软又糯;还带了2个土鸡,2个鸭子,都是自己养的。这个是2条咸青鱼,鱼是自己鱼塘里抓的,自己腌的;还有自家竹园里的冬笋,自己种的蘑菇、塌棵菜。一共八样。今年我们吃年夜饭,你们都不要动手,看我娘舅的手艺,就这八样菜,我来烧一个名菜——'扬州八怪'。"

王小毛告诉伊,今年年夜饭是去饭店吃的。

娘舅有些郁闷:"啊,我带那么多菜就是给你们准备年夜饭的呀。"

王小毛说:"勿要紧的,初一到初六阿拉侪勒辣家里吃,侪用得到的。"

第二天就是除夕,王小毛一家勒辣晚上7点准时到了饭店,但此时,酒席仍未结束。一家人等了一会儿,佩佩有些心焦:"已经7:05了,伊拉哪能还勒辣吃啊?"

王小毛忙找来一位服务员小姐:"小妹,我们是7:00—9:00的,就是当中一桌的,请侬帮忙去催一催。谢谢噢。"

"好的。"

服务员小姐同那桌酒席的顾客一说,对方显得有些勿耐烦:"急啥急啦,催命鬼啊。吃点年夜饭也勿太平的。"

娘舅一听就急了,想要跟伊拉理论,王小毛也想声援伊,却被王妈妈拦了下来:"勿要去,要吵起来的,迭家人家已经老酒吃饱了,弄得勿好还要打起来。"

佩佩也说:"小毛、舅舅,勿要去讲了,等就等吧。"

到了7:20,上一家顾客总算结束了,王小毛一家赶紧入座。

王小毛刚想点菜,服务员却告诉伊,店里的年夜饭是配好的套餐,勿能点。

"啊!迭个像吃快餐了,和肯德基、麦当劳差勿多了呀。"

服务员说:"阿拉老板说迭个是为顾客着想,一共就两个钟头,点菜,横挑竖拣的半个钟头去掉了,吃勿好还要影响下一场,所以跟侬配好。喏,迭个是菜单,A 套 1888 元,B 套 2888 元,C 套 3888 元,D 套 4888 元……"

娘舅生气地说:"好了,你们这个套那个套的,下的都是圈套。"

王妈妈看了一会儿,说:"我就来最便宜的末套。"

服务员很纳闷:"老妈妈,袜套阿拉此地不供应的,袜套请到百货商店去买。"

王小毛解释说:"就是 A 套。"

佩佩觉得,一共就 4 个人,1888 元的 A 套是吃勿脱的。

王小毛说:"来也来了,吃勿脱阿拉可以打包。"

佩佩点头说:"格么就 A 套吧。要快啊,已经 7:30 了。只有一个半小时了。"

滑稽王小毛

勿多一歇,八只冷菜来了,大家刚动筷子,热菜就来了。王妈妈只吃了一口,就觉得勿对:"咦,这个辣块是热菜啊,上错了,上的仍旧是冷菜。"

娘舅吃了一口,也说:"喔唷,是冷菜嘛。"

又过了一歇,红烧狮子头也端了上来。

王小毛问服务员:"热菜哪能是冷的?狮子头也是冷的。"

"先生请侬谅解,因为年夜饭生意实在太好了,厨房间忙勿过来,所以有种小菜就事先烧好,上菜前头再热一热,可能厨房间里急了,呒没热透,对不起,对不起。菜又来了,雪菜溜鱼片、上汤芦笋、蛤蜊炖蛋。"

王妈妈急了:"俨上菜上得慢一点呀。"

"上得慢,放勒厨房间里要冷脱的,冷脱俨又要有意见了。菜又来了,椒盐排条、韭芽炒螺肉、酒香豆苗、竹荪鸡汤。好,热菜和汤侪上齐了,请慢吃。"

佩佩摇头讲:"盆子叠得像埃及金字塔了,迭个红烧狮子头在最下面,搛也搛不到啊。"

此刻,服务员又端着酒酿圆子、生煎馒头和水果过来了。

王小毛说:"啊,水果也来了,意思就是送客了。"

"不,不,先生侬勿要误解,俨还有30分钟,早了,慢慢吃。"

一家人无奈,只得抓紧动筷。吃着吃着,佩佩低声对王小毛说:"小毛,阿拉背后头一男一女,立着看阿拉吃做啥?"

王小毛说:"会不会是第三场年夜饭的人已经来了?"

此刻,就听到辩对男女说:"阿妹,迭家人家哪能还没有吃好?"

"阿哥,现在是8:40,还有20分钟了呀。阿拉来早了。阿爸、姆妈,还有娘舅、舅妈、姑父伊拉等一歇也就要到了。阿哥,侬看到哦?

迭家人家肯定是苏北人。"

"侬哪能晓得的?"

"侬看,红烧狮子头,还有韭菜炒大葱。"

听到伊拉的谈话,娘舅有些生气:"我们是苏北人管他们什么事情啊。"

佩佩安慰讲:"舅舅,勿要去睬伊拉。"

辣对青年男女毫无顾忌,仍旧喋喋不休地议论着。

"阿哥,阿拉迭种菜勿要点,臭煞了。"

"阿妹,我问过了,今天年夜饭不好点菜的,是套菜,分ABCD四套,他们吃的是末套。"

"哪能是袜套啊?"

"就是他们吃的是最末的一套菜,只要1888元,便宜。"

"噢,格么迭个是便套,是便宜的一套,便套。阿哥,阿拉不要像这家人家寒酸相。"

"对,阿妹,阿拉吃首套。"

娘舅朝伊拉白了一眼:"哪块来的怪物啊,年夜饭要吃手套。"

男青年振振有词地回答:"就是菜单首页上这套,首套,4888元。"

王小毛嘟嚷讲:"迭家人家哪能介烦的,一会儿袜套,一会儿被套,一会儿手套。"

忽然间,女青年激动地说:"阿哥,快了,还有5分钟。"

王小毛实在忍不住了:"喂,侬一男一女想做啥?"

男青年一哆嗦:"侬做啥?咣当一声,拿阿拉吓了一跳,阿拉是来吃年夜饭的。"

王小毛说:"我看,侬勿是来吃年夜饭的,侬是来发射人造卫星的。亏倷想得出来的,阿拉勒辣此地吃年夜饭,倷勒辣旁边倒计时。"

娘舅站起身来,说:"还要讲我们是苏北人,我们啥地方人管你们什么事?"

佩佩也气乎乎地说:"还要讲阿拉吃袜套、吃被套,倷吃手套。喏,我迭副羊皮手套倷去吃吃看。"

男青年强词夺理:"羊皮手套好吃啊,阿拉讲首套,最贵的,倷懂哦?"

见到此景,服务员连忙上前打圆场。

王小毛说:"怪来怪去侪是倷饭店勿好,年夜饭分三场,一场紧接一场,比看电影还紧张,上菜快得来来勿及吃。"

王妈妈说:"外加菜侪是冷菜。吃的勿是年夜饭,吃的是隔夜饭。"

佩佩说:"本来隔夜饭就隔夜饭了,还偏偏碰到勿识相、勿文明的事体,现在吃下去的隔夜饭也要回给倷了。"

娘舅说:"我乡下带来那么多鸡鸭鱼肉,我们回家,年夜饭重新吃过,让你们看看我娘舅的手艺,尝尝我的拿手好菜——扬州八怪。"

(小品原著:葛明铭)

38 爱心小吃

王小毛和小黑皮合开的"又一村"点心店生意兴隆,迭天打烊后,店员小沈正准备清点营业款,小黑皮却阻止牢伊,讲昨天的营业款,伊点六遍,呒没一遍是一样的。小沈很委屈,因为昨日伊点钞票的时候,小黑皮一直勒辣跟伊讲闲话。

小黑皮眼乌珠一瞪:"格么侬好勿要睬我哦啦?"

小沈苦笑讲:"有一趟我是勿睬侬,侬讲我勿拿侬迭个副总经理放勒眼睛里,讲要炒我的鱿鱼。"

于是小黑皮亲自上阵,点起钞票咪。王小毛走了过来,关照小黑皮,钞票要点得仔细一点。

小黑皮讲:"小毛,侬放心,世界上像我迭能心细的人不多的。"

王小毛讲:"侬勿要王婆卖瓜,自卖自夸。"

"勿是我吹,我迭个人做事体思想不要太集中噢,可以讲过目不忘。"

"好,好,算侬来三,侬继续点吧。"

"好,我继续点下去……"

小黑皮正准备继续点下去,突然间,伊眉头一皱,发出了一声惊呼。王小毛忙询问缘由,小黑皮讲,自家刚刚忘记点到多少钞票了。还埋怨王小毛勒辣自家数钞票的辰光,一直勒辣跟伊讲闲话,因此被

滑稽王小毛

干扰了。就像雷达受到干扰也会失灵,上趟美国一只无人驾驶飞机,去侦察伊朗,结果被人家伊朗电子干扰,降落到人家地面上了,飞机被人家俘虏了。

"侬现在跟我讲闲话就是等于电子干扰。电脑也吃勿消了,勿要讲我是人脑了。好,好,勿跟侬讲了,只好从头开始再点一遍。"

王小毛说:"用勿着了,侬刚刚点到9120元。"

小黑皮也反应了过来,的确,刚才是点到9120元,伊很惊讶,问王小毛是哪能晓得的。王小毛告诉小黑皮:"侬勒辣数钞票的辰光,我一直勒辣旁边听,记牢的。"

"王小毛,侬结棍的。"

"结棍啥啦,佩佩一直讲我是黄鱼脑子。"

"侬脑子勿是黄鱼脑子,侬是鲨鱼脑子,勿要太结棍噢!假使侬是黄鱼脑子,阿拉只好算是考子鱼脑子了。小毛,今朝生意老好,营业额9000多元了,钱箱里还有一大把硬币了,10000元是笃定的。"

王小毛很高兴,称赞小黑皮做的汤团很受顾客欢迎,一天一百碗笃定卖的。小黑皮夸奖王小毛做的馄饨卖得好,今天就卖脱300多碗了,附近小区里还有交关"来家生"了,还有老老远地方来外卖的。调了两部地铁和一部公交来的,还有拉了差头来的……

小黑皮讲到一半,突然脸色煞白,大叫一声:"勿好了,勿好了,闯祸了。"

王小毛连忙问伊发生了啥事体。小黑皮讲钞票里混进假币了。王小毛拿过来一看,原来是一只红的圆的塑料牌子,迭个勿是游戏机房里的游戏币吗?

小黑皮觉得蛮奇怪,照派派,迭个塑料牌子的颜色、大小、材料侪跟硬币相差老大的,一看就看出来了,王妈妈是账台上的收银员,哪能会冇没看出来?大概年纪大了,眼睛花了,看勿清爽了。"

过了一歇,小黑皮又勒辣银箱里发现了一只圆的塑料牌子,是老早进公园的牌子。

小黑皮说:"现在公园侪免费开放了,迭种牌子就冇没用了。噢唷,纽扣也有的。明早跟侬姆妈讲一声,叫伊收钞票辰光当心点。"

王小毛讲:"迭个勿是我姆妈收进来的。"

小黑皮问:"格么啥人收进来的?肯定是小沈,伊迭只脑子大概煤气中毒过的。"

王小毛讲:"侬勿要瞎怪八怪了,迭块牌子是我收进来的。"

迭记,小黑皮有点发极了,问王小毛到底是眼睛出了问题还是脑子出了问题。看到小黑皮光火的样子,王小毛讲,今朝中浪向店里来了一个顾客,老伯伯,70多岁,穿得破破烂烂的……

此言一出,小黑皮想起来了中浪向发生的一幕。

中浪向,店门口来了一个老头子。小黑皮见伊是个拾垃圾的,背后头还拉了两只龌里龌龊的蛇皮袋,就警告伊,勿要来店里掏地沟油,迭种害人的事情千万不能做。冇没想到,老头生气了,讲自家只是来吃碗馄饨的。小黑皮叫伊拿蛇皮袋放勒门口,老头勿愿意,讲蛇皮袋里是自家辛辛苦苦拾了一上半天的塑料瓶,勿能拨人偷脱。两人正勒辣争执,王小毛跑了过来。经过沟通后,王小毛了解到迭个老人有白内障,近的看得出,远一点就看勿到了,所以,蛇皮袋是勿能离身的。王小毛建议拿蛇皮袋绑勒门口的栏杆上,老人听后很开心,讲:"侬迭爿店好啊,附近的饭店、点心店侪嫌我老头子是个拾荒的,嫌我龌龊,勿让我进店堂,只有侬能让我迭个拾垃圾老头进来坐,谢谢侬,老板。"

王小毛跟老人安排好座位,又为伊倒了一杯热开水,随后给老人

滑稽王小毛

准备了一碗馄饨、四个馒头。

老人激动啊:"我一个穷老头子,今天享福了,王老板侬真是好人啊。"

王小毛说:"老伯伯,侬勿要迭能讲,阿拉此地来的侪是客,勿管穷人富人;送的侪是温暖,勿管冬天春天。上次美国副总统来阿拉店里吃馄饨,阿拉也是迭能热情招待,侬老伯伯虽然是一个拾荒的,阿拉也同样热情招待。因为大家侪是人,是人就是平等的。"

老人高高兴兴地端起盘子,却发现里向有五个馒头,问王小毛,刚刚明明说四个,为啥现在拨五个?王小毛笑了,讲是四个,其中一只不是馒头,是大蒜头。因为听口音,老伯伯是北方人,大蒜头是免费送拨伊吃的,勿要钞票的。

老人吃了一口馒头说:"不对,我要的是馒头,侬拨错了。"

"呒没错啊,一碗馄炖,四只馒头。"

"不对,这馒头里面怎么有肉的?这是包子,不是馒头。"

王小毛对伊说,阿拉上海人侪叫馒头的,呒没馅子的叫淡馒头,有馅子的叫肉馒头、菜馒头。老人恍然大悟,但是,伊担心包子比馒头贵,怕付不起钱。王小毛告诉伊,本店的肉馒头和淡馒头价格一样,只要一元一只。这下,老人彻底放心了。吃完饭后,一结算价格,总共是8元。

老人忙说:"噢,我有,我有。你看这些硬币,我拾荒拾累了每天要坐在桥头上休息一会儿,人家把我当要饭的,总要丢下不少硬币。我不要,但是人家丢下就走了,我也只好收起来了。你看,这些硬币够了吗?"

王小毛接过硬币一看,里面有分头,也有角头,还有游戏币、公园门票币,一共好像就5元左右。

老人问:"王小毛老板,我眼睛不好,这钱够不够?"

王小毛回道:"噢,够了,够了,还多一毛呢,这一毛钱你收好了。"接着,他帮老人解下蛇皮袋,并送他出了门,这就是今朝中浪向的经历。

此刻,小黑皮终于反应过来:"噢,原来辩个游戏币啊、公园门票啊,就是迭个拾垃圾老头子拨侬的。肉馒头2元一个,侬讲一元,加上馄饨应该收12元,你只收5元,少收7元,侬真的是吃亏了。千做万做,蚀本生意不做。"

王小毛却说:"我们小店虽小,但生意不错,吃这点小亏,不算啥。"

小黑皮不依不饶,说:"应该和那老头说明,呒没钞票就呒没钞票,阿拉可以白送给侬吃,但侬勿要拿游戏币来冒充。"王小毛则认为,那个老伯伯一定勿是有意的,伊眼睛勿好,自己也看勿清楚。

小黑皮说:"那么你跟伊拣出来,还给伊。"

"老伯伯虽然是穷人,但是穷人也有自尊心的,人家来阿拉店里,阿拉就要让人家体面地做一个客人,千万勿要伤害人家的自尊心。"在王小毛劝说下,一场小风波平息了。

可是,事情还呒没完。从此那位拾荒的老人就经常来又一村点心店吃点心,每次掏出的硬币中总是会有一些其他的。对此,小黑皮十分郁闷。这天,老人又来了,王小毛忙上前招呼。

"噢,老伯伯,你来了,还是老位子好吗?蛇皮袋我仍旧跟你绑在花坛栏杆上好吗?"

"好,好。"

"今天调调口味好吗?"

"好,好。"

滑稽王小毛

"肉馒头还是4只,奉送大蒜头。另外,我们今天换一碗黑皮汤团吃吃怎么样?"

老人问王小毛,为啥叫黑皮汤团。王小毛解释说,这个汤团是店里的副总经理小黑皮研发出来的新产品,外头用的是黑糯米水磨粉,里面馅子是黑芝麻酥,所以叫黑皮汤团。老人听了,很有兴趣。

小黑皮见状,抱怨道:"小毛,乃侬有得苦了,伊要把此地当屋里了。"

王小毛置之一笑,随即和老伯聊了起来。老人告诉伊,自己在山东沂蒙山区,和当年红嫂住的村离得很近,也就30多里山路。八年前,他的妻子生病去世,他和儿子两人到南方打工,到了广东一个火车站车多人挤,他们一下子走散了,他找来找去找不到儿子,就在那里找工作,结果工作也没找到,儿子也没找到,身上一点盘缠用光了。他想还是先回老家黑枣庄再说吧,没有钱买车票,他就一路流浪一路捡破烂,想攒到钱,可以买一张火车票回黑枣村,就这样流落到了上海。到了上海,他发现在上海捡破烂比别的地方挣钱多,所以就暂时定居下来了,反正乡下也没什么亲人了,就这样在上海也待了八年了。那年汶川地震他还跑到民政局捐过10元钱呢。

王小毛问:"噢,侬儿子叫什么名字,阿拉有机会帮侬找找。"

老人说:"大名叫张三强,小名叫黑牛。"

正在这时,又有个年轻的顾客走进店来。王小毛和老人打了个招呼,随即迎了出去。年轻顾客要点饺子,王小毛告诉他,饺子没有,可以来一碗本店特色小毛馄饨,年轻顾客点头说好。王小毛看他身材高大,问他是不是再来4只馒头。

年轻顾客说:"过去我们老家穷,都吃馒头,现在我好久没吃馒头了,现在都吃包子了。"

王小毛忙说:"先生不要误会,阿拉上海馒头不管有馅没馅,都叫馒头的,我讲的馒头就是肉包子。"

"噢,在我们老家,有馅的才叫包子。"

"听先生的口音里好像有点山东口音。"

"我老家在山东沂蒙山。"

"先生到上海来贵干?"

"出差。"

王小毛闻言,突然心中一动,问:"是不是,顺便还要找个人?"年轻顾客觉得很意外,问王小毛,怎么会知道自己的来意的。

王小毛笑着说:"你找的还是你的亲人,八年前失散的亲人,对不对?"

"对,对,老板怎么什么都知道?"

王小毛心里有底了,伊把年轻顾客拉到那位拾垃圾的老人身边,问伊认勿认识。这二人刚一照面,就惊呼了起来。

"啊,你怎么那么像我的黑牛啊。"

"我,我就是黑牛啊,爸爸。"

原来,这位年轻顾客就是老人失散多年的儿子黑牛,父子俩相见,百感交集。黑牛介绍说,经过八年打拼,他现在在广州白云山开了食品公司,把山东大红枣做成保健饮料和各种保健食品,现在生意越做越大,这次到上海来考察想在上海设立分公司,顺便找爸爸。

老人很欣慰,说:"我在上海虽然是拣拣破烂,但这里人对我蛮好,特别是这个王小毛,不嫌弃我是个拣破烂的,不嫌弃我脏,我来吃点心受到和美国副总统一样的待遇,他把我当人对待啊。"

一旁的小黑皮忍不住了,说:"你付的点心费里,有的是游戏机币,有的是市轮渡牌子,有的是公园门票,有的甚至是纽扣,阿拉王小

滑稽王小毛

毛都照单全收。"伊还在喋喋不休,王小毛阻止了他。

听到这话,老人才有所意识:"怪不得,我总觉得你们店里的点心特别便宜,原来是……"

黑牛得知此情,连忙向王小毛鞠躬,并拿出一万元,要付爸爸的点心钱。小黑皮瞬时眉开眼笑,伸手就接。

王小毛喝止道:"小黑皮!还给人家。黑牛兄弟,关心弱者这是我应该做的,何况我还有这个能力做。快带你爸爸走吧,老人吃了不少苦,儿子现在终于出息了,让他享享福,安度晚年。"小黑皮只得无奈地交还了一万元。

临别时,黑牛对王小毛千恩万谢,并表示,自己一定会尽孝的。两人刚走到门口,老人突然折返回来,大声喊道:"慢,我那两个蛇皮袋带上,里面的饮料瓶还没有卖掉呢。"

听到这话,王小毛不禁笑出声来:"老伯伯,侬还想着那两个蛇皮袋啊!"

(小品原著:葛明铭、沈义)

39　百宝小店

王小毛勒辣小区边浪开了爿半开间小店,专营食品小百货。隔壁半开间是小辰光的出棄弟兄小黑皮租下来,开了足浴店。

今朝老清早王小毛肩背手提大包小包回来,恰巧勒辣店门口遇见佩佩。佩佩问小毛:"老清早,背了大包小包做啥?"王小毛回答:"自家去进货。"

佩佩帮伊分担了几包,随后调侃讲:"我也弄勿懂,开店进货么,应该有供货商送货上门的,哪能要侬自家去背的!"

王小毛解释讲:"大路货商品,像烟酒糖果萨奇玛,油盐酱醋娃哈哈,饮料蜜饯咸橄榄,鞋垫袜子宽紧带,只要一只电话,是会有人送货上门的,但是,迭些是特殊商品,就要自己到处去淘的。"

正勒辣迭个辰光,王妈妈勒辣房中招呼:"小毛,佩佩,勒辣门外头叽哩咕噜的,有闲话到家里来讲,快点进屋吧!"

王小毛和佩佩应了一声,便进入房中。刚刚坐定,佩佩就翻看起王小毛的"特殊商品"了。岂料,一看之下,竟然大失所望,伊埋怨讲:"嘀呦,我当啥好物事,原来侪是垃圾货嗜!"

王小毛却如数家珍,讲为了辩些商品,踏破铁鞋,跑遍小商品市场像觅宝一样觅得来的。

佩佩却讲,辩些商品里有钮扣,有针线,还有顶针箍,就连脚踏车

滑稽王小毛

打气的小橡皮也有,商店里卖迭种小物事,能赚几个铜钿?

王妈妈对佩佩讲,千万勿要小看辣些物事,人家要紧要慢,还真少勿了辣些物事咪。别的地方买勿到的,阿拉店里就有买,辣个就是阿拉小店的特色。

佩佩闻言,讲:"但是做生意要讲利润的,顾客来买一根针、一团线,赚来几分洋钿,连吃西北风也勿够的呀!"

王小毛讲:"钞票当然要赚,侬问姆妈,阿拉一个月的利润,要相当于一个高级白领的工资咧,阿拉小店开勒辣小区边浪,就要多为小区居民创造方便……"

勒辣王妈妈和王小毛的解释下,佩佩终于明白了母子两人的苦心,并表示支持。对此,王妈妈觉得很欣慰。

王小毛拿杂事安排停当,就打开了店门,佩佩拎着热水瓶去泡开水,妈妈说到小区里去散散步。迭个辰光,隔壁开足浴店的小黑皮来了。

"喂,王小毛我问侬,阿拉阿是好朋友、好邻居?"

"阿拉本来就是好朋友、好邻居么,还用我回答啊?"

"好,我再问侬,现在阿拉勒辣一只门面里开店,是勿是商业伙伴?"

"迭个么……又是又勿是。"

"侬讲闲话总是半吊子!"

王小毛忙解释讲两人虽然侪是开门营业的生意伙伴,但是小黑皮是帮客人汰脚、扦脚、刮脚、捏脚的;而自家是为顾客提供生活必需品,因为勿是同行业,也就谈勿上是伙伴。

听到此地,黑皮勿耐烦地讲:"好了好了,勿要讲了,我也讲不过侬,还是讲正经的。"接着,伊就和王小毛商量起合伙做生意的事

232

体。建议王小毛拿小店关掉,跟自家的足浴店合勒一道,拿生意做大。

王小毛听后,连声讲好。

小黑皮喜出望外:"哎吆,小毛侬上路的,怪勿得我正月初一到玉佛寺烧头香,果然灵验啊!心想事成了,格么侬讲招牌要改哦?"

王小毛回答讲:"招牌当然要改的,现在我的小店招牌是'百宝小店',合伙以后改为'兄弟百宝小店'侬看哪能?"

小黑皮顿时泄了气,埋怨王小毛勒辣搅七搅八,真是两个人困勒辣一张床浪,各做各的梦呀!

王小毛对小黑皮讲,自家的小店要扩大也来勿及咪,哪能好关门,建议小黑皮去闹市区租家门面。但是,小黑皮嫌鄙闹猛地方租金贵,租勿起,还是想跟王小毛合并店面,辣能一来,不仅节省租金,而且也扩大了门面。

王小毛斩钉截铁地讲:"侬是打三十七档如意算盘,还是死了这条心哦,我的小店已经生根了,要为此地附近的居民服务,绝对勿会让出来的!"

正勒辣迭个辰光,佩佩拎仔热水瓶进来了。伊见王小毛和小黑皮勒辣聊天,就问:"小毛,侬跟小黑皮讲点啥啦?"

王小毛拿来龙去脉讲了一遍,佩佩听后,也连连摇头,表示这爿小店,居民已经离勿开伊了,勿可以关的。

小黑皮勿屑讲:"呦呦,像真的一样,吭没有㑚辣爿小店,居民倷要去跳黄浦了!"

佩佩回答讲:"闲话勿是迭能讲的呀,阿拉的小店,是为居民创造方便的,吭没了小店,居民就勿方便了。"

小黑皮酸溜溜地讲:"伟大,伟大,佩佩侬的口气,跟当官的差勿多了,处处为人民群众着想……"

三个人正勒辣讲话之间,王妈妈匆匆忙忙赶回来,一进门,就大声招呼王小毛。王小毛见伊极出乌拉的样子,忙问发生了啥个事体。

王妈妈讲,隔壁的大学生阿美,有急事要出去,走到外头发现裤腰上的纽扣落脱了,伊屋里哝没针线,拎仔裤子来找自己,寻求解决困难。

王小毛连忙讲:"好的好的,喏喏喏,迭个是纽扣,迭个是针线侬拿去。妈妈侬当心,走慢点!"

佩佩走上前来,接过了纽扣针线,让王妈妈坐下来休息,自家去为阿美缝纽扣。目送佩佩出门,王小毛对小黑皮讲:"侬看见了吧!迭个就是人家要的必需商品,还会直接朝我家里跑呐。"

小黑皮邪气勿理解,认为卖脱一只纽扣、一根针、一团线,居然惊动了三个人,能赚多少钞票呀!王妈妈向伊耐心解释讲,迭个勿是赚勿赚钱的问题,是拨人方便。拨人方便了,就有名气了,有名气了,就会有顾客,顾客多了生意就会好。

黑皮讲:"方便方便,王妈妈,像侬开迭能的小店,赚点钞票最多只够养活两只老虫呀!"

王妈妈讲:"生意确实是小,但是积少成多呀,只要认认真真做,勿要讲养活两只老虫,养活两只老虎也可以唻!"

黑皮仍勿甘心,继续游说王妈妈,让王小毛跟伊合伙开足浴店,扦扦脚10元,刮刮脚10元,再捏捏脚又是10元,一个客人身上赚30元,一天20个客人,就是600元。他正勒辣滔滔不绝地讲述发财经,突然间,王小毛手机响了。

王小毛接起电话讲:"喂,噢……噢,8号303要两箱精装花雕,好的,好的,马上送到!小黑皮侬听见吧,刚刚开店门,两箱精装花雕销出去了!"

勿一歇歇,佩佩帮大学生缝好纽扣回来了,伊告诉王小毛,刚刚勒辣路上碰到一个人,伊的脚踏车轮胎漏气了,寻勿着修车摊……

王小毛讲:"我明白了,快叫伊过来,阿拉有小橡皮,还有打气筒,叫伊自家打气,我要送货去了。"讲好,就准备出门。

小黑皮拉牢王小毛:"慢,小毛啊,小橡皮加打气,钞票收多少?"

"打气筒,免费,区区小橡皮,也免费。"

小黑皮闻言,讥笑讲:"王小毛哪能介大方啦,王妈妈,侬迭个勿是掼空嘛!"

王妈妈讲:"迭个勿是掼空,是为人民服务!"

"喔哟,今朝碰着活雷锋了!"

过了半个多钟头,王小毛送货回来了,伊问佩佩,刚刚脚踏车打气的朋友是否走了。佩佩讲,伊打完气后就走了,刚刚两个人还茄山河茄了一歇。原来,迭个人姓郭,伊 103 岁的爷爷过世了,家里要办喜丧,伊骑车去买云片糕,兜了几爿店俫呒没买到,脚踏车轮胎倒漏气了。

王小毛讲:"阿拉小店勿是有云片糕吗?"

佩佩讲:"是呀,伊看到了,订购了 200 条云片糕,讲明朝来取货!"

"伊有哦有留下电话?"

"有的。"佩佩拿记录顾客姓名和手机号的卡片递拨了王小毛。王小毛讲,为百岁老人办喜丧,除了要分发云片糕,还需要分发寿字碗和调羹呀,假使伊碗搭调羹还呒没买好,可以统统由阿拉来承包!

佩佩讲:"格么侬现在马上打电话呀!"

王小毛打完电话,笑逐颜开,伊向佩佩和妈妈通报了一个意想勿

滑稽王小毛

到的情况:原来,箇位姓郭的朋友除了要定云片糕、碗和调羹之外,还要200块巧克力和200条毛巾,王小毛准备马上去进货,直接送货过去了。

王妈妈非常高兴,讲:"有我和佩佩勒辣,侬放心,快点去吧!"

小黑皮见自家的足浴店一笔生意也呒没做过,而王小毛已经做好几笔生意了,连声向王妈妈道喜。

王妈妈讲:"迭能小的小店,能发什么财呀,最多只能养活两只老虫呀!"

小黑皮勿好意思地讲:"王妈妈侬也勿要钝我,王小毛介会做生意,财源滚滚,不但可以养两只老虎,再养两只狮子也绰绰有余咪!"

佩佩笑着讲:"小黑皮,侬当阿拉开动物园啊!"

三个人有讲有笑,勿知勿觉,王小毛送完货回来了。佩佩问伊,生意是否做成了?王小毛回答,做是做成了,可也勿容易。佩佩听后,颇为诧异。原来,箇位郭先生的家门口,闹猛啦,听讲伊拉办喜丧,七嘴八舌的侪去推销同样的商品。

佩佩问:"别人抢生意来了,格侬哪能办?"

王小毛讲:"箇位郭先生拿迭些推销员统统赶走了,就和阿拉谈生意,伊讲'百宝小店'服务好,处处为顾客着想。"

佩佩讲:"噢!我明白了……"

小黑皮也受到触动:"侬明白了,我也明白了,就是一点点小橡皮、打气筒起作用了!"伊转过面孔问王小毛:"小毛,阿拉两只半开间合并的事,侬考虑得哪能?"

"要我跟侬合伙开足浴店,棉花店死老板——勿谈!"

小黑皮连连摇手:"勿是开足浴店,是合伙开'兄弟百宝小店',由侬王小毛当店长,我来跑腿!"

佩佩闻言,吃了一惊:"啊!小黑皮侬哪能会180度大转弯了?"

小黑皮抓抓头皮讲:"迭个是明摆勒海的,啥人花头浓,就跟啥人跑呀!"

大家笑了起来……

(小品原著:何沛忠)

40　绑票奇案

弰天夜里,勒辣公安局工作的王小毛执行完便衣侦查任务后跟同事刘小龙分手,准备回转去,两家头约好第二天勒辣云南路一只电话亭旁边见面,继续去执行任务。

王小毛回转去,假使走大路大概要十七八分钟,假使抄近路穿小弄堂,大概七八分钟就到了。王小毛看看辰光,想到姆妈勒辣屋里等自家吃夜饭,一定等得心焦,还是抄抄近路算了。

王小毛走进一条小弄堂,弄堂里路灯坏脱了,墨腾赤黑。突然从背后窜出三条黑影,王小毛只觉得后脑勺"咚"的一声响,顿时眼冒金星,天旋地转,整个身体像坠落深渊,一下子就失去了知觉。

三条黑影中有人讲:"老大,今朝阿拉生活清爽,一棍子就是一条大鱼啊!"

另一条黑影讲:"闲话勿要多,快点拿伊塞进车子里去!"

等到王小毛渐渐苏醒,发现自家勒辣一个黑骨隆冬的小房间里,迷迷糊糊地听到一个女人讲话的声音:"老大,阿拉拿迭个家伙绑架来,到底有勿有花头?"

一个男人讲:"哪能会呒没花头?迭个人是亿万富翁,油水足得勿得了!去拿伊弄醒。"

女人拿起一碗冷水,猛地朝王小毛面孔浪泼上去,王小毛完全苏醒了。心想迭个是啥地方？伊拉到底是啥等样人？为啥要拿我弄到迭个地方来？会勿会是我经手侦办案子的对象来报复我？王小毛的脑子像通了电的马达，飞速转动，勒辣寻找答案。迭个辰光拨称为"老大"的人，看见王小毛醒来，就开口了："朋友，侬醒过来了，蛮好，蛮好，侬勿要紧张。"

王小毛回答讲："我勿紧张，因为像倻迭样的人我看得多了，我倒要提醒倻，倻迭个叫绑票，是严重的犯罪，倻难道勿怕吃官司？"

三个人听了王小毛的话，反而哈哈大笑起来。"老大"讲："吃官司有啥大勿了的？"伊指着一个又黑又瘦的男人讲："辦位小黑炭，已经三进宫了。"然后指了指女人讲："辦位野玫瑰小姐，四进宫，我自己从18岁开始就宫里进进出出，自己都记勿清楚几进宫了。老实跟侬讲，几个月前我刚从'山'上下来。"

王小毛装糊涂讲："噢，侬去旅游了，是到九华山还是普陀山？"

"搞啥？侬真的当我是去旅游烧香？'山上'就是牢监。勿要废话，我问侬，侬手下有18个人，对勿对？讲！"

边上两个啰喽连忙帮腔："讲，老实回答！"

王小毛心里一惊：啊！我负责领导的刑侦队，正好是18个人呀，伊拉哪能了解得介清楚？

见王小毛吭没回答，老大又问："侬以为勿回答就能蒙混过去，吭没介便当，倻勿是还有好几只房间，对哦？"

边上两个啰喽又是一阵威逼："讲！讲！勿要敬酒勿吃吃罚酒。"

王小毛心头又是一惊：阿拉是有好几个房间，办公室、会议室、接待室、审问室，辦帮坏蛋哪能了解得介清楚？

"还有了，我问侬，上个星期，侬一下子就搞了一笔大生意，666，

滑稽王小毛

舿桩事体有哦？讲！"

王小毛讲："六六六,舿个是农药,国家规定舿个农药禁止使用了,现在哪能会有人做舿种生意呢？"

"勿要装糊涂,我讲的666勿是农药,而是666万人民币,舿件事有哦？"

王小毛再次心头一惊:乖乖隆地咚,看来伊拉还真的勿是一般的角色,伊拉是有内线,阿拉上个星期的确侦破了一件经济案件,涉案金额就是666万呀。

小黑皮跟野玫瑰恶狠狠地威逼："讲,舿个666,勒辣啥地方？"

王小毛想既然伊拉晓得得介清楚,我就直讲了："噢,侬原来就是为了舿个666把我绑到此地来的？可惜侬晚了一步,舿个666,我已经上交国库了。"

不料王小毛刚讲完,三个人一阵狂笑："哈哈哈,侬以为阿拉都是近亲结婚养出来的戆大？人为财死,鸟为食亡,啥人会拿自家搞到手的钞票上交国库,真是天方夜谭。老实讲,侬舿个666到底勒辣啥地方？侬的命就捏勒辣阿拉手里,侬要是勿讲,哼哼,王大亨啊,王大亨,勿要怪阿拉勿客气了！"

王小毛一听觉得勿对："啥？王大亨？我又勿叫王大亨。"

"勿要装糊涂！我问侬,侬勒辣郊区开了一家工厂,是勿是？厂房有好几间,对勿对？雇了18个工人,是勿是？上个礼拜做了一单大生意,赚了666万,对勿对？来,小黑皮,拨伊一点颜色看看！"

"好咪,有数！"小黑皮从墙角落拿了一根木头棍子,朝王小毛走过来,刚要举起棍子。

"慢！"野玫瑰止住了小黑皮,对王小毛讲,"阿哥啊,俗话讲,好汉勿吃眼前亏,我看侬老老实实讲出来算咪。"

王小毛低头思考哪能来对付辫些坏人。"老大"一看,以为王小毛有点动摇了,就讲:"侬现在马上写一封信拨侬屋里人,叫伊拉拿600万来赎侬,66万零头,阿拉也勿要了,阿拉做人上路哦?"

王小毛真的是暗暗好笑,如此恶棍,还标榜自己做人上路。"我跟俹讲,俹真的搞错了,我勿是王大亨啊!"

"啊?搞错了?侬勿是王大亨,那侬叫啥名字?"

王小毛心想,我是警察,我勿能告诉伊拉我的真实姓名。"我叫黄小享,草头黄,大小的小,享福的享,勿是王大亨。"

老大一听,大惊失色,"啊,难道真的绑错人了?小黑皮,拿照片拿来,对对看!"

伊拉一对照片,辫才发现自家匆忙慌张之间真的绑错人了。

王小毛眉头一皱计上心来,讲:"俹辫样做,坏了我交关生意啊!我那个随身的包勿见了,里向交关有颜色的影碟侪吃没了,现在买主勒辣等我交货啊!"

老大一听,晓得绑错对象了,吭没想到王小毛也是做勿二勿三生意的,跟伊拉是一路的,但现在也只能将错就错了,于是朝小黑皮使了一个眼色,小黑皮心领神会。

小黑皮拍拍王小毛的肩胛:"朋友,欢喜吃汤汤水水的,还是欢喜吃干的?"

王小毛回答讲:"俹真客气,我欢喜汤多一点,再多放一点葱花,辫个叫宽汤重青。"

小黑皮一声断喝:"住嘴,侬又要装糊涂了是吗?汤汤水水,就是拿侬装进麻袋里,甩到黄浦江里去!"

王小毛装着十分害怕:"那,我还是吃干的吧。"

"干的还要爽气,一刀解决!"

滑稽王小毛

"啊,侬辣样做,将来都要吃花生米的,再讲阿拉本来就是一路人,侬公安局进进出出,我也是公安局进进出出,进出的趟数要比侬多了。"

老大一听,讲:"好,既然辣样,侬跟阿拉一道做,侬告诉阿拉勒辣侬周围有啥人可以做阿拉的对象。"

王小毛讲:"侬要对象老早就可以讲了,我身边对象多了。"

辣三个人一听十分兴奋,"快讲,快讲。"

"不过成功以后,老规矩,18只蹄膀勿好赖的。"

"侬搞啥东西,啥人要侬介绍结婚的对象,阿拉的意思就是有勿有可以使阿拉发财的对象?"

"噢,原来侬是讲绑架。"

"对,发了财,大家有份!"

"让我想想……,哎,有了,刚才侬绑架我的时候,我的包里货色,买主叫刘小龙,辣个人钞票是木老老,伊的父亲刘大龙是中国富人榜里的,第几名我记勿清爽了。"

老大、小黑皮、野玫瑰一听兴奋起来了:"格么阿里可以找到刘小龙?"

王小毛讲:"明日上午,阿拉约好勒辣云南路电话亭见面,交货,侬上去问伊是勿是刘小龙,讲有一批黄带要脱手,伊就会跟侬走了。"

"阿拉又勿认识伊,伊哪能会相信阿拉呢?"

"阿拉有联络暗号的,上去问:你是刘小龙吗?伊就会问:干什么的?侬就回答:卖木梳的。伊问:有桃木的吗?侬就讲:有,要现钱。"

小黑皮讲:"辣个暗号哪能介熟?"

老大讲:勿要管它生的还是熟的,小黑皮,侬马上行动。

第二天,小黑皮来到云南路电话亭旁,果然有一位年轻人等勒辣那里,小黑皮上去搭讪:"你是刘小龙吗?"

"干什么的?"

"卖木梳的。"

"有桃木的吗?"

"有,要现钱。"

刘小龙心想辩个联络暗号,只有王小毛跟我两人晓得,辩个人哪能会晓得,会勿会王小毛出事体了?就将计就计讲:"好,侬有多少货?"

小黑皮讲:"有价值两万的货色。"

刘小龙讲:"我身上只有两千现金,侬稍等,我到对面银行去取钱后,马上跟侬走。"

刘小龙利用辩个机会向局里作了汇报,然后跟着小黑皮来到伊拉藏身的地方。走进房间,老大问王小毛:"是辩个人吗?"王小毛讲:"呒没错,就是伊。"

老大对小黑皮跟野玫瑰一声令下:"拿伊绑起来!"

刚要动手,王小毛大喝一声:"勿许动,阿拉是警察!"

老大等三个人一听慌作一团,企图夺路而逃,王小毛一个扫堂腿,踢倒了老大,刘小龙一拳打倒了小黑皮,野玫瑰刚逃到门口,被赶来增援的公安民警截住,束手就擒。

王小毛和战友小刘破获了一个黑恶团伙,立了大功!

(小品原著:李树民)

41 勿是虚惊

跟王小毛住勒同一小区的陈科长,伊的读二年级的倪子小明突然勿见了,夫妻俩焦急万分。原来,今朝学堂放学,陈科长的妻子王兰到学堂去接倪子,老师讲小明今朝一天,吭没到学堂里来过……

陈科长很吃惊,讲:"哪能可能呢?早上是我送到学堂门口的。会得到啥地方去呢?侬问过倪子的老师了哦?"

王兰告诉丈夫,不但老师勿晓得,连同学也侪勿晓得倪子的下落。

陈科长突然若有所思地拿出了手机,拨通了自家姆妈的电话:"喂,妈,是我……我想问问侬,小明,侬孙子勒辣侬伊面哦?……噢,今朝吭没来过……吭没啥!吭没啥!"

王兰见丈夫一面孔沮丧,就对丈夫讲,已经寻过交关地方了,自家姆妈伊面也问过了,吭没。还有肯德基、麦当劳,凡是能想的,可能会去的地方,侪去寻过了,始终吭没发现小明。

陈科长一面孔茫然:"格么,迭个小赤佬到啥地方去了呢?"

辫个辰光,王兰看到张家姆妈从门口经过,忙跟伊打招呼,问伊有勿有看到小明。

张家姆妈讲:"吭没呀。哪能,㑚小明勿见脱了?我跟㑚讲现在像小明辫能大小的小囡特别要当心,电视里看了哦,卖拐……人贩子,拿拐骗得来的儿童卖拨人家,带到上海,喔唷,罪过,那些拨拐骗的小人拨逼勒辣地铁里讨钞票,拨逼勒辣马路上表演杂技,让过路的人掏钱……讨勿着钞票,就勿拨吃饭,就打,作孽……"

王兰一听,吓坏了,伊担心小明也遇到人贩子,几乎要哭出来了。

陈科长忙安慰伊,讲勿大可能发生箇能的事情。

张家姆妈勿买账,告诉伊"啥个事体侪有可能"。现在人贩子坏啦,伊拉能拿外地的小囡弄到上海来,就勿能拿上海的小囡弄到外地去? 伊听伲子讲,现在网上侪是谈解救拐卖儿童的事,劝伊拉夫妻还是抓紧点寻找!

王兰一听,失声痛哭起来。箇个辰光,王小毛和小黑皮也闻讯赶来了。当听讲小明勿见脱了,小黑皮觉得不可思议,因为,下午三点多钟,伊好像看见过小明。

王兰顿时兴奋起来:"啥? 小黑皮,侬,侬看见阿拉小明了?"

小黑皮讲自家好像看见一个背着蓝颜色书包的小囡,拨一个外地人搀牢手,朝火车站的方向跑了。

"啥?朝……朝火车站方向走?喔唷,小陈啊,阿拉小明……"王兰放声大哭。

陈科长烦躁万分:"哭啥哭,走呀! 赶快到火车站去寻呀! 哎! 出租车,出租车!"

夫妻俩匆忙拦了一辆出租车,朝火车站的方向疾驶而去……

王小毛问小黑皮,是勿是真的看见伊拉小明拨一个外地人搀着走了? 呒没想到,小黑皮呵呵一笑,讲根本呒没箇桩事体,伊是想让伊拉夫妻俩急急。

王小毛一听,就急了:"小黑皮,啥意思? 侬箇能做也太缺德了!"

小黑皮冷笑讲:"缺德? 我黑皮缺啥也勿缺德! 迭个陈科长侪勿缺,就是缺德。凡是老百姓到伊伊面办点事,啥人呒没拨伊拔过点'毛'? 一天到夜挖空心思,削尖脑袋朝上面钻,朝上爬,官迷心窍! 女的也勿是物事,做人勿要太飚噢!"

王小毛批评小黑皮,勿能因为陈科长平常做人勿地道,就给人家吃药,也实在太勿地道了。王小毛拦下了一辆出租车,准备到火车站跟伊拉夫妻讲明白。

小黑皮正想再解释几句,王小毛已经坐进了车中,很快消失勒辣车流中。

火车站熙熙攘攘,人流如织,王小毛勒辣人群里东钻西寻,寻了半天,寻得筋疲力尽,也呒没寻到陈科长夫妻俩。正勒辣辩个辰光,陈科长夫妇跌跌撞撞地从里向出来。

"哎,陈科长,陈科长……"王小毛快步迎了上去。

陈科长见到王小毛,忙问:"哪能? 我的伲子寻到了?"

王小毛告诉伊,小黑皮看见的拨外地人搀走的伊个小人,经过证实勿是伊拉的小明,是小黑皮看错人了。辩记,王兰更加绝望了,陈科长也慌了神。

王小毛安慰伊拉勿要急,再想想办法,伊觉得小明是个聪明的小囡,勿会轻易上坏人的当的! 实在勿来三,打110,上海的警方还是非常给力的。

一句话点醒梦中人,陈科长惊叫道:"喔唷,对呀! 光顾焦急,哪能拿110忘记脱了?"

王小毛讲:"先勿要急,我陪侬先回去,再商量商量,勿来三,再打110!"

陈科长觉得也只能辩能了,便和妻子一道赶回屋里,辩个辰光,天已经黑了下来。

王兰远远地看到家里亮着灯,觉得很奇怪。陈科长认为,是妻子早上出门的时候忘记关了。

"哪能是我,我出门比侬早,肯定是侬!"

看到两人争执勿休,王小毛劝道:"我讲两位嫑争咪,现在争这种问题有意思哦?哎,俚屋里的门钥匙,俚伲子有哦?"

陈科长讲:"有,有的。"

王小毛回道:"讲勿定是俚伲子自家回来了呢。"

陈科长和王兰闻言,立即加快了脚步。王小毛随着陈科长夫妇走上楼,推开门果然是伊拉伲子,小明躺勒辣沙发上看电视,陈科长不由心头一阵怒火升起。

"小赤佬,书也勿去读,寻侬一天吭没寻着,侬到啥地方去的?!"

吭没想到,小明不以为然地讲:"我,吭没到啥地方去呀!"

辣个辰光,王兰立即喝止丈夫,问小明:"喔唷,宝贝,心肝,侬辣个一天到啥地方去了,学堂里吭没,外婆家吭没,奶奶家也吭没……吓得姆妈满世界地寻侬!囡囡,肚皮饿哦,妈妈拨侬烧好吃的去。"

小明讲自家已经吃过"肯德基"了。

陈科长余怒未消,问:"小明,我问侬,今朝一天勿上学为啥?到啥地方去了?"

小明讲:"真的吭没到啥地方去,就勒辣对过的小花园里孵勒海。"

陈科长问:"勒辣小花园里孵勒海?为啥?"

"勿为啥,心情勿爽。"

王小毛暗自好笑,心想:小小年纪还晓得心情勿爽,就问小明为啥勿开心,是勿是这次考试吭没考好?或者是拨同学欺负了?

滑稽王小毛

小明连连摇头,讲伊猜得勿对,自家勿开心,是因为这次选班长,伊花了交关钞票,请了很多同学一起吃肯德基,伊拉最终还是呒没投票拨自家。

王小毛又好气又好笑,讲:"小小年纪,书勿好好读,从小就是官迷,还学会了贿选,将来勿得了!"

小明忙讲:"官迷哪能啦?当官好。王小毛叔叔,侬勿晓得当官有权,能管人,有好处捞?只要拿领导马屁拍拍好,下面的人就会拍我马屁,送我物事,爸爸对吧?"

陈科长显得有些尴尬,批评伲子勿应该有搿种勿正确的思想。

小明一撅嘴:"帮帮忙。啥个勿正确思想?神马都是浮云,还是当官最给力!搿个勿是侬一直跟我搭妈妈讲的嘛!"

陈科长听勿下去了,忙制止了小明。

王小毛问陈科长,平时是勿是搿能教育小囡的?陈科长摇头,讲搿是小人勒辣瞎讲。

"我看伊呒没瞎讲。"王小毛冷冷地讲。

陈科长忙叉开话题:"搿个,勿谈了,勿谈了……王小毛,今朝真的谢谢侬!侬帮忙寻了一整天,现在小囡总算回来了,一场虚惊……"

王小毛讲:"我看搿个勿是一场虚惊。蛮好的小囡,只有小学二年级呀!如果再搿能教育下去,说勿定真的会走出去,越走越远,就再也寻勿转来了。"

陈科长羞愧地低下了头。

(小品原著:许如忠)

42 翠花饺子

一天早晨,王小毛拎了塑料袋走进小区,拨正要出门的小黑皮叫住了。小黑皮问伊拎的是啥物事,大包小包的。王小毛回答讲,迭个是伊买的生饺子,价钱便宜,拿回去后,放进滚水里下一下,就熟了。小黑皮马上来了兴趣,问伊啥地方买的,讲自家也想去买。

王小毛手指前方,讲:"喏,走出小区往东走,走过小石桥再往北走,走到十字路口右转弯,再走到碰鼻头——向西弯进一条小路……"

小黑皮一听,急了:"喂喂喂,小毛侬摆'龙门阵'还是'八卦阵'啦,我脑子拨侬弄得稀里糊涂了,侬要叫我迷失方向是哦?"

"侬迭个人哪能会介笨的呢……"

"我小黑皮本来就笨的,勿好跟侬王小毛比的,闲话少讲,还是侬陪我去一趟吧!只陪一次,下不为例。"

"那我手里拎的饺子……"

王小毛正勒辣犹豫,迭个辰光恰好王妈妈走了过来,王小毛把饺子交拨了妈妈,让伊带回去。王小毛告诉妈妈,自家要陪小黑皮去买翠花饺子。王妈妈点点头,叮嘱伊要早点回来。

小黑皮有点想勿明白,迭个饺子,为啥叫翠花饺子呢?王小毛向伊介绍讲:"翠花饺子是我王小毛自己命名的,因为做饺子的人名字

滑稽王小毛

叫翠花。"

小黑皮闻言,自作聪明道:"我拎清了,迭个做饺子的人是个妹妹,对哦?"

"勿要噜苏,小黑皮跟我走。"

两人走了一段路后,来到了一个饺子摊前,王小毛指着一位20多岁的眉清目秀的女摊主,讲:"小黑皮,迭位就是翠花!"

黑皮讲:"看我猜得一点勿错,做饺子的人叫翠花,就叫翠花饺子。假如叫我老婆做饺子,就叫白糖梅子饺子了。"

"叫侬小黑皮做饺子,就叫黑皮饺子了。"

"饺子是黑皮的,人家当是煤球了,买主要吓得逃脱的。"

谈笑间,王小毛拿小黑皮介绍拨了翠花,讲明来意。翠花问小黑皮要买多少饺子,小黑皮正勒辣考虑辰光,王小毛就点了五盒菜肉的、五盒鲜肉的,一算价格,总共是48元钱。小黑皮有点郁闷,讲:"太多了,又勿是开饺子店。"

王小毛讲:"小黑皮,人家翠花,路远迢迢从黑龙江来上海做生意勿容易,侬就多买点么!"

"王小毛侬哪能自说自话,买介许多饺子哪能来得及吃啊!再讲价钱也勿便宜,要48元咪。"

"哪能会来勿及吃,倻夫妻俩加儿子,早中晚三顿,侬儿子胃口好来西,讲勿定还勿够吃来!48元三个人吃三顿,再便宜也呒没了。"

"一日三顿吃饺子,勿要吃了倒胃口啊!"

此言一出,翠花沉勿住气了,伊对小黑皮讲:"俺做的北方饺子,质量好味道鲜,越吃越想吃,怎么会吃得倒胃口呢?别讲吃一天饺子,就是连着吃三个月,也没问题。"

见此情景,王小毛提议,让小黑皮买三盒鲜肉的尝尝,翠花算了算价格,一共是14元4毛,因为小黑皮是王小毛的朋友,翠花免了4毛钱,实付14元。

　　小黑皮急了:"以为我穷得吃勿起,便宜我4毛钱?看勿起我啊?我一盒也勿买了,再会!"讲罢,转身就走。

　　王小毛连忙为小黑皮代付了钞票,然后,快赶几步,拿三盒饺子塞到伊手中,讲:"我请客,如果吃得好,帮翠花妹子宣传宣传。"

　　小黑皮勿以为然,讲:"我勿想白吃饺子,侬王小毛介热心,大概中邪了。"

　　王小毛问:"我哪能中邪了,中的是啥个邪?"

　　"我讲的中邪,是讲侬的魂灵拨翠花叼走了!喔唷,口口声声翠花、翠花,好像侬是饺子摊老板,翠花是老板娘,肉麻得我浑身侪是鸡皮疙瘩。"

　　"小黑皮,侬勿要瞎讲⋯"

　　"算我瞎讲好吧,我还要去对王妈妈、佩佩瞎讲咪!"

　　王小毛又好气又好笑,解释讲:"我纯粹是为了帮外地妹子的忙,呒没别的歪念头。"

　　小黑皮却还是认为王小毛表面上帮忙,实骨子是老母鸡生疮——毛里有病,是看到翠花长得漂亮,动心思了。王小毛也勿争辩,只是关照小黑皮,以后多多光顾翠花的饺子摊。

　　小黑皮嘻嘻一笑:"格么我就勿客气了,早晓得是辫能,刚才拿30盒好了。我讲要对王妈妈、佩佩去讲,迭个是开玩笑的。侬放心,我小黑皮一向嘴巴紧来西的,侬和翠花的事,我绝对勿会去乱讲的。"

　　王小毛坦然地讲:"侬以为我三盒饺子是塞侬嘴巴的,侬随便去

滑稽王小毛

讲好了,要哪能讲就哪能讲,要对啥人讲就对啥人讲,反正我王小毛身正勿怕影子歪。"

几天后的一个中午,王妈妈和佩佩正勒辣家里吃水饺,小黑皮来了。王妈妈讲小毛上班去了,招呼小黑皮一道吃饺子。

小黑皮称自己吃过饭了,勿用客气,随即问佩佩,饺子味道哪能?

佩佩称赞道:"嗯,饺子味道好极了,一吃就晓得挴个是真正的北方手工饺子!有嚼劲。"

小黑皮一面孔的坏笑,讲:"饺子味道确实勿错,佩佩侬阿晓得,挴个饺子叫啥名字?"

"当然叫北方饺子喽,饺子另外还有啥名字!"

"告诉侬,侬吃的饺子叫翠花饺子!因为做饺子的妹妹名字叫翠花,翠花饺子的名字还是王小毛取的呢。"

佩佩顿起疑心,问:"迭个翠花一定长得邪气漂亮吧?"

迭个辰光,小黑皮方觉失言,忙搪塞了几句,走出门去。王妈妈呒没反应过来,讲:"挴家饺子摊头,我也去过的,挴个叫翠花的姑娘,人长得确实漂亮,叫起人来'阿姨,阿姨'嘴巴老甜的。小毛不但叫阿拉吃饺子,还叫我去跟楼上楼下、左邻右舍去介绍,侪去买翠花姑娘的饺子。"

佩佩觉得酸酸的:"看来小毛跟翠花姑娘的交情还勿浅咪!"

王妈妈挴记才意识到自家多嘴,忙讲:"哎……嗒……我是讲小毛一向喜欢帮助人的,所以……"

王妈妈越解释,佩佩的心里越是七上八下。见到此景,王妈妈也有点担心起来,勿要弄得勿好,小毛跟翠花真的弄出点啥个名堂咪。

佩佩对妈妈讲:"要想心里踏实,只有一个办法,实地考察!"佩佩决定亲自会一会这位黑龙江姑娘翠花!王妈妈忙嘱咐道:"去考察一下,好倒是好的,不过人家是外地妹子,侬态度要好点……"

"妈妈侬放心,我有数的。"

佩佩出门去找翠花,翠花却已经收摊了,于是经人指点,顺路寻过去。半路上见写有"翠花饺子"的手推车停勒路边,有位姑娘坐在街沿上,此人就是翠花,刚才伊勿小心踏了个空,脚别伤了。

佩佩上前问:"侬就是翠花吧?"

翠花诧异地看着佩佩:"这位姐姐怎么知道我名字啊?"

"侬的手推车上勿是写着翠花饺子嘛!"当佩佩晓得翠花脚别伤了,讲:"来,姐姐来帮侬拿车推回去。"

"那多不好意思啊!"

"哦没事体的,举手之劳嘛,我学过推拿,到侬屋里以后我帮侬推拿推拿。"

"那就谢谢姐了。"

两人边走边聊,在言谈中,佩佩获悉,翠花今年19岁,只身一人勒辣上海,爸妈侪勒辣老家黑龙江。佩佩问伊,爸妈为啥勿一道来?哦没想到,翠花竟哭了起来。再一问,原来,伊爸爸患腰椎病,勿能做重生活,伊妈妈要勒辣屋里照顾爸爸……

佩佩讲:"侬一个姑娘家,勒辣上海孤单单的……"

翠花讲:"穷人的孩子早当家,来上海一年多了,就想多赚点钱,为爸爸治病。"

佩佩问:"现在城管管得严,允许侬摆摊哦?"

翠花告诉佩佩,开始是勿允许的,经常逃来逃去,后来有位王小毛大哥,了解了伊的情况,帮忙去和城管沟通,对伊的饺子定期卫生检查,还发拨了伊临时摊位证,现在摊头固定了,买饺子的人也多了,一天可以赚一两百元钱。

滑稽王小毛

佩佩又问:"辣位王小毛大哥侬觉得哪能？伊对侬有意思哦？"

翠花茫然勿解:"什么意思？"

"就是,就是㑚相互之间有勿有一点意思？"

翠花终于听懂了:"嘻,姐,人家大哥已经有女朋友了,大哥是个很规矩的人,听说他很爱他的女朋友。"

听到这话,佩佩终于松了口气。不知不觉,已走到翠花的家门口了,佩佩见翠花的脚走路也轻松了不少,感觉蛮欣慰。翠花也因为结识了辣能一个和善热心的上海姐姐,感觉非常开心,伊依依不舍地向佩佩告别:"姐,我看你也是个大好人！跟那位王小毛大哥一样好,谢谢你啊！再见了！"

佩佩也向伊挥手告别:"再见啦,翠花妹妹！"

当佩佩回到家里,和王妈妈讲了翠花的情况后,老人总算放下心咪。

"我讲嘛,我家小毛是正派人,现在侬相信了吧！"

"妈妈,我相信了,心里也轻松了,不过我还要继续考察。"

王妈妈感到有些意外,以为佩佩还对王小毛勿放心。佩佩讲:"勿是要再去考察小毛,而是想考察翠花卖饺子,帮翠花多推销一点饺子。"

两人正勒辣聊天的辰光,王小毛回来了。伊看到桌子上放着饺子,就问:"佩佩,饺子味道哪能？"

"饺子味道特别好,通过小黑皮的介绍,还从迭个北方饺子中吃出名堂来了！"

王小毛顿时一惊,讲:"哎哟,小黑皮真要命,伊瞎讲八讲,㑚相信了？"

佩佩笑着讲:"当然相信了,阿拉还要采取行动咪！"

迭记,王小毛更加坐勿牢了,伊拨通小黑皮的手机,让伊马上过来。佩佩见王小毛着急的样子,心中好笑。王小毛则一个劲地解释,讲小黑皮喜欢瞎三话四,乱嚼舌头,伊讲的闲话千万勿能当真。两人正勒辣讲闲话,小黑皮来了。

"喂,王小毛,侬叫我做啥?"

佩佩抢先一步讲:"喔唷,小黑皮,侬真有意思,让我有幸认识了翠花。"

小黑皮一听,有点心虚,连连摇手,讲自己啥也呒没讲。佩佩咯咯一笑,拿今朝自己去"考察"的情况讲述了一遍,表示,非常体谅翠花的困难,正勒辣跟妈妈商量,哪能去帮助翠花推销饺子!

得知迭个情况,王小毛非常兴奋,讲:"真的啊,阿拉想到一道去了,我到单位里对同事讲,黑龙江妹子的翠花饺子味道好,同事们侪蛮感兴趣——打算来买翠花饺子。"

迭个辰光,小黑皮也暗自庆幸:还好我呒没讲豁边。伊转头对王小毛讲:"辫能下去,翠花饺子要变名牌商品了,我拨俚两家头热心帮困助贫的精神打动了,从今以后我也要多吃翠花饺子了。"

王小毛问:"侬勿是讲多吃要倒胃口的吗?"

小黑皮讲:"越吃越有胃口!"

大家笑了起来。

(小品原著:何沛忠)

43　反装门铃

　　王小毛是送奶工,天天凌晨三四点钟就要起床,到鲜奶配送站去车牛奶。辣天一大早,王小毛设置的闹钟响了交关辰光,但伊一直呒没落起来,王妈妈深感奇怪,忙敲门催促儿子起床。听到妈妈的敲门声,王小毛一骨碌爬了起来,辣个辰光,伊才意识到,闹钟已经闹过了,勿禁感叹:喔唷,我睏煞觉了,哈呵……屋里幸好有妈妈,呒没妈妈提醒,我今朝要出洋相了!

　　王小毛对妈妈讲:"哎,从明天起勿用辣个闹钟了,起床辰光到了,直接由妈妈叫我好了!"

　　但是王妈妈却认为,闹钟还是要的,假使呒没了闹钟,伊就通宵勿能睡觉了。王小毛觉得有点想勿通,忙问伊是啥个原因。

　　王妈妈讲:"要防万一呀,万一我睏豁边了,呒没闹钟,要耽搁侬起床了。"

　　一看辰光勿早了,王小毛就准备出门送奶去了,临行前,伊关照妈妈,今朝佩佩休息,过一歇,伊要来吃早饭的。

　　王小毛关照完后,刚想离开,突然又折返回来,讲:"噢,对了,妈妈,阿拉昨日讲的参加志愿者的事体,侬先想想,阿拉哪能结对子?"

　　"我老早就想好了,等侬回来吃过早饭,再商量吧。"

　　"噢,对了,妈妈……"

"还有啥个事体啊!"

"噢,呒没事体了,呒没事体了,等我回来再讲吧!"讲好,王小毛就出门了。

过了一歇,佩佩果然来了,伊还买来了刚刚出锅的生煎,还有豆腐浆。王妈妈邪气开心,忙去倒了醋,两家头开开心心地吃起了早饭。

吃着吃着,佩佩问:"妈妈,侬阿晓得,小毛叫我早点来有啥事体哦?"

王妈妈告诉佩佩,是参加社区志愿者的事体,想跟伊商量,附近社区住着七个空巢老人,为了空巢老人的安全,要志愿者一帮一结对子。

佩佩讲:"我晓得,就是独居老人,辣倒是蛮重要的,我勒辣医院里工作,常庄有空巢老人送急诊,可是病人送到,往往因为耽搁辰光长了,能够救活的比例就大大下降了。"

王妈妈闻言,连连点头,伊告诉佩佩,几天前,王小毛看到一条信息,楼上楼下两个老人腿脚勿便当,互相问候就用绳子吊篮头下去,下头老人看到了就勒辣篮头里放一粒黄豆,上头老人看到黄豆,就晓得下头老人平安无事,就迭能篮头天天吊上吊下。有一天,楼上的老人篮头吊下去,楼下的老人呒没反应,楼上的老人艰难地一步一步下楼去看,抨门勿开,喊邻居叫来锁匠,打开门,原来楼下的老人已经昏迷勿醒了,幸亏发现及时,楼下的老人救活了过来。所以,小毛要当志愿者,去关心空巢老人,就是想勿出哪能去关心空巢老人,所以拿侬请来商量商量。

佩佩觉得有些为难,伊认为自己不过是比一般人多懂点临危的救护常识,至于哪能关心空巢老人,也呒没经验,总勿见得也去学人

257

家,楼上楼下吊篮头呀!

王妈妈忙讲:"勿急勿急,人多主意多,到辰光再商量吧!"

两人边吃边聊,过了一歇,王小毛送完牛奶回来了。佩佩问伊,今朝哪能比平常回来晚了?王小毛解释讲,一个早晨要送300多瓶牛奶,从辣幢楼转到伊幢楼,从楼上到楼下,牛奶品种又辣能多,而且勿好搅错的,人就像走马灯一样的,两只手、两只脚像勒辣跳迪斯科,早晨的几个小时里向,是手勿停脚勿停的!

王妈妈心痛伲子,忙端来了生煎慰劳伲子。

"小毛侬慢慢叫吃,等吃完了再商量志愿者的事体。"

王小毛回答讲:"讲起志愿者的事体,今朝让我碰到了一个人,是一位老伯伯,辣个老伯伯姓宋,伊拉牢我茄山河。讲账当中,我晓得宋老伯伯今年87岁,原来是中学教师,伊老伴早年已去世了,儿子媳妇侪勒辣国外定居,是一个空巢老人,因为,我帮伊送牛奶已经三年了,所以,伊要提前谢谢我王小毛……"

佩佩听勿懂了,讲:"哎,小毛,辣个'提前谢谢侬'是啥个意思呀?"

王小毛讲:"开始我也听没拎清,后来伊讲,侬天天送来一瓶牛奶放进牛奶箱,把牛奶箱里的空瓶取走……"

佩佩讲:"送牛奶么侪是辣样的,我也订牛奶的,天天取出一瓶牛奶,放进一只空瓶。"

王小毛回答讲:"宋老伯讲,万一哪一天侬送牛奶来,牛奶箱里勿是空瓶,而是满瓶,辣就说明老朽已经勿勒辣人世了……"

讲到此地,王小毛情绪低落,伊对妈妈和佩佩讲,当时听到宋老伯讲辣句话的辰光,伊的两滴眼泪就落下来了。话音刚落,王妈妈竟呜呜地哭了起来。

王小毛和佩佩忙安慰伊,王小毛告诉妈妈,关于哪能做志愿者,哪能去关心空巢老人,伊心里已经有方案了。

　　佩佩讲:"平常辰光去关心空巢老年人,是可以的,但是多数老人,往往勒辣后半夜的凌晨出事体,阿拉勿可能去住勒辣空巢老人的家里呀?"

　　王小毛讲:"勒辣阿拉小区,像宋老伯辣样的空巢老人一共有七位,除了平时上门去聊聊天,帮老人做点事,更重要的是要有特殊的关心!"

　　佩佩对此,一头雾水,忙问王小毛,有何高招。王小毛神秘地讲道:"辣个特殊关心,先要把小黑皮请来,等小黑皮来了,我一讲侬就明白了。"

　　讲做就做,佩佩立即拨小黑皮发了短信,过了呒没多少辰光,小黑皮就来了。

　　王小毛讲:"今朝寻侬小黑皮来,勿是鸡毛蒜皮的小事体,有至关重要的大事体……"

　　小黑皮讲:"讲闲话勿要兜圈子,啥个小事体大事体,就直截了当讲!"

　　呒没想到,王小毛并未切入正题,反而问伊,愿勿愿意关心空巢老人?

　　小黑皮倒也交关直来直去,伊讲:"空巢老人么当然愿意关心喽,不过闲话要讲清爽,叫我帮老年人调只电灯,装只门铃,收费优惠可以,但勿能免费!"

　　王小毛问伊:"装一只门铃收多少人工费?"

　　小黑皮讲:"人工费是便宜的,假使装一只两只,买侬小毛面子,可以勿收钞票。"

259

滑稽王小毛

"大概要装七只门铃。"

"七只门铃?好,半价收费,总共付20元钱吧!"

"可以可以,侬有电工操作证吗?"

"侬多问脱的,我呒没操作证,哪能勒辣物业公司当水电工啊?侬讲啥辰光去装?我马上跟侬跑。"

王小毛告诉伊,辣七家空巢老人屋里,家家侪有门铃的。小黑皮顿时急了,认为王小毛勒辣挜空,人家已经有门铃了,还要装啥个门铃,寻开心啊?王小毛向伊解释,勿是寻开心,伊是要小黑皮去加一只反装的门铃!

小黑皮和佩佩一听,格外吃惊,认为王小毛大概勒辣发寒热,门铃总归是门外头的人揿了拨房间里向的人听的,侬要反装门铃,让里向的人揿拨了外头的人听,简直是闻所未闻啊。

王小毛解释讲:"我是送牛奶的,当我拿牛奶放进空巢老人的牛奶箱里,勒辣外头揿一记门铃,里向老人听到叮咚响,勒辣里向也揿一记门铃,我勒辣外面听到叮咚一响,我就可以放心地离开了。"

小黑皮一听,如梦方醒:"噢,我明白了,当侬外头听到叮咚一响,讲明里向老人平安无事,对吧?"

佩佩也勒辣一旁夸赞:"小毛真有侬的,辣个办法哪能给侬想出来的?"

王小毛勿好意思地讲:"我也勿晓得哪能想出来的,七想八想么,就想出来了。"

当下,三个人决定,马上去操办辣桩事体。王小毛准备先去买门铃,小黑皮讲,门铃伊家里有备货,侬勿要去买了。王小毛很高兴,表示门铃的钞票伊来出,小黑皮深受感动,表示安装费伊也勿收了。

王小毛大喜,表扬讲:"好极了,小黑皮侬上路的!"

就辩能,王小毛和小黑皮,勒辣七户空巢老人家侪反装了门铃。

有一日早晨,王小毛拿牛奶送到宋老伯牛奶箱,然后揿了一记门铃,但是,宋老伯却呒没回揿门铃。王小毛又试了几次,还是呒没回应,王小毛辩记发极了,用力敲门,仍旧呒没反应。王小毛当机立断,立刻拨打了110和120电话。

一歇歇辰光,警车和救护车侪赶到,打开房门,拿已经昏迷的宋老伯伯抬上担架,辩个辰光佩佩也闻讯赶来了,协助救护员把宋老伯伯送往医院。

当天中午佩佩回来了。王小毛忙问:"宋老伯的毛病哪能了?"

佩佩讲:"宋老伯是心肌梗死,好在抢救及时,现在已经呒没生命危险了,医院已经向伊国外的儿子打了电话了。"

王小毛讲:"佩佩侬发短信,叫小黑皮来。让小黑皮晓得,抢救宋老伯成功,有伊一分功劳。"

佩佩正想发信息,小黑皮竟然勿请自到了。伊一进门,就数落王小毛做事勿上路。王小毛很奇怪,忙问是啥个路数?

小黑皮讲:"刚才居委主任来寻我,讲我抢救宋老伯伯有功,讲是侬王小毛讲的。我已经向居委主任更正了,辩个功劳是侬王小毛的!"

王小毛讲:"救宋老伯伯的反装门铃,是侬小黑皮装的呀!"

"点子是侬的呀,我是受侬委托的,我勿能抢侬功劳的!"

两人正勒辣讲话间,电话铃响了,原来是居委主任打来的,伊告诉王小毛,救宋老伯伯的事体,街道也晓得了。

王妈妈勒辣边上高兴地讲:"啊!有句老古闲话叫'好事勿出门,坏事传千里',呒没想到现在好事体也传得辩能快啊!"

王小毛对小黑皮讲:"居委主任通知侬和我,马上到街道去开会,商量拨空巢老人反装门铃的事体!"

小黑皮爽快地答应:"我反正听侬王小毛的,马上去!安装人工费一律免费!"

大家侪笑了起来。

(小品原著:何沛忠)

44 公了私了

王小毛和小黑皮，合开一部出租车，开一天歇一天。凌晨王小毛拿车子交拨小黑皮，回转去休息了。

王妈妈见儿子回来了，叫伊快点揩面孔，吃早饭，吃好早饭马上去睏觉。

王小毛吃着妈妈包的荠菜肉馄饨，连声夸赞道："真好吃，妈妈侬辛苦了！包馄饨蛮麻烦的。"

王妈妈讲："侬开出租车辛苦，妈妈麻烦点没得事的，只要侬吃得好睏得好，妈妈就放心、开心！"

吃完馄饨后，王妈妈让王小毛抓紧时间去睏觉，可是，王小毛却觉得勿吃力了。王妈妈关照伊勿想睏也得睏，睏好了才有精神，讲完便去厨房了。

辣个辰光，佩佩来了，伊以为王小毛勒辣睏觉，轻声地叫："妈妈，我来了！"

王小毛想跟伊开个玩笑，也轻声地讲："妈妈到厨房间去了，佩佩侬哪能来了？"

佩佩吓了一跳："喔唷，小毛侬做啥啦，声音介轻，吓人倒怪的。"

两人正勒辣谈笑间，王妈妈来了。佩佩告诉伊，刚才经过马路菜场，见到嫩的荠菜，就买了一点带过来了。

滑稽王小毛

王妈妈交关开心,讲:"小毛,侬看见哦,侪是为了侬喜欢吃荠菜肉馄饨,侬要好好叫谢谢佩佩呢。"王小毛忙连声道谢。

王妈妈和佩佩准备拣菜,让王小毛早点休息,可伊一点也睏勿着,伊讲:"昨天晚上开车碰到一桩事体,直到现在心里还平静勿下来,脑子兴奋,所以勿想睏。"

佩佩一听,顿时来了兴趣,勒辣伊的追问下,王小毛拿事体的经过讲述了一遍。

原来,昨日夜里,王小毛正要送客人去飞机场,刚开车勿久,有一部马自达轿车迎面向伊撞过来,伊赶快急刹车,但还是擦脱了车头上的一点油漆,王小毛怕耽误客人,马上请伊另外叫车。那个开马自达的是位女士,从车上下来,向王小毛赔礼道歉,并塞拨伊一刀钞票,1000块,讲修车够了吧?王小毛毛估估补一补漆大概两三百元,伊觉得辣种便宜勿好占的,哪能好放伊跑呀?因为,辣个女士走路有点摇摇晃晃,估计是醉酒驾车,王小毛马上打了110。

听到辣搭,佩佩讲:"喔唷,人家愿意赔钞票,放人家一码,让伊去么算咪。"

王小毛态度坚决,伊认为放一码要看情况的,原则问题勿好和稀泥的。后来,警察来了,做酒精测试,叫伊吹气,看伊是否喝过酒。

佩佩问:"格么测下来哪能?"

王小毛讲:"呒没测出酒精成分。"

佩佩讲:"还好,还好。"

王小毛讲:"啥个还好,比醉酒驾车好好叫要严重咪!"

佩佩闻言,一头雾水。王小毛告诉佩佩,警察发现女司机的手腕上、手背上有许多针眼,辣女人很有可能是吸毒的,吸毒以后再驾车。当警察拿伊带走时,辣女人还要耍赖,讲伊今朝呒没打过针,只服过摇头丸。

佩佩问:"格么伊拨侬的1000块钞票呢?"

王小毛讲:"1000块钱,我当场交拨警察了。"

佩佩讲:"噢,侬讲的所谓开车碰到事体了,就是弇桩事体啊!听侬弇样一讲,让我也长见识了!"

弇个辰光,王小毛的睏意已经上来了,佩佩让伊去休息,自家和王妈妈一道去拣荠菜,调肉馅,准备包荠菜肉馄饨了。

下半天,王小毛睏醒了,只听到有人敲门,拿门打开,原来是小黑皮来了。王小毛有些诧异,问伊勿去开车赚钞票,来此地做啥?

小黑皮讲:"车子送修理厂去修了。"

弇记,王小毛急了,昨日夜里车子只是前头保险杠擦掉一点油漆,照道理不用急着去修,问伊是勿是出车祸了。呒没想到,小黑皮却避而勿谈弇桩事体,反而邀请王小毛、佩佩,还有王妈妈,一道去吃顿饭,由伊来埋单!

王小毛被伊搞得莫名其妙:"小黑皮侬发寒热啊,车子出事了,来邀请阿拉吃饭——佩佩侬听见吧,妈妈侬听见吧!小黑皮请吃饭,俫去勿去?"

佩佩也觉得很意外,今朝太阳从西边出来了,铁公鸡身上也长毛了,就问小黑皮是勿是拾到皮夹子了。王小毛连忙关照伊,拾到皮夹子应该拾金不昧,尤其是开出租车的,拾到皮夹子要归还失主,或者上交到公司,勿可以用拾来的钞票请客吃饭的。

小黑皮讲:"王小毛,我小黑皮胆子小来西,拾到皮夹子哪能会勿交公呢,王小毛侬放心,我的外快钞票是从正路上来的!"

王小毛让伊把外快钞票的事体讲一遍,小黑皮一听就火了,讲好心请大家吃饭,居然还要交代钞票是从啥地方来的,索性勿请客了,

265

滑稽王小毛

自己和老婆白糖梅子两家头去吃。

王小毛连忙安慰伊,并表示,自己完全是出于朋友之间的关心,才会询问辣桩事体的,请伊勿要介意。

小黑皮看王小毛一片诚心,终于讲出了事情的原委:今朝下半天,小黑皮开了空车兜生意,见前头红灯,马上停车,突然间"砰"的一声,伊的车子拨追尾了,伊连忙下车查看车子,受损情况倒并勿严重。肇事的是一部宝马车。

当时,小黑皮喝斥:"喂,侬勒辣打瞌睏啊,车子是哪能开的?"

开车的看上去像是个老板,伊立即跟小黑皮道歉,讲自己踏错刹车了!小黑皮邪气郁闷,准备拨打110电话。辣个老板一听,心中发慌,连忙阻止了伊,讲要私了。

小黑皮问:"私了? 格么哪能私了法?"

辣个老板拿出了15000元拨伊作为修车费,另外,伊还拿自家的名片交拨了小黑皮,讲:"车子……侬……侬去修,钞票……钞票勿够……勿够来……来找我……"

小黑皮告诉王小毛,事体的经过就是辣能。后来,伊拿车子开到修理厂去了,顺便把昨日夜里拨擦脱的前保险杠的油漆也一道修了。

王小毛问:"15000块就辣能装进腰包了?"

小黑皮讲:"辣当然勿客气,修车几百块可以搞定了,辣叫运气来推勿开,做人,好处勿可以一个人独吞的,所以我想来想去,要请侬吃顿饭,有福同享!"

听到此地,王小毛正色讲:"小黑皮,幸亏侬拿辣桩事体讲出来了,否则,侬就要倒大霉了!"

小黑皮觉得王小毛勒辣吓人,根本勿摆勒心浪向。

王小毛告诉伊:"辣件事要是勿讲出来,就真的犯法了。"

小黑皮邪气委屈,讲:"箇个外快钞票,一勿是抢来的,二勿是偷来的,三也勿是拾得来的,是人家心甘情愿拨我的,哪能就算犯法了?"

王小毛见小黑皮执迷不悟,就问伊:"醉酒驾车肇事是勿是犯法?"

小黑皮讲:"箇当然是犯法喽,我身为驾驶员,哪能会勿晓得!可是我从来侪勿会吃饱老酒去开车的。"

王小毛又问伊:"拿醉酒开车的人放跑了,算勿算犯法?"

小黑皮有点头皮晕了,讲:"箇倒我还朆没想过,好像人家吃醉老酒开车,跟我勿搭界的嘛。好了好了,侬勿要再问了,再问下去我脑子里装浆糊了,侬爽爽快快讲,我到底犯了啥个法?"

王小毛一本正经地告诉伊:"侬听好了!侬面对醉酒驾车的人勿举报,反而拿伊放跑了,让伊继续去肇事,箇就是犯法!箇是其一。出了醉酒驾车的事,应该是公了——请交警大队来处理。侬却接受私了,还要捞人家15000块,箇种性质非常严重!箇是其二。"

小黑皮听了有点慌。王小毛又和伊讲起了高晓松醉酒驾车的事件,即便伊是名人,犯了法也要受到惩罚,当时,高晓松勒辣牢监里关六个月。

"啊哟,我小黑皮勿想坐牢啊,王小毛侬帮我想想办法,是勿是可以勿坐牢?"小黑皮的声音有些发颤。

王小毛建议伊去交警大队自首,同时拿15000块去上交,箇是唯一的办法。

小黑皮忙讲:"只要勿坐牢,我当然愿意。"

于是,小黑皮拿出追尾老板的名片,和王小毛一起去交警大队了。

滑稽王小毛

　　事情处理得很顺利,呒没过多少辰光,两人就回来了。王小毛向妈妈介绍讲,事体已告一段落了,小黑皮是勿会坐牢了,但还得听候处理。

　　小黑皮讲:"我实在呒没面孔见人了!"

　　佩佩安慰道:"呒没事体的,小黑皮,侬的请客吃饭,本来就是西边出太阳,喏,还是老老实实,勒辣㧅搭吃荠菜肉馄饨吧!"

　　小黑皮讲:"㧅……㧅……我请倻吃饭呒没吃成,反来吃㑚的荠菜肉馄饨,我变老面皮了!"

　　佩佩笑着讲:"喔唷,侪是自家人,㧅叫面皮老老,肚皮饱饱!"

　　大家侪笑了起来……

(小品原著:何沛忠)

45　公媳博弈

　　王小毛居住的小区有一个老绍兴,是个着棋高手,据讲年轻时和象棋国手胡荣华着过一盘呒没下完的棋,虽然呒没输赢,但老绍兴却讲是伊占了上风,也勿晓得是真是假。䎃天老绍兴勒辣公园跟人着棋,王小毛恰巧经过。

　　王小毛看到老绍兴占了上风,夸赞道:"绍兴爷叔,侬的象棋水平,好像有两下子嘛。"

　　老绍兴见是王小毛,倒也勿客气,吹嘘起自己的棋艺咾。王小毛心中好笑,劝伊谦虚点。老绍兴却讲:"我已经够谦虚了,王小毛侬勿信问问大家,勒辣䎃个地区想赢我棋的人,还呒没出世呢!我年轻时和象棋国手胡荣华着过一盘呒没下完的棋,虽然呒没输赢,但是我是占了上风的。"

　　王小毛见伊又要提老掉牙的故事,也呒没耐心听了,劝伊快回去吃饭了。一提到吃饭,老绍兴突然一反常态,拉着王小毛就走。

　　王小毛很纳闷:"绍兴爷叔侬拖我到啥地方去?"

　　"去了侬就晓得哉!"

　　"喔唷,侬介粗的臂膀,像钳子一样的手,我被侬捏得痛煞了!"

　　"我是钳工出身的嘛,手的力道是特别重……"

　　勿一歇歇工夫,老绍兴拿王小毛领到了自己的屋里,王小毛越发

滑稽王小毛

奇怪,问伊是啥个用意,老绍兴讲:"请侬喝茶。"

王小毛忙讲:"勿用客气。"

呒没想到,老绍兴话锋一转:"我自家嘴巴侪干煞了,啥地方来茶拨侬喝……我请侬吃饭!"

王小毛讲:"勿敢当,勿敢当的……"

老绍兴叹了口气:"我自家都呒没饭吃,拿啥物事供侬吃饭呀!"

辩记,王小毛彻底晕了,勿是喝茶也勿是吃饭,老绍兴硬拖拖我来做啥呀？老绍兴告诉伊,自己有困难,想请王小毛帮忙。王小毛问伊是啥个事,老绍兴终于讲出了伊的烦心事。

"侬是小区调解员,人家侪讲侬王小毛是'柏万青第二',所以我决定,勿找柏万青,找侬王小毛！我是跟媳妇有矛盾,要侬解决公媳矛盾！"

王小毛哑然失笑,伊只听讲婆媳关系搞勿好,哪能弄出来公媳矛盾了？

老绍兴见王小毛勿相信,就指引拨伊看。原来,屋里的灶头是冷的,锅子也是空的,老绍兴每天勒辣公园里着好象棋回来,呒没饭吃,只好吃泡面。但是,连热水瓶侪是空的,泡面也吃勿成！

王小毛问老绍兴:"侬的老爱人呢？"

老绍兴讲:"老太婆早两年就去世了,唯一的伲子勒辣外地工作,只有一个媳妇住勒辣家里。"

老绍兴提到辩个媳妇,就是一包气。媳妇名字叫苗苗,是待退休的,按理讲给公爹烧顿饭是很正常的事,可是,苗苗报名参加地区志愿者,简直像只鸟,早晨飞出去,晚上飞回来,伊来勿及烧饭,自己吃泡面,老绍兴也只好跟牢伊吃泡面。

老绍兴无奈地讲:"棋友们侪笑我老绍兴,棋场上威风凛凛摆大王,回到家里是只煨灶猫,我苦啊苦啊,老早有个王老五,年纪活到四十五,衣裳破了无人补。如今有个老绍兴,年纪到了六十五,天天泡面日脚过,正正式式老来苦!"

王小毛问:"绍兴爷叔,侬对我诉苦,是想要我来帮侬烧饭啊?"

老绍兴讲:"辫哪能敢当呀,我的要求勿高,只要侬去劝劝我媳妇,每天给我烧顿中饭,让我回到屋里有饭吃就可以了。"

王小毛讲:"媳妇为公公侬烧顿中饭,要求勿算高。"

王小毛问苗苗勒辣啥地方当志愿者。可老绍兴却讲,公爹和儿媳历来男女大防,勿好多讲闲话的,所以自己也吭没打听过苗苗的去向,勿晓得伊勒辣啥地方做志愿者。

王小毛觉得,辫也吭没啥问题,可以通过街道地区去查一查。回头会和苗苗好好谈谈,叫伊每天中午给老绍兴烧顿饭。老绍兴一听,高兴得勿得了,讲:"有侬王小毛出场,我老绍兴定心丸吃好哉!"

吭没花多大的功夫,王小毛就查到了苗苗助残服务的地方,那是残疾军人宋老伯的家。辫天,伊赶到了那里,叩响了房门。

房门开了,里向正是老绍兴的媳妇苗苗:"啊,是王小毛同志!"

王小毛有点意外:"噢,侬就是苗苗吧!侬哪能会认识我的?"

苗苗告诉王小毛,伊拉虽然勿是一个小区的,但伊勒辣街道听过王小毛的报告。王小毛正想讲明来意,苗苗却看穿了伊的心思:"侬的面孔上写着呢——要叫我天天中午为公爹烧饭!"

王小毛讲:"侬真是聪明伶俐啊。"

苗苗讲:"小毛同志,勿是我聪明伶俐,是我公爹的宣传能力强,伊老人家除了着象棋,还大力宣传,讲媳妇勿肯给伊烧饭,小区里已经家喻户晓了,侬王小毛当然也晓得了!"

王小毛告诉伊,自己勿是道听途说的,是伊公爹亲口告诉的。

271

滑稽王小毛

两人讲着,苗苗向王小毛引见宋老伯。伊告诉王小毛,辣位宋老伯,勒辣战场上失去了双腿,今年84岁了,孤身一人,需要好好的精心照顾。

王小毛深为感动,讲:"苗苗,真是辛苦侬了!"

苗苗讲:"王小毛,侬真是通情达理之人,使我感动,人家讲了,吃水勿忘掘井人,阿拉今天过上好日子,勿能忘记曾经战场上的英雄!"讲到此地,伊也向王小毛"倒起了苦水",讲自家的公爹就勿是辣样想的,经常和自己吵,讲媳妇勿孝敬长辈,连顿饭都勿愿给伊烧……

王小毛非常体谅苗苗,并表示愿意支持伊的工作,不过,伊觉得家里的矛盾勿解决,苗苗勒辣外面奉献爱心,心里也是勿会踏实的。苗苗深以为然,但伊也分身乏术,因此也蛮苦恼。王小毛对伊讲,自己倒有个忠孝两全的办法,伊想明天上午代替苗苗服侍宋老伯,让伊回家去给公爹烧顿饭,去和伊调整调整关系。

苗苗闻言,有点勿放心:"服侍宋老伯侬来三哦?"

"哪能勿来三?我家务劳动样样来三,我老实告诉侬,服侍人除了要会做事,更重要的是用心去做,侬放心好了!"

"有侬王小毛出马,我当然放心,不过我告诉侬,辣位宋老伯伯爱好着象棋,侬空下来跟伊着着棋,伊更开心了!"

"我也喜欢着象棋啊,忒好了。"

第二天上午,苗苗买菜买酒,烧菜做饭,桌上摆好小菜,等待公爹老绍兴回家吃饭。中午时分,老绍兴嘴里哼着小调回家了。刚一进门,老绍兴就纳闷起来:我年纪活到六十五,天天下棋乐呵呵,回到家里吃泡面……咦!今朝难道田螺姑娘进门了,喔唷,小菜还真勿错,香喷喷的韭菜炒蛋,葱烤河鲫鱼,一盆五花白切肉……喔唷,还有绍兴花雕咧……

辫个辰光,苗苗迎了出来:"公爹侬回来了!"

"嗯,回来了!"

"侬就乘热吃吧!"

见到此景,老绍兴心里泛起嘀咕:嗨,着象棋要用计谋赢棋,想要肚皮饱饱,也要用计谋,昨天找到王小毛,今朝吃饭有苗头,伊忙招呼苗苗也一道来吃。

苗苗讲:"好的,我还有一只肉末子豆腐烧好就来了。"

辫记,老绍兴可得意了,勿禁唱了起来:"媳妇大娘……我的心肝宝贝啊……阿林是我的手心肉,媳妇大娘侬是我的手背肉,手心手背侪是肉……"

苗苗见公爹如此开心,也深感意外。伊告诉老绍兴,今朝是王小毛替班,自家才有机会回来的。老绍兴闻言,百感交集,喃喃讲道:"假如呒没王小毛……我老绍兴活到65……"

苗苗讲:"我真想勿通,侬老是65岁65岁,侬看侬身体好得来像武松,老虎也打得煞,好手好脚的,为啥勿好自家做顿饭呢?"

老绍兴一听急了,又开始诉起了"苦经",讲自己18岁学徒,工作到60岁退休,活到辫个岁数,难道还勿够资格吃现成饭吗?苗苗向伊解释,吃现成饭的资格是足够了,问题是自家呒没辰光呀!老绍兴闻言,有点上火,嘲讽苗苗早出晚归瞎忙八忙,自家公爹不管,去服侍别人家的老头子,志愿者又勿拿工资的,介卖力,是勿是头脑里的一根筋搭错了!

苗苗也有点生气了:"我看公爹侬辫个老工人算是白当了,连志愿者无偿奉献爱心也勿懂,还要想工资!"

"现在是市场经济,当然要讲钞票的,辫能吧,我来付侬工资,侬为我烧一日三顿饭,吃得我开心了,再发侬红包!"

苗苗问伊打算给自己开多少工资?老绍兴倒也爽气,打算拿养老银行卡交拨伊,由伊来安排。苗苗讲,既然侬肯花钞票,还勿如去寻个钟点工,为侬烧菜做饭呀!

老绍兴一跺脚,讲:"苗苗侬讲辩种话,勿怕被人家笑话,自家的媳妇整天野勒辣外头,叫我寻钟点工来烧饭,辩还成啥个体统!"

苗苗也勿服气:"侬拿闲话讲讲清楚,物事可以乱吃,闲话勿能乱讲,侬讲我整天野勒辣外头?侬讲?侬讲?啥个叫野勒辣外头!"

老绍兴顿时心火乱窜,也吼没心思吃饭了,直接跑出了门。

话分两头,就勒辣老绍兴跟媳妇争吵的辰光,王小毛正勒辣和宋老伯伯着棋,两人谈谈讲讲,亲密无间。

王小毛讲:"宋老伯,我跟侬着了七盘棋了,盘盘是侬赢的,侬的棋艺介好,可以去参加市级比赛,再参加全国比赛了!"

宋老伯讲,自己年轻的辰光,就是全国象棋冠军了,现在失去了两条腿,年纪也大了,只要有人陪自家着着棋已经满足了,根本吭没心思参加啥个比赛。王小毛向伊承诺,以后自己只要有空,就来陪伊着棋。

辩个辰光,苗苗赶来了,宋老伯讲:"苗苗啊,为了我,叫侬公爹受委屈了,真勿好意思。"

苗苗讲:"宋老伯勿要迭能讲,我公爹伊缺乏学习,事事处处只想到自己,就勿肯为别人想一想,我也拿伊吭没办法!"

王小毛问伊,今天伊为公爹烧饭,伊满意勿满意?苗苗就拿刚才发生的事讲了一遍。王小毛讲:"哎,老绍兴还是拎勿清,阿拉要想办法让伊拎得清!"

苗苗觉得有些泄气,伊认为,公爹的脑筋一旦搭牢,再要叫伊拎得清,正像"方卿见姑娘"里唱的,扫帚柄上出冬笋了!

王小毛问苗苗:"侬公爹是着象棋的能手对哦?"

苗苗点点头讲:"喔唷,伊讲起着棋,牛山可以吹到天上去。伊总是讲,勒辣本地区,着棋要想赢我老绍兴的人,还呒没投人身咧!"

王小毛一听,顿时灵机一动,讲:"就凭老绍兴辩句吹牛话,就可以做通伊的工作。"

苗苗勿相信。

王小毛讲:"大凡爱吹牛的人侪要面子,喜欢扎台型,只要搭住辩个弱点,就能做通老绍兴的工作!我要对症下药,杀杀伊的骄气!"

苗苗讲:"哪能杀骄气?除非侬能勒辣棋盘上打败伊!"

"侬讲的一点勿错,我就是要勒辣象棋上做文章!不过,我水平搭浆,赢勿了倻公爹,但是强中更有强中手,会有人赢倻公爹棋的!"

苗苗闻言,若有所思:"难道,侬讲的就是宋老伯?"

王小毛讲:"对,就是宋老伯!我要请老绍兴来和宋老伯下棋,从增进友谊着手,然后嘛,宋老伯侬讲呢?"

宋老伯一听伊的建议,连连点头,表示愿意配合。

第二天的上午,王小毛来到公园看老绍兴着棋,老绍兴刚赢了几盘棋,又勒辣吹了:"大家看见哦,倻个个侪是我的手下败将,大家听好,啥人能赢我的棋,我老绍兴叫伊一声阿爸,哪怕是小弟弟,我也照样叫!"

王小毛忙应道:"绍兴爷叔,侬讲话算数哦?"

老绍兴一见是王小毛,顿时来了劲,想跟伊好好聊聊媳妇烧中饭的事体,王小毛却打断讲,眼门前有一件比吃饭更加感兴趣的事呢,有人要向侬下战书——要勒辣棋盘上跟侬比高低,敢勿敢应战?

滑稽王小毛

老绍兴讲:"有人向我挑战,我老绍兴当然奉陪,来下战书的朋友,勿晓得有几斤几两重,到辰光勿要连侬王小毛的台侪一道坍光噢!"

王小毛讲:"我王小毛坍台呒没关系,我所考虑的是,要是侬绍兴爷叔输棋了,勿晓得侬坍得起瓣个台吧?挑战侬的人还是一个残疾人。"

老绍兴一听更加勿当一回事,讲:"让挑战者放马过来吧。"

王小毛心中暗喜,伊正准备和老绍兴讲条件,老绍兴却勿耐烦了,讲:"条件简单的,三局两胜嘛,最重要的是落子无悔。噢,有一点先要声明,着棋讲胜负,赌钞票是勿来的噢,慢慢叫我赢了人家残疾人的钞票,要给人讲闲话的啦!"

王小毛讲:"对,赌钞票勿来。"

老绍兴还提了个条件,讲自己如果赢了棋了,伊只要对手讲一声"老绍兴宝刀勿老",就可以了!王小毛爽快地答应了,并向伊承诺,如果伊赢了,就让苗苗天天给伊烧中饭,万一苗苗呒没空,王小毛就亲自来给伊烧饭。

老绍兴大喜过望,讲:"老天总算开眼了,从今以后,我勿用再吃泡面了!"

"格么万一侬输棋了呢?侬该哪能办?"

老绍兴满勿在乎,讲:"输棋了说明自己呒没本事,从今以后勿提吃饭问题,甘愿吃泡面一辈子!"

"好!铁板钉钉,一诺千金!"

老绍兴勒辣王小毛的带领下,来到了宋老伯伯屋里。老绍兴见宋老伯伯呒没腿,也深表同情。瓣个辰光,苗苗端来了茶水,老绍兴吃了一惊,讲:"啊!苗苗侬就勒辣此地做志愿服务啊?真是辛苦依了!"

苗苗讲:"呒没啥,为革命老前辈尽阿拉小辈的一点力嘛!"

一边的王小毛摆好了棋盘,两位老人就开始"厮杀"起来了。

勿多一歇工夫,老绍兴初战告捷。勒辣旁边观战的苗苗有点紧张起来,王小毛却气定神闲。

果然,第二局刚开始,宋老伯伯就发动了凌厉的攻势,呒没多少辰光,就轻松地扳回了一局,老绍兴的头上开始冒汗了。

到了第三局,老绍兴更是力勿从心,最后,拨宋老伯伯的"闷宫将"将死了!

宋老伯伯讲:"绍兴老弟勿好意思,承让了!"

老绍兴板着面孔讲:"小毛,我走了!"

王小毛讲:"绍兴爷叔,侬哪能可以走呢!"

"对对对,我讲过的闲话勿赖的,面对高手,我甘愿俯首称臣!今后我再勿提苗苗给我烧饭的事体了!我走了!"

王小毛讲:"侬还是勿好走的,侬看,苗苗拿小菜侪搬出来了,今天阿拉陪宋老伯伯吃顿饭。"

老绍兴回头一看,果然,苗苗拿香喷喷的饭菜端上了桌子。老绍兴一阵惭愧,伊觉得自己是宋老伯伯的手下败将,呒没面孔享用获胜者的饭菜。但苗苗却劝伊,胜败乃兵家常事,千万勿要拿着棋的输赢看得太重了,何况今朝是王小毛出钞票叫伊买菜买酒,专门请两位前辈吃饭的。

老绍兴一听,面孔涨得通红,讲:"格哪能好意思呀!"

王小毛讲:"家常便饭嘛,呒没啥勿好意思的,我想通过今朝一道吃饭,让侬多和宋老伯伯交往,多来陪陪宋老伯伯着棋!"

此刻,老绍兴方才晓得,自家的棋艺勒辣高手面前勿值一提,伊对宋老伯伯心服口服,并表示以后要天天来向伊讨教。宋老伯伯闻言,也是格外高兴。

苗苗端起了酒杯,讲:"我今朝借花献佛,敬公爹一杯!"

老绍兴忙应道:"惭愧啊惭愧,谢谢媳妇大娘!"然后举起杯,一饮而尽。伊的心里暗暗讲:唉,从今以后想叫媳妇烧中饭,是吭没指望了!

第二天,苗苗来找王小毛,伊的面孔上满是愁容。伊讲公爹被宋老伯打败后,情绪有点低落,伊是个讲话算数的人,既然输了棋局,就一定会信守承诺的。王小毛也意识到了辂一点,但伊觉得,老绍兴毕竟是苗苗的长辈,总勿能让伊一辈子吃泡面,所以,伊准备为老绍兴准备一把梯子!

苗苗问:"辂个我就勿懂了,公爹无非是想经常吃到热菜热饭,拨伊梯子有啥用?"

"喔唷,拨伊梯子,就是让伊下台阶——拨伊落场势!"

"比赛已经定局了,还有啥台阶可以下呀!"

"再比赛啊,上次是侬公爹和宋老伯伯比赛,现在要侬苗苗和侬公爹比赛!"

苗苗闻言,连连摇头,讲自己根本勿懂象棋。

王小毛笑着讲:"不需要侬懂,侬和公爹比赛,成心让伊赢棋呀!"

辂记苗苗终于明白了,就是给公爹梯子下台阶啊,伊当即表示同意。

第二天,苗苗和公爹勒辣宋老伯伯家里比赛象棋,由宋老伯伯当指导,王小毛当裁判。棋局毫无悬念,老绍兴轻松击败了苗苗。至此,伊才意识到,大家辂是勒辣给伊找台阶下啊,伊连声讲道:"惭愧,惭愧!俉䬃是成心让我赢棋的嘛。"

王小毛讲:"绍兴爷叔,侬勿是要解决吃饭问题嘛,可饭叫谁烧呢？当然是苗苗,现在苗苗输棋了,就由苗苗天天给侬烧饭吧!"

"䬃是勿可以的,苗苗给我烧饭,那宋老哥的饭叫啥人烧呀？"

王小毛讲:"䬃还勿简单啊!侬绍兴爷叔的伙食费,和宋老伯伯的伙食费合勒一起,侬和宋老伯伯天天一道吃饭,天天一道着棋,多少好啊!"

大家一听,侪讲䬃个主意好。老绍兴非常高兴,对王小毛大加赞扬,讲伊是巧解难题。从今以后可以天天吃热菜热饭了。

（小品原著:何沛忠）

46 将计就计

秋夜,凉风习习,上海,万家灯火。王小毛乘着秋凉,上街白相,信步走来,经过一家食品商店,发现一个女顾客正勒辣搭营业员争吵。

打抱不平,做和事佬,迭个对王小毛来说是一种应该去做的事体。于是,伊停住脚步,准备听个究竟,从中调解。

听了一阵,王小毛听出了一点道道。原来是女顾客买五角钱香瓜子,拨了营业员十元钞票,营业员当作一元,只找了五角找头,为此引起了争吵。

王小毛弄清原因后,上前调解,要营业员再还女顾客九元,但是营业员一再声称,伊收的就是一元的纸币,绝对呒没搞错,勿肯补还。迭个女顾客又坚持说是拨了十元钞票。营业员答应夜里关门盘点结账,假使确实是自家搞错了,一定如数归还。但是女顾客坚持当场要回,一下子使王小毛无所适从了。最后,那女顾客要营业员检查银箱内是否有一张上面涂了三个红五角星的十元头人民币,迭个是伊儿子画上去的,伊勒辣屋里还批评过儿子,讲人民币上头勿可以随便画的,伊要营业员当牢王小毛的面检查收银箱,以示公正。

营业员为了证实自家呒没搞错,答应当着王小毛面检查银箱钞票。

王小毛全神贯注,女顾客双目盯牢,营业员手眼并用,刚理三张十元钞票,其中一张上面清清楚楚地画着三个七歪八牵的五角星,女顾客立即尖声叫了起来:"喏,喏,喏,迭个勿是吗?!侬做生意就是勿老实!哼!假使我勿坚持要侬检查收银箱,等我走了,侬就偷偷吃进。告诉侬,办不到的!阿拉男人炒股票,做大户,不要太发噢,像阿拉舞种人会多要侬钞票哦!会诈侬哦?!"女顾客得理不饶人,一番嘲弄,拿迭个营业员讲得面红耳赤,无言可对。只好默不作声地理出九元钱来,补拨了女顾客,女顾客向王小毛作了道谢,嘴巴里还叽哩咕噜着走了。

　　王小毛拍拍营业员肩膀,讲侬也勿是存心错伊的,呒没看清爽,勿当心弄错脱总归有的,讲好转身走了。一路上,伊老轻松,因为做了一桩好事体,维护了消费者的利益,当了一个公正的公证人。

　　因为心里轻松,所以王小毛踱到浦江咖啡馆时,来了喝一杯咖啡的雅兴,走进门口,寻到一个呒没人的火车座位上,要了一杯咖啡,笃悠悠、慢吞吞地潆了起来。

　　突然,有个熟悉的声音从隔壁一席里传来,王小毛侧耳细听,想听出这声音是啥人。再细听几句以后,王小毛心里有数了。

　　隔壁传来一个女人的声音:"嘿,现在的营业员素质勿要太差噢,经我三记一铆,铆牢了,也自会得有一种戆大,自作多情,来做证人,刚刚一个苏北口音的朋友,义务撬边,帮我顺利进账九元钱。"

　　"好极了,就是刚刚迭个女顾客嘛。"王小毛辨音识人。那女的不晓得隔壁有耳,还讲得起劲。

　　"伊个义务撬边的苏北朋友,做了瘟孙阿木林,还自我得意,我看伊面孔上还笑眯眯的!"

　　"喔唷,迭个女人自家缺德,做迭种勿要面孔的事体,还讲老实

滑稽王小毛

正经人素质勿高,还骂好心人是阿木林、瘟孙,真是不知羞耻呃!"王小毛气得血要喷出来了。

迭个辰光,隔壁传来一个男人的声音:"我讲,家主婆哎!侬想法妙,我手段巧,要勿是我勒辣钞票上画五角星、做记号,侬捞不到钞票的。"

"当然,当然。"

"哪能,旗开得胜,乘热打铁,胃口放大一点,去来张五十元的吧。"

"唔,有捞不捞猪头三,今夜稍稍发小财!"

"迭能,㨰次侬去买香瓜子,我去绕钞票,我拿有五角星的五十元头先付出去,你随后就去用五元头买一包盐金枣。"

"喂,你勒辣要钞票辰光勿能心虚,要理直气壮,晓得哦?"

"㨰当然。"

"噢,原来伊拉两家头是迭能搭挡骗钞票的。"王小毛拨这对夫妻的卑鄙行为激怒了,伊想:此害不除,后患无穷,让伊拉屡次得逞,不晓得有多少营业员要蒙受耻辱,遭受损失?好吧,我再当次瘟孙阿木林,拿俹两家头揪牢曝光。"

王小毛略一思忖,作出了打算,等迭对夫妻起身出门,伊就尾随而去。

走啊,走啊,接近一家大型食品商店,㨰对夫妻就拉开了距离,女的勒辣前头,男的跟勒后头,大约摸相距五十公尺左右。王小毛加快几步,走勒女的身后,女的到食品店的土产柜前,摸出张五十元头,买了包稻香村鸭肫肝。营业员是位女同志,伊找好找头,㨰个女顾客转身走了,迓了旁边的王小毛,马上走向那只柜台,摸出五张十元票面的纸币,对营业员说:"同志,谢谢你,我五张十元头,向你调张五十元的,就刚刚那个女顾客付的那张吧。明天我要送礼,做个人情,整票面好看点。"

"可以,可以,十元头多一眼,碰到大票面我好做找头呢。"

说好伊收进五张十块头,拿出一张五十块头,王小毛接过钞票,退到一旁,找个勿显眼的地方静看迭个男子的表演。

再讲迭个男的,走到土产柜台,摸出张十元头,买了包五元钱的牛肉干,女营业员收了钞票后随手拿出五元找头,男的一脸正经地讲:"同志,侬少找了。"

"少找了?"

"是少找我了,我拨侬的是五十元的,应该找我四十五元,侬只找五元哎。"

"不对,侬拨的是十元头哎。"

"哪能是十元呢,明明是五十元的,侬看错脱了。"

男的开始严肃起来了:"现在侬迭些营业员素质就是差,做生意心勿在意的,弄错了还对待顾客搿种态度!"

男人理直气壮地批评营业员,女营业员拨伊讲得快要流眼泪了,伊再三申明:"确实是收的十元的。"但是迭个男人还是三勿罢四勿休,一口咬定自家拨营业员的是五十块头。

王小毛看看时机成熟了,就从旁边走出,走近柜台,又做起和事佬,讲:"什呢事,什呢事,有理勿在声高,大家好好叫讲嘛。"

男的一听王小毛说话中带有苏北口音,不由心里一阵开心,想:我家主婆碰到的瘟孙阿木林又来了,看来阿拉夫妻两家头跟伊有发财缘哩。迭个男子想到这里,真有些"浑身是胆雄赳赳"的味道。伊唾沫横飞地说了自家的一通理由,叫王小毛公断,王小毛胸有成竹,伊欲擒故纵,讲:"朋友,侬说侬付的是五十块,营业员讲伊收的

滑稽王小毛

是十块头,侬不会弄错吧?""不会,不会,铜钿银子关心境,我记得清清爽爽,勿相信,侬叫伊到银箱里看,面上有五十块头的哦?"那男的想故伎重演,他心想,这五十块头肯定还在银箱的最上层。

女营业员听了,发极了,银箱里五十块头多的是,假使正巧面上有一张两张的,岂勿是要拨伊冒领得去。俗话说,急中生智,营业员一急,倒也急出闲话来了,讲:"哎!五十元头多的是,侬哪能证明辫个银箱里的五十块头就是侬的呢?"

王小毛讲:"对呀,迭句闲话人家营业员讲得勿错的,朋友,侬哪能证明银箱里的五十块头是侬的呢?"

男人的听到迭个闲话,正中下怀,就讲:"勿瞒俫讲,我就是生怕营业员弄错,所以付钞票辰光我检查过票面的,我的一张五十块头,是拨我的儿子画过三个五角星的,勿相信,当场验证。"

"要是吙没有呢?"王小毛紧跟着追问一句。

那男的胸脯一拍,振振有词地讲:"我诈俫,俫送我进派出所好了。"

"好!营业员同志,侬去拿收银箱来,翻给伊看。"

辫个辰光旁边围观的人也越来越多,不过营业员这时心反而稍稍定了,因为伊发现现在勒辣做公证人的迭个苏北男青年就是刚才调得去一张五十块头的人,伊估计有伊帮忙,辫个男子是勿会得逞的,于是,马上拿收银箱抱上柜台,当着王小毛和迭个男人的面拿所有五十元票面的钞票侪拿了出来,一张张正面、反面,两面细查,吙没发现有一张是画有五角星的。辫个刚刚还理直气壮、振振有词的男人先是眼睛地牌式,后来连声"咦、咦、咦"地咦个不停,最终像泄了气的皮球,瘪了下去。

现在轮到营业员理直气壮了,女营业员眼睛盯牢辫个男人讲:

"哪能？去派出所吧。""嘿、嘿、嘿，算了，算了，大概是我记错了。"

那男人见无法得逞，情势不利，想溜之大吉了。呒没介便当，王小毛老早就有思想准备，伊大喝一声："勿要走！啥个算了，算了，勿要演戏了，侬跟侬的老婆是连档模子，是专骗店里钞票的一对骗子！"

搿个男的见王小毛拆穿了伊的西洋镜，心虚了，讲："啥个老婆勿老婆的，我听勿懂。"

"听勿懂。到派出所侬马上就懂了！"

"这是污蔑！"那男人歇斯底里地吼叫。

"叫啥呢！证据勒辣我手里。喏，侬老婆先来买包鸭肫肝的五十元头勒辣我此地！"说着王小毛亮出搿张钞票，围观的群众一看，上面果然画着三个七歪八牢的五角星。人证物证俱全，搿个男人的脑袋耷落下来。

王小毛舒了一口气，营业员感激不尽。在众人帮助下，王小毛拿搿个骗子揪进了派出所，当然女骗子也同样难逃法网。

（小品原著：洪精卫、葛明铭）

47 破墙重生

王小毛和小黑皮合伙开了一家点心馆,叫"又一村点心店",呒没想到开张三个月,生意惨淡,门可罗雀。尽管伊拉研发了看家特色点心"新四大金刚",但小店仍无起色,王小毛一筹莫展。辣天晚上来了一位50多岁的中年男子,要吃点心,王小毛向伊推荐了"新四大金刚",客人蛮感兴趣,王小毛很快就拿"小毛馄饨""黑皮汤团""妈妈米饭饼"和"佩佩海棠糕"端到了客人面前。辣位中年男子吃得津津有味,赞勿绝口,吃光了点心还讲意犹未尽。就勒辣迭位先生准备结账的辰光,却发生了意想勿到的事情。

"老板,买单!啊呀……"

王小毛问:"先生,哪能了?"

"我……我……身上呒没带钞票。"

"哦,先生忘记带钞票了,呒没关系的,一共只有12元,哪天方便的话,走过路过再带来好了。"

"勿过,我今朝晚上10:30的飞机,飞美国华盛顿,出去可能要半年左右。我身上只有一张飞机票、一张护照和一张公交卡,等一歇我只好乘地铁到飞机场了,我的同事勒辣飞机场等我,我的钞票侪勒辣伊身上。"

小黑皮心中暗暗想:辣家伙勿付饭钿,还掼浪头,真讨厌。

王小毛说:"先生,呒没关系的,请问侬尊姓?"

"我姓商,商业的商。"

"商先生,等侬回来以后再来结账好了,我此地跟侬记账记着,侬看可以哦?勿过,勿瞒先生讲,小店的生意一直勿好,每天的营业额都抵勿上水电煤的费用,天天亏损,再辣能下去,恐怕难以维持,只怕半年以后先生来付我点心费都寻勿着我小店了。勿过,侬只要打听王小毛还是寻得到我的。"

商先生沉吟了片刻后,讲:"噢,王小毛先生,辣能吧,贵店有留言簿哦?"

"有,有。"

"我给侬写几句话,算抵充今朝的点心费吧。等我回来,我来赎辣个几句闲话。"

"好的,好的,请!"

小黑皮气得鼻子侪歪了,伊心想:辣个朋友大概外头骗吃骗喝侪用辣一套的。但是,碍于王小毛的面子,伊也呒没发声。

一歇歇工夫,商先生写好了留言,正要出门时,王小毛讲:"商先生,刚才侬说今朝还意犹未尽,先生辣一走或许就是一年半载的,辣能,妈妈,请拨客人带上5只米饭饼、5只海棠糕,用打包盒装好。"

商先生连连摇手:"勿,勿,我刚才吃的12元还呒没付,哪能好意思吃了再带呢?"

"先生,勿必客气,请务必收下。"

勿一歇,王妈妈就拿5只米饭饼、5只海棠糕送到客人手中,商先生向众人道谢后,便匆匆离去了。等到伊走后,三个人开始品读留言簿上的信息,只见上面写着四行小字:

山重水复一堵墙,

滑稽王小毛

　　　　　　唯有小门进店堂。
　　　　　　拆除砖墙换玻璃，
　　　　　　柳暗花明财运旺。
　　小黑皮一咧嘴："连吃加带一共32元，辣四句闲话抵32元啊？"
　　王妈妈皱眉道："8元钱一句，好像勿值的。"
　　王小毛却若有所思，伊又仔细地复读了一遍，突然惊呼道："啊呀，太好了，太好了，辣四句话岂止值32元，就是320元，3200元，32000元都值啊！阿拉的又一村点心店有救了！"
　　小黑皮说："四句勿二勿三的打油诗呀，侬当它是药方。"
　　王妈妈也说："侬当它是灵丹妙药啊。"
　　王小毛说："俉勿懂，辣四句打油诗就是起死回生的秘方，就是灵丹妙药啊！至于俉信勿信我勿管，反正我信了。俉想，来阿拉小店吃点心的基本上应该侪是工薪阶层和附近小区居民，伊拉骑自行车和助动车的比较多，虽然阿拉的"又一村"点心店是街面房，但是呒没窗，窗是朝旁边弄堂里开的，客人吃点心辰光看勿到自家的车子，伊拉一定会觉得勿安全，勿放心，所以就勿大愿意光顾本店；再讲走过路过的过路客，因为阿拉店面勿醒目，往往走过也呒没发现，辣能就错失了交交关关的客源。问题找到了，马上就改！"
　　很快，又一村点心店的沿街砖墙变成了宽大明亮的玻璃墙，还勒辣店门口安装了自行车安全停放架。果然生意逐渐红火起来，每天顾客盈门。半年以后"又一村点心店"已经远近闻名了。
　　辣一天，店堂里热闹非凡，王小毛和小黑皮正勒辣热情地招呼顾客。
　　一位男顾客说："辣家点心店的'新四大金刚'真的灵光的。"
　　另一位女顾客讲："是呀，是呀，味道勿要太嗲哦，我吃好还要带点转去。"

"现在点心做得辣能好,价钿又辣能便宜的店真的勿多了。"

"此地'小毛馄饨'的汤硬碰硬是鸡汤笃出来的,勿像现在有种店,明明汤是用汤料冲出来的,还骗顾客讲是肉骨头熬出来的。"

"熬伊的骨头脑西啦。还有的店家,豆腐浆明明是粉冲调的,还讲是现磨现烧的。"

"现在店家侪太缺少诚信了,像王小毛辣爿店真的勿容易。"

女顾客问小黑皮,辣家店名是啥人起的,蛮有艺术性的。小黑皮闻言,得意地说:"灵哦?是陆放翁,陆放翁晓得哦?"

"噢,我晓得的,就是小区一号楼的陆老师呀,中学里教语文的,刚刚退休。"

小黑皮哈哈大笑:"侬勿要搞好哦,陆放翁就是宋代大诗人陆游,'又一村'是从伊的诗里抠出来的。"

"怪勿得,听上去就老有文化的。"

小黑皮一本正经地说:"当初有人讲辣个店名勿好,我就讲好,我讲吉利的。"

伊拉正勒辣茄山河的辰光,发现马路上有交关警察,大家觉得有些奇怪。又过了一歇,门外走进了四个人,两位是黄头发蓝眼睛的外国人,另外两位是中国男人。

小黑皮眼尖,看到其中的一位中国男人后,忙同王小毛打招呼:"小毛啊,那个吃白食的人又来了。"王小毛定睛一看,来者正是商先生,连忙迎了上去。

"啊,商先生,侬回来了?欢迎再次光临小店。"

商先生笑着说:"我是来还上次的餐费的,吃了一套'新四大金刚',打包了5只米饭饼和5只海棠糕,勿晓得50元够了哦?"

滑稽王小毛

"太多了,只要32元,再讲先生侬勒辣留言簿上写的四句话,让阿拉小店起死回生,生意兴隆,真可谓是金玉良言,价值连城啊!我哪能再可以收侬的钞票。"

"勿,辣个钞票我一定要付的。"

"格勿好意思了,喏,辣是18元找头,还有辣本留言簿,上头的四句闲话让侬赎回。"

"哈哈,赎回我四句话,我当时是跟侬开玩笑的,呒没想到侬王老板辣能认真。喏,辣个是我的名片。"

王小毛一看名片,顿时面露敬仰之色:"噢,先生原来是工商管理大学的教授、博士生导师啊,怪勿得啊,有眼光,有水平啊!"

"我来跟侬介绍一下辣几位外国朋友,辣位是华盛顿来的拜泽登先生,是我哈佛大学读书时的校友,辣位小姐是拜先生的女儿,辣位是从华盛顿到阿拉中国来工作的骆先生,是我耶鲁大学的同学。"

王小毛忙说:"欢迎拜泽登先生和各位美国朋友光临阿拉小店,请辣边就座。"

拜泽登用洋泾浜上海话同王小毛打起了招呼:"Thank you,谢谢侬!"

王小毛有些吃惊:"啊,外国人上海闲话也会讲的?请问拜先生吃点啥?"

"就吃'四只大缸'。"

"哈哈,勿叫'四只大缸',大缸是用来腌咸菜的,勿能吃的,阿拉辣搭叫'新四大金刚',代表四种点心。"

"yes,yes,新四大金刚,名气乓乓响!"

勿多一歇,"新四大金刚"就端到了美国客人面前。王小毛告诉拜泽登,上海人吃早点有四件点心被称为四大金刚,就是大饼、油条、粢饭、豆浆。随着中国改革开放,人民生活水平的提高,大家对吃早点的要求更高了,所以本店就研发了"新四大金刚"。就是"小毛馄饨""黑皮汤团""妈妈米饭饼""佩佩海棠糕"。

拜泽登先生竖起了大拇指:"哇,太好看了。哇,太好吃了。我走遍全世界,第一次吃到这样好吃的东西。先生,你可以到我们美国去开连锁店,就像我们的麦当劳和肯德基在你们中国开店一样。你要到美国去开店,可以找这位骆先生,他会帮助你。"

第二天早上,又一村点心店刚刚开始营业,小黑皮就拿着一份报纸来找王小毛。

"小毛,王妈妈,侬快点来看呀。"

"做啥大惊小怪的?"

"出大事体咪。侬看报纸呀!昨天来的几个外国人勿是一般人啊!"

王小毛一边看报,一边读给王妈妈听:"美国政府高官访华,又一村点心馆用餐,四人吃'新四大金刚'花费仅48元。还有照片,对,对,就是昨天来的几个老外。怪勿得,我看昨日马路上警察交关,还当伊拉是查酒后驾车呢。"

小黑皮说:"侬看,辖张照片里的店堂就是阿拉又一村点心店呀。"

王妈妈说:"对的,照片上还有我咪,我正好端馄饨出来。辖个老外是个啥官?我听伊拉侪叫伊摆只凳,摆只凳,我一直没有弄懂,阿拉店里凳子多来西的,还要摆只凳做啥?"

王小毛笑了:"妈妈哎,侬勿要搞呀,辖个'摆只凳'是辖个老外的名字呀,辖个老外做的官大是大得勿得里个了啊!"

王妈妈叹道:"喔哟,乖乖隆地咚,真的是只大亨浪头啊。"

滑稽王小毛

王小毛说:"妈妈,阿拉勿管伊是大亨浪头还是普通小萝卜头,到阿拉小店来,阿拉侪一视同仁。"

"对,对,对。"

就勒辣猗个辰光,外面开来两辆豪华大巴,是一个欧洲旅游团,一共80多个人,伊拉慕名要来吃拜泽登吃过的"新四大金刚"。

小黑皮说:"阿拉店里坐足也只好坐四十几个人啊,哪能办?"

王小毛说:"勿要慌,跟导游商量一下,请一车客人先进店用餐,还有一车子客人叫导游带伊拉到附近的老城厢古董一条街去兜一圈,40分钟以后来吃,正好两批调班。"

小黑皮说:"好,我马上去寻导游。现在真的忙得脚也举起来了!将来假使勒辣美国开'又一村点心店'连锁店,我去当总经理。"

听到猗个闲话,大家侪笑了起来。又一村点心店一片兴旺景象。

(小品原著:葛明铭)

48 "廉"尚往来

王小毛勒辣一家工厂开运货车,伊跟姆妈一道住勒14平方的一间房间内,夜里用块床单拿两张床隔开。论面积,14平方住两个人,哪怕侬七折八扣,按当时的标准还算不上困难户。论实际情况,母子俩同住一屋,有诸多不便。而且王小毛早到了娶娘子的年龄,就因为迭个14平方,使女朋友佩佩无法转正,只好长期成为准新娘。最近,厂里向又要分配房子了,听讲迭个是福利分房最后一趟末班车,错过了,就呒没下一站了。为此,王小毛急得睏勿着,吃勿香。辣天早浪,伊看到负责分房工作的张厂长从办公大楼里出来,王小毛就迎了上去,想找厂长谈谈。啥人晓得张厂长不等王小毛开口,就讲:"我现在呒没空,要到公司去开会。"讲好,就朝迭辆黑色桑塔纳小车里一钻,车后扬起一股黑烟,走了。

再讲王妈妈,看到儿子一副愁眉苦脸的样子,再三劝说:"小毛啊,阿拉有迭个14平方,比上不足,比下有余嘛,轧勿进困难户的行列,算了,算了。"

"阿拉是勿算最困难,不过辣些带'长'字号的人,啥人勿换了大房子? 有的换了还不止一趟咪! 现在我要结婚,迭个14平方里总勿能拿两个娘放勒一道吧!"

"我就侬一个儿子,侬啥地方来两个娘啦?"

滑稽王小毛

"一个是侬,我的老娘;一个是佩佩,我的新娘。"

"噢,迭个呒没关系,我去住敬老院。"

"妈,侬真要迭样,我宁可勿结婚的!"

再过几天就要公布分房名单了,迭个几天分房小组的几个领导侪勿勒厂里,不晓得迓到啥地方去了,听讲整天勒辣外面讨论、研究分房的方案。所以王小毛想找张厂长,连伊的影子也看勿见。说来凑巧,迭天上班路上,王小毛走到十字路口,伊面的车子,横七竖八,堵得动也勿动,只看见张厂长从汽车里钻出来,伊打算弃车行走,正巧被王小毛看见,王小毛拦牢伊的去路,正要开口,还是张厂长先发制人,讲:"侬用勿着讲了,14 平方住两代人,侬结婚呒没房子,就迭点困难?是勿是?"王小毛见张厂长拿自家要讲的侪讲了,伊还讲啥呢?迭个辰光,张厂长迭辆桑塔纳轿车从旁边小路兜了个圈子赶了上来,张厂长拉开车门,回过身对王小毛讲:"侬是个优秀驾驶员,十万公里安全行车无事故的记录就勒眼门前了,侬要用些心思,不要功亏一篑,要拿心思用到点子上去。"讲完,钻进了小车,跑得无影无踪。

车跑得呒没影子了,迭个几句话却勒辣王小毛耳边搁牢了:"要拿心思用到点子上去?"迭个是啥意思?讲老实话,十万公里安全行车无事故的记录,前天已经拿下来了,奖旗、奖金虽然还呒没到手,但是已经是笃定泰山,囊中之物了,张厂长还叫我用点心思?而且要用到点子上?这个"点"指什么呢?会不会指分房,难道我还欠缺点啥?对了,现在行群众跟领导烧香,阎罗王还勿差饿鬼呢!要人家拨我房子,能勿去意思意思吗?

王小毛回到屋里跟王妈妈讲,想给张厂长送送礼。

王妈妈是经历过各种运动的老人,向干部行贿,叫腐蚀干部,是有罪名的,伊对小毛讲:"阿拉宁可勿要房子,也勿做迭个事体。"

王小毛讲:"妈,侬迭个想法现在行不通啦,我就怕张厂长勿肯收礼,只要伊肯收,事体就好办了。"

王小毛到银行取出 1000 元,咬咬牙买回来 12 只阳澄湖的清水大闸蟹,只只半斤以上,刚好 1000 元,伊对妈妈说:"妈妈,迭趟能勿能分到房子,就看辣一招了,张厂长屋里住在后面那幢高层 13 楼,楼里还有阿拉厂的职工,我去,怕被别人认出来,侬代我去一趟,伊屋里是 1310 室。"

"还要叫我去送蟹?"

"妈,侬就帮我去走一趟,侬勿去,房子拿勿到,我只好打一辈子光棍了。"

"你们厂长又不认识我,我去送蟹,伊勿晓得是侬送的,迭个勿是白白里吗?"

"勿要紧,我有封信在这块,侬带去。"

王妈妈一百个勿情愿,可是为了儿子的房子,只好出了门,临走再问了一遍:"他家住哪一间?"

"1310。"

王妈妈唯恐记错门号,她一路走,还一路背:"1310""1310",到了那大楼,乘电梯到了 13 楼,出电梯时,因电梯与楼面地板差这么几公分高低,王妈妈吭没注意地下不平,脚下一绊,差点手中 12 只清水蟹脱手。她"喔唷"一声,忙扶住对面墙壁,抬头一看,自己就扶在张厂长家的门上,王妈妈便按门铃,来开门的也是一位老太太,王妈妈问:"请问,迭个是张厂长屋里吗?"

老太太讲:"是啊,伊还吭没回家,侬寻伊有啥事体?"

"有人托我带点东西拨伊,喏,辣个是信,辣包物事请侬拨张

滑稽王小毛

厂长。"

老人想留王妈妈坐一歇,王妈妈转身就走。回到屋里,对王小毛讲:"我紧张得心别别跳,下趟勿做了,下趟勿做了。"

两天后,分房小组的领导讨论结束回厂,王小毛又勒辣办公大楼前碰到了张厂长。张厂长一见是王小毛,就笑容满面地跟他打招呼:"王小毛,听说十万公里安全行车无事故考核报告已经批下来了,侬安全行车十万公里不容易,一路上化险为夷多多少?好好总结,侬是哪能把握方向盘,时时调整方向,确保行车安全的?这里一定有好经验,总结总结。等分房工作结束,大家心情轻松一点,我叫厂办小李来帮侬写总结。"说着,伊朝厂办大楼走去。王小毛听了以后兴奋不已,看来房子有希望了。伊讲我"化险为夷",除了指安全行车之外,也暗示分房成功的意思。叫我总结?一句话,12只清水大闸蟹最有力道了!

下班回家,伊喜滋滋地告诉了王妈妈:"多亏侬去送蟹,侬儿子不会打光棍了。"

王妈妈听了后,却长叹了一声:"唉,房子有了,风气坏了。"

过了两天,分房名单公布了,王小毛的大名果然也在其中,厂里分拨伊二房一厅。下班回家,王小毛特地带回一只大蛋糕,"妈,我分到房子了。"但是王妈妈哪能也高兴勿起来。"妈,一客不烦二主,再请侬帮个忙,把蛋糕给张厂长送去。"

"我不去!"

"这次送蛋糕不是行贿了,张厂长帮我忙,给了我房子,总得谢谢人家。再说榜上有了名字,钥匙还咣没拿到手呢,送个蛋糕敲敲定,别让烧熟的鸭子再飞了。"

虽说王妈妈勿愿再去张厂长家,可经不住儿子再三请求,还是拎了蛋糕出了门。迭趟伊熟门熟路,出电梯,按对门的电铃,来开门的还是那位老太太。老太太见了王妈妈,马上朝屋内喊了起来:"送蟹来的人来了……"

从屋里应声走出一位中年男子,伊问王妈妈:"阿姨,上次蟹是侬送来的?"

"是的,是的,今朝是跟侬送蛋糕来了!"

"阿姨,侬上次送蟹,恐怕送错了人家了吧?"

"唔? 侬勿是张厂长?"

"我是张厂长;我是皮革厂的张厂长。"

"皮革厂?"王妈妈想:王小毛又勿是勒辣皮革厂工作,伊连忙退到门外,看看迭家人家门牌:1301。王妈妈大吃一惊!小毛叫我送到1310,我怎么送到1301来了? 喔——对了,那天出电梯时绊了一下,抬头看见1301误以为是1310了。这下糟了,这12只蟹是花了1000元钱买的,却送拨了陌生人。

此时,张厂长见王妈妈送错了人家,显出一副尴尬相,笑着讲:"阿姨,侬送来的蟹只只活的,可那封信上具名王小毛,伊是啥人? 我也勿晓得,也找不到伊,活蟹又不能久放,辰光一长了会死的。所以,阿拉把12只蟹全吃了。"王妈妈想,这下1000元泡汤了。啥人晓得张厂长掏出一只信封拨王妈妈:"阿姨,我毛估估,迭个12只蟹大约在1000元左右吧,迭个钞票钱还拨侬,今朝迭个蛋糕勿要再送错啦……"王妈妈拿迭个1000元,心中十分感动:迭个厂长几化好啊。

王妈妈向张厂长连连道歉:"是我勿好,拨侬添麻烦了,对不起啊!"

王妈妈拎了蛋糕回到家里,显得特别高兴,对王小毛讲:"小毛,这1000元还侬,我拿蟹送错人家了,送到人家皮革厂的张厂长屋里去了。"

"啊?！侬吭没拿蟹送拨张厂长？格么伊哪能会拿房子分拨我呢？"

"是啊！小毛啊,侬从门缝里看人,拿张厂长看扁了,两个张厂长侪是大好人,所以我蛋糕也就勿送了！"

"妈,看来还真的是我看错人头了。"

这真是：
    两个张厂长,一对好当家；
    送礼送错人,倡廉真不假！

（小品原著:何沛忠）

49　阅报栏前

　　辣天，佩佩来找王小毛看电影，恰好小毛勿勒辣，王妈妈告诉佩佩，伊到小区阅报栏去看报纸了。

　　佩佩讲："屋里勿是订了一份报纸嘛。"

　　王妈妈讲："是小毛为我订的老年报。"

　　佩佩讲："我看伊呀，看看老年报正好。"佩佩心里想，阅报栏侪是小区里的老伯伯老妈妈去看的呀，伊一个20多岁的小青年哪能也跑到阅报栏前头去看报啦。想到此，就去阅报栏找王小毛去了。王妈妈担心伊拉两个人会讲得勿高兴，有点勿放心，就跟了过去。

　　此时此刻，王小毛正聚精会神地勒辣阅报栏前看报，树上传来野乌子的叫声。

　　过了一歇，小黑皮来了，伊见王小毛勒辣看报，就讲："王小毛，侬胃口真好，脑子生锈是哦？现在时间就是金钱啊，有辰光要想想办法去赚钞票，啥地方还有闲心来读报？"

　　王小毛问："小黑皮，侬忙点啥呢？"

　　小黑皮讲："忙赚钞票呀，我现在准备弄一车皮南汇水蜜桃到温州去卖，每斤差价是1块2角，一车皮水蜜桃，钞票赚得家里也勿认得了。读报有啥用，读报好读出钞票来啊？读一个字几钿？"

　　王小毛讲："读一个字几钿，侬当伊是拍电报啊？读报是了解形势,增长知识,开阔眼界,提高修养。"

小黑皮一面孔勿屑地讲:"休养?阿拉赚到钞票就好休养了。度假村、疗养院、星级宾馆随便我拣。"

王小毛又好气又好笑:"喂,侬讲的休养是休息的休,我讲的修养是修炼的修,侬讲的是身体的休养,我讲的是思想精神的修养,此修非那休。"

小黑皮懒得听王小毛噜苏,讲自家要去签水蜜桃合同了,转身就准备离开。王小毛问伊水蜜桃准备贩卖到啥地方去?小黑皮讲,准备卖到温州,一车皮水蜜桃少讲讲价值30多万,伊当中赚一只差价,至少挣十几万。伊准备火车托运,先到宁波,再转甬温线到温州。

王小毛一听,连连摇头,批评伊勿看报,勿听广播,推板一点就要出事体了。小黑皮一吓,忙问原由。王小毛告诉伊,铁路甬温线出事体,火车追尾,现在辣条线路停运了。小黑皮一听,顿时傻了眼。

王小毛严肃地讲:"侬水蜜桃到了宁波,啥辰光到得了温州还是个未知数。辣个是报上刚刚登出来的新闻,就是因为侬勿读报,两眼一抹黑,还做生意咪,做侬的魂灵头啊。"

小黑皮吓出一身冷汗:"喔唷,辣能看来我辣个合同勿好签的,弄得勿好我要血本无归的。王小毛,谢谢侬提醒我,救了我。"

王小毛讲:"我救侬啊?我脑子生锈了,我还能救侬脑子活络的小黑皮。读报好读出钞票来啊?读一个字几钿啊?"

听到辣些话,小黑皮羞愧难当:"小毛兄弟,侬勿要调侃我了,读报可以了解形势,增长知识,开阔眼界,提高修养。"讲着,就凑到边上,和王小毛一道看起报咪。

王小毛暗自好笑,讲:"喂,侬勿要跟我轧了一道看呀,此地有五六张报纸。天气热来西的,轧勒辣一道,痱子也捂出来了。喏,伊面一张财经报倒蛮适合侬的。"小黑皮一听,忙跑了过去。

正勒辣孵个辰光,王小毛听到背后有人叫伊,原来是一个阿婆,伊想请王小毛帮伊一个忙。

王小毛问:"啥个事体侬讲好了。"

阿婆讲:"就是请侬读点新闻拨我听听好哦?"

小黑皮插话讲:"阿婆啊,侬是文盲啊?"

阿婆讲自家识字的,小黑皮讲:"噢,可能识字勿多,小学吭没毕业。"

阿婆回答:"我解放前,圣约翰大学毕业的。"

小黑皮闻言,惊呼讲:"啊!阿婆,侬大学毕业还要人家读拨侬听?"

阿婆叹了口气,讲:"我年纪大了,眼睛看勿清楚了。唉——"

王小毛非常体谅伊的苦衷,就读起报来。当伊读到甬温线发生动车追尾事故,目前抢救工作正勒辣紧张进行时,阿婆显得非常担心,讲:"噢,罪过罪过,我等一歇到红十字会去捐款,要尽一份力帮助伊拉……"

小黑皮称赞讲:"阿婆良心是好,阿婆啊,侬捐款是好的,不过再等几天,等郭美美事体弄清爽了再讲。"

阿婆讲:"郭美美,我晓得的,一个好看来西的小姑娘,开外国高级轿车,住别墅洋房,自称是啥个红十字会商业总经理,伊是乱话三千呀。阿拉红十字会名声侪给伊弄坏掉了。"

王小毛吭没想到孵位阿婆对国家大事、社会新闻侪了解,连连夸赞,阿婆谦虚地讲自己只晓得一点皮毛。接着,王小毛又读到赖昌星被加拿大遣送回国,公安机关将赖昌星逮捕归案的消息。

阿婆一听,拍手叫好,讲孵个家伙现在赖勿下去了。伊逃出去以

滑稽王小毛

前,好像造过一座楼,叫红楼,里向吃喝嫖赌样样有,大搞腐败,现在法网恢恢,疏而勿漏,终于拿伊缉拿归案了。小黑皮听伊讲得头头是道,竖起了大拇指:"到底是圣约翰大学毕业的,讲闲话有水平。"

阿婆讲:"我勿了解勿来三啊,我读大学的孙子双休日回来,一家人家围勒辣一道聊国家大事,我如果一眼勿晓得,坐勒辣边上一句闲话也插勿上,像个戆大。"

辫个辰光,王小毛又读到了一条新闻,标题是:达芬奇密码终于被破译。

阿婆一听,就接过去讲:"达芬奇辫个人我晓得的,读大学辰光,老师讲起过的,伊是意大利文艺复兴时期的艺术家,也是个欧洲文艺复兴时期的代表。伊思想深邃,学识渊博,多才多艺,又是画家、雕塑家、发明家、哲学家、音乐家、医学家、生物学家、地理学家,伊是一位天才……"

王小毛告诉伊,现在报上讲的辫个达芬奇勿是指艺术家达芬奇,是指一家家具公司,辫家公司把国内生产的家具冒充意大利进口家具,一只夜壶箱就是9万块,一只沙发30万,一只床200万,专门斩富人的洋葱头。

老婆婆闻言,义愤填膺:"辫是奸商,还要起名叫达芬奇,辫能伟大的人物被伊糟蹋了,罪过罪过。"

正勒辣辫个辰光,佩佩和王妈妈来了,王小毛又惊又喜,问:"侬哪能也来了?"

佩佩数落王小毛讲:"侬倒好的呀,阿拉勿是约好去看电影《变形金刚3》的吗?侬倒心定的,勒辣此地读报。"

小黑皮连忙打圆场,讲:"幸亏王小毛勒辣此地看报,告诉我甬温线动车追尾,现在线路勿通的消息,否则我一车皮南汇水蜜桃运到宁波,到勿了温州,全部烂掉,辬记损失就惨重了,弄得勿好我要跳黄浦江了。"

王小毛又向佩佩介绍了身后的辬位阿婆,讲自家正勒辣帮伊读报。当阿婆得知来者是王小毛的妈妈和女朋友时,十分激动,连连道谢。

王妈妈和佩佩连连摆手,讲辬个是张口之劳的事体,勿用谢的。

阿婆讲:"王小毛同志,我还有一桩事体要请侬帮帮忙哚。"

王小毛讲:"啥个事体,请讲。"

阿婆告诉王小毛,自己叫伊读报是假的,其实是来物色人选,考察干部的。小黑皮闻言,觉得好笑,心想:辬位阿婆口气太大了,弄得好像是市委组织部派来的一样。

阿婆继续介绍讲,自家是第三居民小组退休党员支部派来的,现在上海已经提前进入老龄化社会了,小区里老人越来越多,勿少老人终日无所事事,不是打瞌睏,就是搓麻将,退休支部就拿老人们组织起来,成立了一个读报学习小组,深受老人们欢迎。但是伊拉侪是老人了,读报精气神勿足了,读的人吃力,别人还讲听勿清。后来伊就叫自家的孙子去读,老人们侪欢喜伊,叫伊读报小干部,最近伊考上大学了,住到学校里去了,伊拉一下子呒没读报干部了,老人们侪邪气急,所以派伊出来物色和考察读报干部的。

拨伊辬能一讲,大家恍然大悟。

阿婆接着讲:"经过考察,王小毛同志热心,乐于助人,口齿清楚,虽然带有一点苏北方言,但听起来别有一番风味。"

小黑皮插嘴讲:"对的,是扬州酱菜的味道!"

阿婆觉得,王小毛知识面广,非但能读报还能进行讲解,而且还幽默风趣,能调节读报的气氛,综合考察下来,是一个非常理想的读

滑稽王小毛

报干部,就是勿晓得肯勿肯接受读报小组的聘请,担任义务读报干部。

王小毛当即表态,为老年人服务是全社会应尽的责任,义不容辞。不过,伊想推荐女朋友佩佩担任这一职务,因为,伊普通话标准,音色优美,口齿伶俐,还得到过市里朗诵比赛的金奖。

阿婆非常高兴,讲:"好极了,就是勿晓得佩佩……"

佩佩表示,自己非常愿意。伊讲:"读报之余我还可以为老人量量血压,听听心脏,做一点健康保健方面的咨询。"

王小毛又向阿婆推荐小黑皮,讲伊也是一个勿错的人选,特别适合读财经方面的新闻,还可以进行分析和评点,有利于老伯伯老妈妈们炒股理财。阿婆又惊又喜,忙问小黑皮有勿有意向,小黑皮也爽快地答应了。

最后,王小毛隆重推荐自己的妈妈,讲伊虽然苏北口音也蛮重,但是蛮适合读生活类的新闻,箇个对老年人特别需要。

王妈妈笑着讲:"读好报,我还好教大家哪能烧狮子头,哪能做三丁包,大家听了吃力了,我还会唱两段扬州小调拨大家听听,解解恍气。"

阿婆连连拍手,讲:"哈哈,今朝我的选拔考察任务超额完成了……"

听到箇个闲话,大家侪开心地哈哈大笑。

(小品原著:葛明铭)

50 柳暗花明

星期天,佩佩约王小毛去看望表姐芳芳,因为芳芳快要结婚了,假使有事体要帮忙,伊拉可以助一臂之力。王小毛一口答应,两家头讲讲悄悄话,荡荡马路,很快就到了芳芳屋里。

芳芳是个眉清目秀的姑娘,举止庄重,落落大方,看见佩佩和小毛来作客非常高兴,介绍未婚夫张雄跟伊拉相互认识。张雄五短身材,赤红脸孔高鼻梁,眼睛大而有神,说话像敲钟,走路像冲锋,混身是劲道,有点男子汉气概。

初次见面,张雄摸出香烟请王小毛抽一支,王小毛用眼神向佩佩请示,佩佩含笑点头,王小毛勉强点燃一根香烟抽了几口,接着就咳嗽不止。男人吃香烟要请示女人,张雄感到好笑。张雄烟瘾邪气大,抽香烟一支接一支,伊勿用打火机,火柴梗随手乱丢。王小毛是个热心人,诚恳地提醒讲:"张雄姐夫,侬新房正勒辣装潢,香焦水、油漆侪是易燃物品,火柴梗乱丢是有危险性的。"

对王小毛的忠告,张雄勿屑一顾。勒伊看来,连香烟也勿敢抽的男人是呒没出息的。佩佩看张雄跟王小毛话勿投机,为了避免尴尬,伊连忙摸出一只红包塞拨了芳芳,随后笑着讲:"表姐,迭个是我的一眼眼心意,祝贺倻新婚快乐!"

旁边王小毛一看急了,轻轻叫对佩佩说:"佩佩,侬哪能事先勿

滑稽王小毛

打个招呼,我一点吭没准备,我失礼了。"

芳芳听见了,客气地讲:"王小毛,佩佩送礼就包含了你的情分,伊送还是侬送是一桩事体的。"

张雄却硬梆梆地说了一句:"王小毛送礼,勿敢当、勿敢当!"

芳芳为了缓和气氛,请佩佩和小毛参观新房。新房是一套单间房子,靠窗的是窗式空调机,靠墙矮柜有彩色电视机和收录机,一张画着花卉的屏风遮牢了双人床,屏风外面放着两只单人沙发,当中一只小圆台,旁边放着落地灯,而且地上还铺着地毯,柔和的灯光使新房显得十分温馨安静。

王小毛脱口一声"新房赞个,三王鸡!"旁人听得莫名其妙,王小毛一本正经讲:"空调机、电视机、收录机三只侪是王牌家用电器,迭个勿是三王机吗?"引得大家侪笑了。

半个月以后,芳芳和张雄结婚了。

婚礼勒辣一家大酒店的二楼举行,至爱亲朋宾客满座,下午四点半钟,新郎穿着棕色西装,新娘穿着雪白的婚纱礼服,立勒酒店门口迎接宾客,吸引了不少行人的眼球。

王小毛和佩佩来了,热烈祝贺新郎新娘幸福和谐。新娘怕羞,两颊绯红,新郎张雄偏偏烟瘾犯了,今朝穿件新西装,袋里空空,吭没香烟可以抽。张雄对王小毛眨眨眼睛,意思敬一支烟抽抽,偏偏王小毛视而不见,袋袋里摸出一只红包塞拨了新郎,悄悄地讲:"姐夫,我的一眼眼心意,另外香烟勿要抽了,勒辣酒店门口抽烟,有损新郎形象。"

张雄无可奈何,但也回敬一句:"王小毛,侬现在是候补期,今后是否是妹夫,还是未知数,侬的礼,勿收。"

王小毛面孔上红一阵白一阵,但伊嘴巴勿肯让步:"姐夫,侬真客气,礼不肯收,格么暂时寄放勒我袋袋里,因为迭个礼物是专门为俫两家头准备的,下趟再讲吧。"讲完笑眯眯地走开了。

酒宴上,新郎张雄大开酒戒和烟戒,凡是客人敬酒敬烟,来者勿拒。嘴上叼支烟,吸几口烟,又饮几口酒,酒刚咽下,烟又点燃了,烟酒不断,交叉大战,尽管新郎张雄酒是海量烟是大瘾头,终究抵抗不住亲友的车轮大战,伊的头昏沉沉,眼眶隐隐作痛,一只胃容纳不下过量的烟酒,想呕吐。

王小毛终究是热心人,也勿计较张雄的态度,伊帮新娘打招呼,抵挡吃酒抽烟的进攻,随后扶牢新郎进洗手间,让伊痛快地一吐为快,又帮着绞毛巾让新郎擦洗。迭个辰光张雄舒服多了,伊含着歉意对王小毛讲:"谢谢侬的关照,今后常来白相。"

婚宴还勒辣进行,菜上得差勿多了。论荤腥,鸡鸭鱼肉齐备,论素菜,青椒豆苗西红柿齐全,难得一见的黄花鱼炸得又黄又脆,烤鸭焦黄溜光,闪着琥珀般的光泽,台子上香味扑鼻的酒晶莹透明。

众人见新郎回来了,又拥上来吵着闹着,敬酒敬烟勿放新郎过门,新娘芳芳连忙打招呼了:"各位,今朝夜里阿拉还要乘火车到广州旅行度蜜月,张雄再也勿能喝了,伊刚刚已经喝醉了,等一歇叫我背,我哪能背得动?"

张雄笑着说:"广州回来,闹新房补闹,日脚就勒辣下周周末。"

众人见新郎应诺补闹新房,也就满意地散了。

辰光过得飞快,一周后周末来临了,王小毛和佩佩去闹新房,远远就见新房附近不少人围观,佩佩有种不祥的预感,伊拉牢王小毛三步并两步,走到新房楼下。一声惨厉的嚎哭声骤然传来,迭个是新娘芳芳的声音,佩佩情勿自禁打个冷颤,浑身起了一层鸡皮疙瘩。王小毛冲上楼去,只看见张雄坐勒楼梯口,沉倒头痛苦地揪自家的头发,

滑稽王小毛

芳芳披头散发地痛哭。

原来昨日张雄和芳芳从广州回到上海,因为路途疲劳,芳芳很快就睏着了,张雄睏了床上抽香烟,抽着抽着也昏昏沉沉睏着了,手一松,吭没熄灭的香烟落了地毯上,引起了燃烧。新郎新娘梦中被浓烟呛醒,芳芳吓得魂飞魄散,夺门而逃。张雄想开窗,让浓烟散发出去,吭没想到,一阵风吹进来,火借风势,越烧越旺。幸亏芳芳已奔到马路上打电话119求救,消防队及时赶来,一场火灾及时扑灭了,但室内家具、新房布置、家电设备全军覆没。

芳芳哭着对王小毛讲:"阿拉现在是山穷水尽了!"

王小毛摸出上次要送拨伊拉的迭只红包,诚恳地对新郎新娘讲:"天有不测风云,人有旦夕祸福,我迭个礼物就是上次要送拨倻的,但张雄勿要,我一直藏着,现在正好用得上了。迭个是一份家庭财产保险单,是用倻夫妻俩的名字买的,按照协议迭次火灾造成的大部分损失,保险公司可以赔偿,也算是不幸中大幸了。"

佩佩用称赞的眼光看牢王小毛,新娘芳芳万分感激,新郎张雄紧紧握牢王小毛的手:"阿弟,侬对阿拉迭能好,我还狗咬吕洞宾勿识好人心,我对不起侬!"王小毛笑着讲:"过去的事就覅提了,现在有了迭张保险单,倻就勿是山穷水尽疑无路,而是柳暗花明又一村啊!"

芳芳跟张雄原本愁眉苦脸的面孔上终于露出了笑容。

临别时,王小毛轻轻地对张雄讲:"姐夫啊!还是拿香烟戒脱吧!"

张雄连连点头:"一定戒,一定戒,侬看我行动吧。"

(小品原著:洪精卫、葛明铭)

51　八面来风

　　王小毛最近当上了交通民警,经过一个学期的培训,正式上岗了。

　　勒辣一个勿是十分热闹,也勿是十分冷清的十字路口,王小毛身穿警服,精神抖擞地指挥着交通。

　　辣个辰光,王小毛的师傅包队长走了过来。

　　"包队长!"

　　"小毛好!"包队长一边微笑,一边同伊打招呼,"小毛,今天侬第一次独立上岗,心里慌哦?"

　　"勿慌,不过,有点紧张。"

　　"辣个勿是一回事嘛。"

　　"包队长,侬的话我是牢牢记勒辣心里的。侬让我向阿庆嫂学习,要眼观六路,耳听八方,胆大心细,遇事勿慌。侬还让我学习包青天,要严格执法,铁面无私,立勒辣路中央,要挡住八面来风。"

　　"好,辣记我就放心了,我到前面路口去看看。"

　　"队长,侬放心,此地就交给我了,敬礼!"

　　王小毛的师傅走了,王小毛又认真地指挥起来。辣个辰光,路上的车辆增多了,路况开始复杂起来,王小毛勿免有点手忙脚乱,伊心想:真是看人挑担勿吃力,我原先以为做交警挺轻松的,勒辣马路中

滑稽王小毛

央一站,像首长一样的,挥挥手吹吹哨,又神气又潇洒,现在一做,才晓得辣个工作又吃力又紧张,勿容易的。

辣个辰光,王小毛发现一辆黄鱼车违章转弯,忙上前拦了下来。踏黄鱼车的是个60多岁的老伯伯,看到民警拦住伊,抖抖缩缩地拿着黄鱼车牌照走了过来。王小毛定睛一看,来者竟然是自家的娘舅。娘舅也认出了王小毛:"喔唷,是小毛啊,哈哈哈!"

"是娘舅啊,哈哈哈——严肃点!"

娘舅有点勿大开心:"小鬼头,今朝哪能弄得像真的一样?"

王小毛正色道:"同志!"

"侬叫我啥?"

"同志,噢,娘舅,娘舅同志,请侬出示牌照。"

"小鬼头,花头精倒蛮透的。"娘舅讲着,指了指胸前,原来牌照就挂勒辣胸口头。

王小毛一边看牌照,一边念:"娘舅不二不三。"

"侬勒辣瞎讲点啥?"

"侬读一下自己的牌照号码。"

"298283,娘舅勿二勿三,哎,倒是差大勿多的,好了,呒没啥事体的闲话,我就先走了。"

王小毛忙拦住了伊:"同志,辣个路口机动车和非机动车侪勿允许大转弯,侬违章了。"

"娘舅同志,我呒没看到指示牌,娘舅同志,对勿起,娘舅同志……搞啥搞,侬是我外甥,我哪能叫侬娘舅了!侬给我听好,小毛外甥,此地勿能大转弯,我是晓得的。"

"侬既然晓得,就是明知故犯了,要从重从严处理。"

娘舅闻言,心想:要死快了,我哪能自家讲出来了?马上赔笑讲:

"小毛,今天就依一个人当班,侬就眼开眼闭,放只码头算咪!"

王小毛严肃地讲:"娘舅,交通警哪能可以眼开眼闭?一只眼睛开,一只眼睛闭,只看到一边的车子,另一边哦没看到,勿要闯穷祸啊?"

"喔唷,大水冲了龙王庙,一家人勿认识一家人了,娘舅以后注意,好了,侬管侬忙吧,我先走了。"

"侬哪能自讲自话就走了?回来!"

娘舅见混不过去,只得转身回来:"王小毛,侬到底想哪能办呢?"

"娘舅同志,按照规章,罚款处理。"

娘舅一面孔无所谓的样子,讲:"好了,侬辩句话早就该讲了,罚款就罚款,娘舅派头大来西的。"一面讲一面就去摸袋袋,摸了交关辰光,终于拿出了一枚硬币交到了王小毛的手中。

"哪能只有五分?"

娘舅苦笑讲:"辩个也是来之勿易,是侬舅妈叫我买葱姜,我偷偷省下来的。"

"勿来三的,价位太低了。"

"价位低好,正好拉进,低进高抛,保大祥。"

王小毛见娘舅眉飞色舞的样子,讲:"阿拉是公安交通队,勿是证券交易所,按照规定,必须罚款20元。"

娘舅讲:"啊?20元啊,我买葱姜要揩油400次才能省下辩笔钞票。王小毛,侬辣手的。俗话讲,天上老鹰大,地上娘舅大……"

王小毛哦没等娘舅讲完,就打断讲:"天上老鹰大,马路上交警最大。哪怕侬是局长、市长、中央首长,勒辣马路上侪要听交警的指挥。"

滑稽王小毛

"小鬼头,气比我粗,理比我壮嘛,我问侬,当初侬报考警校,侬姆妈勿同意,是啥人支持侬的?"

"是侬呀。"

"侬做交警,佩佩推板一点跟侬吹脱,是啥人做调解工作的?"

"也是侬呀。"

"好咪,侬现在做了几天的交警,就六亲勿认了,从今朝起,侬哦没我辩个娘舅,我哦没侬辩个外甥!"

"娘舅,侬勿要光火嘛,侬冷静冷静,我现在也邪气忙,侬就到岗亭里去,喝杯菊花茶,清醒清醒。"

"我勿去。"

"勿去也可以,辩面小旗子拨侬。侬来帮我维护交通秩序吧!"

"辩个倒可以,我已经老长辰光哦没管过人了。"

刚安顿好娘舅,王小毛又看到一个骑自行车的女青年闯红灯,忙叫住了对方,辩个女青年大大咧咧地朝王小毛走了过来。

王小毛朝伊敬了个礼,讲:"同志,侬违反交通法规了。"

"我违反了啥交通法规?"

"闯红灯。"

"咦,我明明看见是绿灯嘛?"

"侬再仔细看看,到底是绿灯还是红灯?"

女青年装模作样地看了一眼:"对勿起,同志,我有点色盲。"

王小毛对伊的解释心存怀疑,于是,伊问:"女同志,侬辩辆黑车子的牌照哪能哦没的?"

"啥黑车子?我的车子明明是红色的。"

"辩能看来,侬勿是色盲?"

"喔唷,穿帮了。"女青年嗲声嗲气地讲,"算了,朋友帮帮忙,侬睁一只眼闭一只眼,放只码头算咪!"

辫个辰光,娘舅快步跑了过来:"啥个闲话,马路上哪能好眼开眼闭呢,出了交通事故,啥人负责?"

女青年白了伊一眼:"哟,侬是啥人啊?退休工人,挥挥小旗子,侬介卖力做啥?"

娘舅眼乌珠一弹:"哪能,退休工人么又哪能呢?我偏要管,哪能啦?"

"朋友,侬拎拎清,我的娘舅也勒辣交通队,姓包,我是伊的外甥女任来凤,㑚大概是新来的,怪勿得勿认得我。"

娘舅一听,心虚了:"侬队里姓包的是啥人?"

王小毛回答讲:"可能是包队长。"

娘舅顿时底气足了:"队长有啥吓人的,小姑娘,我告诉侬,我勿管侬的亲戚是局长、市长,还是中央首长,勒辣马路上侪得听交警的指挥。"

女青年拿眼一瞪:"退休工人,侬发啥狠?"

"退休工人哪能了?老实告诉侬,我勒辣退休之前也管两三千人。"

王小毛有些吃惊:"娘舅,侬以前做过厂长?"

"我没有做过厂长,我是门房间的,厂里进进出出的人侪归我管。"

"原来如此,娘舅,侬今天做得对。"

女青年根本没拿伊拉两家头放勒眼睛里,讲:"好了好了,呒没事体了,民警同志,侬去忙吧,碰到我娘舅,请代我问伊好。"讲着,就准备滑脚。

王小毛忙拿伊喝止,女青年问:"格么侬准备哪能呢?"

"按规定罚款。"

娘舅加重语气,帮腔讲:"对,按规定罚款!"

女青年讲:"喂!侬又勿是娘舅,凶啥凶?娘舅是伊呀!"

娘舅讲:"啥,伊变成我的娘舅了?伊是我外甥。"

王小毛忙向娘舅解释:"迭个女同志讲的娘舅,指是指阿拉交通民警。"

"噢。"

王小毛问娘舅:"娘舅,侬看桩事体哪能办呢?"

"桩个有啥难办的,法律面前人人平等。"

王小毛悄悄讲:"娘舅,我看桩事体就算了吧,伊的娘舅是我的顶头上司包队长,阿拉就眼开眼闭,放伊一马算了。"

"小毛,侬勿要忘记侬头顶上的警徽,决勿能眼开眼闭。"

"娘舅,侬讲得太好了,既然桩能,侬就先带个头,罚20块洋钿吧!"

"王小毛,讲了半天,侬勒辣教育我啊,勿知勿觉我哪能跟侬立勒一道去了。"

王小毛笑了:"阿拉民警和老百姓本来就是立勒一道的。"转头又对女青年讲:"同志,侬既然是我队长的外甥女,格么我马上和包队长联系,让伊亲自来处理好哦?"

"叫伊来就叫伊来,我又勿怕的,像真的一样。"

"那好,我就叫伊过来了。"王小毛讲着,拨通了对讲机。女青年顿时慌了手脚:"民警同志,帮帮忙,千万勿要叫我娘舅过来,我娘舅像包青天一样,我看见伊吓的,要么我就认罚好哦。"很快,女青年和王小毛的娘舅侪交了罚款。

王小毛让娘舅早点回家,呒没想到,娘舅挥小旗子挥上瘾了,决定留勒原地,继续帮王小毛维护交通秩序。辩个辰光,王小毛的师傅包队长来了。

"小毛,此地交通情况哪能?"

"包队长,基本正常,就是刚刚勒辣路口刮来了一阵人来风,侬外甥女任来凤来过了。"

"伊是来看我的吗?"

"伊闯红灯,违反了交通法规。"

"噢,侬是哪能处理的呢?"

"我想,伊是侬的外甥女,就勿要罚了吧。"

包队长又问:"格么侬最后罚了呒没?"

"我仔细想了想,还是罚了。"

"好!罚得好!勿能因为伊是我的外甥女,就搞特殊,法律面前人人平等。"

王小毛松了一口气:"包队长,侬真是我的好师傅啊!"

(小品原著:葛明铭)

52 关键一票

王小毛正勒辣家里吃早饭,只听得"砰砰砰"敲门声,原来是小黑皮来了。

王小毛边开门,边数落:"小黑皮是侬啊,穷凶极恶啥事体啦,有门铃勿揿,喜欢拼命敲,手敲痛,门敲坏!"

小黑皮讲:"揿门铃么,叮咚叮咚,太文气了……我迭能敲门,表示十万火急呀!"

王小毛问伊发生了啥事体,小黑皮闲话勿讲,拉着王小毛就要走。

王小毛很诧异:"侬勿讲清楚,叫我走到啥地方去?"

小黑皮辫才道出实情,是王小毛刚买的车子拨人家撞坏了。王小毛一听,顿时大吃一惊。

"啊!是我的车拨撞坏了?是哪一个缺德鬼撞的?"

小黑皮告诉王小毛,是拨王小毛非常熟悉的一个美女撞坏了。王小毛见伊卖关子,心中又气又急,极吼吼地追问道:"侬快讲呀,到底是啥人?"

小黑皮讲,撞车的人,就是王小毛的师妹!王小毛一头雾水,自己又吷没上过武当山,啥地方来的师妹?

小黑皮启发伊,辫位师妹是王小毛去驾校学驾驶时认识的,而且,伊就是住勒辣搿个小区里的。王小毛思索了片刻,突然讲:"噢!我晓得是啥人了——是宋小双对哦?好,侬快领我去!"

"侬帮帮忙噢,刚才还磨磨蹭蹭的,皇帝勿急,急煞我太监,现在皇帝急了,我太监勿急了!侬自己车停的地方勿晓得,还要我领侬去啊!"

"对对对,拿我弄糊涂了!"

王小毛和小黑皮来到停车的地方。看到车子的后车灯吃着生活,变成瞎眼灯了。但是并呒没看到宋小双的人影,王小毛有点着急。

小黑皮让伊㑚急,讲宋小双的车子停勒辣王小毛的车子后面,王小毛的车勿动,伊就倒勿出来,伊急着要去上班,马上会来的!

王小毛叹口气讲:"哎,真是老天勿长眼,勿撞侬小黑皮的车,偏要撞我王小毛的。"

小黑皮讲:"王小毛侬良心蛮好,希望我的新车变破车,幸亏我的车停得稳稳当当的,啥人也碰勿着我!"

两人讲话间,宋小双来了。伊一看到王小毛,忙上前打招呼:"真勿好意思,我拿侬的车灯撞坏脱了!"

王小毛问伊,到底是哪能一桩事体。宋小双解释讲,伊昨日回来早,看见搿搭里向有空位,就拿车停勒此地了。今朝一早来开车,发现王小毛的车挡牢了伊的车头,伊想拿车倒出来,车距太小了,一勿当心撞上王小毛车子的后车灯,伊问王小毛该哪能办?

小黑皮讲:"哪能办?办法勿要太简单噢,侬宋小双是肇事者,应该负全责,修理费全部由侬埋单。"

宋小双闻言,忙讲:"喂,小黑皮,侬的腔调哪能介像交通警察啊,人家王小毛还呒没开口,要侬小黑皮瞎起劲点啥!"

滑稽王小毛

小黑皮勿肯放软档:"嗬哟,看看侬宋小双人倒长得蛮漂亮,哪能凶得来像……像……像只雌老虎!"

宋小双一听,火冒三丈,王小毛忙上前劝架,又教训了小黑皮一番,宋小双辣才消了气,伊问王小毛,辣桩事体哪能解决?小黑皮讲赔500元,宋小双觉得有点贵,王小毛也认为500元太多了。宋小双决定赔200元,但王小毛觉得200元还是太多。

辣记,小黑皮坐勿牢了:"啊!王小毛,200元还太多?格么就爽爽快快免单拉倒了!"

宋小双一听,光火了:"小黑皮侬勿要勿二勿三,我宋小双勿是小器鬼,王小毛,我200元是应该出的,喏,拿去!"

王小毛连连摆手讲:"大家侪是一个小区的邻居,低头勿见抬头见,为辣能一点小事体斤斤计较赔钞票,显得太小家子气了,讲来讲去侪是停车难造成的,车跟车之间,擦擦碰碰是难免的,以后当心点就是了。"随后,伊拿车倒了一倒,让出一条路。宋小双十分感激,朝伊挥挥手,开车走了。

小黑皮见到此景,嘲讽讲:"人长得登样一眼,占便宜,喏,调了是我就吭没介便当,就是西施再世,昭君重现,我也勿会心软,勿叫伊拿出500、600,嫑想摆平我小黑皮。"

过了几天,王小毛家的门又拨人敲得砰砰响,王小毛以为又是小黑皮来了。开门一看,原来是宋小双,王小毛忙问伊有啥事体哦。

宋小双讲:"无事不登三宝殿,想跟侬商量小区里的大事体呀。"

王小毛非常纳闷,小区的事体哪能寻我呢?应该去寻居委会、物业公司,或者业委会。宋小双讲,辣桩事体关系到阿拉业主的切身利益!

王小毛忙问:"啥个切身利益?"

"喏,停车问题呀!"

王小毛恍然大悟,心想:停车问题确实勿是小问题,私家车越来越多,原来固定的车位,老早就停满了,现在侪勒辣小区道路上乱停。

宋小双讲:"现在,即便勒辣小区道路上停车,也要落手快,有辰光为了抢车位,打相打的事体也时有发生,蛮吓人的!"

王小毛也深有体会,讲:"每天上班倒并勿吃力,下班回来为了停车,真是苦头吃足。"

听到辩个闲话,宋小双也为上次碰撞王小毛的车子感到愧疚,不过,伊向王小毛宣布,现在停车难的问题,马上就要解决了!小区业委会要拿小区西边的一块绿化地,改为停车场,至少可以停20多辆车!非但自家十分赞成,就是原来跟自家吵过相骂的小黑皮也非常积极,因为伊马上就要买车子了。

但是王小毛对此并勿认同,认为是十足的馊主意,王小毛讲:"毁掉绿化改建停车场,勿妥当,我勿会赞同!"

宋小双听王小毛迭能讲,觉得非常委屈,自家东奔西走为了解决停车难,勒辣王小毛眼里,伊的一片好心变成了驴肝肺。想到此处,伊只好尴尬地走了。

宋小双前脚走,后脚来了小黑皮。伊见王小毛一个人蹲勒辣屋里画图纸,十分好奇。王小毛也勿解释,只是讲自己勒辣瞎弄弄。小黑皮也拿小区绿地改停车场的事体告诉拨王小毛听,还讲现在物业公司会议室里,闹猛得勿得了,业主们意见勿一致,正争得面红耳赤。

王小毛问伊,有勿有结果。小黑皮讲:"目前还吭没结果,只要依王小毛到场,马上就有结果!"

王小毛讲:"瞎讲有啥讲头,小黑皮依太抬举我了,我算什么里的东西!"

319

滑稽王小毛

小黑皮讲："绿化地改停车场，吵到最后决定投票表决，现在投票结果是 29 票对 29 票，正好扯平。"

王小毛问小黑皮准备投赞成票还是反对票，小黑皮表示，自己马上要买车子了，当然希望有更多的停车位。现在是 29 票对 29 票，只要王小毛投赞成票，伊再加一票，29 比 31，那么铁板钉钉，停车问题彻底解决了。

王小毛讲："假使我投反对票呢？"

小黑皮讲："就防侬捣个一脚，侬投反对票，我投赞成票，变成 30 比 30，那就要像足球场上一样——踢点球了！正方、反方大家再去拉票，直到最后决出胜负。"

王小毛一听，让小黑皮先去，讲自家随后就到。小黑皮点了点头，便往物业赶去。

物业会议室的投票现场气氛紧张，小黑皮投了赞成票，捱时来了宋小双。

小黑皮心想：呦，宋小双来了，捱记心定了！伊肯定投赞成票，等王小毛来，随便伊投啥个票，勿影响大局了！哝没想到，宋小双居然投了反对票！

小黑皮急了，讲："慢！宋小双，侬阿会弄错啊，侬勿是对我讲要投赞成票的吗，哪能变卦了？"

"勿是变卦了，刚刚到王小毛家里去说服王小毛的，结果拨王小毛批评了一番，仔细想想觉得王小毛批评得对！"

小黑皮顿时泄了气，心想：完了，完了，算啥名堂，29 比 29，弄了半天，变成 30 比 30，王小毛再来一票反对票，事体弄僵！

捱个辰光，王小毛急匆匆来到会场。小黑皮忙迎了上去："王小毛，现在就等侬的关键一票了！"

王小毛拿出了自己画的图纸,勒辣会议桌上摊开,讲:"辫个就是我投的一票,算勿算关键一票,请大家评判。"

  业主代表们一看,图纸上头写着"小区停车规划优化方案"。

  王小毛和大家解释讲:"阿拉小区的环形道路有150米长,也比较宽,一直是双向通行,我建议改为单向行车,虽然有的业主可能因此要多开一点路,但是这样一来就可以拿道路的五分之二,让出来停车,请物业公司画上斜线停车位,增加停车率,我算下来至少可以停40辆车,也就基本能满足业主的停车需求了,大家看哪能?"

  大家一听,齐声夸奖王小毛是个有心人,动脑筋,挖潜力,提出符合实际的停车方案,又保护了小区的绿化。

  宋小双和小黑皮不约而同地讲:"辫个是真正的关键一票!"

  会议室里响起一片热烈的掌声……

(小品原著:何沛忠)

53　互助双赢

有家名叫"哈娘子千层饼"的小店,生意好得勿得了。

小黑皮看人家钞票介好赚,就依样画葫芦,勒辣"哈娘子千层饼"小店对面,也开起了"小黑皮千层饼"小店,与之竞争。勿久,小黑皮垂头丧气来找王小毛。

小黑皮对王小毛讲:"倒霉,倒霉,一只脚踏进去拔勿出来了!"

王小毛问:"是勿是勿当心,一脚踏了老鼠夹子里,脚拨夹住拔勿出来了?"

小黑皮急了,讲:"侬当我是老鼠,世界上有像我迭能介大的老鼠啊?"

王小毛讲:"哪能咓没啊,澳大利亚的袋鼠立起来,比侬小黑皮还高咧。"

小黑皮更加发极了,忙向王小毛讲出了原因:"侬勿要寻我开心了,我粽是打比方,千怪万怪,怪我小黑皮头脑太简单,看见人家做千层饼赚钞票,也去做,结果弄得我骑虎难下呀!更加气人的是,有的人经过我小黑皮的店勿买,偏偏要绕到哈娘子的店去排队。"

王小毛问小黑皮,哈娘子是何许样人?

小黑皮告诉王小毛,是一个从哈尔滨来的女人,姓哈,所以自称哈娘子。粽个哈娘子不但会做生意,关键还是个美女。

王小毛点点头讲:"顾客当然是来买饼吃的,脸孔漂亮又勿好当点心吃。"

对辩桩事体,小黑皮也是一百个想勿落,哈娘子的千层饼是面粉做的,自家的饼也是面粉做的;哈娘子的饼上撒芝麻,自家饼上也撒芝麻;哈娘子的饼是勒辣平底锅上用油烘的,自家的也是如法炮制,但就是吭没人买。

王小毛帮伊分析:比方讲北方人做饺子是伊拉的传统,祖祖辈辈做下来,专业。哈尔滨人做千层饼,也是伊拉的专业啊。霉干菜,侬做不过绍兴人;油面筋,侬做不过无锡人;狮子头,侬做不过扬州人……

小黑皮听得勿耐烦了,讲:"够了够了,黄泥螺,做不过宁波人,辩个道理我懂!"

王小毛讲:"嘴巴上讲懂,实际勿懂,讲明侬做千层饼还是业余级别,要好好叫向哈娘子去学习学习。"

听到辩个闲话,小黑皮有点为难,伊认为同行是冤家,叫伊去向哈娘子学习,明摆着是去抢人家饭碗,人家哪能肯教呢?王小毛听了觉得小黑皮讲得也有道理。

小黑皮讲:"我也只是叹叹苦经,我每天做十斤面粉千层饼也卖勿脱,带回家去当饭吃又吃勿掉……"

王小毛讲:"我晓得了,侬是想叫阿拉也买侬的千层饼当饭吃,对哦?"

小黑皮连忙解释:"勿对勿对,侬跟王妈妈两个人,就算加上佩佩,派足一天吃掉两斤千层饼,也解决勿了我的生意问题呀。我勿是叫侬买千层饼当饭吃,我是想请侬王小毛帮忙出出点子,哪能让我的千层饼生意好起来,压倒哈娘子,让伊的千层饼侪卖勿脱。"

323

滑稽王小毛

王小毛批评小黑皮:"人家哈娘子,从哈尔滨背井离乡来到上海做生意,哪能可以想办法让人家吭没饭吃呢?"

小黑皮振振有词讲:"商场就是战场,对手就是敌手,吭没啥好客气的。"

王小毛严肃地讲:"小黑皮,损人利己的点子我王小毛出勿来的,还是另请高明哦!"

"勿勿勿,王小毛我刚才闲话讲得勿好,侬帮我出出点子,哪能让我的千层饼生意,弄得像哈娘子一样好,瓣个总可以了哦?"

王小毛讲:"我王小毛勿是万宝全书,对千层饼也是外行,真的提供勿出啥个好点子。"

听王小毛瓣能一讲,小黑皮彻底泄了气:"算了算了,唉,活该我小黑皮倒霉,瓣个月的收入连交店面租金,还差一大截,到时实在弄勿落,只好吃西北风——小毛侬看,佩佩来了,我走了。"讲罢,转身就走了。

王小毛回头看去,佩佩已来到面前,伊问王小毛是勿是勒辣跟小黑皮茄山河,王小毛点点头,讲:"小黑皮勒辣和我讲伊的千层饼生意。"

佩佩一听:"喔唷,讲起小黑皮的千层饼,人人侪横得头——真是一塌糊涂!"

原来,小黑皮的小店开勒伊的医院附近,伊看小黑皮是王小毛的好朋友面上,还动员医院同事去买伊的千层饼。照理讲,千层饼的味道应该是香喷喷,葱多芝麻多,油水足,吃起来韧中带脆,层数多,有嚼劲。但是,小黑皮的千层饼,吃起来像面疙瘩!现在小黑皮生意勿好,蚀老本,要关门,佩佩一眼也勿觉得意外,伊认为小黑皮吭没金刚钻,就勿应该去揽迭个瓷器生活。

王小毛问:"佩佩侬讲,小黑皮既然碰到困难了,阿拉哪能去帮帮伊?"

"对于做千层饼侬是外行,我也是外行,呒没办法帮呀。我看只有一个办法。"

"啥个办法?"

"叫小黑皮先拿店关掉,到哈娘子店里去学生意,学习一段时间,技术学到手了,再开张。"

王小毛虽然认可伊的想法,可辩个是一厢情愿的事,人家哈娘子也勿是戆大,伊去学生意,就是去抢人家饭碗头,人家哪能肯呢?

佩佩讲:"辩倒也是,格就呒没办法了,侬看阿有啥另外办法?"

王小毛讲:"办法是人想出来的,让我想想看。"

辩天,王小毛来到哈娘子千层饼小店观察,店内一男一女勒辣紧张地做饼,有位中年妇女,勒辣操刀过秤卖饼,王小毛心想,看样子辩个女人就是哈娘子了。于是,伊大声招呼道:"哈老板,买两块钱千层饼。"

哈娘子立即拨王小毛称了两块钱的饼,还免了一角钱零头。王小毛问伊为啥介客气,哈娘子笑着讲:"小店全靠顾客捧场,一角二角零钱就勿收了。"

王小毛咬了一口千层饼,果然味道勿错,称赞讲:"哈老板,侬的千层饼做得真好吃,是祖传的手艺哦?"

"对,是我们哈尔滨人的传统手艺,没啥稀奇,只要是黑龙江人都会做。"

王小毛问伊,能勿能一下子买10斤千层饼?哈娘子婉言拒绝了,讲:"现在不行,你看,后面排队老长的,你10斤一买,后面的很多顾客就白排队了,等我空下来,单独给你做10斤饼,你留个地址,晚

滑稽王小毛

上我送到你的家里去,你看可好?"

王小毛讲:"我家离此地老远的,还是我骑车自己来拿吧。"

哈娘子想了想,讲:"小店晚上不开门,你到我住处去拿,行吗?我家离此地不到50米,就在菜场后面的小平房里。"

王小毛讲:"那好,晚上见,对对对,我忘了,让我先付定金,喏,还是一次付清吧!"

当晚,王小毛来到哈娘子所讲的小平房,伊敲了敲房门,哈娘子开门见是王小毛,就拿打包好的千层饼送到伊的手中。

王小毛笑着讲:"别急别急,哪能勿请我进去坐一歇?"

"对对对,应该坐一会儿,不过很惭愧,房间太小了,你看屋里只够摆两张床,这是我丈夫,这是我闺女。"

王小毛见三个人轧勒一个很小的房间里,感到很吃惊,便建议伊拉租间大点房子。

哈娘子告诉王小毛,伊拉勒辣上海无亲无眷的,房子租金又贵,就这样六七个平米,月租金是六七百块!要勿是为了拨闺女挣学费呀,早就回家乡了。

王小毛问:"侬女儿上大学啊?"

哈娘子讲:"我女儿高中毕业,想考大学没钱哪能行,所以我们就是来上海打拼赚钱的。"

聊了一歇,王小毛就拎仔10斤千层饼回转去了。

第二天,王小毛和佩佩经过一番商量,来到小黑皮的小店。

小黑皮以为伊拉是来捧场的,非常高兴。佩佩告诉小黑皮:"阿拉是来送礼的。"

小黑皮叹了口气,讲:"倷勿是送开张礼,是送关门礼了。我正打算关门呢。"

佩佩讲:"侬勿要想到关门,先看看是啥个礼嘛。喏,辩个是10斤哈娘子千层饼!"

小黑皮一看,脸色就更加难看了,伊讲:"王小毛、佩佩,㑚脑子进水了,我做了介许多千层饼㑚卖勿掉,㑚再去买10斤千层饼来做啥?来挖苦我?"

王小毛讲:"侬勿是叫我帮侬出点子吗?辩就是阿拉的点子,侬拿辩10斤千层饼,勒辣侬的平底锅上重新烤一烤,再切成小块!"

小黑皮听得莫名其妙,王小毛讲:"辩些饼侬请顾客尝味道,拿侬做坍的牌子挽回来,侬马上动手吧。"

小黑皮抓抓头皮,应道:"我懂了。"

几个人说干就干,小黑皮烤饼,王小毛和佩佩勒辣门前吆喝。

"喂!正宗哈尔滨千层饼,尝味道哩……"

"喂!免费尝味道,吃得勿灵勿要买咧,又香又脆味道好咧!免费品尝……"

伊拉的吆喝声,吸引了许多顾客,勿一歇歇,10斤千层饼拨抢购一空!

王小毛问小黑皮,哈娘子的货色比侬的货色哪能?小黑皮立即竖起了大拇指。

王小毛又问:"侬的千层饼也想做成辩能样子哦?"

小黑皮讲:"当然想,想之长远了。"

"那好,我再问侬,侬家住的本地房子,后面有一间好像是空关的对哦?"

"空关房间面积只有15平米,里面堆了交关旧家具呢。"

佩佩问伊,愿勿愿意出租辩个房子?小黑皮还以为伊要租房子,便爽快地答应了。当谈及租金时,佩佩希望便宜些,最好月租金650

滑稽王小毛

元。小黑皮认为价格太低了,有点为难。王小毛讲:"650元一口价,如果侬答应了,我担保侬的千层饼生意做得火起来,火到跟哈娘子旗鼓相当,想勿想?"

小黑皮闻言,精神一振,讲:"我做梦也想呀。不过房子出租跟做千层饼有啥关系?"

王小毛故意卖了个关子,讲今天晚上,伊和佩佩会到小黑皮家里做客,到时候,就真相大白了,小黑皮一听,兴奋勿已。

当晚,王小毛和佩佩,带了哈娘子去小黑皮家。小黑皮见哈娘子也来了,觉得很纳闷。

王小毛向伊宣布:"小黑皮侬听好,辫位哈娘子,就是要租侬房子的房客,要侬解决伊的住房困难,哪能?"

小黑皮连连点头,表示没有异议。

王小毛又宣布道:"哈娘子侬听好,今后小黑皮的千层饼,哪能做得跟侬一模一样,由侬负责,哪能?"

哈娘子也爽快地答应了,表示愿意互助合作。

王小毛很欣慰,问小黑皮:"哪能?侬听见了吗?"

此时,小黑皮早已心花怒放,听到王小毛的问话,伊高声讲道:"我听到了,我决定拿房租减到500块!"

大家一听,都笑出声来。

(小品原著:何沛忠)

54 谨防庸医

辣几天连续高温,王妈妈身体有点勿大适意,王小毛要拿正勒辣社区广场上晨练的妈妈劝回来。伊对妈妈讲:"辣几天连续高温40度,比人的正常体温37度还高出3度,倻老年人就勿要到露天广场来晨练了,避免太阳光直接照射,防止中暑。"

王妈妈满勿在乎,讲:"天大热,人大练。冬练三九,夏练三伏。"

王小毛叫伊注意身体,年纪勿饶人,外面天太热了,还是回家休息,家里有空调,阴凉呐。可王妈妈却摇头讲:"老年人就怕空调,空调房间多待吃勿消。还是外面走走好,每天百步走,活到九十九,生命在于运动。"

王小毛笑着讲:"格么两只乌龟王八走也勿走,哪能照样好活千年?"

"侬存心和妈妈抬杠?!"

"勿是的,我的意思,大热天少出来活动,风凉点天天出来锻炼我没得意见。"

"我听侬的,回转去!"

王小毛搀着妈妈回到屋里,经过门前的信箱。王小毛打开信箱,发现报纸还呒没来,小广告倒是一大叠。

王妈妈讲:"我听人家讲,勒辣信箱里塞小广告的辣种人'摇张'

蛮好,每月底薪四百元,还管吃管住。"

王小毛问妈妈想勿想去塞塞小广告,赚点外快?王妈妈连连摆摆手讲:"迭种小广告大多数是滑头广告,骗人的,绝对勿可以去赚迭种黑心钞票。"

王小毛一张张翻看起广告来,里面有勿少商品信息,而且大多是便宜货。有的是"坐飞机打一折",有的是"搬场抵用券",有的是"办理各种证件";还有"代人报仇,报酬面议"。

王妈妈听了吓了一跳:"瘩是违法的,快乩脱。"

王小毛又拿出一张"女人的福音,痛经丸,买十盒送三盒"。王妈妈看了一眼,就讲:"乩脱乩脱,现在我已经用勿着了!乩脱伊!"

王小毛又翻出一张,讲:"瘩张结棍的。神医华大师,勿吃药,勿打针,勿住院,根除高血压、高血脂……"

王妈妈顿时来了兴趣,讲:"瘩个针对我的,勿吃药,勿打针,勿住院,根除高血压、高血脂,迭个好的,迭个医生诊所勒辣啥地方?"

王小毛讲:"妈妈,侬哪能会相信?迭种广告就骗骗侬迭种呒没知识的人。侬想想,勿吃药,勿打针,勿住院,哪能可能治得好毛病?"

王妈妈觉得,作兴倒是个神医也吪没一定。王小毛却勿以为然讲:"世上哪有介许多的神医,自称神医肯定是吹牛,神医华一灵?阿拉只晓得上海说唱大师袁一灵,从来吪没听到过神医华一灵,肯定大兴的。"王小毛拿瘩些小广告统统乩光,准备和妈妈一起上楼。

瘩个辰光,王妈妈突然想起,自家的那副老光眼睛忘记勒辣晨练广场的长凳上了。王小毛想帮伊去拿,王妈妈讲:"勿用了,侬寻勿着的,侬先上楼,我自家去拿。"

王小毛关照妈妈拿了就回家,便独自上楼了。王妈妈见小毛上了楼,马上从垃圾箱里拿那张小广告又拣了出来,如获珍宝。心想:勿可全信,也勿可勿信,譬如勿如去看看!

第二天,王妈妈按着小广告上的地址来到了一个城乡结合部,那是个简易诊所,墙着挂满了"妙手回春""医德高尚""救死扶伤"等锦旗。外室已经有不少人排队。华一灵医生的妻子胡莱莱正勒辣和大家打招呼:"我跟倷讲过了,今天勿要排队了,大家回去吧!"

患者们侪讲,自己天勿亮四点钟就来了,哪能请华大师看病介难啊?

胡莱莱告诉大家,倷是找对门路了,只要寻华大师,勿吃药就能治好毛病。但是,倷要挂200元的普通门诊已经挂到明年三月份了,现在排勿进了。

一旁的王妈妈顿时急了,大叫一声:"我是急病啊!"

胡莱莱讲:"急病要挂急诊,急诊要付加急费的。"

王妈妈讲:"我愿意付加急费的!侬讲加急费几钿?我付!"

"500元!"

勿少病人一听,侪泄了气,王妈妈却勿在乎,直接付了500元钱。胡莱莱立时眉开眼笑,拿王妈妈请了进去。

王妈妈走进了内室,华大师出现了。

华大师问王妈妈,得了啥个病?王妈妈告诉伊,自己有高血压、高血脂⋯⋯

华大师不假思索地讲:"侬辣种毛病侪是吃出来的!"

王妈妈觉得有些诧异,华大师反问伊辣种毛病勒辣20年前头有勿有?王妈妈摇摇头,华大师故作神秘地问伊:"为啥20年前勿生?要现在生?20年前侬生活有现在辣能好哦?"

王妈妈讲:"当然呒没现在好呀!"

"就是啊！现在天天东南西北盅发白……"

王妈妈还以为伊勒辣讲搓麻将，非常诧异，华大师讲："我讲的勿是搓麻将，讲的是吃。东是东坡肉；南是南京板鸭；西是西安羊肉泡馍；北是东北蘑菇炖小鸡；盅发白是冬瓜盅、发菜羹、小白蹄。所以讲，侬的高血压、高血脂侪是吃出来的。"

王妈妈忙问伊，格么哪能办？华大师煞有介事地讲："阿拉要拿吃出来的毛病，再拿它吃回去！"接着，伊开始介绍起自己精心研究出的一种办法，可以拿吃出来的毛病再拿它吃回去！一勿吃药，二勿打针，三勿住医院。是药三分毒，勿论是中药西药，吃到侬肚皮里侪要起化学反应的。

王妈妈讲："照侬辣能讲起来，中药西药侪是有问题的？"

华大师讲："就是嘛！为啥我此地排队的人介许多？就是勿用吃药，勿用打针，勿用住医院。拿吃出来的毛病再吃回去！"

王妈妈讲："我有数了。拿吃出来的毛病再吃回去。就是高血压是吃肥肉、蹄髈吃出来的。我明天再多买点蹄髈肥肉，天天吃，拿高血压吃回去对哦？"

华大师立即纠正讲："侬搞错了，高血压、高血脂是多吃肥肉、蹄髈吃出来了，如果再吃蹄髈，岂勿是越吃越胖了，像啤酒桶了？"

王妈妈糊涂了，问："格么应该吃啥？"

华大师腰板一挺，大声讲："吃绿豆。"

"吃绿豆？"

"对，绿豆好治百病的，辣是我祖先华陀的研究成果。"

华大师讲伊是华佗十八代的灰孙子，绿豆治百病辣就是伊华家的祖传秘方。辣个秘方只传男勿传女，连伊老婆也勿晓得剂量的，绿豆有病治病，无病强身。伊认为王妈妈的高血压、高血脂比较严重，一天吃三斤绿豆疗效比较慢。为了加快治疗步伐,一天吃五斤,就能治好毛病。

王妈妈吰没想到绿豆有辩能的神效,越想越觉得今天来得值得。随后,华大师跟王妈妈开了个方子,关照一定要按照方子上的要求,每天用五斤绿豆烧汤,只吃汤,勿吃绿豆。王妈妈问:"为啥只喝汤勿吃绿豆呢?"

华大师讲:"绿豆汤烧下来的是豆渣,辩豆渣拨猪猡吃了也长膘!人吃下去也只会增加高血压、高血脂!"

"讲得有道理。我回去只喝绿豆的汤,勿吃绿豆渣。"

华大师讲坚持一个疗程三个月,保证治好高血压、高血脂。王妈妈感激勿尽,称赞伊是华陀再世。华大师见伊要走,讲:"慢!请再支付 500 元。"

王妈妈讲:"我付过了!"

"刚刚 500 是加急费,现在 500 是诊疗费。"

"要的,要的。谢谢华医生!"

"勿用谢了,吃好了,帮我扬扬名。"王妈妈连声道好,又付了 500 元,高高兴兴地回家了。

可是,王妈妈吃了一个礼拜的绿豆汤,高血压、高血脂吰没降下去,反而肚皮水泻。就连王小毛买的进口牛奶,伊也喝勿下去。

王小毛讲:"牛奶是好东西,一小盒怎么会喝勿下去。快喝!"

王妈妈刚拿起牛奶,突然肚皮里一阵难受,马上进了卫生间。见此情形,王小毛心中暗想:妈妈怎么说来就来,牛奶也吃勿下去,究竟哪能一回事?

过了一歇,王妈妈从卫生间出来了,脸上略显轻松,王小毛正想关心几句,王妈妈的肚皮又勿来三了,赶快又跑进卫生间。就辩能,

滑稽王小毛

来来回回十多次,王小毛担心起来,伊问妈妈:"侬到底吃了啥个物事,拿肚皮吃坏了?"

王妈妈讲:"大概是吃绿豆汤吃坏的。"

王小毛问:"吃绿豆汤会吃坏肚皮?"

事到如今,王妈妈也瞒勿下去了,伊告诉王小毛,自己听信了小广告上面的宣传,勿吃药勿打针勿住院好治百病,去看了神医华大师,按照伊的药方,每天吃五斤绿豆汤,一个多礼拜吃下来,血压没有降下去,现在肚皮里发大水了,肚皮吃勿消了。

王小毛又急又气:"妈妈,辣张小广告我勿是扔勒辣垃圾箱了。"

"侬走脱我又从垃圾箱里捡起来了,根据上面的地址寻去的,医药费用掉 1000 元。"

"侬倒是主动送货上门啊,侬碰到了骗子,走,去!寻伊算账!"

王小毛拉着妈妈刚想出门,王妈妈突然大喊一声:"慢,让我上好卫生间再去。"

王小毛连忙找出家里小药箱里的止泻药,让妈妈吃,这才有所好转。王小毛也只能等妈妈完全痊愈后再去找华大师算账。

三天后,王妈妈带着王小毛来到华大师的简易诊所,只见人去楼空,门上贴着派出所的封条。一见此景,王妈妈方才晓得自家上当受骗了,气得面孔发白人发抖,王小毛忙安慰了一番,并告诉伊,北京有个所谓教授出了本《拿吃出来的毛病吃回去》畅销全国,还开了一家私人食疗中心,就是宣扬"绿豆茄子能治百病"的谬论,哄动一时,现经卫生部证实,所谓"绿豆能治百病"的讲法完全是没有科学根据的,辣个教授也是冒牌货,伊的诊室也已关门大吉了。

王妈妈感叹道:"现在骗术就像魔术师的戏法,一套又一套。"

"妈妈,其实只要稍微想一想,吃绿豆汤能治百病,那还要医生做什呢？医院门诊部改成粮食店专门卖绿豆汤算了！所以千万勿要相信伪科学！"

"对,篱笆扎得紧,野狗钻勿进,不过,小毛啊,我家里买了介许多绿豆哪能办？"

"吃绿豆汤呀！"

王妈妈听了一吓:"啊？还要吃绿豆汤啊？"

王小毛解释讲:"夏天适当地喝一点绿豆汤,还是能起到防暑作用的。另外,我们还可以发绿豆芽当小菜吃,磨绿豆粉做绿豆糕,妈妈,你放心,不会浪费的。"

王妈妈听了王小毛这番话,脸上总算露出了微笑。

（小品原著：梁定东）

55 三封电报

快要过年了,王妈妈关照王小毛快点去办年货,还叫王小毛多买一点佩佩欢喜吃的物事。王小毛满口应承,正准备出门,搿个辰光,听到门外有邮递员叫喊:王家电报!

王小毛出门取来电报,母子两人觉得有些吃惊,伊拉仔细一看,才晓得搿封电报是从苏北乡下发来的,发报人名叫肖三发。

看到搿个名字,王妈妈告诉王小毛,此人是她的乡下的弟弟,也就是王小毛的舅舅。

王小毛读电报:"姐姐,新春佳节,向你问好,我决定一个人到上海来过年。"

一听此话,王妈妈皱起了眉头:"搿个肖三发,屋里穷得勿得了,过去只要快过年了,伊就到上海来,因为过勿下去了,来就是借钱的!侬舅舅人很瘦,像猴子一样,穿的衣服破破烂烂,可怜呢!我想好了,伊真的要来,阿拉现在的条件也好了,多少总要借点拨伊,再哪能讲,总归是娘家人呀。"

"妈妈,侬讲得对,亲勿亲,总是娘家人嘛。"

正在此时,门外又有邮递员来送电报:"王家电报!"

"哪能又来电报了?"王小毛自言自语地出门去拿电报,等王小毛一回转门,妈妈连忙问:"搿份电报又是啥地方发来的?"

"仍旧是苏北乡下肖三发。"

"哪能又发电报呢?上面讲点啥呀?"

"姐姐,新春佳节,向你问好,我决定……"

王妈妈如释重负地讲:"决定勿来了,蛮好,蛮好。"

王小毛讲:"我决定,一家人一道到上海来过年。"

"啊,我还以为伊勿来了呢,哎没想到伊拉一家人侪来了,伊拉屋里的人多,我算给侬听听,有儿子、儿媳妇、女儿、女婿、孙子、外孙……"

王小毛讲:"妈妈,侬就勿要再算人头了,侬就告诉我一共有多少人?"

"一共嘛,十三个人。"

王小毛笑着讲:"十三个人啊,倒是一出滑稽戏'十三人搓麻将'。"

妈妈发愁地讲:"小毛啊,侬还有心想讲笑话呢,阿拉屋里介小,十三个人过来,住勒啥地方呢?"

王小毛讲:"辣个好办,一半人住勒阿拉屋里,还有一半人住到佩佩屋里。"

话音刚落,就拨王妈妈喝止:"瞎说八道,侬跟佩佩还哎没结婚,哪能可以让阿拉的亲眷住到人家屋里去呢?"

"没得关系,辣个事体可以跟佩佩商量的,还有,吃饭的问题也好解决。伊拉十三个人,我们陪伊拉直接到黄河路、乍浦路去吃饭,屋里就勿用开伙仓了!"

王妈妈讲:"侬派头倒是蛮大的,还到黄河路乍浦路去吃饭,侬晓得吃一顿要多少钞票?弄勿好还拨人斩一刀。"

王小毛解释讲:"勿是去黄河路、乍浦路的大饭店吃饭,是到黄

滑稽王小毛

河路、乍浦路的弄堂里向的小排档吃饭,辦能开销就能省交关了。妈妈,侬勿是讲的嘛,亲勿亲,娘家人嘛。"

听到辦个闲话,妈妈才稍感安心。

辦个辰光,门外又有邮递员喊:"王家电报!"

王妈妈觉得不可思议:"今朝哪能介闹猛?又来第三封电报了。"

王小毛出门又拿着一封电报回来。

王妈妈心神不宁地问:"小毛,这次是从辣块来的?"

"苏北乡下肖三发。"

"啊,伊哪能又发电报来了?到底什呢事啊?"

"哦,辦封电报和刚才那两封勿一样,是加急电报。"

王妈妈一听就急了:"喔唷,勿得了,出大事体了!"

"哪能了?"

"加急电报没得好事情啊,勿是火车脱轨,就是汽车香鼻头……"

"妈,侬勿要瞎讲了,我读拨侬听。姐姐,新春佳节,向你问好……"

"前头两封电报已经问过两趟了,多问有啥问头。"

王小毛讲:"妈妈,侬不要插话,侬听我读下去呀,我决定……"

王妈妈讲:"好,好,决定勿来了!"

"我决定,全村的人一道到上海来过年。"

"侬讲啥?全村人俦要到阿拉屋里来过年?乖乖,没得命了,全村人一道来,也勿晓得到底有多少人!"

"妈妈侬不要急,电报上写清爽了,全村一共有108个。"

"啊!108个人啊,勿好了,伊拉拿阿拉屋里当成水泊梁山了,葛哪能办呢？阿拉屋里哪能待得下啊？小毛啊，侬快给舅舅打电话，叫伊拉勿要来了。"

"葛哪能可以啊？人家开开心心到上海来白相，阿拉哪能好拒人于千里之外。"

"侬就跟伊拉讲，就讲我生病了，叫伊拉勿要来了。"

"妈妈，侬身体蛮好的，能生什么病呢？"

"生什呢毛病好呢？哦，我想起来了，就生老年痴呆症吧！"

"妈妈，侬就不要胡思乱想了，伊拉到上海来，阿拉一定要好好地接待，侬勿是讲的嘛，亲勿亲，娘家人嘛。"

"话是辩能讲，可是，伊拉有 108 个人，阿拉屋里住勿下呀。"

"呒没关系的，现在学校侪放假了，我认得隔壁小学的校长，借学校教室，课桌椅拼拼就可以当床了。"

"格么吃饭的问题哪能解决？"

"吃饭的问题也好办，我可以跟单位食堂商量商量，让伊拉在食堂搭伙。"

王妈妈听儿子辩能一讲，也勿再说啥了。突然，门外又有人喊："王家有人吗？"

"哪能一桩事体？又有人送电报来了。"王小毛往门外走去。

刚打开门，一位手拎考克箱的外乡大叔就走了进来。辩位大叔一边往里走，一边嘀嘀咕咕："好像没得什呢变化嘛，嗯，没有走错。"

王小毛急了，大喝一声："喂，侬是啥人啊？哪能自讲自话地就进门了？"

呒没想到辩位大叔的嗓门比伊还大："你是哪一个啊？哇啦哇啦的？"

王小毛被伊一问，有些发蒙："我，我是王小毛。"

339

滑稽王小毛

大叔顿时双眼放光："啊，你就是小毛啊？你不认识我了吗？我是你的舅舅肖三发。"

"啥？侬就是舅舅啊！欢迎欢迎。噢，勿对，侬勿是刚刚发过电报吗？哪能介快就过来了？难道侬是乘电报过来的？"说着就把王妈妈拉了过来："妈妈，我勿认识伊，侬看看辫个人是舅舅吗？"

王妈妈看了半天后，连连摇头："勿对勿对，小毛，我刚才跟侬讲过了，侬舅舅人很瘦，像猴子一样，穿的衣服破破烂烂，现在这个人胖墩墩，福搭搭，还西装笔挺，像老板一样，勿对、勿对，勿是侬娘舅。"

辫个大叔又凑近一步，讲："姐姐，我真的是肖三发，小名叫三子，你认不出了吗？姐姐，我还记得你的小名叫麻油。"

王妈妈又仔细地打量了一下辫位大叔："迭能讲来，侬真的是三子？"

大叔也激动万分，连声叫："麻油……"

"三子……"

王小毛不禁笑出声来："一个麻油，一个三子，倒是苏北特产麻油徽子。"

王妈妈问："三子啊，侬就一个人来的？"

"是的，就一个人，后面还有107个人呢。"

一听到此话，王妈妈只觉得头晕目眩，差点跌倒，王小毛连忙扶住，辫记把肖三发急坏了。大声问："姐姐，你怎么了？"

过了一会儿，王妈妈渐渐缓过神来，她颤颤巍巍地讲："小毛啊，出大事情了，伊拉来了108个人，辫记开销大了！"

肖三发得意地讲："对啊，这次我们就是想搞得大一点。姐姐，我们108个人专门包了一辆飞机飞到上海来。要住在宾馆，吃在宾馆……"

王妈妈越听越心慌:"小毛,看来我的退休工资已经勿够用了,侬快到银行里去一趟,把你准备结婚的钱侪拿出来。"

肖三发听了莫名其妙:"姐姐,你搞什呢啊,我又不要用你们的一分钱,现在,我们乡下的情况已经不同以往了,大家都有钱了。来,你们看看我的名片。"讲着,便递上了名片。名片上赫然写着:三发有限公司董事长兼总经理,肖三发。

"舅舅,侬发大财了。"

"是啊,现在农村大变样,大家都发了,所以我们下决心,要到上海来看看转转,因为你们上海是龙头,我们要和你们接轨。不过,我们刚到上海一天,就分勿清东南西北了,上海全变样了。"

"舅舅,有一句话讲得好,我们上海一年一个样,三年大变样。辔能,倷旅游团到上海来,我王小毛帮倷做导游。"

"太好了,舅舅也不会让你白辛苦,这样吧,导游费 100 块钱一天。"

王妈妈忙讲:"兄弟啊,侬哪能讲出辔样的话?侬是娘舅啊!哪能给 100 块钱啊?太多了,就给 50 块钱吧。"

王小毛忙讲:"妈妈真会讲笑话,舅舅,我做导游是义务的,勿要钞票。"

"那好,下次你们到苏北来玩,我也给你们义务做导游,我们苏北、上海要常来常往,我们苏北要和你们上海接轨啊。"

王妈妈也插话道:"是啊是啊,我老太婆也要和你们一道接轨。"

房间里响起欢乐的笑声……

(小品原著:孙炳华、葛明铭)

341

56　三个女婿

星期天,王小毛来到表舅舅屋里,刚一进门,就听到一阵吵闹声。

"舅舅,舅妈,小叶表妹,㑚勒辣争吵啥呀?"

舅舅像是见到了救星一样,讲:"小毛,侬来得正好,侬来评评理,到底是我讲得对还是侬舅妈讲得对。"

舅妈和表妹也讲:"是啊!侬讲讲看,到底是啥人对啥人错?侬讲呀,侬讲呀!"

王小毛当即表态:"好,既然㑚看得起我,我也讲句公讲话,㑚桩事体嘛,哦,对了,舅舅,㑚到底勒辣讲啥事体?"

舅舅讲:"啥?侬勿晓得发生了啥事体?我还以为侬晓得的呢,搞得一本正经的。讲起㑚桩事体啊,也邪气让我操心的,其实,我就是想让女儿以后的日脚过得好点,㑚有啥错呢?"

王小毛一听此话,忙责怪表妹:"妹妹啊,㑚就是侬的勿对了……"

表妹忙讲:"小毛阿哥,侬勿晓得,我爸妈是要干涉我的婚姻大事。"

"啊,㑚个勿可以的,舅舅,侬听我讲,新颁布的妇女儿童保护条例中明确规定,妇女的婚姻,任何人勿能干涉。"

舅妈一听就急了:"啥?阿拉做父母的,勿管孩子的事体,叫啥人来管?想想阿拉过去做子女的辰光,爷娘讲啥就是啥,呒没第二句闲话好还价的。"

舅舅也勒辣一旁帮腔:"就是啊,小叶,我真勿明白侬看中的那个秦意重到底好勒辣啥地方?"

"伊就是好嘛,伊的为人跟伊的名字一个样——情义重。"

舅舅苦口婆心地劝慰讲:"女儿啊,辣个秦意重是个普普通通的工人啊,我跟侬介绍的小伙子是个体户,又是万元户,袋袋里的钞票多得勿得了,伊的名字讲出来也是砰砰响。"

王小毛问舅舅:"伊叫啥名字?"

舅舅讲:"伊叫黄鱼头,伊是龙门市场卖黄鱼的,勒辣个体户中是个头头,所以大家侪叫伊黄鱼头。小毛,我跟侬讲啊,昨日辣个黄鱼头还送来了交关黄鱼和名贵的好酒。伊还跟我讲,只要女儿嫁拨伊,以后,老酒就由伊承包了,保管我顿顿有酒喝!"

王小毛讲:"舅舅,侬哪能老是想牢酒啊?"

辣个辰光,舅妈插话讲:"哎呦,万元户有啥稀奇的?我拨女儿介绍的对象叫林实贵,屋里条件勿要太好噢,马上就要去澳洲旅游了。伊对我讲,以后女儿嫁拨伊,伊会带阿拉一家门去澳洲白相的。"

小叶被父母的话搞得心烦意乱:"好了好了,倷嫑再烦了,我告诉倷,到十点钟,秦意重就会来阿拉屋里的。"

"伊来做啥呀?"

"伊来看看倷。"

"看阿拉?阿拉有啥好看的?"舅舅和舅妈莫名其妙,突然,伊拉两个人像是踏到了电线似的,大叫起来。

舅舅讲:"僵了,僵了,我也约了黄鱼头十点钟到屋里来。"

343

滑稽王小毛

舅妈讲:"坏了,坏了,我也约了林实贵十点到阿拉屋里来,辩记哪能办啊?"

王小毛一听,哭笑不得:"好了,今朝是毛脚女婿大会串了。"

两个老人忙做起女儿的思想工作来,劝伊放弃秦意重,小叶越听越吼势,讲:"好了,好了,烦煞了,既然俚介绍的人介好,俚去嫁拨伊拉两个人好了。"

舅舅气得阿潽阿潽:"好啊,侬哪能讲出辩种闲话,侬昏头了,侬,侬滚!"

"滚就滚。"小叶哭着跑出门去,王小毛忙追了出去。

看到辩种情景,两个老人侪呆牢了。

舅舅埋怨讲:"侬辩个老太婆啊,侪怪侬,小辰光太宠伊了。"

舅妈气呼呼地讲:"好了好了,嬲废话了,快去追女儿吧!"

"用勿着了,小毛已经追上去了,估计勿会出事体的。"

转眼,十点钟到了。

两个老人正勒辣愁眉苦脸之际,黄鱼头从门外走了进来。

"阿爸!"

"喔唷,是黄鱼头来了,快请进。咦,侬哪能又带了介许多黄鱼来?上次侬带的黄鱼还呒没吃完呢。"

"阿爸,辩是小事一桩。"

舅舅忙向舅妈引见:"老太婆,辩位就是黄鱼头。"

黄鱼头忙招呼:"妈妈。"

舅妈哼了一声,别过头去。辩个辰光,门外又走进一人,伊一边走一边肉麻地呼喊:"妈……妈……"来者正是林实贵。

舅舅被吓得身上起了精肉痱子:"啥地方来的羊叫啊?"

舅妈对老头子的冷嘲热讽也勿理会,向林实贵迎了上去:"林实贵啊,侬来了,喔唷,侬哪能买介许多物事啊?"

伊便向丈夫介绍:"老头子,辪位就是林实贵。"

林实贵又肉麻地叫了一声:"爹……爹……"

正勒辣辪个辰光,门口有人讲:"请问小叶是住勒辪搭哦?"来的勿是别人,正是秦意重。辪记,三个人侪到齐了,要热闹煞了。

就辪能,五个人就闲聊起来。聊着聊着,气氛变了。原来,三个小伙子了解到两位老人只有一个女儿,侪急煞了。

林实贵讲:"妈妈,我是最爱小叶的,我对伊的情义是海枯石烂,永勿变心,请侬考验我吧!"

黄鱼头哼了一声:"爸爸,我是最爱小叶的,我对伊的情感已经到了死心塌地的程度,请考验我吧。"

就勒辣两个人表忠心的辰光,王小毛急匆匆地跑了进来:"舅舅,舅妈,勿好了,刚才小叶去找秦意重的辰光,被车子撞到了。"

几个人闻言,大吃一惊,舅妈颤声问:"伊现在的情况哪能?"

"伤得邪气严重,面孔上有五只洞,头上有两只洞,现在正勒辣医院里抢救,家属要去付一万块现金,还要输600cc血。就是抢救过来也可能终身残废。"

辪记,舅舅和舅妈侪慌了神。

舅妈和林实贵商量:"小林啊,现在小叶出事体了,考验侬的机会来了,侬要准备输600cc血。"

林实贵面色发白:"还要献血?我,我晕血的。"

舅舅转身问黄鱼头:"黄鱼头啊,现在真正的考验来了,侬能勿能支付一万块钱?"

黄鱼头结结巴巴地讲:"辪个,辪个,阿爸,我今朝正好有点事,我明天再来。"

滑稽王小毛

伊刚想出门,却被王小毛一把拦住:"慢,黄鱼头,侬刚才勿是讲过侬爱小叶已经到了死心塌地的程度了吗?"

黄鱼头回讲:"辣算啥?那个林实贵勿是也讲过同样的话吗?"

林实贵双脚乱蹬:"啥人讲过了?我呒没讲过。"

看到辣个场景,舅舅和舅妈侪觉得非常失望。突然,舅舅灵光一闪:"刚才,小叶是去找秦意重才拨车撞的,应该由伊赔才是。"

王小毛附和讲:"对啊,秦意重,辣一万块钱,和600cc血,应该侬一个人承担。"

秦意重不假思索地答讲:"好,辣些就由我来承担,伊拉两位可以回去了。"

黄鱼头一听,竖起大拇指:"辣个朋友上路的,好,后面的事我就勿管了,我先走了。"

王小毛让伊拿黄鱼带走,黄鱼头装出很大方的样子,讲:"喔唷,辣侪勿算啥。"

林实贵见有人解了围,也准备开溜,伊对舅妈讲:"妈妈,我带的辣些物事要拿走的,过两天,我还要跟侬算一算之前开销脱的钞票。"

王小毛冷冷地讲:"格么讲起来,倷跟小叶是一刀两断了咯。"

"不但一刀两断,而且是两刀四段,四刀八段。"

到辣个辰光,两位老人才追悔莫及。秦意重催促讲:"爸爸、妈妈,阿拉还是快去医院看小叶吧。"

王小毛哈哈一笑,讲:"勿用去看小叶,伊就勒辣此地,小叶,侬快出来吧。"

只见小叶完好无损,气定神闲地从门外走了进来。

大家侪觉得很奇怪:"王小毛侬刚才勿是讲伊受伤了吗?面孔

上有五个洞,头上有两个洞。"

王小毛神秘地一笑讲:"我讲得呒没错呀,面孔上有两个眼睛,两个鼻孔,一个嘴巴,勿是五只洞吗?头上有两只耳朵洞。"

搞了半天,刚才王小毛和小叶想了一个"车祸"的计策,想要考验一下三个女婿,最终,只有秦意重胜出。

王小毛感叹地讲:"看来,秦意重跟小叶才是真正的贴心的一对啊!"

(小品原著:李树民)

57 三根刀豆

由于工作需要,王小毛调到了公安局看守所,当了一名看守民警。辣天,陈所长带着王小毛勒辣看守所里巡视了一圈。

"王小毛,今朝侬第一天上班,谈谈侬有啥感想?"

"陈所长,我吭没啥感想,我看辣搭太平无事。刚才侬带我转了一圈,我看到每个监房侪有铁将军把门,每个嫌疑人侪闷声勿响,眼睛八瞪八瞪的,今后,我只要背着手走过来,走过去,脑筋也勿需要动。"

陈所长笑了:"小毛,侬倒想得轻松,我想问问侬呀,侬看辣些嫌疑人闷声勿响,眼睛八瞪八瞪,侬晓得伊拉勒辣想啥呢?"

"伊拉想啥,我哪能晓得?我又勿是伊拉肚皮里的蛔虫。"

陈所长语重心长地讲:"是啊,阿拉就是要做一做孙悟空,钻到铁扇公主的肚皮里去,去了解一下伊拉勒辣想啥,打算做啥?"

两人正往前走,突然,陈所长面色一变:"勿对,有情况!"

王小毛觉得有些纳闷。

辣个辰光,陈所长大声叫道:"981,981,快立起来。"

听到声音后,牢房里的一个嫌疑人立了起来。

陈所长一面孔严肃地讲:"拿侬的手从裤子口袋里拿出来,手掌摊平。"

陈所长和王小毛定睛一看,只见嫌疑人的手上是一只牙膏壳子。

王小毛觉得陈所长有点小题大做,自言自语讲:"勿就是一个牙膏壳子吗?"

陈所长摇了摇头,讲:"侬勿要小看辩个牙膏壳子,它可以勒辣半小时之内夺走一个人的生命。"

981嫌疑人听到伊拉的谈话后,显得十分激动:"陈所长,侬为啥要救我?侬让我去死好了。"

王小毛闻言,吃惊勿小:"陈所长,伊真的是想用牙膏壳自杀?"

"小毛,侬仔细看看,伊裤子上还有血流出来。"

王小毛恍然大悟:"原来,伊是想用牙膏壳慢慢割断自家大腿上的动脉啊。"

"对!"

陈所长问:"981,侬为啥要自杀?侬觉得,死了就可以一了百了,但侬想过呒没?侬死了以后,侬儿子哪能办呢?侬姆妈哪能办呢?"

981嫌疑人痛哭流涕:"陈所长,我活着还有啥意思?侬还不如让我去死了!"

陈所长叫来警卫,拿981嫌疑人带到医务室包扎。

望着981的背影,王小毛觉得非常奇怪:"陈所长,哪能会有介巧的事体?是勿是981提前和侬打过招呼啊?"

陈所长笑了:"真是笑话了,想自杀的人会勒辣死之前告诉人家的?"

听到辩个话,王小毛也勿好意思地笑了,但伊还是觉得有些勿理解:"格么侬是哪能会发现981想自杀呢?"

"小王,辩里向就有学问了。不过,讲起来也很简单,侬看辩

滑稽王小毛

981进了牢房后,一天到晚长吁短叹的,我听讲老婆要和伊离婚,昨天981的情绪就非常反常,刚才伊面孔上一抽一抽的,就拨我注意到了。"

王小毛感叹讲:"想勿到,做看守警还有介许多学问啊!"

过了一歇,看守警拿981带了回来,搿个辰光,伊的大腿已经包扎完毕,勿再流血。

陈所长语重心长地对981讲:"981,侬回监房以后,好好叫考虑考虑。昨天,我已经找过侬的家主婆了。"

"噢,陈所长,我家主婆还要我哦?"

"伊是非常伤心,最近伊会写信来的,侬放心好了。"

"陈所长,请侬做做伊的思想工作,叫伊勿要掼脱我。"

几天以后,981的妻子写信到了看守所,王小毛忙向陈所长通报了搿个情况。

两个人拆开信封一看,侪觉得非常诧异,因为里向呒没信纸,只有一根拗断的刀豆。

陈所长沉思片刻讲:"小毛,我要考考侬,搿封信到底是啥意思?"

王小毛想了想,讲:"对了,一定是981跟伊妻子的攻守同盟,刀豆刀豆,死勿开口,搿个大概是伊拉的暗号!"

陈所长摇了摇头:"小王啊,作为一个看守警,的确思路要开阔一点,也要想得远一些。不过,依我看来,搿根刀豆勿是联络暗号,倒是个实物谜语,意思就是一刀两断。"

王小毛细细地品味了一番,也觉得陈所长讲得邪气有道理。

陈所长对王小毛讲:"小毛,侬拿搿个情况告诉一下981,让伊思想上有个准备,我再去跟伊的妻子沟通一下。"

"好!我现在就去。"

"小毛,侬要注意下策略,我现在就去跟伊的爱人联系。"

王小毛来到了981的监房,拿信交到了伊手中。981听讲是妻子的来信,十分激动,但是,当伊打开信封后,觉得非常惊诧:"哪能哦没信纸啊?是一根拗断的刀豆,搿个是啥意思啊?噢,对了,一根刀豆,一断二,是勿是一刀两断的意思啊?"981顿时大惊失色。

伊哭着对王小毛讲:"王管教,我的家主婆要跟我一刀两断了,搿记完结了,我是真的想改好的,呜呜……"

"想改好,要有行动啊!"

"我当然有行动了,我很早就有行动了,我跟侬讲,我第一次去摸人家口袋的辰光,拨人家捉牢,当时我恨得勿得了,抓起一把刀子,就拿自己的手指斩脱。"

"啥?侬斩脱了自家的手指,让我看看。"

王小毛仔细地检查了一下,问:"咦,侬五根手指勿是好好的吗?"

"王管教,我出生的辰光是六节头,第一次去摸人家口袋的辰光,就是搿根多出来的手指碍事,才拨人家捉牢的,如果勿是因为它,我也勿会刮三。"

王小毛又好气又好笑:"侬斩脱自家的手指头,勿是悔过自新的表现,而是为了以后做三只手更加方便。981,侬如果勿认识自己的罪行,勿要讲是一根手指,就是十根手指全部斩光,侬以后还是会去偷的。侬只图一时的贪欲,偷了人家的钞票,可以上咖啡馆,可以上跳舞厅,侬勿晓得,拨侬害的人有多少痛苦。侬搞得人家夫妻勿和吵相骂,弄勿好还要上吊自杀,侬想过哦没?"

"我哦没想过,我只想人家的物事就是我的物事,人家的钞票就

滑稽王小毛

是我的钞票。"

过了几天,981 的妻子又来了第二封信。

王小毛拿着信赶到了 981 的监房:"981,侬过来。"

981 老老实实地走到伊面前:"王管教,上次侬跟我谈话后,我足足想了三天三夜,老实跟侬讲,我因为吼没娘舅,所以每次到公安局来侪像到娘舅屋里一样,日子也蛮好过的,现在我想明白了,啥地方勿好去,为啥要去公安局?"

"981,现在看来,侬已经有点认识了,喏,侬爱人又寄来第二封刀豆信了。"

981 浑身发颤:"王管教,刀豆我千万千万勿要,俗话讲,过一不过二,现在我家主婆跟我寄刀豆,就是讲,伊已经下决心要跟我一刀两断了。"

王小毛讲:"侬先别急着下结论,仔细看看再讲。"

981 仔细一看,发现箊根刀豆并吼没拗断,当中的心子也抽掉了,豆侪吼没了。

"王管教,箊是啥意思啊?"

"侬家主婆啥个想法,我哪能晓得,侬自家好好叫想一想啊!"

981 抓耳挠腮想了半天,突然反应过来:"王管教,上次侬启发我,我明白了,我家主婆勿是想跟我一刀两断,是让我从心里要彻彻底底向政府坦白。"

"箊就对了,981,现在问题的关键就勒辣侬自家了!"

"好,我马上就向政府坦白,还要检举其他犯罪人,争取立功。"

很快,981 就彻底坦白了自家的问题。箊天,陈所长和王小毛来找 981,告诉 981,鉴于伊的认罪态度和立功表现,政府决定对其从轻处理。

981感动万分:"谢谢陈所长,谢谢王管教,我进监狱的辰光就为自家算了一命,我觉得自家犯下的罪行,至少要判五年徒刑,而且家主婆还要跟我离婚,吰没想到,现在政府对我宽大处理,谢谢侬。"

王小毛笑着讲:"好事情还勒辣后面呢,侬勒辣监狱里的进步表现,我已经跟侬家主婆讲过了,伊呀,又跟侬写了一封信。"

981接过信一看,面色马上发白:"哪能又是一封刀豆信?"

"对的,不过瓣个刀豆勿一样,是根白刀豆。"

"瓣是哪能一桩事体? 瓣个刀豆上哪能涂了白漆?"

"瓣个是侬家主婆一边流眼泪,一边用白漆漆上去的。"

"瓣个是啥意思呢?"

"瓣个意思勿是很明显吗? 白刀豆,白刀豆,就是白头到老呀。"

"对对对,我爱人是瓣个意思,说明伊还是愿意等我的,太好了,谢谢王管教,我一定痛改前非,重新做人!"

这真是:三根刀豆三封信,劝夫悔罪重做人。

(小品原著:徐泉林)

58 三难胖墩

学校为了参加市里的儿童健美比赛,由王小毛老师组织一次选拔赛。辣天,学生金小刚来问王小毛:"王老师,啥叫健优美?"

王小毛回答:"所谓的健优美,就是要求体型、体质、智力都达到优和美,辣才是真正的美,真优美。"

"噢,我晓得了,我听爸爸讲扮演真优美的演员叫两箱栗子。"

"喔唷,侬勒辣瞎讲点啥,扮演真优美的演员叫中野良子。噢,对了,金小刚,侬是来报名参加儿童健优美选拔赛吗?"

"勿,爷爷勿让我参加。"

"为啥?"

"爷爷讲阿拉班级里张胖、李胖,还有王胖,伊拉每天要吃交关营养品、补品,阿拉是有啥吃啥,粗茶淡饭,最多加一瓶牛奶,跟伊拉朊没办法比。"

"格么侬今天来做啥?"

"我想来协助王老师做好比赛工作,当个小小志愿者。"

王小毛高兴地说:"好!"

几天后,儿童健优美选拔赛正式开始了,孩子们侪勒辣家长的陪同下来现场报到。

一位胖阿姨得意地对王小毛讲:"王老师,我儿子李胖身体几化强壮,辣次健优美大赛,伊一定能得冠军。"

王小毛笑着讲:"要看评委拨伊打几分了。"

"还请王老师勒辣评委面前多美言几句了。"

伊的话音刚落,身后就传来了讥讽声:"喔唷,美言几句有啥用啊?晓得侬的儿子叫啥绰号吗?叫皮球。"

此言一出,众人哈哈大笑。

胖阿姨勿服气地讲:"皮球就皮球。有啥勿好,开运动会的辰光,离得开皮球哦?"

伊的辩番话,又引起了一阵哄笑。

大家正勒辣嬉笑的辰光,一位秃顶爷叔站了出来:"喔唷,侬争啥争啊?依我看,辩次大赛的冠军非我儿子张胖莫属。"

伊的话音刚落,又引来一阵嘘声:"侬讲闲话下巴托托牢,侬也勿看看侬儿子的尊容,侬晓得伊的外号叫啥哦?"

秃顶爷叔得意地讲:"我当然晓得,我儿子的外号叫做鸭蛋,不过阿拉的辩个鸭蛋与众勿同,是只白壳蛋。㑚看伊皮肤雪白,一白遮百丑,是一种美啊!而且,伊身上的线条多美啊!"

"瞎讲啥,鸭蛋啥地方来的线条?"

"㑚辩个就勿懂了,鸭蛋有曲线的,就是鸭曲线嘛!"

辩个辰光,一位圆面孔外婆跳了出来:"我劝侬还是省点心吧!真正能得第一名的,只有我的孙子王胖。"

大伙闻言,连连摇头:"侬的孙子也好勿到啥地方去!伊的绰号叫橄榄。"

圆面孔外婆理直气壮地讲:"橄榄蛮好的,外形美观,吃起来甜津津的,有内在美。"

王小毛见大家争得不可开交,便上来打圆场:"各位,阿拉今天

滑稽王小毛

评论的是参赛者的体型,勿是评论伊拉的绰号。刚才辩位阿婆讲得对,阿拉不但要看外表,还要看内在美。现在请已经报名的张胖、李胖、王胖走扶梯到18楼考场去。"

三个小胖墩听到辩句话后,一下子都泄了气。

王小毛叫家长们坐电梯上楼,随后,伊拿金小刚也叫到面前,讲:"小刚,侬也一道跑上去吧!"

王小毛见大家已经准备好了,便讲:"好,现在参赛选手开始走!"

就勒辣辩个辰光,张胖、李胖、王胖的家长侪冲了上来,有的拨孩子吃西洋参,有的拨孩子送营养液,忙得不亦乐乎。

等到一切就绪后,家长们才跟着王小毛乘电梯上了18楼。大家勒辣楼梯口等了勿一歇儿,金小刚就跑了上来。

"王老师,我和伊拉一道出发,哪能伊拉还呒没上来?"

"好的,别急别急,阿拉再等一会儿。"

辩下,张胖、王胖和李胖的家长倒有些吃慌了。

"辩算哪能一回事啊?评委呢?评委勒辣啥地方?"

毛小毛答道:"评委就是我,此地就是考场,第一项比赛项目爬楼梯已经开始了。"

"啊,王老师,侬哪能勿早讲了?阿拉小囡是爬勿动楼梯的。"

"是啊,早晓得是辩能的闲话,我就拿阿拉张胖背上来了。"

几位家长发起了牢骚。

过了交关辰光,三个小胖墩才气喘吁吁地爬了上来,王小毛忙让金小刚为几位同学记分。伊拉的名次顺序为张胖第一名,李胖第二名,王胖第三名。

王小毛让家长们坐下休息,金小刚忙为家长们端上了茶水,大家侪对金小刚的服务赞勿绝口。

王小毛对张胖、李胖、王胖讲:"三位同学辛苦了,现在㑚面前有三个杯子,三壶开水,请㑚自家倒自家喝。"

几个孩子还呒没动手,伊拉的家长就已经坐勿牢了。

"喔唷,阿拉的囡囡勿会倒水的。"

"水壶里向是开水呀?万一烫伤了哪能办?"

王小毛解释道:"各位家长放心,水壶里面是开水,不过是冷开水,我只想看看参赛者啥人倒得快,啥人倒得好。好,现在预备,开始!"

一声令下,三个小胖墩手忙脚乱地倒起茶来。

过了一歇,王小毛讲:"好,结束!金小刚,侬来统计下,大家的名次如何。"

"好,速度上第一名是张胖,不过,伊拿茶杯打翻了。第二名是李胖,不过,伊拿水溅出来了一半。第三名是王胖,茶只倒了一半,而且,水壶盖头落到了地上。"

王小毛点点头,讲:"看来,同学们勒辣屋里侪呒没倒过水,孬是第一次,应该鼓励。接下来,请大家帮我解决一个难题。"

大家齐声问道:"啥难题?"

"我的乒乓球落进了一只小口的酒缸里了,手伸勿进去,请㑚三位替我想一个办法拿出来,不过,勿能拿酒缸倒过来。"

张胖举手讲道:"王老师,我用手指拿乒乓球掏出来!"张胖的老爸一听,连连摆手:"小戆大,啥人的手指有介长啊。"

李胖讲:"我用筷子拿乒乓球夹出来。"李胖的老妈闻言,忙泼冷水:"啥地方有介长的筷子啊?"李胖嘟囔道:"我用煎油条的筷子。"

王胖也勿甘示弱:"王老师,我拿汤勺接接长,帮侬撩出来。"王

滑稽王小毛

胖的奶奶把头摇得像拨浪鼓似的:"喔唷,辩要撩到啥辰光啊?"

王小毛问金小刚:"小刚,侬有啥办法哦?"

金小刚问:"王老师,我也可以讲?"

"当然可以讲。"

"要是我啊,我就朝酒缸里向灌水,乒乓球勿就浮上来了吗?"

听到伊的见解后,在场的家长侪一致称赞。

王小毛讲:"好,现在我来宣布一下比赛结果,鉴于大家刚才的表现,王胖同学、张胖同学和李胖同学各得6分,因此,代表阿拉学校参加少年儿童健美比赛的代表是……"

"我家张胖!"

"我家李胖!"

"我家王胖!"

几位家长齐声呼道。

王小毛摆了摆手:"勿,是金小刚同学!"

大伙儿都觉得十分意外,金小刚问:"王老师,我呒没报过名啊,也呒没参加比赛呀。"

王小毛笑了:"我已经代侬报过名了,侬刚才勿是已经参加了比赛吗?"

辩记,大家才恍然大悟,对于辩个结果,几位家长侪心服口服。

王小毛对伊拉讲:"家长们,侬我看啊,光是胖,可勿是健优美啊!"

大家侪连连点头:"对啊!"

(小品原著:胡福生)

59　神秘新郎

　　辖天,王小毛骑着新买的脚踏车,高高兴兴地出门去了。伊到底要去啥地方呢?原来,伊要跟佩佩一道去参加同学小杨的婚礼。

　　伊一边骑车一边盘算:现在辰光还早,要勿先去看场电影,看完电影再去吃喜酒。

　　主意打定后,伊就下了车,辖个辰光,一位大妈拉牢了伊。

　　"同志,侬的脚踏车要锁锁好。"

　　"是是,我就锁!谢谢侬提醒。"

　　"勿用客气,侬付五分洋钿就可以了。"

　　"咦,老妈妈,侬为啥要问我收钞票?"

　　"侬停勒辣辖搭,当然要付钞票。因为我是脚踏车寄放站的管理员。"

　　王小毛问:"老妈妈,昨日我勒辣西宝兴路寄放脚踏车只要四分钱,侬此地为啥要五分呢?"

　　"同志啊,辖个全上海是统一的,侪是五分,呒没四分的。"

　　"勿对勿对,昨日我明明是四分,侬硬劲要涨一分价,算啥名堂?既然辖能的话,我就勿停勒辣辖搭了。"王小毛讲着,推车就走。

　　老妈妈忙拉牢伊:"同志,辖搭勿能乱停乱放!否则,拨纠察捉牢要罚款的。"

滑稽王小毛

"老妈妈,我去对面电影院买张票子,车子只停一歇歇,马上就走。我车子放到马路对面,可以哦?"

"格就随便侬了。"

王小毛拿车停勒辣马路对面,随后就走进售票处。对票务员讲:"同志,我买高粱。"

票务员回答讲:"请到对面老酒店。"

王小毛急了:"同志,我是买《红高粱》的电影票啊!"

票务员辪才恍然大悟。伊向王小毛介绍,电影票有两个价格,12排之前是6角,从13排开始往后是5角。

王小毛忙回答:"我要13排5角的。"

王小毛买好票转身离去。啥人晓得,眼睛一眨,老母鸡变鸭,停靠勒辣路边的脚踏车失踪了。

"咦,我的车子哪能呒没了?真是急煞人。哦,对了,会勿会是老妈妈拿车子推过去了?硬要收我五分钱。"

想到此地,王小毛连忙奔到马路对面。

"老妈妈,刚才侬让我寄放脚踏车是哦?好,现在我拨侬五分钱,侬拿车子还拨我吧。"

老妈妈莫名其妙:"侬讲啥?侬的车子勿是停勒辣马路对面的吗?"

王小毛有点发吼:"我车子是停勒辣对边,刚刚侬拿伊推过来了呀?"

"小伙子,侬辪个闲话勿好乱讲八讲,我呒没推过侬的车子。"

辪记,王小毛意识到问题的严重性了。老妈妈见王小毛神色慌张,讲:"侬的车子呒没了?快点去寻呀。"

王小毛彻底慌了神,伊拦牢一个路人,问道:"同志,侬看到过我的车子哦?"

"哪能?侬的车子拨偷了吗?格侬马上去报案呀。"

"对,我应该先去报案。"王小毛讲着,急匆匆地赶往了派出所。

报了案后,电影也呒没心想看了,王小毛垂头丧气地轧上了公共汽车,换了好几辆车后,终于来到了新娘小杨的家。

佩佩一见到王小毛,就埋怨讲:"侬哪能介晏才来?看侬满头大汗的,一付狼狈相。"

王小毛长叹一口气,拿刚刚的经过讲述了一遍。佩佩听完后,摇摇头讲:"侬犟个人啊,就是犟能,为了占点小便宜,吃了大亏了吧?好了好了,嫑再纠结了。"

接着,伊向王小毛引见了新娘小杨。

王小毛热情地同小杨打招呼:"新娘子,恭喜恭喜!咦,新郎倌呢?"

小杨讲:"还有一个外婆呒没到,新郎去接伊了。侬先休息一歇,我去招呼一下别的客人。"

"好!"

王小毛坐了一歇,对佩佩讲:"佩佩,阿拉还是到外面院子转转吧,此地有点热。"讲着,伊便牵着佩佩的手出门到院子里去。

佩佩一边走一边赞叹道:"犟个院子真大,足足可以摆上二十来桌酒席。"

王小毛点点头:"是啊,院子里还放了介许多脚踏车,唉,我一看到脚踏车就触心境。"

两人刚想转身离去,突然间,王小毛像是发现了新大陆似的,快步走到一辆黑色脚踏车的面前:"佩佩,侬看犟辆脚踏车哪能介像我的车子啊!"

滑稽王小毛

"侬呀,想车子想昏脱了,同样的车子多咪!再讲了,侬的车子哪能会到辣搭来呢?"

王小毛一摆手:"慢,让我看一看。"

勿看勿要紧,越看越觉得可疑,因为辣辆车和伊的车一样,侪呒没牌照,王小毛的车头上的钢印号码是012345。咦,怪了,辣辆车哪能也是012345?

佩佩也觉得有些奇怪。两个人猜测,是勿是辣个偷车贼也是来吃喜酒的?伊拉悄悄地拿辣个情况告诉了小杨。小杨起初有点勿相信,当王小毛拿购车发票交拨伊看时,小杨才意识到事体的严重性,伊立即表态,愿意协助王小毛拿辣个偷车贼抓出来。但伊觉得,一个人一个人来盘查脚踏车,绝非上策,应该想一个更好的办法。

王小毛沉思片刻,讲:"小杨,我有办法抓牢辣个偷车贼,只要侬让我勒辣大庭广众之下讲几句闲话就可以了。"

"好!"

主意打定后,三个人一起来到了宴会厅。

小杨大声招呼道:"谢谢各位光临,现在来宾王小毛想跟大家讲几句话。"现场顿时响起了掌声。

王小毛朝大家鞠个躬:"大家勿要鼓掌,我叫王小毛。我有一个小小的提议。"

大家问:"啥个提议?"

"伲看,今朝的客人特别多,房间里向蛮轧的,我建议大家拿酒席搬到院子里去,大家觉得如何?"

此言一出,大家齐声讲好。

王小毛讲:"好,大家勒辣搬桌子之前,请先拿院子里各人自家的脚踏车搬到外面去。"

"好。"

勒辣王小毛的指挥下,宾客们拿一辆辆脚踏车侪搬到了院子外,只有那辆012345的车子还吥没人来搬。

王小毛和佩佩觉得非常奇怪,猜测是勿是迭个偷车贼心里有鬼,勿敢出来露面。

小杨问:"各位亲友,辪辆车子是啥人的,哪能吥没人推走啊?"

有位小姐妹提醒道:"姐姐,侬是勿是今天做新娘子,有点发昏了,辪辆车子勿是姐夫中午骑回来的吗?"

"啥,是伊骑回来的?"小杨大惊失色。

王小毛忙安慰:"小杨,侬嫑急,请新郎出来问一下吧。"

讲来也巧,新郎恰好接了外婆赶回来。外婆看到小杨后,笑得嘴巴也合勿拢了:"囡囡今天真漂亮啊,真是黄毛丫头十八变,越变越漂亮了。今朝,我真是太快活了,一想到俪要结婚,我睏梦头里也会笑醒的。"

新郎小万也连连点头。小杨拿伊拉到一边,低声问:"小万,今朝中午,侬是骑车子回来的哦?"

"是啊。"

"格好,阿拉刚才决定,拿酒席移到院子里,现在大家侪拿脚踏车搬到院子外面去了,侬看看,侬的车子勒辣辪搭哦?"

"哦,勒辣的,勒辣的,我马上去推。"小万讲着,就走向辪辆012345的脚踏车。

小杨见伊推着脚踏车就走,勿由得惊叫:"啊,辪个车子真的是侬的?"

新郎小万讲:"是啊,辪有啥好奇怪的?"

王小毛问:"新郎倌,辪辆车子是侬自家的? 还是问人家借

363

滑稽王小毛

来的?"

小万白了王小毛一眼:"侬是啥人啊,问我辣个问题算啥意思?"

"我叫王小毛。"

小杨讲:"王小毛是我请来的朋友,伊刚才问的事体,侬应该解释一下,因为,我以前从来呒没看到过辣辆车子,车子是从啥地方来的?"

小万支支吾吾了半天,讲辣辆车子是伊昨日刚买的,一共花了186元。

王小毛讲:"勿对,辣个型号的车子应该是208元。"

小万理直气壮地讲,自己是有发票的,但是,伊勒辣身上掏了半天,只翻出一张汗衫的发票。面对王小毛的质疑,小万恼羞成怒:"侬,侬有啥权利问我要发票啊?"

辣个辰光,王小毛从衣袋中取出了购车发票:"喏,辣才是辣辆车的发票。"

小万忙讲:"搞了半天,我的发票被侬捡到了,格么好唻,侬还拨我吧。"

王小毛讲:"侬辣个人皮真厚,既然辣车子是侬买的,那侬告诉我,它的钢印号码是啥?"

"辣个,辣个,我哪能记得住啊?"

"呵呵,辣辆车子的号码很好记,只要见过一次,就勿会忘记,辣个号码是012345。"

听王小毛一讲,小万彻底心虚了:"辣个,王小毛,小杨,侬听我讲啊,我最近得了健忘症……"

小杨怒气冲天:"呸,勿要面孔,亏侬讲得出辣种闲话。怪勿得侬经常勒辣脚踏车上翻花头,三天两头就换辆新的,每次我问侬,侬侪讲自己喜欢白相脚踏车,搞了半天,侬是一个盗窃脚踏车的惯犯,我要跟侬一刀两断!"

正勒辣犄个辰光,两名警察走了进来,来到小万面前,讲:"侬是万奎哦?"

小万答道:"是,㑚要做啥?"

警察讲:"根据侬同案犯的交代,侬屡次盗窃脚踏车,走,跟阿拉去公安局走一趟!"

一听此话,小万彻底泄了气:"啊,我要吃官司啦。"

王小毛惋惜地讲:"侬触犯法律,只能未进新房,先进班房了!"

(小品原著:张双勤)

60 树大招财

花老板准备开一家饭店,请王小毛负责来打点,将来当大堂经理。

辩天,花老板对王小毛讲:"小毛啊!阿拉辩个饭店的装修啊,侬的工作最辛苦,可以讲是劳苦功高啊,我心里有数。现在已经装修得差勿多了,阿拉是勿是找一个好日脚开张啊?要么就辩能吧,阿拉就选勒辣8月8号8点08分开张,图个大吉大利,侬看好勿好啊?"

"好啊,老板,我晓得了,等到开张的辩天,我放88只大炮仗,888只小炮仗,保证侬发得一塌糊涂。"

"喔唷,发是要的,但是一塌糊涂就勿必要了。我讲王小毛啊,我还想勒辣门口的霓虹灯上做点效果,要突出阿拉'花花饭店'四个字。"

"呒没问题,不过老板我想问侬一桩事体,阿拉的饭店为啥要叫'花花饭店'?"

"王小毛,侬哪能笨得脑子勿转弯的?首先,我姓花。第二点,开饭店就是要'花'顾客,拿客人侪'花'进来。"

"哦,拿客人侪'花'进来,然后,拿刀磨得快快的,上去就'斩'一刀,对哦?"

花老板显得有点勿好意思:"辩闲话有点难听,阿拉开饭店,想赚钞票,辬是天经地义的,哪能算是'斩'呢?噢,对了,门口的霓虹灯我看了交关辰光,有一点美中勿足。"

王小毛有些纳闷:"霓虹灯勿是蛮好的吗?啥地方美中勿足?"

花老板并呒没正面回答,反而问王小毛是近视眼还是远视眼,王小毛被伊一问,越发丈二和尚摸不着头脑了。

花老板指着门口的一棵大树讲:"辬棵大树,难道侬呒没看见吗?"

"辬棵大树跟霓虹灯有啥关系?"

"喔唷,王小毛,看侬面孔长得蛮聪明,哪能一点勿懂?侬想啊,晚上霓虹灯大放光明的辰光,前面有一棵大树,像电线木头一样的,拿霓虹灯侪遮脱了,既浪费电,又达勿到宣传的效果,人家一看阿拉辬个店,黑沉沉的,一点吸引力也呒没。辬能样子,阿拉哪能拿顾客吸引过来?"

王小毛恍然大悟:"哦,原来如此。老板,我马上去找两个人来,用斧子锯子,拿辬棵树砍掉,锯下来的木头还能当柴爿烧呢。"

花老板眼睛一瞪:"王小毛,侬存心要我好看啊,侬要让我犯错误啊,园林部门如果晓得阿拉拿辬棵大树砍了,可是勿得了的事体,非但要罚款,而且还要处理,我辬个老板就当勿成了。"

王小毛回答道:"老板,侬既要马儿跑,又要马儿勿吃草,我就呒没办法了,侬另请高明吧!"

花老板闻言,也急了:"王小毛啊,路总是人走出来的嘛,办法也是人想出来的嘛,侬可以换个角度考虑一下。"

"我想勿出来。"

"比如讲,我拿侬打死,我就犯罪了,要吃官司的,但是,我如果勿让侬吃饭喝水,让侬干死饿死,辬样子的闲话,侬死了就跟我一点

滑稽王小毛

关系也呒没了。"

"喔唷,老板,侬辩个心肠太坏了,侬辣手的。"

"我是打个比方,让侬自己去领会,关于辩棵树嘛,侬想想办法,如果辩棵树生病了,自己枯死了,就跟我辩个饭店一点也勿搭界啦。辩样子吧,侬跟辩棵树做一点手脚嘛。"

王小毛若有所思:"哦,老板,我明白了。"

"侬做得好的话,我就加侬工资,做得勿好的话,呵呵,我就炒侬鱿鱼!侬一定要勒辣8月8号以前解决辩棵树的问题。"

"好的,老板,现在是4月份,三个月以后见分晓,看颜色。"

"葛我就跟侬一言为定了噢,我现在还有点业务,要先走了,侬自己好好想办法。"

三个多月后,花花饭店开张了,而门前的辩棵大树枝繁叶茂。

辩天,花老板问王小毛:"王小毛,我真搞勿懂了,为啥阿拉门口的辩棵树越长越好?侬勿是讲,三个月以后让我看颜色的吗?"

"是让侬看颜色,看见了呒没?侪是绿颜色。"

"我勿是让侬做点手脚,拿辩棵树……"

"老板,辩件事我每天侪勒辣做。白天做,我担心拨人家看见,所以,我只能等到夜里,偷偷摸摸地做辩件事情。拿发过酵的鸡粪鸭粪,还有鱼肚肠、洗碗水侪倒勒辣辩棵树下。我想,辩棵树吃了介许多腽臜的物事,勿是肚皮泻就是生胃病,呒没想到辩棵树哪能越长越好了,辩哪能办啊?"

王老板听后,顿足捶胸:"要死了,它是一棵树啊,又勿是一个人,侬拨伊浇鸡粪、鸭粪、洗碗水和鱼肚肠,辩些侪是肥料啊,侬等于勒辣拨辩棵树吃西洋参,吃十全大补膏啊!怪勿得,辩棵树越来越神气了。好了好了,现在客人多,我也勿跟侬计较,以后慢慢叫找侬算账。"讲着伊便张罗起生意来。

搿个辰光,一对情侣坐下,闲聊起来,男青年讲:"搿个地方我已经来了好几次了。"

女青年问:"格么讲起来,搿搭的菜味道一定还勿错的。"

男青年摇摇头:"味道一般般,价钿也勿便宜。"

"格么侬为啥还要来呢?"

"喏,我就是看中店门口的搿棵大树,俗话讲,大树底下好乘凉,侬朝窗外看,前面是一片碧绿,非常养眼。"

"嗯,侬讲得勿错,的确邪气适意。"

男青年意犹未尽:"侬看啊,如果阿拉坐勒辣下面吃饭,就像撑着一把绿色的太阳伞。"

女青年饶有兴致地讲:"如果阿拉坐勒辣楼上吃,就像是勒辣原始森林里面野餐,几化有诗意啊!"

"是啊,所以讲吃饭也要讲究环境。俗话讲物以稀为贵,阿拉城市的绿化还勿多,搿家饭店门口有介大介茂盛的一棵大树倒是难能可贵的。"

花老板听到两人的谈话后,心中十分欣喜。

男青年转头和花老板打起了招呼:"老板,人家侪讲树大招风,侬此地可是树大招财啊!"

女青年讲:"呒没错,老板,如果侬拿此地的绿化搞得再好一点,形成特色,侬饭店的生意会越来越好的。"

花老板眉开眼笑:"谢谢两位,希望倻以后多介绍点朋友过来。"

王小毛见状,上前讲:"两位如果喜欢此地,请经常过来坐坐,因为搿棵树的寿命已经勿长了。"

此言一出,搿对青年情侣面露惊讶之色。

滑稽王小毛

花老板像触电一样,浑身一抖,伊拿王小毛拉到一边,低声讲:"王小毛,上次我关照侬的闲话取消,现在,侬要好好保护搿棵树。"

"好的,老板,我心里有数了。不过我觉得光靠搿一棵树还勿够,要多栽几棵树,将来,阿拉要勒辣门口栽上一排树,多一点绿色多一点美啊。"

"对!"

王小毛告诉花老板,伊有个朋友是搞绿化的专家,伊想请搿位朋友过来出出点子。花老板一听,连声讲好。

几天后,王小毛带着园林专家陆先生来跟花老板见面。

寒暄过后,花老板问:"陆先生,关于绿化的事体侬有啥高见?"

陆先生讲:"花老板,我觉得侬搿个饭店的地段邪气好,门口的搿棵树可以讲是摇钱树,树大招财呀!我勒辣想,侬的屋顶和墙壁侪可以利用起来,墙壁上可以搞一些垂直绿化,屋顶上可以搞点屋顶菜园,比如讲可以种一些苦瓜之类的,相当勿错的。"

花老板问:"搿有啥好处呢?"

"它种植起来非常方便,可以勒辣木箱里面放点泥土,种子就埋勒辣泥土当中,过勿了多久,芽就会穿出来,然后侬再装些竹竿,让它爬藤,爬到三四尺高,它就会开黄花,五瓣的黄花,像乒乓球一样大小。一到夏天,屋顶上又是叶子,又是黄花,又是果实,搿是天然的绿荫啊,非常好看。"

王小毛连连点头:"对,绿叶重重,硕果累累啊,到伊个辰光,黄花开满屋顶,就像小姑娘一样好看,别有一番风味啊。"

陆先生讲:"王小毛,侬讲得好啊!㑚还可以开辟屋顶餐厅,让顾客勒辣搿搭就餐,大家既能欣赏美景,又能乘凉,真是其乐融融啊。"

花老板一听,竖起大拇指:"对对对,陆先生,我晓得苦瓜是一种很好的蔬菜,勿管是油炸还是生炒侪可以,看来,勒辣屋顶上种苦瓜,不但具有观赏价值,还能用来配菜,具有经济价值,真是一举多得,辩是生财之道啊!"

王小毛调侃讲:"阿拉老板真是三句话勿离本行啊。阿拉讲的是绿化环境,伊讲的是生财之道。"

花老板拿王小毛拉到一边,讲:"小毛,侬介绍的辩位陆先生的建议很有吸引力,我想请伊做阿拉的绿化顾问,侬看哪能?"

"好啊!"

花老板讲:"我想请陆先生帮我布置绿化,多种一点苦瓜,多赚点钞票……"

王小毛向花老板建议,将店名改成"绿意饭店",增加吸引力。花老板一听,连连拍手:"好,辩个名字改得好。噢,王小毛,从今天开始侬就勿要做大堂经理了。"

"啥,老板,侬要炒我鱿鱼?"

"勿,我是想让侬做绿意饭店的总管,全面负责,特别是要管好辩棵摇钱树,如果树长得好,我加侬工资,树如果有啥个三长两短,侬就要负全部责任。"

王小毛笑着讲:"好,吭没问题!"

(小品原著:孙炳华)

后　　记

　　本书的前言叫"'宕'出来的'王小毛'"，其实也可以叫"逼出来的'王小毛'"。

　　读者的厚爱、期盼是一种"逼"，不过迭个毕竟只是一种无形的"逼"，而最直接"逼"我的就是本书的责任编辑黄晓彦，呒没伊的"逼"也就呒没辦本书。

　　黄晓彦当然勿是黄世仁，"逼"起来呒没横行霸道、穷凶极恶的样子，而是温文尔雅，态度诚恳，其实也就是每年上海书展前头借机会提个醒，但我却觉得"亚历山大"，好像真的欠了伊多少债一样。小黄还邀我参加了几趟上海书展，请我为钱乃荣教授的新书签售当嘉宾，我晓得其实伊用心良苦，就是拨我立标杆，树榜样，对我迭种懒惰人进行活生生的现场"激励教育"。经过伊的"帮助教育"，"逼"我三年，我终于脱懒向勤，学善如登。其实我邪气理解黄晓彦，迭个恰恰是伊敬业精神搭职业素养的体现，因为我也是当编辑出身，也曾经"逼"人无数，1200多集"王小毛"也是迭能"逼"出来的。

　　在成书过程中，我还得到过一些朋友的帮助，特别要感谢的是青年故事作家蒋伟，阿拉曾经合作编创过大型音效故事剧《上海·都市传奇》，勒辣编稿的最后冲刺阶段，伊帮我整理了部分稿件。本书中有几篇故事选自2000年出版的《与王小毛共舞》一书，当年受邀参与对小品原著改写故事的还有朱信陵、赵克忠、孙炳华、黄宣林、宋桓等。

本书名曰"精选",但其实还有交关精彩的故事呒没选入。原来设想选100篇,不过选到60篇辰光,已经觉得篇幅蛮长,掰块"砖头"蛮厚了,"块头"蛮大了,再增加篇幅就真的要变"懒大块头"了,也增加读者的"负担",我掰个编著者搭责任编辑侪要拨人家骂"吃轻头"了。所以就到60篇刹车,留点遗憾,以后弥补。

本书选编的60篇故事的小品原著作者,伊拉是梁定东、张双勤、李树民、洪精卫、徐泉林、郭明敏、颜桦、何沛忠、许如忠、赵克忠、孙炳华、胡福生、沈义、王学义等。勒辣此地一并向伊拉表示感谢,尽管有的作者已经听勿到迭个一声感谢。

当读者看完迭个60篇故事,讲一声"倒蛮有劲的",我搭以上提到的所有人侪会觉得邪气焐心。

谢谢读者!

葛明铭

2021年7月5日